行旅拾影

侯浩天 著

山西出版传媒集团

山西人民出版社

图书在版编目（CIP）数据

行旅拾影／侯浩天著．—太原：山西人民出版社，
2024.3
ISBN 978-7-203-13060-4

Ⅰ．①行… Ⅱ．①侯… Ⅲ．①游记—作品集—中国—
当代 Ⅳ．① I267.4

中国国家版本馆 CIP 数据核字（2024）第 027044 号

行旅拾影

著　　者：侯浩天
责任编辑：傅晓红
复　　审：冯　昭
终　　审：梁晋华
装帧设计：谢　成

出 版 者：山西出版传媒集团·山西人民出版社
地　　址：太原市建设南路 21 号
邮　　编：030012
发行营销：0351 - 4922220　4955996　4956039　4922127（传真）
天猫官网：https://sxrmcbs.tmall.com　电话：0351 - 4922159
E — mail： sxskcb@163.com　发行部
　　　　　　sxskcb@126.com　总编室
网　　址：www.sxskcb.com

经 销 者：山西出版传媒集团·山西人民出版社
承 印 厂：山西出版传媒集团·山西新华印业有限公司

开　　本：720mm×1092mm　　1/16
印　　张：27.5
字　　数：450 千字
版　　次：2024 年 3 月　第 1 版
印　　次：2024 年 3 月　第 1 次印刷
书　　号：ISBN 978-7-203-13060-4
定　　价：128.00 元

目 录

第五辑 寻美新西兰

前言：足迹就是生命线

如果把人生比作一场大旅行的话，那么，在途中的每一段足迹，就都是在品尝人生的美酒佳肴，那走过路过的一个个地方，就成了一个人能够炫耀的资本，因为，人生的每一个瞬间都不会重复，足迹才是人的生命线。

我喜欢在路上的感觉，但是在工作着的时间段里，并没有太多机会自由行走在外面，甚至连一次年假都没有休过；只是在休息下来之后，才多了一些自在的行走，但也有限。或许就是因为少的缘故，每一次的外出，都喜欢着在路上的感觉，无论骑行、徒步，还是自驾、随团，都仔细捕捉着掠过眼前的一幅幅画面，尽管多是走马观花，但好在有一个动烂笔头的习惯，于是，在行走中就留下了点点滴滴的记载。这些留下来的文字和图片，就成为我得以享受人生的奢侈品。

我还走出过几次国门，领略了比书刊影视更为直接的域外风光，接触了不同文化熏陶的人和事，以及特有的民俗风情，这些游历令人难忘，也更能引发人的回味。每当看到旅途留下来的这些印记，就会再一次蹚过记忆的河流，这是置身其中才有的感受，是在特定情境下才有的极为平常的真实记载。

旅行是一种欣赏、感悟和体验。一路走来便有一路的收获，它虽然不会让人富有，但可以让生活更有意义和更加充实，因为那些每一次的走过，都丰富了我的见闻，那些各地的生活习俗、人文知识，都是值得可忆可记的履印。除此之外，更为重要的是通过旅行，宽阔了我的胸怀，在潜移默化中重新认识自己，规划和改变自己的人生。就算已经是鬓发飞霜，也不算太晚。

爬格子纯粹是一种单向的投入，特别是在一个躁动的年代。不过对于习惯了手捧书刊的凡人，还是可以抒发静气，躲在陋室中舒展自己的精神世界，从大自然的风霜雨雪、木石山水中寻觅自己的身影，借此使生命的过程得到升华和延长。

每一段文字，都是瞬间真情实感的凝固，都是时间和精力的付出。在书写旅行之快乐时，自然也包括途中的艰辛与痛苦。许多篇章是在途中的夜灯下记写草成，特别是在骑行途中，每到晚间，伙伴们休息时还要秉灯夜战，常常是在记写之中手机或笔就掉落于地，这就是旅途中的艰辛。在艰辛之中感受着快乐，进一步领悟人生，这是人生路上必修的功课。

总之，文字留下所感之心境，照片留下所见之美景，如此而已。

现在，我把这些文字整理出来，希望和大家一起分享旅途的快乐和感受，因为旅行并不是简单地看风景，而是我们需要这样简单轻松的生活方式。需要说明的是，本书第一辑的十多篇短文，均是在二〇一一年九月之后所写，时值社庆六十周年征文，而那时也有了一点时间，于是动笔记忆往事，几篇之后一发不可收，随后又写下不少，现捡拾若干置此，是对过往的追忆。其余大部均为近年来于旅行中所记写，结集之前，对文稿做了一定的修改和编辑，但大体未动，这在某种程度上是对自己过往的尊重。

看世间万物、人生百态，听音乐艺术、鸟语蝉鸣，保持一份爽朗的心态，任时光从眼前流过。所有这些，都让生活变得更为充实、更有意义。当我们更多地行走了一些地方的时候，生活就会告诉我们，生命不是一个简单的年龄数字，而是一个质量，每一天都应该是最好的。

秋，不是一个萧瑟的季节，它是绚烂而美好的，夏日里的燥热，会被凉爽的秋风化解，以悠闲的心态走世界，就会有"秋时放眼无穷好""霜叶红于二月花"的感观。山与海的那边还有更多的色彩，我要继续走下去，让时光变得更幸福。

2022 年 4 月 23 日

第一辑

旧游琐忆

五台山：那遥远的禅声

我去过很多次五台山，还编辑出版了几本五台山的图书，但不论工作还是旅行，去了也就去了，都是一种例行。唯有许多年前头一次去的记忆牢牢地印在脑海之中。

那是一九八三年的三月。那时节，对外合作出版的窗口刚刚打开，国外一些出版公司和文化人走入内地，中央一级的出版社开始和他们交流，人民美术出版社和加拿大博施美术出版公司合作，准备推出山西五台山和大同云冈石窟的大型画册。上级对这项工作是很重视的，文化部和出版总署联合发了文件，根据文件要求，由山西人民出版社牵头，省外办、省文物局协助共同完成在山西的全部工作事宜。这是"文化大革命"以后山西人民出版社第一次涉外出版业务，社里安排我和顾棣同志全程协助工作。

三月二十三日，人民美术出版社社长邵宇和加拿大博施美术出版公司黄博施等一行到并，有关部门做了礼节性的接待后，第二天一早便乘坐一辆省政府接待处提供的日本进口的新面包车上山。那时的路况，和现在有霄壤之别，走了半天才到达县城。五台县文物局王局长等同志早已等候在路口，在县招待所一起用午餐后，王局长跟随上车，向台怀镇进发。在这以后的几天中，我们一行的足迹踏遍了台怀镇的所有寺庙以及外围的部分寺庙，其中有些寺庙平时是很难去的，如位于繁峙县的三圣寺和公主寺，以后就再也没有去过。

当时的五台山称得上是一方净土。夏季的游人也寥寥可数，何况我们去的时间又不对，还在封山的季节，我们就成了仅有的访客。车过鸿门岩，两旁山峰高耸，怪石嶙峋，山谷中吹来阵阵寒风，而且越来越冷，接近台怀镇时，竟然飘起了鹅毛大雪。大家齐声喝彩，只有五台县的王局长说：

幸亏是到了这里了，这雪要是早下上个把小时，咱们就上不来了。大家听后才晓得是怎么一回事，连连称幸。

雪下得很大，司机贺师傅小心翼翼地开车，我在副驾驶的位置，也一直紧盯着前方。一个拐弯之后，眼前突然一亮，大白塔一下子就耸立在了眼前，距离之近让人出乎意料，满车的人同时惊呼起来，齐叫停车。大家下了车，张开双臂拥抱着漫天飞舞的瑞雪，呼喊着跑向大白塔，欢腾了好一阵子。邵宇同志富于艺术家的激情，马上就要去寺院，车也不坐了，招待所也不进，径直走向寺庙群，大家也一同跟了去。郝师傅只能开着空车往上走，上坡时车轮打滑怎么也上不去，最后还是王局长从寺庙里叫了几个僧人帮忙才给推了上去。

我们住在"一招"（即第一招待所），所谓一招，就是塔院寺的西厢房，当时归县政府管理。台怀镇还有一个"二招"，条件稍好一点点，但距庙群有一点距离，在征求客人意见时，邵宇同志一听是庙里，当即叫好，于是就安排在此处。这里实际是两个小四合院，古色古香，与庙宇浑然一体。院子里有个小锅炉，屋子里烧得暖暖的。当日天晚，又飘着大雪，我们酣然入梦。

第二天一早，天气放晴，不知谁先推开房门，在院子中大声叫喊起来。人们迅速起来推门看去，啊，扑入眼帘的是让人惊异的景象：皑皑瑞雪覆盖了房顶院落，紧靠西屋的山坡上，高大的树木形成了白色的冠盖，红色的围墙，墨绿的松柏，都戴着厚厚的白雪冠盖，格外漂亮。高处的菩萨顶，金碧辉煌的庙宇，在一片白茫茫中非常的刺眼。就在院子里，几位摄影师支起架子拍摄起来，邵宇同志喊了几次也停不下来，可见大家兴致之高。

第一次走进佛门圣地，第一次离菩萨如此之近，每到一个寺院，都可看见皑皑白雪映衬下的绿树红墙，都可闻到特有的梵香。大殿之中，佛身庄严、佛乐庄严，诵经之声伴随着有节奏的木鱼声飘荡。不论是大寺院，还是小寺院，梵音袅袅不绝于耳，那是一种能够使人的心灵在瞬间变得晶莹、纯净的感觉。

那雕镂彩绘的古代建筑，那精美绝伦的木雕石雕，那宏远撩人的暮鼓晨钟，那淙淙流淌的清水河，那高高耸立的松柏树，那掩映在云山雾海间的楼台殿宇，还有那恢宏极乐的梵音古乐，无不让人心旷神怡。目之所及，阳光下那漫山遍野的明亮，那雪压苍松翠柏的傲然，着实让人流连忘返。大家一出去拍照，就四下分散不见了踪影。在一招用餐时，也常常迟到，好在没有其他客人，厨师脾气也好，从不抱怨，弄得我每次都不好意思。

差不多一周的时间里，我们在皑皑白雪的佛国世界，伴随着暮鼓晨钟，穿行于一个又一个金碧辉煌的庙宇殿堂，熏陶在精神世界的庄严肃穆和神秘之中，享受着超凡脱俗的美妙，觉得身心也净化了许多。在佛乐悠长的文殊菩萨道场，不论你是信还是不信，都会感到一份宁静中的崇仰，都有一种心灵的净化与提升。

显通寺坐落在台怀镇的中心，是五台山的五大禅处之一、十大青庙之首。山门之前，有一个钟楼，钟楼上下两层，虽不是太高大，但是巧借地势，耸立山门之外，特别显著。下层中间是石头券的门洞，穿过门洞方能经山门进入寺院。上层为木构建筑，两层三檐，檐角翘起。二层阁内，悬挂一口明代铸造的巨大铜钟，钟上铸有佛经一部。此钟叫做幽冥钟，钟重九千九百九十九点五斤，早晚鸣响，钟声深沉悠长，声音洪亮。驻守钟楼的是一位老和尚，慈眉善目，也愿意和我们交谈。老和尚告诉我们，他出家已经有三十多年了，"文化大革命"中曾经被遣返回乡，"文革"后期又回来了。王局长告诉我们，他和其他的和尚不太一样，是一个苦行僧，在此苦修。长年的敲钟，让他耳朵已经几乎失聪，我们的交谈只能靠大嗓门。在逼仄的阁楼里，正中是这口钟，后面供奉着一尊地藏王菩萨，一个矮矮的床板就在菩萨的脚下。一袭简单的被褥，几件做饭的家伙，便是他的全部。每天伴着青灯黄卷，敲着"震悟大千"的古钟。我问了这样一句不太得体的话："你这样的苦修，以后能成佛吗？"他惨然一笑，低眉回答："唉，能成个罗汉就不错了！"让人感触良多。

在广宗寺，我们还遇到了另外一个苦行僧，这个年龄更大一些，我们也试着和他交流，但是他不和我们说话。一个人在庭院里绕着塔不停地走着，在雪地里，而且赤着脚，他面无表情，让人感到了一种冷酷。有僧人告诉我们，他从不和世俗之人说话。

多年以后，我又上五台山，曾想再见见那位钟楼的僧人，但是，他已

万籁俱寂，只闻钟磬之音

经不在了。希望他已修成正果。

由于就住在庙里，我曾在夜里倘佯于庙中，在无月的天幕下，只有大殿几点飘忽不定的烛光闪烁，似乎整座庙宇都飘忽不定，那种感觉真的是非常奇妙。

菩萨顶是台怀镇庙宇群中最高的一处，建在灵鹫峰上，是五台山黄庙中的首庙。琉璃黄瓦覆顶，富有皇家气派。恰又遇到白雪皑皑，更显得金碧辉煌。寺庙拾级而上，坡度很大，登上一百零八个台阶，琉璃瓦的牌楼光彩夺目，颇有几分驾凌霄汉的感觉。牌楼中门的匾上，书"灵峰圣境"，是康熙皇帝亲书。

上到菩萨顶，台怀镇尽收眼底，放眼望去，云霭翩翩，庙宇宫殿宏丽无比，缥缈的烟雾有如神仙在舞动。大殿里正在早课，但见法相庄严，空色圆融。黄教的早课和青教大不相同，有八音乐队，特别是巨大的长号，根本拿不起来，号筒要放在地上。念经诵佛声和乐队的音响交替着，显示了仪轨严整，从容不迫。我们不敢发声，悄悄坐在后面，犹如是欣赏一场

清凉圣境

别致的音乐会。那号角、鼓乐抑扬顿挫，有如高天鸣鸿，深谷流泉，乐队是管为主，还有唢呐、笙、铙钹、木鱼等，声音低沉、洪亮而悠长。

大殿前，高大的香炉冒着香烟，黄先生闻出了香味的特别，追问住持燃的是什么香。住持领我们到了右边的小院落，那里放着康熙皇帝书写的四棱碑，住持住在西屋，他从柜子中掏出一只袋子，打开一看，黄先生立刻就说："果然是，果然是！我一进院就闻出来了。"原来香炉里燃烧的是大麻。他小心翼翼地问住持，能不能卖给他一点，住持很大方地送了他一包。他们也不知道这东西是什么，他告诉我们在后山上种了一块地，就是用来烧香的。烧起来味道是不一样。在这个小屋子里，我们待了很长时间，还喝了小和尚送上的香茶。他们都特别和善。

广济茅棚在台怀镇北，历史悠久，苍松翠柏掩映，风光秀丽。大门前的牌楼雕工精细，牌楼对面有一个长长的照壁，照壁上书"南无阿弥陀佛"

六个大字。

　　在庙里，两位僧人和我们聊起了"文化大革命"中的一些事情。他们就是当年被赶下山去，后又回来的。我记不清是在什么情况下谈起的，但是在说到"文化大革命"中庙宇遭到的破坏和受到的侮辱时，显出了一种与僧侣不太相符的愤怒。

　　那一次工作主要是拍照，建筑、结构、山门、庙宇、文物统统都要，特别是老天赐给一场大雪，几个摄影家们一个劲地拍风景。邵宇同志半开玩笑地说，一出去就找不到人了，都不听我的指挥了，就是小侯还跟着我。也难怪，雪后的佛国景色的确太美了，对于摄影家们，真是千载难逢。尤其雪后放晴，真是一处一景。摄影是个苦差事，它的乐趣就在于苦中作乐。踏着厚厚的积雪，背着沉重的器材，拍摄时手套都不能戴。裤子鞋袜都是湿的，腿脚冻得发麻，但是兴之所至，全然不顾。想拍的东西太多了，以

穿行在遥远的佛门净地

致庙里的文物还有许多没有拍照。而且在拍摄过程中还爱和僧侣们谈话、聊天，那当然也是一项工作。邵宇和周俩同志爱与他们聊，我也跟着听，有些还记了一点。原来预定的时间不够了，经和县文物局、县宗教局联系后，决定来一次加班——夜间拍摄文物。

显通寺有一个珍宝馆，在靠近铜殿的一间普通的屋子里，平日里锁一个大锁，没有人相告，人们是不知道的。寺庙派了两个小和尚协助搬运。房间里伸手不见五指，靠着一支蜡烛和火柴聚焦，摄影师们安好三脚架、反光伞，摆好阵势，文物被一件件搬过来，拍摄完毕再换另一件。也就是当时，后来这些文物全部都密封在柜子里，再也见不到了。在这里，我见到了许多珍宝，大多是铜造像和佛经等物品。这天一直干到后半夜，付给寺庙三百元钱。记得肖顺全同志低声嘟囔了几句，说没有这么拍的。邵宇同志斥道，谁让你们拍风景去了。

总之，那一段时间安排挺忙乎的，除了拍摄，还去听青庙、黄庙的早课晚课。早课是在太阳升起前进行，晚课是在太阳落山后进行。还听了佛乐演奏，我觉得那也是专门为录制而演奏的。

当时五台山的僧人总共一百多人，有好些寺庙只有一两个人，多亏有县文物局王局长相伴，才得以找到并进入许多偏僻寺院。

这就是我第一次上五台山的记忆。以后，我又多次去过五台山，但是再也找不到这第一次的感觉了。

历久弥新的西子湖畔

　　记忆深处的花朵总是历久弥新的。第一次游西湖还是一九九〇年冬季，那次到上海组稿，弟弟小生尚在复旦读书，公干完毕后，兄弟相约同游了西湖。

　　那时逛西湖的人少，尤其冬季，少得难以置信。从西湖北边沿着宝石山拾级而上，穿过保俶塔，走进生长着参天大树的小径，偌长一段路竟空旷无人，四周林木、山石上长满了青苔，耳边不时传来小鸟的叫声，空气清冷而又清爽。漫步在其间，深深地呼吸着，心境泛着一种莫名的祥和。

　　北山有厚重的文脉，散落周边的历代名人墓有：岳飞、秋瑾、苏小小、林和靖、章太炎、于谦、张苍水等，这些不同时代不同身份不同性别的墓葬，就是西湖的凛然正气和历史文脉。而且在此处观景视野开阔，两堤三岛一目了然，苏堤、花港观鱼、湖心亭、阮公墩、小瀛洲尽收眼底，让人更能体味"浓妆淡抹总相宜"的美感。

　　西湖旅行要观的就是文化，如果没有周边文化的围绕，那只是一湾浅浅的池水，试想如果没有白蛇传，那个断桥谁还会注意。正是这些历史文脉和自然风光的结合，才使西湖的景观元素特别丰富，成为一个内涵巨大的文化名湖。而北山上因为有了岳飞、于谦这样的历史人物长眠于此，才让西湖为人所赞颂，充满浓浓的历史韵味和气息。这些墓冢，加上碑、塔、亭台，构成了自然景观之外的人文景观。这些文化底蕴，吸引了历代无数文人雅士吟诗填词、对酒当歌。

　　袁枚有一首《谒岳王墓》诗曰："江山也要伟人扶，神化丹青即画图，赖有岳于双少保，人间始觉重西湖。"还有雷峰塔的传说，断桥残雪的故事，为景物增添了不少色彩。就是最普通的游人，在此也能感受到那份岁月的沉淀。只是可惜，一九六四年，这些含有民族正气的墓葬，在一夜之间被尽数铲除，骸骨在鸡笼山集体合葬，就连岳飞墓也遭到劫毁。然而，历史本身是毁灭不了的，正气总归是正气，从二十世纪八十年代开始，许多墓葬又陆续复建起来。

明代文学家袁宏道的《西湖游记》就是从城北上宝俶塔入手记写的，从此处看西湖，山色葱绿宛如美人黛眉，春花嫣红恰似少女面颊，湖上的风如美酒一般醉人，水中波纹又像白绫一样泛着光亮。看眼前实景方知是大手笔所为，实在是妙。他还说："西湖最盛，为春为月；一日之盛，为朝烟，为夕岚。"只有这个时间才是西湖最美的时候，其他时间看景，只是一种情绪罢了。遗憾的是，我们来此，既没赶上春天，也没碰到月夜。谁让我们是凡夫俗子呢！

后一日想去龙井村遛遛，在等公交车时遇到一位年轻姑娘，听闻我俩去龙井村，说她就是龙井村的，热情邀请去她家看看。那时人心多向善，也无戒备之心，姑娘面善，我等实在，于是一路相随去了。她家位于村口，其父母身体硬朗，刚从茶园回来，亦热情招呼，泡一壶自家种的龙井待客。那绝对是一壶好茶，还没有到嘴，就茶香扑鼻，喝一口颇有羽化登仙的感觉，至今难忘。离开时我俩买了若干，还留下联系方法。本来说好明年再来此地，但是回来后，总觉得那茶要差了许多，再后来忙于杂务，再没有去过。不过当时留下了和姑娘一家的合影，还常常忆起当时情景。

在西湖的东北处建有杭州少年宫，那一次住宿于游泳场招待所，冬季露天泳池自然关闭了，招待所冷飕飕的，但也没有挡住跳动的热情。当天晚间，行至湖畔著名的楼外楼餐馆，进门一看，偌大餐厅没有食客，还以为歇业了，不料还开着。在服务员的推荐下，点了西湖醋鱼、西湖莼菜汤等，那味道实在美，也让我牢牢记住了这俩名菜。在此后的两日，我们绕着湖走了一圈，从白娘子和许仙相会的地方，到迷离缥缈的水面泛舟；从和两位大诗人相关联的白堤和苏堤，到钱塘江畔的六和塔、飞来峰下的灵隐寺；所到之处，寒风瑟瑟，都在冷落荒寂之中，于今大不相同。

一日暴走峨眉山

多年前的往事有些已经记忆模糊了，回忆起来如同拼接不全的图画，照片是个好东西，翻捡出当年的影像，许多回忆就会蓦然变得清晰起来，在这秋日里，有了可以追忆的印迹。

那是一九九二年十月，第五届全国书市在成都举行。当时的火车硬卧票很难买，以至于买到哪天是哪天，所以，我们提前三天到达。大家都没有去过峨眉山，眼见还有空余时间，商量着赶紧走一趟。当时，去峨眉山的旅行团大多数是四天时间，还有一周的，可是我们只有这么三天时间，于是，我、李晨兄、文哲兄立即报了一个三天的廉价团，兴致勃勃地出发了。

坐了一天的破车，天色完全暗下时，终于到了峨眉山脚下的一个小客栈。草草吃过团队餐，我们便商量着到外面瞅一瞅。顺着小径刚刚走出百十步远，四周的影像就变得墨色一般，灌木林中不时发出虫鸣鸟叫，在寂静中显得有些恐怖。文哲兄首先止步了，说："赶紧回去吧，别一会儿碰见狼什么的。"三人无语，回房歇息。

第二天凌晨三点半就吹哨起床了，实际我们只睡了四五个小时，但为了到金顶看日出，也顾不了许多。导游早就说清楚了，金顶观日出，十次有八次是看不到的，能不能看到全凭运气。但不管怎样，还是不能耽误的。上山的车队似一条长蛇，车灯在夜色里蜿蜒向上。汽车要从后山绕到雷洞坪，这样就可以省下一大半登山的路程，余下的路要靠自己去爬了。

导游一再叮咛，我们这个团必须从原路返回，才能在当天晚上回到住地，否则就要误车了。车到雷洞坪，天色微明。我们随着人流快速上山，人人气喘吁吁。实际上，当我们在爬这一段路程时，就已经进入了漫天的大雾之中。微明的天色、皑皑的白雾，想必是很漂亮的，但我们顾不得欣赏这一切，只是看着脚下的石阶，向着山顶奔走。终于在太阳升起前到达了山顶。

峨眉金顶如同方外世界一般，缥缈的云雾随着气流不停地变换着不同于人世间的景象，像是白色的丝缎，在山顶、山涧快速地流淌、翻卷着。突然间，面前巨大的流瀑快速地下降，像是听到了号令一般，动作是那样的快，平展展、齐刷刷地同速下泻。一轮红日冉冉升起来了，漫天的雾霭染成了红霞，天地之间豁然光亮了起来，让人们顿生敬畏。人群中发出了一阵阵欢呼声，疲劳早扔至九霄云外。我和李兄、文哲兄顾不得说什么，只是一个劲儿地拍照，记录着这壮观的景象。太阳渐渐升高，阳光照在峰峦云海间，显得格外明亮，令人刺眼，顺着山峦起伏的曲线形成明暗的反差。朝山礼佛的僧人面对神话般的云海，在山崖边就地打坐。我将这瞬间的美景都一一摄入了镜头。

在金顶逗留了一个小时后，我们商定从另一条路步行下山。我们就想挑战一下，一天的时间难道还走不到山脚吗？

我带的是一台潘太克斯相机，临上山时，又在成都买了一个三脚架，来一趟不容易啊。我是三个人中唯一带三脚架的，这个物件在下山的途中还发挥了意想不到的作用。我们分头拍摄，说好了碰面的时间和地点。至于当时看到了什么，现在很多都已记不清了，好在有照片，才能勾起对当时的回忆。只是记得那天天气晴好，我在金顶用长焦镜头还拍到了雄伟的贡嘎雪山。

登顶峨眉一共有两条路径，靠北面的一条从山脚到金顶是一百二十八华里，靠南面的一条从山脚到金顶是一百一十八华里。通常体力好的人，乘车到半山腰，从北麓上山，至少要在山上住一晚，第二天再从南麓下山。这已经算是壮汉了。我们是借助汽车拉到北麓的半山腰的，现在竟然自不量力要马上从南线返回，一百一十八华里啊！但当时年轻气盛，谁怕谁，说走就走，不管三七二十一。开始的一段下山路非常陡峭，不过我们并没有放在心上，英姿勃发，背着摄影包，扛着三脚架，谈笑间连蹦带跳下山冈。

南线这条路的确是峨眉秀色集萃之地。我们兴致极高，一边走一边寻找不同的角度拍照。只见沿途溪流淙淙，灌木葱茏，有时溪流隐在林中，只听哗哗流水响；有时又跃出林木丛中，像一条白色的蛟龙翻舞，发出震耳的轰鸣。但这条路又确实是一条艰险的路。

刚从南线下山的时候就遇到了抬滑竿的，他们自古就吃这碗饭。两个竹竿间支一块帆布，在陡峭的山路上，如陆地行车一般，健步如飞。可当时谁肯坐，摆摆手："不坐不坐，我们还用得着这个！"这些人也还是有经验的，你说你的，他也不吭声，只管跟着你就是了，不信你不坐。但那一趟，这拨人可真是跟错了，一直跟了有三十来华里，还不见我们有要坐的意思，径直走过来询问："你们到底能不能走下去？"这时我们三人虽然腿脚已经走软了，但仍不嘴软，告诉他们："我们是从太行山上下来的，这点儿山路算什么。"这几个人到底不知道从太行山上下来的人是什么样的人，长叹一声说，今天的买卖可是全砸了，气急败坏地不再跟随我们了。

走了有五六十里的时候，两条腿越来越沉重，早晨起来发的一点面包和火腿肠早已吃光，胃里空空如也。这一路是注定要让我们留下深刻记忆的，天又淅淅沥沥下起了雨，躲也没处躲，而且看这雨也不是一下子就能停的。渐渐的，我们浑身都湿透了，只能硬着头皮往下走。路上有一个叫九十九道拐的著名景点，是一个群猴出没的地方，我们还真的碰到了很多的猴子。这里的猴子一点儿都不怕人，其中有几只大一点儿的就挡在山路中央，大有山大王之意。但此时我们哪里还有吃的东西啊，只好硬着头皮充好汉。文哲兄突然发现了一个秘密，过来一定要帮我扛三脚架，说实在的，百里无轻担，多扛一副架子显然是个累赘，现在文哲兄要帮我扛，心中好生感谢，到底是自家哥们儿。但是，李晨兄很快看出了端倪，原来猴子们怕这个东西，不知道是个什么新式武器，文哲兄拿在手中，像冲锋枪那样端着，猴群见状四散逃去。结果是我在台阶上休息时，口袋里的东西被一个大胆的毛贼明目张胆地抢走了。李晨兄恰到好处地将此情形拍照留证。

峨眉山月升起来了，是那样的美丽，古往今来，多少词人墨客为之吟咏。可是我们没有太多心情观赏，急着赶路。又咬着牙关坚持走了一段后，望着盘山小径融入苍茫的暮色之中，心中不免有些胆怯。就在这时，山道上又出现了几个抬滑竿的"袍哥"，上午的雄心早已不在，只好求助于他们了。想想也是，上午那拨人一直跟了三十华里，我们硬是没有坐，而这拨人在

峨眉金顶，如同方外世界一般

回家的途中却轻易揽到了生意。其实这时已经接近山脚了，只是我们不知晓，哪管价格高低，我先坐了上去，随后两位仁兄也都坐了上去。走出几华里后，地势渐平，我们下了滑竿，每人付了十华里的钱。因此，实事求是地说，下山的路一百一十八华里，我们走了一百零八华里。

晚上十点多，精疲力竭的我等三人终于回到了小客栈。导游少不得一通训斥，但哪有力量还嘴，倒头便睡。第二天返程途中，停车参观另一个景点，我说什么也不愿意下车了。回到成都，双腿钻心地疼，直到书市结束方才好些。

后来，我跟许多朋友提到，我们用一天的时间暴走了峨眉山，上了金顶又从南线走到山下，但他们说什么都不愿意相信。

品读金陵

莫愁湖的传说

一九九四年去南京组稿，正值阳春三月，草长莺飞、柔风绿柳季节，十多天的时间，除了公干，热情的作者还带我游览了雨花台、中山陵、夫子庙等处，我意犹未尽，还独自去了秦淮河西的莫愁湖。

莫愁湖有金陵第一名胜、江南第一名湖之美誉，有一千五百年的历史，园内楼、轩、亭、榭错落有致，莫愁水院、胜棋楼、郁金堂、华严庵、抱月楼、曲径回廊等掩映在山石松竹、花木绿荫之中。清代袁枚曾诗赞："欲将西子莫愁比，难向烟波判是非；但觉西湖输一着，江帆云外拍天飞。"清乾隆年间莫愁湖以"莫愁烟雨"列为"金陵四十八景"之首。

莫愁湖是有传说故事的。相传宋齐年间，洛阳附近有一个美丽聪敏的少女，幼年丧母，与父亲相依为命。她文静、好学，自幼随父亲采药看病，养蚕、纺织、刺绣也样样拿得起来。十五岁那年，父亲不幸身亡，因家境贫寒，莫愁只得卖身葬父。当时正值建业一个卢员外游洛阳，见莫愁纯朴美丽，便帮助莫愁料理了爹爹后事，为儿子买下莫愁，带她回建业。从此，莫愁嫁进卢家，成了员外的儿媳。莫愁婚后和丈夫恩恩爱爱，第二年生下一个白白胖胖的儿子。

后来外敌入侵中原，丈夫从军奔赴边关，一去数载无音信，莫愁时常思念夫君，只有帮人治病时才感觉快慰。受益的人们时常说：我们有了病痛，见了莫愁，就什么忧愁也没啦。长此以往，莫愁女的名字就传开了。但一日，梁武帝闻报卢员外家牡丹花开，便到员外家赏花，见莫愁容貌姣好，不由神魂颠倒，用计害死卢公子，招莫愁进宫，莫愁悲愤交加，投湖而死。

四周乡邻得知，纷纷来到湖边拜祭她。为了纪念她，人们将卢家花园的石城湖改名为莫愁湖。为莫愁女的身世感染，千百年来，文人墨客留下了大量名篇佳作。唐代诗人沈佺期写诗赞到：卢家少妇郁金堂，海燕双栖玳瑁梁，九月寒砧催木叶，十年征戍忆辽阳。白狼河北音书断，丹凤城南秋夜长，谁谓含愁独不见，更教明月照流黄。

今日的园中，除了郁金堂，还有水院回廊、赏荷厅、四方亭等建筑组成。园中一泓水，名曰观鱼池，水中植荷莲。池中有汉白玉莫愁女雕像，塑像高髻云鬟、窈窕端庄，作采桑归状，是南京标志性雕塑。水院回廊环水而建，门额上有钱松喦书"到此莫愁"，墙壁亦多石刻碑铭，有古今名人书写的联句。其中有林散之隶书"诗意"二字及草书："盈盈一水莫愁湖，湖上佳人名姓卢。不爱绮情爱贞素，桑间陌上羡罗敷。石头凉月曲如弓，六代繁华转眼空。谁似莫愁湖上女，千秋沿溯小桥东"，费新我草书"相邻一带水，友谊万年青"句，刘海粟行书"莫愁湖边千首诗，紫金山下万株松"句。

距离郁金堂不远有一胜棋楼，胜棋楼也有一个传说，相传是明太祖朱元璋与开国元勋徐达下棋之处，徐达棋艺超群但在皇帝面前并不敢取胜。一日，二人到此对弈，朱皇帝示意徐达尽棋艺以决高低。此局自晨弈至午后胜负未决，后来朱皇帝连吃二子，自以胜券在握，徐达说："请皇上细看全局。"朱皇帝仔细观看，始见徐以棋子巧布"万岁"两个字。至此朱皇帝始服徐达棋艺实较己高，乘兴将此楼连同莫愁湖赐予徐达，以彰徐建国功勋。此即胜棋楼名之由来。胜棋楼坐北朝南，是一座古朴的两层建筑，楼下陈列着名人字画，楼上悬挂着明太祖朱元璋和中山王徐达弈棋的画像。楼外两侧楹柱上的楹联云："粉黛江山留得半湖烟雨，王侯事业都如一局棋枰。"

漫步莫愁湖，信步胜棋楼，那凄凄惨惨戚戚的故事已然成为久远的历史，那一局赢了一座楼的棋局也早已下完。来此的游人熙熙攘攘，喜欢的是这里古色古香的环境，很少有人注意到这些久远的故事，沧海桑田，换了人间。

秦淮河边

秦淮河是南京专属美景，不过，我觉得它在白天一点意思也没有，只有到了晚上，才是一片妙境。

夜晚的秦淮河边，厚重的人流加上波光粼粼的水，就成了流动的音符，如果读过些旧时的诗文，就会忆起在这里生活过的一些人，呈现出些许旧时的风光；或正是这样一些人，才使得秦淮河名扬天下。

古时的秦淮河，背倚城墙，婉转流淌，房门向河边开启，乌篷船系在门前。船来船往，留下一帘幽梦。多少靡丽故事，在波光粼粼之中，上演了一个个剪不断、理还乱的诗篇。最著名的秦淮八艳，是名副其实的白富美，不但美艳逼人还声名远播、多才多艺，她们虽然是生活在社会最底层的女子，但在家国逢难时，慷慨激昂、洁身自好，表现出了民族气节，因此受到后人的赞誉。

在这八个人中，有家喻户晓的柳如是，清兵入关，打到江宁城下，作为钱谦益的爱妾，她鼓励钱和她一同以身殉国，到了最后关头，钱谦益嫌水凉，不愿就死；倒是柳如是纵身跃入水中，后幸被人救起。钱谦益后来降了清，本为世人诟病，但由于柳如是的壮举，人们对钱谦益的反感也少了许多。还有李香君，丝竹琵琶、音律诗词无一不通，坚决拒绝阮大铖的金钱诱惑，并变卖首饰让侯方域立刻还钱给阮并断绝与阮的关系。孔尚任的《桃花扇》广为流传，她的名字也广为大众传颂。美丽动人的董小宛，与明复社四公子之一的冒辟疆相爱后立志相嫁，冒辟疆在董小宛激励下也誓不降清，董小宛殚精竭虑积劳成疾，贫病而死，年仅二十八岁。名气最大的当数陈圆圆了，吴三桂"冲冠一怒为红颜"就是为了此女。还有在绘画上有极深造诣的马湘兰，与吴梅村有过一段姻缘的卞玉京，南曲第一才华横溢的顾眉生；敢爱敢恨的寇白门。她们虽然飘荡在花街柳巷、青楼卖唱，但都具有民族气节，其勇气与节操让人钦佩。相比之下，那些满腹经纶的达官贵人，反倒寡廉鲜耻、贪生怕死、软弱偷生，让人唾弃。

还有记载于各种典籍的"自古灯船艳秦淮"的灯船，歌舞管弦佳丽惊艳，鳞次栉比的金粉楼台，早已经历代文人的笔墨，留下了无数的千秋名篇，成就了"六朝金粉佳丽地"的美丽传说。所以即便没到秦淮河的人，听了这些传奇故事，也会沐浴在历史的流光溢彩之中。

今日的秦淮景致，虽然还有小桥、流水和小船，但是，已然没了桨声灯影里的诗书气息，只是一种为旅游而摆开的陈设。入夜时分的光影也过于璀璨，这些现代的霓虹霞彩，装饰着钢筋水泥的仿古建筑，已然不再是那条蕴涵烟火风情的秦淮河了。四方游客风风火火地赶来，评头论足、拍照一番后，又急吼吼地离去，在熙熙攘攘的人流中，有了太多的喧嚣、太多的色彩，而太多的人，也不愿再听那过去的故事了。

石头城寻踪

寻访石头城，是受到那首著名古诗的影响。当年就是在此江边，东晋大军挥师而至，终于使得"一片降幡出石头"。

石头城在南京老城的西面，是东吴时孙权所建，实际上是屯兵之要塞。由于是利用自然的石壁山岩凿成，故称石头城，又因此处江水冲刷石壁斑驳，故史书上又称鬼脸城。实际上，早在唐时，石头城就已经废弃了，刘禹锡在唐敬宗宝历二年路过金陵时，就写下了七律一首："山围故国周遭在，潮打空城寂寞回。淮水东边旧时月，夜深还过女墙来。"就是当时诗人目睹昔日的繁华，已成为一座空城的感慨与叹息。如今，在唐之后又经过一千多年的风风雨雨，"六朝旧事随水流"，石头城早已是断壁残垣，其中一部分已经成了公园的一角。在它的周围，是鳞次栉比、车水马龙的都市。立足于此，的确能感受到石头城的气势雄伟、地形险要，更能感受长江从此处山岩下惊涛拍岸滚滚东去的沧桑历史，不由感慨万千。

历代统治者莫不荒淫误国，一个个朝代变更得飞快，旧的总是要逝去的，包括那沉于江底的东晋水师，能留下来的只有文人墨客千古绝唱的文字名句了。

当我转身离去时看到，在古老残留的另一边，正盛开着青春靓丽的花朵，还传来孩子们欢快的笑声，他们正在追逐着欢乐。望着这金粉六朝古都的断碣残壁，看着眼前的这一切，留给我们的是太多的思考。

南疆片段

唯一的一次南疆之行是很久以前的事了。那是一九九四年，我和赵志光老师到新疆参加全国美术图书黄河金牛奖的评比。评比交流期间，东道主安排与会者赴南疆采风考察，成就了一段难忘的记忆。

古城库车

库车就是古龟兹，位于南疆腹地，是塔里木盆地西北边缘的一处绿洲城邦，著名的丝绸之路重镇，是西域古国之一，和于阗、疏勒、碎叶并称为安西四镇。这些在初中历史课本上都学到过。这里还是世界上距离大海最远的内陆。特殊的地理位置，使得它吸纳了天竺、波斯、华夏、罗马、希腊、希伯来以及后来的阿拉伯文化，是四大文明的交汇之处，形成独特的龟兹文化。清乾隆二十三年定名为库车。

现在的库车是一个具有伊斯兰风情的古城，在老城外有一座大桥，大桥的门檐上写着"龟兹古渡"，这几个字是林基路的手笔。佛教在印度兴起后，于东汉初年传到西域，后从此传播到中原。龟兹出土了数量可观的梵文古卷，证实在公元三世纪起，这里的佛教就达到了极盛。公元一〇〇一年，因宗教争斗被灭。

库车有太多的文化遗存，不仅有绚丽多彩的佛教石窟艺术，还有众多的古城遗址，如克孜尔千佛洞、克孜尕哈千佛洞、库木吐拉千佛洞、龟兹故城遗址、库车大寺等，还有著名的高山湖泊大龙池，被列为"丝绸之路库车段"。

在库车老城，有一个"林基路纪念馆"，我问路于所住龟兹宾馆服务员，服务员说就在林基路上。她看我有些懵，又补充道，林基路是一条街，到了老城问人就行。我说，要是老乡不懂汉语怎么办？她说，你就说"林基路"三个字就行。我照此问路，果然如此，不懂汉语的维吾尔族老乡也能准确指路。

林基路是个革命者，广东台山县人，留学日本期间入党，"七七"事变后回国参加抗日，一九三八年受党派遣到新疆做统战工作，一九三九年至一九四一年担任库车县县长。在库车的两年中，他为当地人民办了不少实事，兴修水利、堤坝，鼓励当地人民发展农业、开垦荒田。这些水利堤坝现在仍在造福着当地百姓。他和毛泽民、陈潭秋等于一九四二年九月被反动军阀盛世才杀害，年仅二十七岁。为了纪念他，他旧居的那条街被命名为林基路街。

走在库车的大街小巷，能体味到完全不同的文化感受。不论大街小巷，河流水道，都非常整洁、干净，这的确是我们应该学习的。在新疆美术摄影出版社副总编辑、我们的朋友买买提的带领下，还走访了一些维吾尔族家庭。这些随意叩开大门的每一个家庭，都是窗明几净。在库车街巷，我们参观了手工编织毡毯的家庭，还去了龟兹古城遗址和库车文管所，我在那里购买了一个富于民族特色的手工褡裢作为纪念。

在库车小住几日，颇有异域风情之感，还赶了一个巴扎，也就是大集。巴扎在一个干涸的河床，人很多，人们像是过节一般喜气洋洋，这是一个友好欢乐的民族。那时的库车没有公共交通，大街小巷里的出租车是一种带棚子的小毛驴车，车资都是一元，反正出不了县城。

残美的克孜尔

古时，龟兹是一个著名的佛教国度，非常盛行开凿石窟和建造寺院，这里至今还保留着许多佛教壁画艺术，拜城县境内的克孜尔石窟就是著名的一处，它与敦煌莫高窟、云冈石窟、龙门石窟并称为中国四大石窟，

从库车出发，沿着山路西行七八十公里，就进入一条名为木扎特河的河谷，河谷一侧高耸的岩壁名为明屋塔格山，克孜尔石窟就在岩壁之上。

明屋塔格山中，残缺的克孜尔石窟

进入保护区内，迎面是一座鸠摩罗什铜质雕像，鸠摩罗什是十六国时期后秦的著名高僧，出生在龟兹，是一位开创中国佛学的重要人物，他将大乘佛学思想系统介绍到中国，翻译佛经，确立了中文佛经文体，在中国译经史上具有划时代的意义。

现有的研究表明，在公元三到六世纪，佛教在龟兹一带达到极盛时期，唐代僧人玄奘在七世纪西行取经途中，还看到那里"伽蓝百余所，僧徒五千余人"的场景。后来，这个显赫的时代消失了，留在大地上的遗迹只能默默地述说当年的辉煌。

克孜尔现存石窟二百多个，但由于风蚀、洪水、地震等自然原因，以及人为的和历史的原因，大多已经损毁，只有七十多个石窟还留有精美壁画，但也都残缺，而且只开放其中一小部分。在我们进入参观的石窟中，壁画的损毁真是让人心碎。

这样一片广袤的山谷，在屡遭劫难之后，依然保留着万余平方米的壁画，这些壁画的颜色非常丰富，蕴含的故事让人百看不倦。每一笔，每一画，都包含着不为人知的大千世界，并且有一种神秘莫测的气息。

在十九世纪末二十世纪初，西方殖民者从此窃走了许多精美的壁画，其中被德国的探险家勒柯克切割走的那一块，至今仍然珍藏在德国柏林的艺术博物馆中，被称为该馆的骄傲。现在这片地区已经被很好地保护起来，成为西域瑰宝。

总之，在一千多年前，这里曾有过繁荣的历史，这里曾是丝绸之路的一条主要通道。当年的胜景早已不在，我们只能在残缺的石窟上才能得到一些了解。

幽远的泪泉

在库车与拜城之间，有一条幽静的明屋塔格山峡谷，到峡谷的路不太好走，下了车还要沿谷底行走一段。这段路是人在杂草丛中趟出来的小径，两边山崖笔直高耸，沿途生长着茂密的灌木，在灌木丛下听得到水流哗哗的声音。只有走到山谷的尽头才能见到溪流，原来溪水是贴着山崖石壁上渗出的涓涓细流汇集而成，这里就是泪泉。

这是一个环形的山坳，在几乎直立的崖壁上，渗出的水流有成百上千条，偌大的一片崖壁都在滴落着水珠儿，有的一滴一滴宛如泪珠，有的是弯弯曲曲形成小水流，呈现一种水帘状，整座山崖湿漉漉的。用手直接从石壁上接一掬清泉，送入口中，立刻感到了甘爽清甜。我还趴在石壁上，直接吸吮汩汩冒出的清流，更觉一身凉爽。

泪泉以前叫做千滴泉，这两个名称其实都显示了它的特点，由于峡谷长，无数水珠儿竟汇成一条小河。峡谷中茂盛的草木，于远处寸草不生的荒凉形成鲜明对比。

这样的地方肯定有着遥远的传说，故事是这样的：很久以前，龟兹国的公主遇到一个英俊的猎人，一见钟情，国王当然不愿意，想了个法子刁难小伙子，让小伙子在山上开凿一千个石窟方能同意他俩在一起。小伙子不分昼夜地干，在开凿到九百九十九个的时候倒下了。公主听到这个不幸的消息，也忧伤而死，两人化作并肩而立的两座山峰，公主的泪水就化作

那一天的下午，天山野餐

了千古流淌的泪泉。

　　似乎还有其他更为凄美的传说故事，诸如为了消失的古代文明，为了残缺的石窟艺术。反正，任何一处残缺的艺术，总在神秘面纱下有着许多故事。

　　一群来自喀什的维吾尔族年轻人来此游览、戏水，其中有几位漂亮的姑娘，红花衣裙包裹着婀娜多姿的身躯，看到我们拍照，快活地摆出各种姿势，山涧回荡着她们爽朗的笑声。许是出于一种防范，和她们同行的一位小伙子非常认真又悄悄告诉我，她，指那个最靓丽的，已经有两个孩子了。真看不出来！

　　美哉，泪泉，那个遥远的下午，最是那一低头的笑颜。

　　许多年过去了，有些印象已经模糊，有些经过时间的冲洗却愈加清晰，还时常在记忆中出现画面。

龙胜三章

对龙胜这个地名此前是没有概念的，一九九六年五月，参加在桂林举办的全国书市期间方才听闻，说此间风光甚好。于是，书市闭幕以后，在我们的一致要求下，领导安排我们参会人员到龙胜县观光采风。两日下来，的确难忘。

龙胜漂河

龙胜的全名叫龙胜各族自治县，在桂林北一百多公里的大山中。那几日雨多，云雾低垂，一路景色甚好。车过龙胜县城，山川更加秀丽，风光宜人。一条窄窄的公路蜿蜒而上，两山之间夹一条湍急的河流。这条河在旅行地图上叫龙胜河，但有博学之人告知，上游的一段应叫桑江。江流出自大山，穿行于峡谷，陡降而下。江流两岸绝壁高耸、河床深切、水流湍急，滩多石多。那几日，因雨河水暴涨，漓江的游船都停下来了。所以，一路上导游就先给我们吹风，说河水太大了，漂流可能要泡汤。

河中漂流是龙胜旅行重要一项，但当地漂流尚处于开发阶段，这个项目完全是周边村民的行为。果然，一路上，只见河流湍急，不见漂流人的影子。淅淅沥沥的雨又下起来了，山岚又起，连空气都湿漉漉的，正当我们以为漂流彻底泡汤时，忽然发现在最靠上面的一处河滩，出现了几个人。应该说，此地漂流的确实不太规范，用一只橡皮筏子放置在路边，就是招牌。汽车一来，人不知从哪就钻出来了。

同事们立即兴奋起来，叽叽喳喳也没有听见导游在说什么，下得车来，涌向河边。看着来了生意，人又多，几个老乡立刻召集同伴，一会儿工夫，又来了好几个筏子。这时我们也看出来了，实际上纯属野漂。他们使用的一种无动力的充气橡皮筏，既没有舵也没有浆，筏子底部全是水，正疑惑怎么坐，被告知，是要坐在两边充气的帮子上。看着如此简陋的筏子，几位同事当即表示不坐了。

我们每人穿了一件救生衣坐了上去，筏子不大，两边充气的帮子圆鼓鼓的，缠着绳子，哪能坐稳，只好双手紧紧抠住绳子。每只筏子坐上五六个人，前后各有一个船家，都窝在筏子中，前面一个撑一只竹篙，后面一个也是撑一只竹篙，不清楚他们是怎么分工，应该是两人配合调整方向吧。就这样，筏子忽左忽右箭一般地穿行在激流中。

暴雨后的龙胜河水流湍急，平时平缓的水流现在变得汹涌澎湃，似万马奔腾，河谷还飘着茫茫的水雾。看河流咆哮的情形，我料定无法拍照，登舟前就把摄影包一应行头尽交付在岸上的同事。坐上筏子后，尽可能把身体的重心向内一些，双手紧紧抓住绳索，避免剧烈晃动中翻落水中。

橡皮筏子在峡谷中顺流而下，刚才的新鲜劲早已经化成了无言的紧张。河床弯曲，浪花飞溅。河床之下凹凸不平，还有如牛巨石露出水面，形成漩涡。筏子在激流中剧烈晃动，当遇到小落差的时候，河水会从后面涌入，每个人的鞋子里都灌了水；在几处大的落差时，汹涌澎湃的浪劈头盖脸，前面的人遭受的冲击更大。当时，总有一种恐惧是想象不出来的，人们屏住了呼吸，船家也很紧张，不时提醒，但是这种情形下，提醒等同于无。在向下冲过一段坡度很大的激流时，我们没有掉下去，倒是在我旁边的船家翻落水中了，不过，年轻人身手敏捷，落水的同时一把抓住皮筏子上的绳索，随后，又翻身上来。

这天的雨淅淅沥沥一直不停，天上落下的水与河流中奔腾的水，形成了包围，穿了一次性的雨披也根本不管用。漂流了大约四五公里后，水势缓和了许多，在一处浅滩上岸。上岸后大家面面相觑，整个人没有一处是干的地方。

这是一次真正意义上的漂流，虽然充满了惊心动魄，但我很高兴。因为这样的漂流很难遇到，令人难忘。

大美温泉

碧林深处，云蒸霞蔚，温泉胜地

龙胜的温泉在我看来是最好的，夹在两山之间，依山势而建。在数百米长的山谷中，遍布着大小形状各异的汤池。

山谷之中木叶从容碧绿，山势优雅，这些汤池巧妙地融合了周边的环境，固有天上人间之说。我想，这应该就是指人在其间既感到舒适，又能享受与大自然紧密融合的快乐。反正，当我躺在温泉池中，仰望幽暗的山野时，的确有一种融入大自然中的感觉。

龙胜这个地方不缺水，山上有汩汩温泉涌出，山底有奔流之河水，再加上雨水方停，群峰之间，云遮雾障，水气升腾缥缈，似仙境一般，是一处极好的度假之地。宾馆就建在温泉的旁边，宾馆可以直达温泉。龙胜的温泉池有二十多处，形状各异，有大有小，温度也不同。有的温度极高，水温近六十度，热气腾腾；有的汤池中还做鱼疗，小鱼竟然能在热水中生存；有的则幽然静谧，低处还有一个游泳池。在每一个汤池旁还立有牌子，上面清清楚楚标注着水温、微量元素以及在地下多少米的岩层中打出来的等等。以此说明，经过了化验，里面含有对人体皮肤好的一些矿物元素，还能治疗某些皮肤病。

一般来说，温泉都与火山和晚期岩浆活动有关，是因大自然中火山活动而赠送于人类的礼物。泡温泉也是许多人的心头所爱。我们没有温泉度假的体验，但影视作品中看到人家泡汤的场景，知晓了泡温泉不是游泳，更不是洗澡，洗干净再进去才是正道。

我们是晚间来的，夜幕下的山谷，人工点缀着微光，汤池旁就是浓浓的植被，让人感觉到，这些植被一直延伸到远山，绵绵不绝。

龙胜两日，感受了这儿的温泉、河流，还有那两日淅淅沥沥的雨，都记住了。

龙脊梯田

因为一本书的版权纠纷，五月，我同社里的法律顾问又来到桂林龙胜县，公干之余，参观了龙脊梯田，聊补上一次龙胜行未到之遗憾。

龙胜有苗、瑶、侗、壮、汉五个民族主体，少数民族都保存着完好的原生态文化，有着"无山不瑶、无林不苗、无垌不侗、无水不壮"一说。各民族的风俗习惯、衣着服饰、医疗美食、民居建筑都各具特色。梯田就是瑶族千百年间创造的耕作方式。

龙脊梯田总面积有七十余平方公里，据当地人介绍，从秦汉时期，就开始了梯田式的耕作形式，掐指已有二千二百年的历史；到唐宋时大规模发展梯田方式，成为当今的样子。因此，这里的梯田被誉为世界梯田原乡，是全人类重要的农业文明遗产。

瑶族又有红瑶、盘瑶、花瑶等多种支系，大都是从服饰上区分的，红瑶以穿红衣服而得名，头饰是蓝白相间，腰间还有一些小饰物。红瑶妇女从古至今有蓄长发的习俗，在寨子里，长发梳妆别开生面，有两位就展示了她们乌黑浓密的长发。她们站在凳子上才能让长发离开地面，并介绍了她们保持长发的秘诀——用淘米的水来洗头。平时，她们的头发盘在头顶。还有一个特别之处，就是佩戴耳环，耳环是银质的，很粗也很大，吊在耳朵上晃来晃去。因此，当地有红瑶三怪之说："头发当成草帽戴，手镯当成耳环戴，衣服全是丝线带。"的确，除了梯田，他们的住宿和服饰以及生活方式也很吸引人，看得出来，这些不是为取悦游客而特意设置的，而是保持了完整的民族传统。

我们是清晨时分上到龙脊的，一片云雾正从山间升起，梯田以一种安详的神态向人们露出容颜。龙脊是那一大片山岭的统称，有着龙脊十三寨之说。这里的地理环境，使得许多寨子位于山腰之上，我们来到的这个大寨子就是如此。从这里向上，走不多远就至山脊，居高临下俯瞰，位于山谷之中的梯田层层密布，泛着光亮尽在眼底。只是我昨晚忘了充电，相机在拍了几张以后就停止工作了，非常遗憾。

不能拍照了，那就用眼睛来记录美好吧。只见层层梯田整齐有序，线条丰富，曲线多彩，一层层的梯田就是一道道光和影，让人感到一种动态的美感。真是无法想象，先民们是怎样建成这样梯田的。我曾见过修造大寨梯田，而龙脊的梯田与大寨有很大不同。首先是龙脊的坡度大得多；其次是层数多，田面窄，这是由于大山的陡峭决定的。梯田最大的不超一亩，最小的只能种几陇。站在山巅俯瞰，连绵峻峭的山谷便成了一条活灵活现的动态大片。我买了龙脊梯田的明信片，四季景致各异，都美丽极了。当然，在这里想要拍出好片子也绝非易事。

我们还进入民居参观，听房主讲述他们的生活习俗。他们这种高脚屋子虽有特色，但走风漏气，生活设施也太过简陋，实在不敢恭维。我们与其中房主家人在门口交谈片刻，大家在夸赞他们如诗如画的生活环境时，他们反倒对我们露出羡慕的口气，异口同声说："哪能和你们大城市比呀！"的确，景色虽美，但生活方式的差异还是很大的。

这就是，有人寄情山水却不得，有人生活在此不得已，世间的事情许多都是如此。

回望恒山

初冬时节，人民美术出版社一行领导来并公干，事毕后赴恒山采风，因我的一位作者朋友在恒山管理局供职，单位派我陪同走了一遭。这是我第一次上恒山。

北岳恒山，在浑源县境内，距省城只有二百多华里，我编过两本恒山旅游的图书，也数次去浑源县城，但每次总是到恒山脚下的悬空寺就止步了。峭壁上的悬空寺千古一绝，是恒山的代表，名气很大，游人络绎不绝，但大多是至此即可，鲜有继续登山到恒山寺庙中心区的。

浑源县有个专设机构，叫恒山风景区管理局，朋友闻我携客来此，热情款待，当晚安排在一家非常有特色又非常小的餐馆，为了当晚的这餐饭，小店关门谢客，老板亲自下厨，招待我等九人。可以说是遍尝当地风味。对于我和几位北京客人，许多小杂粮的做法从未见过，大家赞不绝口。第二天，在朋友的安排下，参观了悬空寺，随后登上恒山。

恒山并不太高，最高处叫天峰岭，海拔也就二千余米。但作为中原通往蒙古高原的边塞之地，自古兵家必争。在历代帝王的认知中，恒山也是江山的象征，所以，对恒山的各种宗教活动都特别重视。据《尚书》记载，早在西周时期，周成王就来此祭祀过；秦汉以后，逐渐形成了一种礼制，汉武帝时期，第一次将恒山封神。在南北朝时期，文献记载恒山有建寺庙的历史，明清时期恒山就遍布着寺庙和道观。但是进入民国以后，大部分的寺庙就受到人为的破坏，能完整保留下来的只有悬空寺，它是恒山最出名的寺庙。

柏油路可以上至半山，从此处登山，视线时而受阻，时而开阔，沿着石阶行走半个多小时后，看见前方山巅石壁上的摩崖石刻"恒宗"二字，这里就是大字湾。这两个字高宽各六米,是明朝洪武年间雕凿于此的,现在是恒山标志性的景观。再向上就到"虎风口",当年应是老虎出没之地,相传张果老曾在此修炼。从此就进入恒山殿群腹地。北岳主殿恒宗大殿坐东朝西,上悬匾额"贞元殿",当中供奉北岳大帝,还有一幅匾额"化垂悠久"为康熙皇帝所书。

恒山庙群,除了主殿,还有多处道观,排列在向阳的山坳里,左拥山巅,右临深涧。有供奉着北岳大帝两匹马的马神殿,有白虚观、紫薇宫、白虎观、龙王庙、关帝庙、纯阳宫、碧霞宫、文昌庙、奶奶庙等大小道观多处。但是有一个例外,就是恒山的第一奇观的悬空寺,它是一个道教、佛教、儒教三教合一的混合寺院。

始建于北魏后期的悬空寺,上载危岩,下临深谷,巧夺天工

历史上，恒山的名气并不小，金庸的《笑傲江湖》里就有它的刀光剑影，古时许多文人墨客也都来过这里，写下了诸多的传世诗文，李白、贾岛都留下过诗篇，明代旅行家徐霞客游览过留下的《游恒山记》，对恒山景致的描写"时日色澄丽，俯瞰山北，崩崖乱坠，杂树密翳"，于今大致无二，只那时登山路道更为艰难。

客人们兴致很高，在寺庙群中盘桓近三个小时才依依不舍离去。下山途中回望群峰，忽然觉得它高耸了许多。而今刚刚建起一条直达索道，游人可省去登山之累了。

今日天气非常寒冷，山上寒风凛冽，人烟稀少，荒烟蔓草，好在昨日晚间，在管理局那位朋友的严词警告下，我们跟随他敲开了一家小商店的门，每人购得一件草绿色的军大衣。要是没有这件大衣的加持，那可要受罪了。

五岳是远古山神敬拜和帝王封禅寻猎相结合的产物，传统文化中五大名山的总称。它不仅有自然景观，更是沉淀了悠久的历史文化，自古以来深受文人墨客的喜爱，再经他们的妙笔渲染成就了殊荣。至今，我只登过华山和恒山，中岳嵩山也只在少室山下仰望，其他算作我的下一个小目标吧。

徽州——曾经的王者

一

偶过江南，徽州本不在计划之列，只因同行老友身体欠安，临时决定在此间休息两日。于是有了一出"无梦到徽州"之行。

说起徽州，脑海中就会立即浮现出一幅素雅的水墨丹青图卷，"青砖小瓦马头墙，回廊挂落花格窗"，这就是描绘徽州的建筑风格和古朴典雅民居的诗句。

徽州是中国曾经的王者，历史上占有重要地位。比如"安徽"的省名，便是取自安庆府的"安"和徽州的"徽"合并而成。这不单是一个地理概念，还是一个历史、文化、思想的重要组成。

古时候的徽州府，那可不得了，地理上管辖着一府六县，即歙县、黟县、休宁、祁门、绩溪、婺源，府治在歙县，它相当于今天的直辖市。著名的黄山也在它的管辖范围。

从地理概念上说，追本溯源，徽州古城也就是歙县古城，歙县就是徽州文化的发祥地，自隋文帝开皇九年置歙州起，至宋徽宗宣和三年改歙州为徽州，府治所在地为歙县，县府同城。这个名称就一直沿用，从此历宋元明清，所辖区域也从来没有动过。在这历史的长河中，这一区域诞生了"新安文化"，成为中国三大地域文化区之一。直至今日，徽剧、徽菜、徽商、徽派艺术、徽派建筑仍是中国传统文化的重要研究课题。

徽州还是徽商的发祥地，明清以来徽商称雄中国商界五百多年，与晋商一并雄视于天下，汤显祖因此有"欲识金银气，多从黄白游，一生痴绝处，无梦到徽州"句。

但是，这样一个集历史、地理、文化概念为一体的地方，后来却屡受劫难。首先是一九三四年，婺源被划入江西，婺源民众发起返徽运动，抗战胜利后，民国政府又将它划回徽州。到一九四九年，解放战争中，由于二野的军事管制问题，婺源又划给江西，一直至今。绩溪最终被划归宣城管辖。时间到了一九八三年，当地政府为发展旅游，将徽州下辖的太平县改为县级黄山市。而此前，黄山只是太平县管辖的一个镇，后来仍嫌拔高不够，于是，在一九八七年，又将黄山升为地级市，代替了徽州。从此，徽州消失了，被它的"孙子"所取代，而太平县，也就是黄山原来的"老子"，成为现在黄山市下辖的一个区，更让人无语的是徽州，也变成了黄山下辖的一个区。至此，它们的关系彻底转变了：儿子成了兄弟，孙子成了老子。这就是现代社会，名气大了也着实怕人。

二

时值梅雨时节，湿漉漉的，空气中似拧得出水来，周遭的一切都在和风细雨娇慵绿意之中。被掠过脑海的历史文化所吸引，每日里冒着不停歇的雨丝，深一脚浅一脚踩在红壤和紫色的黏土地上，穿梭于古城街巷和郊外。

走在歙县的古街上，就是走进一座历史博物馆，那飞檐翘鼻的房舍，充满青苔的石阶，与现代大厦为邻，犹如穿梭在古代和现代的时空，那一处处美轮美奂的景致，就是它亘古不变的风采。千载岁月的流淌，似乎只在弹指之间。那青砖汉瓦间的灰土，那青冢垒石的雕砌，印证了悠久的历史和文化，也宣示着旧时的辉煌。对着这些凝固了的历史，我只有怅然凝望。

徽州的牌坊数不胜数，但是，不论是做工，还是名气，都要数棠樾的最好。棠樾牌坊群在距古城十数里的棠樾村，棠樾这个地名"棠"是棠梨树，"樾"指两树交荫之处，蛮有诗意的村名。那段路泥泞无比，非常黏滑，粘在鞋底很重，走得很费力，但我和双喜二人兴致丝毫不减。

过去的徽州人是很不容易的，由于人多地少的地理环境，为了生计，许多人小小年纪就往外跑谋生活，以前有这样一句话叫："前世不修，生在徽州，十三四岁，往外一丢。"在外混得好的不想回，混得不好的，也不想回，于是女人在家守空房，因此，贞节牌坊也多。那日在棠樾村外的七连座牌坊，驻足凝视，七座牌坊跨越百年、浑然一体，细读牌坊文字，每座牌坊都有故事，忠孝节义俱在。建立牌坊是要经皇帝批准的，皇帝口头批准的叫敕建，皇帝同意后颁旨的叫圣旨，这两个级别需要自己出银；皇帝直接颁旨、地方政府出银的叫恩荣；最高级别的御制，由国库出银。棠樾牌坊中的第一座就属最高级别的御制，还被皇帝荣封三代。

除了牌坊还有男祠和女祠两座祠堂，祠堂面积不算大，古韵十足，据说这座女祠是国内留存的唯一专为家族女性建立的祠堂，也透露着儒家的文化内涵，能保存下来实属不易。

歙县城中的许国石坊，是中国民间留存下来的唯一的八角牌坊，其精美绝伦世所罕见，它是徽州石雕的典范之作，现在已成为徽州古城的象征。我俩在傍晚时分来到石坊下，感受它数百年间，栉风沐雨、威严而宁静的面貌。

在古城中能感受经过岁月年轮而留下的印痕还有许多，城墙、庙宇、民居、细窄的巷子、青石板铺就的小路、白色且高耸的马头墙、那门楣窗格上精美的装饰，无不凝固着骨子里的厚重和依然发出的光彩。

徽州的木雕、石雕、砖雕，简称"三雕"，技艺精湛，享誉海内外，是新安文化的重要组成部分，也是徽商文化的产物，保留了古徽州的文化特征，以致有这样的赞誉其艺术境界："天工人可代，人工天不知。"或是有感于斯，我在棠樾村路边一家刻竹小店抱竹斋花了一百二十元，买了一幅臂搁的留青作品，以作留念，并在小店里避雨聊天。

尽管古城已经被现代高楼所包围，曾经的人物和故事渐行渐远了，但总觉得无论现代的色彩如何装饰，都不能掩饰它在过去的时间里给人留下的光彩和传奇。

追梦黄山

　　本来二十多年前就有机会和黄山结缘，那一次，已经来到它脚下的芜湖，虽然蠢蠢欲动，但终因是公出，自律性还挺强，心想机会应该不少，那就下一次吧。谁知这一等，就是二十多年。一直到二〇〇五年的春天，才遇到一个机会，圆了我的黄山梦。

　　这是在参加一个学习考察后得到的福利，机缘巧合的是，老战友双喜也正好参会，于是，我和他有了唯一的因公外出活动。

　　黄山地广一千余公里，有名的大小山峰七十二座，大自然的鬼斧神工造就了黄山的奇异美景。有人说过，黄山之奇，一奇在石，二奇在松，三奇在云。此话概括极妙。游黄山分两条线路，前山进后山出和后山进前山出。我们走的是后山。从温泉宾馆乘车沿登山公路至慈光阁，为把体力和时间多留一点在山上，我们来回都乘坐了缆车。

　　时值四月，沿途景致斑斓，满目是春的身影，杜鹃妩媚、山花斗艳、苍松森森、青石染黛。沿石阶一路向上，美景一路相伴，陡峭的路段都装有铁索护栏。走在石磴上，不难想象，在过去的年代，要爬上顶峰，真不是一件轻易之举。但今天不同了，险峰已经不再成为险阻，在登攀的人群中，有太多年逾花甲的游客。

　　往上走行半个多小时，就见迎客松，迎客松的形象是广为人知的，小广场上人潮涌动，那棵著名的松树就在数十米开外的石壁之上，据说已有一千三百岁了。它生长的位置极其特殊，远处的山峰翠绿一片，而附近则是造型独特的巨大花岗岩山体，它就扎根于稀有土壤的山石岩隙中，姿态非常优雅，右边的树干斜出，像舒展的手臂一般，绅士般地欢迎来客。它的生长环境和优雅的姿态成为它广受人们喜爱的原因。在它对面隔着山谷的山体上，有历代名人的摩崖石刻，旁有宾馆，在它的周边，亦有漫山的奇松环绕着漫山的奇石。适者生存才是这个世界的硬道理。

其实，黄山的奇松为数众多，遍布大小山峰，俱生机勃勃，形态奇特。松树的种子被风吹送到花岗岩的裂缝中后，就在那里发芽、生根，以无坚不摧力量，钻出石缝顽强生长，进而演化成千姿百态的视觉美景。只是许多奇松由于距离遥远，难得近观，迎客松成为它们的代表，窥此一松，已然开眼。

早先曾看过报道，说黄山因修某个宾馆，挖断山上水脉，迎客松已枯死。但到此处观看，迎客松仍旧郁郁葱葱迎客，始知所传不实。就教于当地导游，说当时扩建宾馆时，确实也伤及了水脉，后经专家研讨终得以保护。倒是另一处著名景观"梦笔生花"——生长在石笋样的山峰顶部的那颗松树，的确是枯死了。由于名气很大，为景观之故，就在原地放置一颗塑料松来代替，反正距离远也难以分辨。但是，这一次听到一个好消息，能工巧匠们刚刚在原处补栽了一株小松树，现在还正在科学养育中，希望它在恶劣的环境中成活下来。大自然的鬼斧神工实在是不容随意动弹的。

在迎客松前的小广场上买了两根拐杖，助力我和李兄前行。其实昨晚在山下的宾馆就该买，但自信不需要，结果到了山上贵了不少，还得买。

从迎客松到光明顶的距离稍远，我们大约走了三个小时，许多人说这里就是金庸小说中六大门派围攻明教光明顶的地方，其实不然。不过，这里是黄山主峰之一，峰顶平坦、视野开阔，听得有导游在讲"不到光明顶、不见黄山景"，的确是观景的绝佳地点。我们了解到，黄山的三个主峰是要轮流休息的，每五年变更一次，轮流开放，现在开放光明顶和莲花峰，天都峰在休息之期。

靠着一根拐杖，我们一步步到了光明顶，又一步步上了莲花峰。虽然莲花峰是最高峰，但在莲花峰回望光明顶，总觉得还是光明顶要高一些，这或许是视觉误差所致，因为光明顶上有气象站的一些设施。

游黄山不但要有充分时间，还要靠运气。我们是跟团游览，自然不会有那么多闲工夫，但这天的运气尚可，在莲花峰远眺，看到了远山近岭的云卷云舒、妙曼群峰的婀娜身影。在光明顶附近的宾馆，见到了几位等待观日出的先生，聊天中得知，他们已经住了一周的时间了。

古往今来太多的文人墨客对黄山有过赞誉，留下众多闪光的诗篇。其中"五岳归来不看山，黄山归来不看岳""登黄山而天下无山"就是最高的赞美了。现在我们能够亲临胜境，应该是一种幸福。只不过，任何美景，人太多也会大受影响的。更何况走马观花匆匆一瞥。

黄山可不是一天能看完的，我们虽然两坐缆车，尽可能把体力留在山上，但所行也非常有限。黄山四绝之奇峰、怪石、云海、温泉、温

有八百年历史的迎客松是黄山标志性景观，从人民大会堂到安徽的车站码头，都有它的身影

泉无缘见识，云海没有遇到，但我们见到了黄山的云雾，虽只是薄薄的一层，似有似无，但环绕群山，也算领略了泼墨黄山的山水画意了。其他未见的景致，希望以后还能有机会领略。

的确，黄山是很美的，就是太费腿。

喀纳斯记行

喀纳斯有太多的美誉："诸神后花园""神的眼睛""人间净土""第一秋色""秋色之首"等等。总之，知名度太高了，是所有到新疆的人都想去的一个地方。我们也是这样，二〇〇七年秋，在参加乌鲁木齐主办的全国图书订货会后，有了一次难忘的喀纳斯之行。

傍晚的布尔津河

喀纳斯在新疆最北端，中国雄鸡状的版图上高翘的尾部。距离乌鲁木齐一千三百公路，是两天的车程。参会人员包了一辆大巴车并跟随了一个导游。为方便拍摄，我和绍波沾了集团副总小慧的光，乘坐他带的越野车。经天池时做了短暂的停留，给大家下车拍照留念，随后就一路向北，走上了荒凉寂寞的戈壁公路。在经过九百公里的路程后，傍晚时分到达布尔津县城，对于我们来说，一路上色彩单调，是疲惫漫长的。

布尔津县因河而得名，是一座阳光灿烂的小城。"布尔津"是蒙古语，当地人介绍：在蒙古语中，把三岁公骆驼称为"布尔"，"津"则为放牧者之意；当地哈萨克语还把此地称为"奎干"，意为汇合处，是因布尔津河在这里汇入额尔齐斯河之意。

晚餐后时近八点，太阳仍旧高高悬挂在天边，如后半晌，我和绍波、小慧、永慷、李晨、宏生等人便拿着长枪短炮外出了。对于喜欢摄影的人来说，付出的辛劳总比其他人要多。

出了住地行走不远就见布尔津河，站在横跨河流的公路桥上，平静的

流向北冰洋的额尔齐斯河，雪山融水，水质至为纯净

河面五彩斑斓，充盈的流水，在远山和植被的映衬下快速且无声息地向北流淌，河水流过远方几处泛起的小洲后，与额尔齐斯河并流，流向远方的天际。

在我们的认知中，河流的流向都是向东方的，"百川东到海"嘛，但唯有这条河流是向正北的。它发源于阿尔泰山的南坡，波涛滚滚，一路向北，经过俄罗斯，流向了北冰洋。它就是额尔齐斯河，一条辽阔、宽广的河流。

站在桥头远望，但见远山逶迤，林木遍野，宽阔的河流无拘无束地奔流向前，在目力可视的地方与额尔齐斯河汇流，浩浩荡荡奔流北去。突然间又感到有些懊恼，如此浩大的水流，走不多远就到境外了！想想刚刚走过的干旱戈壁滩，如果它也能东流，那大西北应该是另一幅景色了。以我们的才智，或许以后有此可能。

布尔津不单有童话边城的美誉，还有蚊子故乡之称。夏秋季的蚊子凶猛超乎异常，还有小咬，即便是身着长衣长裤，也会"遍体鳞伤"。我们来到布尔津河边时，正好看到飞机在低空洒药灭蚊。据说从六月开始，每天傍晚时分都会有飞机灭蚊作业，但即便如此，效力也实在有限。我们在河边拍摄的过程中，就不断被蚊子叮咬，咬牙坚持着，在这里拍照总要付出一点代价。有几个人不堪其扰跑向一边，我还想着再坚持一会，忽然听宏生在喊"侯哥，快跑"，只一瞬间，我就被一团蚊子包围，说时迟、那时快，我不顾一切噌噌几步窜了出去，后回头望去，哇，密密麻麻、铺天盖地，那是一个集团军啊！

布尔津的河畔夜市是当地一景，无一例外经营烧烤，布尔津河的冷水鱼很受欢迎。夜市的摊点极有特色，街边用蚊帐布搭起来一个个帐篷，帐篷里再套上一个蚊帐，双层保护，摊主和食客都要在蚊帐中活动，才能免遭蚊子打扰。夜市开到很晚。

我们在布尔津只待了十几个小时，本想第二天一早再沿江走走，但想想那的蚊子军团，算了，还是赶紧走吧。

喀纳斯：生来俏丽、落在凡间

布尔津至喀纳斯的车程不算长，但因为修路的原因，绕行了一大截，再加上我们一路喊停，下车拍照，这一段路程走了有六七个小时。

到了喀纳斯才知道，整个喀纳斯景区的面积有一万余平方公里，包括国家级自然保护区、国家地质公园、贾登峪森林公园、白哈巴森林公园、那仁草原、禾木草原等，有大小景点五十余处，我们所游览的，只是核心景区——喀纳斯国家地质公园。

地质公园门票不菲，不过我和绍波几人有新闻出版总署颁发的记者证，不需要此花费，这让导游非常高兴。乘车进入景区至换乘中心，行驶了半个多小时才到达湖畔。湖的西侧有一座小山，观鱼台就位于山顶，湖面相对高度七百米，人工修建了石梯，登上山顶还是要费一些力气的。登上观鱼台，就是眺望喀纳斯湖景区的最好位置。

观鱼台又叫观云台，在这个位置就更显诗意。因为从此放眼，天是那样近，云是那样白，风是如此轻柔，那冰清玉洁的山峦拥抱的碧水，颇有仙境一般的感觉。人在此中，和着清风飘来松树特有的芳香，颇有得道成仙之感。

　　这是一个峡谷中的湖，湖水湛蓝，风静波平，环抱于阿尔泰山的森林带，但见层峰叠嶂，碧绿如翠，远方的山头覆盖着皑皑白雪，在蓝天下放着晶莹的光亮。那是阿尔泰的最高峰——友谊峰，屹立在中、蒙、俄、哈萨克斯坦四国的边界上。山脚下是五颜六色的植被，湛蓝的湖水，洁白的雪山，构成一幅天地间的画卷，美不胜收。早就听过喀纳斯湖"湖怪"的传说，登上观鱼台的人们都希望一探究竟，我们目不转睛地盯着湖面，还有人煞有介事地喊：快看快看！只见平静的湖面有一艘小船划过，泛出长长的涟漪。大家哈哈一笑。

　　一个下午的时光，我们都流连于此。

　　我们住在距离景区十多公里贾登峪，一片尖顶的欧式房舍，

观鱼台上随手拍，尽是一幅幅绝美画卷

蓝天白云下非常漂亮。第二天一大早，我和几位仁兄贤弟挎着相机早早外出拍照，在贾登峪附近，我们见到了云雾缥缈的草原和远处的大山。随后再次进入景区。游览了卧龙湾、神仙湾和月亮湾等地。

　　喀纳斯的水真多，除了冰川融水汇聚的堰塞湖，还有喀纳斯河，那河流中的一道道湾，都是一个个优美的曲线，身姿婀娜蜿蜒北去。卧龙湾，四周繁花似锦、河岸弯曲优美，湖中小岛秀丽无比；神仙湾，或是最能让人惊喜的河湾，河流把森林切割成一块一块的，晨雾似一条薄纱环绕其间；

月亮湾，就如同它的名字一样，优美的 S 形河湾让人惊叹。阳光洒在湖面，记录着岁月对它的温柔以待。

河水的色彩随着周边的山岭与云层变换，呈现不同的色调，在月亮湾，是一种神秘的牛奶蓝，在神仙湾和卧龙湾，则是一种翡翠绿。但不论哪一种颜色，都纯净无比，让人感到一种接近于天真的纯净。河湾后是茂密高耸的松林，高高的山坡上，绿草如茵。

的确，这里的景色，既不同于南国的秀丽明媚，也不同于塞北的粗犷雄浑。它没有任何人工的雕饰，也没有历史文化的传说，但优美的就是这般迷人，就是这么落落大方地深藏在最远端的一角，默默地度过一个个历史的春夏秋冬。

喀纳斯太大了，草原、山谷、森林、村庄、河流、湖泊，不论哪一个角度看，都应该是色彩的盛宴。而我们的时间真的太不够用了。据说它的冬季时间很长，在进入漫长的冬季之后，这里会进入一个安静的时空之中。那时节，这里肯定是另一番绝妙美景。

从容的白哈巴

白哈巴本不在我们的行程之列，是在大家的一致要求之下，放弃了一个整天在喀纳斯的游湖和另一处景点的时光，并经过乌鲁木齐兄弟单位的帮助才换来的。

从喀纳斯景区到白哈巴约八十公里，穿梭于山水之间，沿途就是一幅幅美妙的长卷。走行两个小时，到达这个与哈萨克斯坦隔河相望的边陲小村。我们先到了界河岸畔，再上到军营附近。那条界河是一道深峻的峡谷，宽阔湍急的哈巴河在峡谷中自在地流淌，远山近野遍布着密密麻麻的松树和白桦林，蓝天白云下满目绿色。边防站在靠里面的一处高地，整洁的院落，高耸的瞭望塔，与哈萨克斯坦隔河相望，是这里标志背景图。

白哈巴村就位于一条山谷之中。阿尔泰山上的落叶松树林一直延伸到村里，村落的房舍大多为圆木筑成，外观古朴，房屋是清一色的人字形尖顶，木屋和圈养牲畜的栅栏散布在松林和桦林之中，一条清澈的溪水从村

白哈巴村外小景

中飘过。一直以来，因为当地图瓦人与世无争的恬静生活，被外人称为"神的自留地"。但是，现在的村落已经融进了现代文明，电视天线遍布村落，网络传输的铁塔架高高耸立在山岗，彰显着原生态与现代文化的共融，构成了一幅安宁、祥和的图景。

正午的炊烟，和着薄薄的一层雾气，弥漫在村子上空，这个充满地域神秘特色的民族风情的山村，炊烟袅袅，牛羊满山，乡土气息浓郁，生态环境诱人。

在村外，灌木叶茂，山花鲜艳，枯叶朽木上苔藓、野草遍生，林间空地绿草如茵，阳光穿过密密匝匝的白桦林洒下斑驳光影，静谧不语。远处雪峰在望，蓝天、碧野、清流，都是陪伴村庄的风景，非常美丽。正午时分，太阳的光照不冷也不热。白桦林的树梢沐浴着金色的阳光，几只马匹悠闲地在林地边饮水吃草，自由觅食，仿佛世界都进入一个安静的时空之中。在此我拍下了几张自认为不错的照片。

白哈巴村是图瓦人的居住地，图瓦人是蒙古族的一个支系，使用蒙古语图瓦方言，古称"林中百姓"，现在，在阿尔泰山背后俄罗斯境内，还有一个图瓦共和国，与居住这里的图瓦人是一个民族。他们以游牧、狩猎为生，勇敢强悍，善骑术、滑雪，能歌善舞，他们居住在木屋里，还基本保持着传统的生活方式。

此地由于地理位置，一年中有六七个月是冬季。过去冬季是出不了门的，好多年前，单位摄影师冬季到此拍照是雇用了挑夫才走进来的。现在虽然通了柏油路，但是到了冬季出行仍旧困难重重。大自然就是这样安排的。

白哈巴是一块美丽神奇的土地。村落和周边景致相互点缀，恰到好处，如果在此小住，走入其间，定会感悟一种恬淡和从容，得到放空心情后的宁静，谁又能诠释它的神奇。

短短四天时间，能看到的非常有限，总会有太多的不舍和遗憾。我购买了两套纪念明信片，从那上面看，还有太多的美景都没有去到。

顺访魔鬼城

从喀纳斯返回的路上，还走进了一个额外的选项，那就是魔鬼城。魔鬼城距离喀纳斯并不远，三百多公里，但是风格风貌甚至地理概念都完全不同。那边被称人间仙境，这里被叫魔鬼城，两边的称号都恰如其分。

尚未进入魔鬼城，温度就明显升高，进去以后，狂风大作，满目黄沙，整个区域寸草不生，脚下是干旱的黄土，在大风、高温的作用下，形成了一种特殊的风蚀地貌，远望好像一座座残留的城堡，周围一片死寂，这种在特殊的环境下形成的自然景观，真犹如魔鬼一般。

对于魔鬼城的印象，我觉得，完全取决于你凝视它的目光：欣赏它的人，惊恐地睁大了眼睛，任胸中倒海翻江卷巨浪，无言适表；不欣赏它的人，连车都不想下。

十多年前，我去过一次南疆，这一次又到了北疆，但是还有太多的地方没有走到，新疆实在是太大太美了，值得一游再游。以后找机会再来吧！

王莽岭上识太行

友人于君长居太行山上王莽岭下的锡崖沟山村，我亦数次到访，实感当地山水景致美不胜收。我也数次从中原驾车回晋，行经此地时更会感慨天地造化之神奇。

太行山脉从中原地带突兀崛起，由东北向西南蜿蜒起伏。至陵川境界，则群山叠嶂，万峰环列，岭谷交错。太行南部的最高峰即在此地，佛子山海拔一千七百九十六点二米，而最低点甘河破屋仅六百二十八米。如此大的落差，使得陵川成为从中原地区经南太行至山西的一个门户，也使得此间成为一幅壮丽神奇的天造画卷。

从平川地西望，太行山如同通天的摩崖一般耸立，山路弯曲旋转且陡峭，更有一种挂壁公路让人触目惊心。所谓挂壁，就是在高峻大山悬崖绝壁上开凿的公路，这种公路贴壁而开凿，如同隧道一般，在靠悬崖的一边，留出一些口子，以便透亮。这种公路是在现代化的凿岩机问世之前，用人力、靠双手建成，是筑路史的人间奇观。开创这种奇迹的就是陵川县锡崖沟的几代村民，坡度之大，车行只能用"爬"来表示。爬将上去，前方豁然又是一片天地。这里便是陵川境内的王莽岭。

在二〇〇七年七月下旬的一天，我在王莽岭上见到难得的云海，这日一早，我们一行便从锡崖沟出发，走挂壁公路到达王莽岭山顶，当走过这一段山路时，尚是云雾弥漫，待来到崖畔后，迷雾散去，天渐渐放晴。这里有一处观景平台，走近平台，俯瞰群山，有一种穿云拔地之感。这时，眼前呈现出耀眼的光亮，阳光刚刚跃出云层，放眼望去，山下白雾腾起、铺天盖地，山顶阳光灿烂、极目天边，周遭近百座山峰，远近高低各不同，参差错落一望无际，群山深沉。这时是上午九时许，我迅速架起相机，留

颇有南国气息的王莽岭是太行山的一颗璀璨明珠

下此刻的景观。或是美景从不肯轻易示人，只有很短的一段时间后，山下的白雾就升腾起来，瞬间就将普天的阳光遮去，只留下几个高耸的山头任雾幔缭绕山脚，似漫天的白纱遮盖，妩媚动人。王莽岭的云海景色丝毫不逊于峨眉群峰，只是这稍纵即逝的美景可遇而不可求。

望着这满山满谷的白雾，云拢云散扑朔迷离，万物皆隐于无形，这便是太行王莽岭的妙处，万千景色变化只在眨眼之间。云海、日出、奇峰、绝壁，更有那挂壁公路，让王莽岭成为八百里太行最美的所在。这正是登上王莽岭，才识太行山。

高度决定视界！

阅罢王城知桂林

　　为处理一本图书的版权纠纷第三次来到桂林，此前来桂一次是参加学术年会，另一次是参加全国书市。三次的时间跨度有十几年。巧的是前两次住宿都在王城脚下的师大宾馆，第三次住地也距王城不远，每一次我都有进入王城，在里面走上一走。

　　以前的王城，是广西师大的校园，那次会议广西师大是东道主，自然少不得进去。我以为，广西师大的校园是全国最美的校园，特别是后面的独秀峰花园。所以早晚闲暇时，常会去花园散步，走在园中，精致的景色伴着书香，感觉甚好。第二次到桂时，广西师大已经搬迁了新址，但王城还是师大的一个校区，有音乐美术系驻此，后花园中常伴着悠扬的琴声与歌声，相得益彰，那种感觉非常美妙。特别是夜晚，在城墙下寂静的小路漫步，幽暗的灯光抚摸着那有六百年历史的城砖，安静极了。这第三次来时，王城已经对外开放，成为一个票价不菲的旅游景点，对内部进行了修缮，开辟有"王府春秋"文史展厅和历史展厅，综合介绍了王城和桂林的历史和自然地理。

　　王城，是明代靖江藩王府。朱元璋建立明王朝后，为巩固朱姓一统天下，将其儿子广封为王，还将其大哥朱重四的孙子朱守谦封为靖江王。朱守谦在明洪武五年开始建府，历二十年方才完工，是南京故宫的精华缩影。此后，王府经历了十一代十四位靖江王，历时二百八十年。入清后被定南王孔有德所占，成为定南王府。清顺治九年，农民起义军攻占王府，孔有德放火自焚，王府被毁。清顺治十四年时改为贡院，宣统年间，贡院东侧改作新成立的师范学堂校址，西侧改为小学堂校址；城内东南角另设广西图书馆，独秀峰下还设广西谘议局。辛亥革命后，孙中山先生督师桂林，民国10年在此设总统行辕，以王城为北伐大本营。新中国成立以后，这里成为人民解放军二十四步兵学校，一九五二年成为广西师范大学的校址。

在王府建成后的六百年间，王城一直是一处城中宝地，从来没有真正向市民和游客开放过，直到二〇〇三年，这块风水宝地才正式向市民和游客开放，这座秀丽的王府才揭开了那层神秘的面纱。

每一次踏进王城，都有一种扑面而来的厚重感觉，这种感觉伴随从南至北依次走过进承门、承运殿、读书岩、御花园、月牙池、贡院、太平岩，直至最后花园中的独秀峰。

独秀峰是王城中的佳景，还素有"南天一柱"的美誉，是"桂林山水甲天下"的一幅精美写照。据记载，中国明代大旅行家徐霞客久慕独秀峰盛名，曾多次请求登峰，均被靖江王拒绝而遗憾终生。民国时期，大文豪胡适来桂林后，只登独秀峰，足见其魅力之大。"桂林山水甲天下"这七字就源出独秀峰，八百年前宋人王正功那个"桂林山水甲天下"的摩崖石刻真迹现仍旧耸立在此，这句话早已成为桂林名扬天下最好的赞语。

漓江景致

在独秀峰下太平岩洞中，有全国唯一的中国宗教文化六十甲子太岁保护神摩崖石刻像，还有孙中山先生驻跸遗址碑和"中山不死纪念塔"，供后人瞻仰。

王城在清代时曾作为贡院，在科举制度史上，从这里先后走出了数百名进士、四名状元和两名三元及第者，堪称读书人的福地。现在，王城的正阳门上还有三元及第碑刻，由两广总督亲自书写。三元及第是科举制度下读书人所能得到的最高荣誉。中国实行科考一千三百年间，连中三元的一共有十三人，而当时地处偏僻的广西就有两人，这两人一个叫冯京，另一个叫陈继昌。由此亦可见广西的教育程度。现在，王城的大殿中，专门介绍了广西科考的这段历史。

通过王城中这些介绍，会对两千年历史的桂林有个重新了解，认识它不仅仅是一座旅游城市，还是广西建省八百年以来政治、经济、文化的中心和军事重镇，明清两朝的省会，它不仅有着美不胜收的两江四湖、漓江风光，更是一座历史文化名城。

白云千载，岁月悠悠。的确，王城不仅见证了桂林的沧桑历史，也留下了无数昔年的故事。应该说，阅罢王城，方能知其桂林。

赏枫栖霞山

　　为一部线装版《太原志》图书，二〇〇六年十一月，和两位老朋友的作者一同到扬州一家印刷厂办理业务，公干完毕，回程时在南京小住两日。

　　对于六朝古城的南京，以前去过，这一次老朋友让我推荐景点，除了秦淮河风光带，我建议去一趟栖霞山。我说，这个季节来，最应该去的地方就是栖霞山，因为那里的红叶。

　　栖霞山位于南京西北三十余公里处，北临长江，被誉为"金陵第一明秀山"，更被誉为中国四大赏枫胜地，有"栖霞丹枫"之美称。四大赏枫之地其他三处是北京的香山、长沙的岳麓山和苏州的天平山。南京由于地理气候原因，要到初冬时节，枫叶方为最美，这一次正好赶上了。于是，第二天一早我们便寻幽览胜上得山来。

　　江南的山岭大都有个特点，虽不算高峻硬朗，但山峦雍翠、木叶婆娑，间或有潺潺清流，文化底蕴深厚。栖霞山就有"一座栖霞山，半部金陵史"之说。但平日里似并不被人们所重视，一年之中，只有枫叶红了的季节，人们才会纷至沓来。

　　进入景区之后，随着人流走中路行不远，映入眼帘的就是一池碧水，湖的名字如同它明镜般的湖面，就叫明镜湖。湖中心有一小亭子，红墙尖顶，颇有南国韵味，给烟雾蒸腾的湖面添了一分仙境般的感觉，观之赏心悦目。湖边小坐，但觉树木高耸、灌木森森，高低错落，层层包裹一般。湖面映倒影，色彩夹其杂，好一个色彩斑斓的画面。

　　拾级而上，人流就融入了这美妙胜境，在一片金黄的掩映之中，一处红色的建筑，特别夺人眼目，这就是栖霞寺。栖霞寺是一处名刹，已有一千五百余年的历史，清康熙和乾隆二帝南巡时，都曾下榻于此，盛名可见一斑。清咸丰年间，清军与太平军在此激战，寺庙因此而损毁严重。直至民国初年，才又重新修建。

栖霞寺雄伟庄严、朱栏玉砌、香火旺盛，正殿高悬"毗卢宝殿"牌匾，寺庙两边高大的银杏树，映衬着碧瓦红墙。许是昨夜的秋风吹雨，金黄的树叶撒落一地。寺内有藏经楼、鉴真纪念堂、舍利石塔、无梁殿等古建筑。寺后是起伏的山峦，有千佛岩石窟造像。名气最大的是三圣殿。三圣殿不大，上面有三个孔进光，在一个特定的时间里，光线正好洒落在佛像上，显得非常神奇。由于时间关系，我们于此均匆匆而过，直奔红叶谷。

红叶谷内，枫叶颜色红黄各异，在蓝天白云下层次分明、分外妖娆，就连空气中也散发着红叶清纯的芬芳。"栖霞红叶"是独有的秋景，堪称一绝。掉落的枫叶铺满脚下的沃土和石阶，与枝上的红枫浑然一体，相互辉映，阳光穿过茂密的林叶，让整个山谷如火如荼。红枫树下放置着若干木制座椅，在此休息，就置身于漫天的绚丽斑斓之中。有三个姑娘在枫林中嬉戏，银铃般的笑声在山谷回荡，人在美好的景致中心情也会变得很好，我在红枫树下拍摄，她们的优美与满山的红叶撑起了最美的秋景，成为我镜头捕捉的对象。她们发现后，欢快地摆出姿势让我拍摄。在短暂的聊天中得知，她们是南京大学的研究生，学校虽然不远，但学业繁重，也难得来此一遭。她们的话让人感触，想想也是，人生有多少时间是在忙忙碌碌中度过，得一闲暇，在最美的时节来此一游，也属难得了。故来到此间惊叹不已的，大多是平日里琐事缠身之人，即便身在胜地却也浑然不觉，就如同生在福中，未必就能感觉到一样。

红叶谷向上，沿着石阶铺成的小径爬上山岭，就是始皇临江处，有立石记载。自此放眼回望，漫山遍野如火如荼一般，让人惊艳。除此之外，景区内还有碧云亭、赏枫阁、舍利塔、千佛岩、风翔峰等，由于时间有限，我们只在这红叶谷附近盘桓半日，已然陶醉了。

观赏美景，我喜欢佛系一些，这样才能多留下一些记忆。

三亚湾的渔火

　　二〇一〇年四月的一天，我和战友小琳、小妹小旻，在三亚湾的海滩上，坐在茶社露天的茶桌旁，欣赏落日的余晖。看着红红的落日在海平面上闪现，无数的海鸟踏着金灿灿的阳光飞翔，不由在脑海中出现了二十多年前残存的记忆，东瞅瞅、西看看，总想找回一点旧地重游的感觉。

　　穿越时光，返回到一九八九年，那一次，我是和老李一起来的三亚。老李是我们的总编辑，我俩赴深圳参加国家新闻出版署举办的对外出版版权洽谈会，会后来三亚采风。

　　那时，海南刚刚宣布建省，三亚刚刚建市，内陆来的人很多，大都是奔着找机会做生意的。当时的城市建设尚未开展，当我俩乘坐长途汽车来到三亚时，路边立即涌上来一批倒骑驴的三轮车，乱哄哄的，我们依照出差在外的经验，远离这些火车站、汽车站，边逛边行，走了挺长一段距离，来到了三亚湾。与周边比较了一下后，在距离海岸不远的一家小宾馆住下。那个宾馆的名称早已忘记了，只记得是一座不大的三层建筑，因为在挑选住处时，就奔着能看到大海的并且便宜些的来选择的。我们要了最高一层一处靠边的房间，推开窗户，蔚蓝的大海在望，海风徐徐吹来，感觉挺爽。

　　那时的三亚湾，还是一座渔港，当我们洗漱完毕后，也是在落日这个时段，晚霞映红天际，夜幕降临海面。推窗望去，正对的渔港闪烁着点点渔火，还隐约听得到渔民铿锵有力又有节奏的号子声，那或是满载而归的渔民起网的节奏。那是真正的渔人的生活，不是表演，不是作秀。

　　码头的傍晚让我兴奋不已，拿出我的潘太克斯相机，那是刚刚买下不久的一个宝贝，把被子枕头都摞起来，将相机放在上面，通过窗口，对准港湾，调到小光圈，放慢速度，用自拍方式记录下了这美妙的场景。

那两个晚上，我就是枕着码头的渔火，酣眠三亚湾的。

那一次，我们或步行，或乘坐公交，游历了大东海、小东海、鹿回头，还下海游泳，去了天涯海角景区，买了许多珊瑚石，不辞辛劳带回，除了送人，至今还有两个摆在家中。

千百年来，或许人们心里都有一个天涯海角的情节，那是作为一个极远距离的情感表达。在中国人的心中，天涯海角，就是华夏文明能够想象到的最远的地方了。

那是春天的时节，但三亚已经很热了，在大东海的一次游泳，就让我晒脱了一层皮。让人意外的是，偌大一个海滩，除了我俩再没有其他游客。天涯海角倒是有几个年轻人，轮番爬上写着"海角"的那块巨石拍照。三亚城区极小，抵不上一个县城模样，没有高楼大厦，连一条像样的大街也没看见。只有到处是摆地摊的留下了印象，晚间，海边出现好几个小摊点，都是新鲜的海货，我们在一个烧烤摊点，喝了点啤酒，吹吹海风感觉挺惬意的。

那年，三亚湾渔港，闪烁着点点渔火；现在，三亚变得大了，世界变得小了

　　海边，有两处拔地而起的青色巨石，石上分别刻有"天涯"和"海角"，意为天之边缘，海之尽头。这是华夏文明能够想象到的最远的地方了。

　　二十多年眨眼之间就过去了。我又来三亚，这时的三亚已不可同日而语了。但我总想找到一点当年的印记，我让久居此地的战友带我去探访记忆中的那个渔港，他说，哪里还有什么渔港，就是你现在住的这个地方，早就盖起楼了！几天下来，我能够找到的旧相识，只有"鹿回头"雕塑和"天涯海角"的那几块巨石了。

时间真不经过，记忆还在，许多年就过去了。中国发生了巨大的变化。三亚湾已然不再是狭小的闪烁着点点渔火的港湾了，市区几何级地放大，一座座海景高楼拔地而起，高档别墅宾馆豪车比比皆是，一到晚间，更是霓虹闪烁、沾满了香艳的色彩，成了有钱人们欢娱的好去处。

椰风海雨谒忠魂

　　海瑞墓在海口市郊的滨涯村。一九八九年，我第一次来海南时，曾前往拜谒。那时，海南刚刚建省，省会海口的建筑还不行，没有几座像样的建筑，街面上有一种奇特的人力三轮车，叫"倒骑驴"，就是乘客坐在前面，车夫在后面蹬车，我就是坐着这种车前去的。

　　那一天下着毛毛雨，紫色的雾从海边飘来，给郊外公路两边的椰林披上一层神秘外衣，在城外一片空旷的原野上，海瑞墓静静地伏卧着。我在湿漉漉的海瑞墓前停留了很长时间。那一天，我是仅有的游人。回到旅社，我就写下一段感事记文，标题就是"椰风海雨谒忠魂"。

　　二〇一〇年，我又来海口，再谒海瑞墓。这一次是常住海口的小妹带我去的，竟然又逢细雨霏霏。多年过去了，城市的发展变化巨大，那种特有的三轮车也不见了踪迹。直到那座石牌坊遽然出现在眼前，我才知海瑞墓到了。

　　现在的海瑞墓四周已经没有旷野，一座座高楼拔地而起，原来鲜有行人的街上，已是车水马龙。在一片楼宇群中，海瑞墓顽强地坚守着一块洼地。

　　海瑞墓入口处立着一个石牌坊。石牌坊上镌刻着"粤东正气"四字，青石板铺就的甬道从门口直通墓地。石狮、石马、石翁仲环立两侧，正中有一个石龟。石砌的丘墓为半球状圆顶，并不高大，大约一米多高，墓前石碑上方，刻着"皇明敕葬"，正中刻着"资善大夫南京都察院右都御史赠太子少保谥忠介海公之墓"。"皇明敕葬"是说海瑞墓是皇帝批准建的；"资善大夫"是正二品的官；"南京都察院右都御史"是海瑞当过的最高的官职；"忠介"则是海瑞去世后皇帝给的谥号。

　　海南看来是经常要降下些雨水的，这次的雨丝比上次要急了一些，这或许是上天的安排，只是觉得氛围不及原来寂寞了。原来的海瑞墓到墓冢为止，现在，面积加大了许多，在墓冢的后面，又加建了石雕像、假山、流水、亭子和阁楼，长廊里展示着海瑞生平，阔气多了。整个墓区，椰树高耸，椰风习习，雨水打在块石铺成的路径上泛着光亮。我发现，海瑞墓及周边所用的尽是青石。用手轻轻抚摸，坚硬的石头，有棱有角，这或许正是海瑞这个倔老头一生硬骨头的写照！

海瑞是明嘉靖举人，回族，粤琼海人，也就是今海南海口琼山。他在为官任上不畏权贵、为民请命、为百姓办实事，是中国历史上著名的清官。特别是在皇帝昏庸无道时，写下了《直言天下第一事疏》，在此文中，痛斥嘉靖皇帝"迷信道教，不理朝政"等事，后来被打入监狱，直至嘉靖皇帝死后才获释。隆庆三年（1569）任应天巡抚，后又因得罪了权臣被革职，闲居十六年。直到万历十三年（1585）再被启用，任南京吏部右都御史，这一年他七十二岁。两年后，病逝于任上。

他死后，同僚们清点遗物，只有几十两银子、一匹葛布、旧衣数件，真是一个寒士！南京百姓感其大义，停业数日悼念。他的同僚们凑钱才将他归葬故里。

看了廊中的介绍，突然有这样一种感觉：在那雷霆雨露皆是君恩的年代，作为臣子痛骂皇帝的行为，的确是冒了天下之大不韪。实际上海瑞也清楚，因此在骂皇帝之前，先给自己买下一口棺材，并交代了后事，抬棺上书。而嘉靖皇帝最终能压下怒火，反思己过，没杀这个愣头青，还真是不错的，古往今来的独裁者有几个能如此，巴掌拍得不太响都要治你的罪呢！

后来的人们更多的是通过《海瑞罢官》这部历史剧认识海瑞其人的。

这部历史剧是明史专家吴晗写的，于一九六一年首演。上演不久，《文汇报》就发表了姚文元写的《评新编历史剧海瑞罢官》一文，文中将海瑞当时推行的"退田""平冤狱"比附于"单干风""翻案风"，点名批评了吴晗。到了一九六六年初，这一批评发展为全国性的批判，成为"文化大革命"的先导。也就是在这一年的一个夜里，一大群造反派砸开了海瑞墓，挖出来几块骨头和一些头发，残骨被拿去游街示众，最后焚骨扬灰。

党的十一届三中全会以后，开启了新的时代，海瑞墓在被毁十六年后，又按照原样得到了修复。

在海瑞墓的门口，有一位满脸沧桑的老人在卖椰子。我和小妹要了两个，在他的遮雨篷下坐下，他挥动砍刀开了口，我们边喝边和他聊了起来。在和他的交谈中得知，墓园是两年前政府花钱扩大的，比原来增大了一倍还多。他说他就是这个村的，我告诉他，二十多年前我来过此地，那时是个什么样。他听了哈哈一笑说，那时候谁来呀！就是现在平时人也不多。人们都爱去海边玩啊。你要是有空，在农历二月份来，那几天是我们村祭祀海瑞的日子，人多热闹。

可见，一切在历史上为老百姓做过好事的，老百姓是不会忘记的，这正是历史让人的敬畏之处。

（2012 年 1 月）

第二辑

秋光拾余

嘉定两月

上海是中国"最洋气"的大都市，但嘉定却是一座婉约的古城。嘉定是上海的一个区，似乎又游离于上海之外，首先是距离感，从市中心乘坐像风一样的十一号线地铁，要一个多小时才能到达；另外，挂着嘉定牌照沪C的汽车永远进不了市区；更重要的还有一种感觉，这里缺乏上海那别具一格的人文气息，没有熙熙攘攘的人流，风情做派也与洋派的大上海不同。所以，嘉定给我的感觉更像一座江南小城。一条河流环绕于城，河流又分出若干枝杈径流，城中的许多房子就有了河流的影子，这些河流又形成一个个小区的色彩和意韵。连街头的报廊也都卖着江苏的报纸。在公路的指示牌上，注明距离江苏泰兴是二十七公里，远近于外滩、南京路。在历史上，这里曾长期属于苏南，抗日战争时期，归苏北管辖，二十世纪五十年代才划归上海。

为了方便孩子的学习，我在嘉定的民乐路一百弄租了一套房子，陪她在此过了两个月的嘉定生活，尽享上海的人间烟火气。

在这段时间，我充分承当了家庭保姆的角色，每日里所做就是生活，柴米油盐酱醋茶也。活动的轨迹似乎就是菜市场、商店、超市、住处，一日三餐的买菜做饭清洁，督促孩子的学习作业，购置所需的图书用具。在逐渐熟练的过程中，恍然觉悟，哇！敝人原来还有这般潜能。

在一个陌生的环境，在一个毫不熟悉的城市，睁眼看到周围的人和事都不同于你所熟悉的场景时，开始肯定会充满一种好奇和新鲜感，视野会变得宽广一些，思维会豁达一些。会让人感到，原来这样的生活也还蛮有意思。但不适应很快就随之而来。

一直以来，我认为自己怕热而不惧寒。冰天雪地的内蒙古都过来了，没料到这个冬天，在南方的上海让我着实感到了寒冷，那是从头冷到脚的冷。特别是待在房间时，那种寒冷是从脚底蹿上来的，彻骨的感觉，踩在地板上，就如同踩在冰面上，从里到外透心凉。开始是怀疑空调坏了，修理两次，被告知空调不可能像暖气。于是买厚毛衣、买棉拖鞋、买帽子、借电热毯，一番折腾，还是不起多大作用。

我很快就观察到这样的现象：寒风飒飒的季节，街巷公园门可罗雀，但大超市里却热气升腾，那成了市民们最喜欢待的场所。附近有个"乐购"大型超市，我立刻就学会这个本事，也办个卡，有事没事溜一圈，不着急，慢生活，良好的购物环境大庇天下寒苦之人。慢悠悠地逛，既饱了眼福，又暖和了身体。

我领略了不少当地百姓生活风情。嘉定小城的生活特点是显而易见的，遵章守纪、按部就班，每天早晨，菜市场中人头攒动，各种鲜鱼水菜洗得干干净净、码得整整齐齐，不像我们那里，一到菜市场，就像在垃圾堆里穿行。菜市场里卖的东西也有特点，比如鱼，可以一段一段来买的，菜可以几根几根地买，排骨是可以一根两根地剁下来买。可以买一块钱的豆腐，几颗香菜。这样买菜在北方怕是要挨骂的，但在这里，则不必担心。这实际上是一种好习惯，家庭结构也越来越小，既不浪费又保证新鲜。

很快我就学会了不少本事，学会了每次只买一日的小菜，心安理得地买；学会了一进家门就披上一件大衣而不是脱掉外衣，此外还要穿上厚厚的棉袜和棉拖鞋；我还学会了晚上再开空调，因为晚上十一点以后的电价是三毛零七，白天则是六毛一七；我还学会了在房间长时间地烧一壶水，让水汽噗噗地吹动着盖子，热的水汽升腾在空间。

菜市场门口，每天都有一个老者，挑着担子卖甜酒酿，每次装着四盆，不论买多少，他总是笑眯眯的，跟谁都要说几句，尽管我听不太懂，但看他乐呵呵的样子，我心情也很愉快。

都说上海生活节奏快，实际上市井百姓的日常生活则是非常悠闲。在街心花园、商场超市，都有悠闲的人们。当然，也有感到快生活的时候，比如在地铁的进站口，永远有人在奔跑，那是工作的人们；在车厢里，操作电脑的人也不少。应该说，快慢两种节奏在此间都非常明显。

嘉定虽没有大上海的繁荣，但颇有江南古城味道

嘉定人是遵章守纪的，过马路时就能看得出来。只要有红绿灯，人们永远都自觉遵守，不管有没有车，倒是我这个外来者，在开始时穿越过几次，后来注意到这个现象，也就变得自觉了，人在一个好的环境中是会受到影响的。

还有其他的一些感受，比如，大街小巷，不论早晚都挺干净的；人们的衣着明显要好得多；年轻的姑娘们，出门之前似乎都要装扮一番。在我租住的小区，每天早晨的同一个时刻，垃圾车会清理走一日的垃圾，装卸工的动作麻利而轻巧，收走垃圾后会清理得干干净净。

和邻居也聊过天，他们大嘴一咧："嗨，谁去南京路、淮海路买东西呀！那是给外地人去的地方呀。"他们也不会去买那些所谓的名牌食品，说那也是为外地人准备的。我从市区买了一些传统牛轧糖，就是广而告之的那个品牌，一袋不足三两，三十九元。他们看了，大呼小叫告诫我：买一斤都不花这么多钱的！还有一次，说起豫园附近的小吃城，颇有名气的南翔包子十元一个，就有邻里告诉我，在花园街的某个地方，有个小摊，包子很有特色，价钱也便宜。后来，我专门去买了几次，果然不假。

在嘉定的这个春节，让我知道了一个不同，就是大年三十晚上是不放炮仗的，初五也不放，倒是初四的晚上烟花炮仗响成一片。还有就是，这里人家过年是不贴春联的，几天时间我只看到一两家街边小店贴着春联，说实在的，他们的春节不像个春节，圣诞节倒是挺热闹的。这是我多年来第一次在外面过春节，在清冷寂静中度过。

嘉定既是一座历史名城，又是一座文化名城，"嘉定三屠"和"扬州十日"一向被并列为清军入关的十大暴行，作为汉民族的灾难和耻辱被长久地记忆在人们的内心深处。现在，城中的汇龙潭还耸立着侯峒曾、黄淳耀的塑像。人们是不会忘记这些民族英雄的。

嘉定的孔庙是江南最大的县级孔庙，说明这里历来文风鼎盛，文人辈出，有"教化嘉定"的美称。只清一朝，嘉定就出了三位状元，一百多名进士，到了近现代，更是人才辈出，著名外交家顾维钧、爱国实业家胡厥文、著名画家傅抱石都出自此地，城中至今完整地保留着孔庙、秋霞圃、古猗园等文化古迹，散发着诱人的魅力。

嘉定两月，闲暇之余，我还写下一些文字，遍游周边古镇老街，慢慢了解着它、走近了它，并且还适应了独处。原来这独处也是一种趣味。自由自在，无须考虑旁人，愿去哪去哪，愿走就走，愿停就停，在这样的古城，更易发思古之幽情，虽孤寂但能享受一种独自的清福。

生活就是这样，因琐碎而真实，因琐碎而平庸。在这个冬季，在上海嘉定，和孩子一起度过了一个寒冷的季节，虽琐碎平庸，但却难以忘怀。

（2012 年 2 月于嘉定）

品味秋霞圃

　　江南的古典园林，多以亭台楼榭、巧妙布局的艺术造型和深厚的文化内涵吸引着游人，其精美的建筑，浓厚的文化是其独有的特点。秋霞圃就是一处典型的古典园林，坐落在上海嘉定区东大街三一四号。在今年寒冷的季节，我数次游览了这座园林。

　　名园始建于明弘治十五年，原是明代工部尚书龚弘的私家花园，后屡易其主，又合并了周边的沈氏、金氏的私家园林和邑庙，经精工细琢，始成今日佳境。现在的园林浑然一体，人们又据其景色特点将其分为桃花潭景区、凝霞阁景区、清镜塘景区和邑庙景区。

　　秋霞圃的门票非常良心，只有十元。购票步入，向左沿一条廊道前行，廊道青砖白墙，或筑于山石旁，或蜿蜒竹木间，花墙借景，咫尺之间，却见景色各异，其间还串联起数个优雅清静的亭阁和小院。走过闲研斋、晚香居，转过一座玲珑剔透的缀华峰假山，在茂密的绿色掩映中，一潭碧水出现在眼前，这是桃花潭景区。

　　桃花潭边树木葱茏，静谧且清幽，岸边踞一水榭，形似画舫，正中悬挂楹联，楹联下置座椅和琴桌，表现为读书、弹琴、消夏之处，基座为石条，上部单层飞檐，名曰"舟而不游轩"，这是江南园林常见的景致。只是隆冬寒风料峭，游人罕至。

　　在舫中小坐，凭栏而倚，临湖的轩亭、岸边林木修竹尽在眼前，山石亭台，高低错落，疏密有致。潭水对面有假山名青松岭，似青峰遮障，山石下有穿山洞，两边上书"归云"和"洞天"，山巅还有一个六角小亭。青松岭旁有碧光亭、延绿轩、碧梧轩、枕流漱石轩等建筑，古色古香、彰显出逸趣情怀。

沿着清幽小径继续前行，便来到清镜塘景区，这是秋霞圃四景区中占地面积最大的，约占整个园林的一半。这里集中了三隐堂、柳云居、秋水轩、岁寒亭等，但有大片地方种植蜡梅，蜡梅正在寒冷中绽放，黄灿灿的花朵散发出特有的清香。还有清镜塘水横贯其中，花开水溪两岸，和后部区域疏朗的气质相搭配。此景区既有古典园林的亭榭、花径，又有江南水乡的乡野情趣，颇有情调。

凝霞阁是在邑庙之后桃花潭之东，顺时针步行，就走到了最后。凝霞阁与桃花潭之间即以那座假山为屏，此景区院落颇多，以凝霞阁为中心，周围有觅句廊、环翠轩、扶疏堂、游骋堂、闲研斋、数雨斋、屏

虽是冬日，但蜡梅开放，满园飘着馨香

山堂等。这些建筑在凝霞阁四周既环绕相连，又各自享有一分宁静。院墙多为低矮镂空花墙，巧置借景艺术，在院中就可观墙外小景，移步换景致，曲径见雕栏，青砖白墙，幽雅清静，地上的青苔仿佛在昭示着历史的久远。此一片景区也是秋霞圃最佳景致处，走行其间诗情画意尽来脑中。

至于大门正对的邑庙，没有太多的特点。邑庙就是城隍庙，中规中矩、四平八稳且高大庄严，无非是想让人们对它产生一种敬仰和膜拜，知晓这一点足矣。幸亏有殿宇外的一缕青烟袅袅，才不至于毫无生机，看了介绍，始知这原是上海地区保存最完整最宏大的庙宇，后移置此间。

北方景致大多以豪迈、霸气称雄，冬日里更为单调，天空如同大地的镜子，灰蒙蒙一片，难得一见蓝色。南国园林则不相同，尽管是冬日，冷得彻骨，但园中乔木依旧青青，垂柳呈碧，更有蜡梅飘雪，与北方单色调的景致相比，多了婀娜多姿、玲珑多彩。

在飒飒冷风中，游走于这名园胜地，只觉布局紧凑，以工巧取，园内有园，景外有景，假山虽低矮但有丘壑之美，潭水纵不深但有清灵之气，如此充满诗情地遐想一番，会令人心旷神怡。

园中楹联匾额多是名人书写，我注意到胡厥文书写的一幅匾额，"山光潭影"，笔力雄浑遒劲，悬挂在碧梧轩内厅正中。胡厥文是嘉定人，碧梧轩名取自唐代杜甫《秋兴》"香稻啄余鹦鹉粒，碧梧栖老凤凰枝"之诗意，因面山水，胡厥老故题此联。轩内宽敞明亮，置一水的明清红木桌椅长几，更觉古朴典雅。

无情的岁月，更迭了时空，走在这有五百年历史的园林中，你尽可以遐想，当年的主人是如何构筑起这不朽的园林，当年的文人墨客又是如何在此吟诗作画、弹琴读书，他们似乎就在这田园山水之间，诉说着遥远的豪华。或许正是这无边的奢侈，不由让人感叹，富贵不过是过眼的烟云，那五百年前的主人何在？五百年后的子孙又何在？穿过无限时空的只剩这无言的园林。

我喜欢游这样的园子，它能让人感受到时光流云中的那份静谧与从容，读它就如同生活，慢慢品，才能从平淡中品出味道。

（2012 年 2 月于嘉定）

八月的海日图

都说没有到过草原的人，无法懂得草原的辽阔；但我想加上一句，没有来过海日图，你或许就无缘最美丽的草原。这是日前去到那里的真情流露。

海日图草原在内蒙古锡林郭勒盟的太仆寺旗。太仆寺是蒙古语，葵花向阳的意思，这里原本是清王朝的皇家御马苑，故有清一代一直设有太仆寺卿这一官职。这里丰茂的水草和沃土养育过无数的骏马和牛羊。

来到这里，缘起于战友的聚会。在离开部队多年以后，随着网络的普及，散在各地的战友又重新集结起来，这是我第一次参加老连队战友的聚会。同是一个连队的老战友任建林在太仆寺旗任职，有感于浓浓的战友情，他盛邀四方的战友先去他那里会合，然后再回大东山原驻地。于是，在二〇一二年八月初，天南海北的战友来到太仆寺，在他的组织下，我们到了海日图嘎查，见到了这片美丽的草原。

雨后的草原，空气中都充满了水分，人们在瞬间脱离了城市的羁绊，尽情地呼吸着富含水分的空气，浓郁花香气息立刻沁人心脾。

车轮在原本无路的草原上碾开了两道车辙，踏着绿色的大地毯，驶进了草原的深处。草野上的草长得很高很茂盛，密密匝匝，朝气蓬勃。他们不是一簇一簇地生长，而是如同织锦一般铺满了整个大地。无数的花朵带着晶莹的水珠儿齐刷刷地开放，伸向遥远的天边，放眼望去，起伏的山岭如同大海的波涛一般，有峰有谷，高低错落，形成了草原上的波浪，让人感叹这花的世界、草的海洋。快步向着远处的一个小山峁奔去，想要走得更高一点，看看山包那面的景色，但走了半天，那个小山峁还在前方，还是那么遥远。突然间想唱上几句，来到草原就唱一支草原的歌曲吧。但歌

八月，遇见最好的草原

一出口，就感觉像在草原上飘落了一片枯叶一般。于是我放开喉咙拉长了嗓音向着远方呼喊，恍然感悟，在这大草原上为何只有蒙古族的长调才传播得更为遥远。

伫立于广袤的草原，像是被一个巨大的时空之网罩在了那里，没有时空和方向的感觉，环顾四宇，寥远的天边暗淡而迷茫，天与地交融在一起，染成一色，难以分辨哪里是天，哪里是地。

远方有几处明亮的光点，那是遍布于草原上的几个海子，当地人把湖泊称为海子。遥想当年，那里或许就是皇家御马饮水休息之地，八旗军兵的营帐或许就整齐地排列在那里，而这块遍布着鲜花的山坡或许就是金戈铁马厮杀搏斗的战场。远处分明传来的号角的召唤，难道是跨越了时空？侧耳细听，方知这是战友们吹起了集合号。是谁这么聪明有才，竟然还带上了军号！我们所有人的衣裤都被露水打湿了，但所有人的欢畅没有停息，更有几位战友的家属收获颇丰，有的摘了大把大把的花朵，纤细的水珠儿还在花蕊上流淌；有的摘下了一大包野韭菜花，韭花上沾满了草原的晨香。我们尽情挥洒着欢乐和惊喜，疲惫消失在遥远的地平线。

那日的晚饭是在草原上的一个大蒙古包中享用的，手把肉、奶茶、奶豆腐，还有一种名为"草原白"的烈酒，用牛角和银杯盛起，当地人献上哈达，唱着祝酒歌走到跟前，高高举起，让你不得不带着一股豪气一口喝下。

照理说我们也是见识过草原的人，但是这里的草原的确让人难忘。我们都说感谢老连长王子英的召集，感谢老战友任建林夫妇的盛情好客。我们当然寄希望再来。

现代人的生活渴望一种平静的回归，大草原可以抚平你我满身的疲惫。这就是海日图草原，实际上它离我们并不遥远。

（2012 年 8 月）

亲近漳泽湿地

长治市西北有个漳泽水库，是二十世纪"大跃进"时修建的。水库四遭的旷野，形成了一片湿地，栖息着各种鸟禽、水生植物和高低错落的木叶。五月下旬一个周末，趁天气晴爽，单位的几个同事来此做一日之乐。

这块受到保护的湿地面积有五十七平方公里，其中水面二十六平方公里，现在分为核心景区和保护景区。核心景区占了一半的面积，尚不对外开放；保护景区则供游人览胜。我们得益于老社长宋富盛先生，他先联系了一位当地的朋友，于是，我们才有幸走进了核心区。

湿地上用木板搭起了一条高架路径，这既是一种必要的保护措施，也方便游人行走。沿着这条木板路不疾不徐向前，但见四野青翠迷人，湖水在阳光下安详宁静，任由我们的目光去抚摸，水面上飘洒着淡淡的白雾，含蓄地遮掩在水天相连的远方。远处几只撑着竹篙的小舟在水面游弋，近处，宽阔的水陆相连地带生长着茂盛的芦苇。

初夏的芦苇刚刚泛了青色，把水面晕染出一片朦胧，在一丛丛密密麻麻簇拥的芦苇之间，形成一条条狭窄的水道，通向神秘之处。有无数的鸟雀栖息其中，它们成群结队地行动，齐刷刷地飞起，又齐刷刷地落下，欢快地鸣叫着，让这片泽乡充满了生机，也让人感到了生命的躁动。

湿地的另一边是一片旷野，生长着成片的林木，虽然不是很粗壮，但能感到枝杈匝密，互相依偎，簇拥着成为一片整体，随着凉爽的风舞动，沙沙细语。或许是气候偏冷的原因，许多春天的花儿们还在怒放。同行的一位田姓美女编辑，优雅的身姿在一派鲜绿之中特别醒目，小蝴蝶在花间飞舞，让人眼睛发亮。

浅夏时分，风不凉天也不热，行走间，我们似乎都复活了人的欢快野性，一个个人面桃花，心旷神怡。湿地被誉为生命的摇篮，它的存在与人类息息相关，在调节径流和气象方面有太大作用，只是我们身边这样的地方毕竟是太少太少，特别是，许多自然景观都被围圈了起来，收取门票，价格之高，让我们这些工薪族闻而却步，只能瞄准那些围挡之外的地方。长治市郊的这块湿地是个好的存在，希望能够坚持下去，不被破坏，则幸甚矣。

孔子说："百日之劳，一日之乐；一日之泽，非尔所知也。"就是说，老百姓辛苦了一年，借一个祭祀的日子，大家痛痛快快欢乐上一天，这是多么好的一件事情啊。说得真好。我们平日里忙忙碌碌，今偷一日之闲来亲近自然，虽然仅仅逗留了几个时辰，但空旷辽远的景观，水泽之畔的鱼香，足以让人抒发一种时空旅行的感觉，实在是一种享乐也。

（2013 年 5 月）

北行漫记

二〇一三年七月，我和小东、忠普、小琳三位仁兄，按照约定，会合于黑龙江省的漠河县城，开始了筹划已久的沿江旅行。此后，用时半月余，行程一千多公里，领略了黑龙江和大兴安岭的风光。漠河是我们此行的第一站。

漠河北望

首先要知道，漠河县与漠河村是两个概念，二者相距八十三公里。尽管现在漠河村归漠河县管辖，但是，历史上的确是先有漠河村的。

漠河的历史凝聚不堪回首的过往，在《尼布楚条约》签订前后，中国的领土可从漠河村向北延伸数千公里；《瑷珲条约》签订后，这里就沦为边境线的一个自然村。后"庚子俄乱"又被俄人侵占七年，清朝末年清政府在此设立边防总卡，民国三年改为漠河设治局，一九一七年改为二等县，十年后又改为一等县。此后，又经历了一系列名称的变更。但是，不论怎么变化，那个最早的自然村始终还在那里。这个名字已经深入人们的记忆深处。

不过，两年前，在各地争相改地名的浪潮中，这个村子已经被叫成"北极村"了，意为中国最靠近北极圈的地方，当然它距真正的北极圈还非常的遥远。那么我也就随着大流叫吧。

这个小村镇之所以名声在外，首先是在于它地理概念上的优势，如果把中国的版图形状喻为一只雄鸡，那么北极村就是鸡冠的顶端，当然还有它凉爽的夏季和冰雪的冬季。这里原有村民二千八百多人。由于地缘上靠北的概念，这里到处充满了"最北"这个词。最北的邮局、最北的银行、最北的民居、最北的发射塔、最北的餐厅，甚至最北的厕所。

村里的民居都是独门独户的小院，每户的院子都很大，于内地民居明显不同，院子中都辟有很大的菜园子，有些养着马、鹿、猪、羊等。黑龙江就从村子的旁边迅疾流过，站在岸边，尽可以观赏大河两岸秀丽的自然景色，只是这里蚊子太多了，晚间要点两盘蚊香方可，出了房间不管在哪，都会有蚊子的出现。

在我自小的认知中，黑龙江这条河流是神秘而遥远的，我对它充满了无尽的好奇和神往。工作以后，我虽然去过黑龙江省数次，但始终没有走到这条大江的跟前，这次，我终于见到了它。

在村子的一个农家小院住下后，我们就迫不及待去看江，出门北行不足百步，一条大江就呈现眼前。这就是那条充满想象的遥远的江流吗？还没有预热一下情绪，满满的一江碧水就突兀地出现在眼前。

我是如此近距离地站立在这条界河旁。放眼望去，但见满目新翠、江清野阔，江流似天宇铺开的软缎一般，泛着明光，舒展着又急速地奔向远方。

相聚在漠河，游客也加入了欢聚的队伍

我似乎都不太相信那近在咫尺的绿色对岸就是另一个国度。

或许是夏季短暂的缘故，上天就让它特别漂亮，呈现在我们眼前的就是一片美景。七月的温度不冷也不热，适合各种体系的植物茁壮生长，岸边呈现出各种斑斓的色彩。

一个下午的大半时光，我和小琳呆坐在江边，望着深邃又急匆匆的东流水，望着天空的云卷云舒，享受着徐徐的凉风。想想人生，也许是掠过眼帘的景物太多，使得我们常常不由自主地陷入了某种迷茫，压抑心中的真实感受很难得到释放，在日复一日的冷清之中，总是满身疲惫地回家，难得寻觅一分清爽与闲适。在许多个夏季过去以后，今年的夏季似乎有了一些不一样。

站在中国版图的最北处，在满目葱郁的景色之间，我忘记了一身的疲惫，抖落了尘世的喧嚣，幌然有一种若梦若失的感伤，感触到了未来生活之路该是什么样。静静地坐在江边，听听流水，晒晒太阳，任风吹来，跟着感觉记录下一些文字。

傍晚时分，我们又来了，在鹅卵石的江边上，只见几位当地的男女青

138号界碑是中国最北的界碑

年架起了烧烤炉，搬来了啤酒，伴着夕阳欢歌笑语，荒凉的江畔升起了一缕炊烟。我们走上前去与之攀谈，如同许多地方的年轻人一样，他们也弄不清太原和山西、陕西的关系。按照以往的经验，我说你们知道五台山吗？知道平遥吗？果然，这样一说他们就明白了，而且还知道是拍《大红灯笼高高挂》的地方。呵呵，对此也只能自嘲一下了事。

几位年轻人很好谈，在欢快的言语之中，我们知道了不少事情。诸如：前年，政府把村民们的地都收了，现在都不种地了，家家户户都搞旅游经济，开农家旅馆的就很多，政府给补贴，生活好得多了；还成立了北极村风景区管委会，直接归县政府领导；房地产开发商已经进驻，全村已经做了统一的规划，或许用不了几年，这里就是一个新兴小城市了。第二天早晨，我们果然从耸立在村子广场的几个偌大的宣传展板上看到了整体开发规划图。

在江边还遇到了两位刚刚游泳上岸的中年人，交谈中得知他们是来自几十里外的另一个村子，是在北极村给开发商打工盖楼的，这里的开发建设用的人多，他们村就来了不少人，周围的村子也都有人来。整个一个夏天都有活干。说起游泳，他们说，水不冷，很暖和，但是水流很急，一到大腿就站不住了，但只要你会游就没问题，顺水漂就行。我问道，这中间也没标志，要是游过界了会怎么样？一位说，游过去也不要紧啊，你再游回来就是了，我们经常这样，别上岸就行。另一位则说，上去歇歇也没事，他们就是看见了也是把你送回来。我虽然有些蠢蠢欲动，但看看江水，再看看天色，最终只是在江中湿了湿腿脚罢了。

黑龙江是一条重要的国际河流，它穿越了中国、俄罗斯、蒙古，全长四三七〇公里，注入太平洋。黑龙江有两个源头，南部源头在我国内蒙古的额尔古纳河，北部源头在俄罗斯境内的石勒喀河，这两条河源在漠河西汇合后始称黑龙江，成为现今中俄两国的界河。它似一条黑色蛟龙，波涛滚滚流向东北方向，到黑瞎子岛后与乌苏里江汇合折向东南，注入大海。

如同每一条河流都有美丽传说一样，黑龙江也有着美好的传说故事。大意是，在远古时，黑龙江并不叫黑龙江，江中住着一条白龙，常常肆虐，使江水泛滥、百姓遭殃。后来江边一户李姓人家临产，诞下一条小黑龙，其母哺育小黑龙，小黑龙后来在人们的帮助下，勇战为祸一方的白龙，最终除掉了白龙。为了纪念黑龙，人们遂将其名改为黑龙江。在这个传说故事中，人们把各种美德和优良品格幻化于黑龙的身上，黑龙成了英勇善战、为民除害的化身。这个传说故事也寄托了人们希望安居乐业的美好愿望。

今天，我走近了黑龙江，走近了这条世界上（我的感觉）最纯净的河流。在一派祥和之中坦然信步，没有对立的紧张，这的确是时代的进步。在江边远眺时，我心潮澎湃，用树枝在江边的沙石上写了几行字，聊作纪念。

此水东流路八千，北极村外绿连天。

白龙已去江水暖，烟波江上有渡船。

清晨四点，我们从所住的农家小院出发的，去漠河最北端的标识处，也就是黑龙江入口处。之所以这么早出发，是听从一位老乡的忠告，说早上蚊虫睡觉未醒、可少遭叮咬。但实际上早起的蚊虫还是不少，手中拿着毛巾不停挥舞煽动，但仍频频遭袭，特别是一种瞎蠓和小咬，打死都不飞走。

在村子北端，一个孤零零的小院外挂着个牌子，注明此院是"中国最北一家"。走过村庄，再向北走上数公里，在一片广袤的原野中，有一块巨石竖立，上面原来刻"中国最北点"五字，可能是后来经测量改变了勘察点，遂凿去这几字，但石上字迹仍隐隐可见。再向前行，四周的草木更加茂盛，有一人多高，从草丛间的小径穿过，一条支流溢出，形成一大片湿地，湿地上架起了一座木桥和长长的栈道，沿栈道进入荒野，出现一个新建的"北"字形的雕塑，这里就是中国版图的最北端。

在此北望，两座高山如同大江之门一般耸立远方，滚滚的江水自山中涌出，江面开阔浩渺，水雾袅袅升腾，水气云雾和漫山的森林连接在一起，森林越是茂密，水雾也就越大。晨起的冷空气把水雾凝结成了细小的水珠，聚集于木叶树枝上。当天空放亮热力升腾时，水珠又幻化成水雾渐渐升起。在这个地方，四野漫漫荒原，周遭满是翠色，眼底大江奔流，连空气都是湿润的。难怪有人这样比喻，说江流是大地肌体的血脉。在此四野寂寥、天地混沌之地，不由让人发思古之幽情，感慨万千。

　　许多人都说，这里是最美丽最富饶的地方。的确，夏日的北极村独具特色，绿色铺满原野，满山的林木青翠欲滴，满地的野花争奇斗艳，更有浩浩荡荡的江流一泻千里，两岸的山陵、断壁，倒映在锦缎般的江面上，犹如一幅大自然的山水画屏。但是我想说，最美的地方，是在江的那一边，在清朝时被俄国侵占的地方，从外东北、外兴安岭到鄂霍次克海环抱的那壮丽辽阔的土地上。

　　我没有去过这块土地，但是可以看一下俄罗斯伟大的作家契诃夫的笔下："要描写阿穆尔河两岸的景色，我是毫无办法的，我在这样的景色面前只能表示屈服。请你们想象一下阿穆尔河岸边的苏拉姆山口吧，看，这就是阿穆尔河，山岩、峭壁、森林，成千上万的白鹭、野鸭遮天蔽日，直叫人荡气回肠。"要知道，阿穆尔河就是黑龙江啊！

致敬大兴安岭

　　从漠河县城乘火车去塔河，绿皮火车穿行在绿沉沉的大兴安岭腹地。这条铁路线叫嫩林铁路，当年是国家为开发大兴安岭的重要举措。那时，森林是重要的资源，这条铁路就是用来运送采伐木材的。现在，木材的采伐停止了，铁路承担着每日一趟的客运往返，每趟只有五六个车厢。

　　当今，大多数绿皮车已经被高铁、动车所替代，但在此时，我却非常愉悦，巴不得它走得再慢一些，多享受一阵窗外的美景。现在，慢速度也快成为一种奢侈了。

　　大兴安岭这个名称，我们从小就在课本上识得，一直以来，总觉得神秘而遥远。依照我们的幻想，莽莽苍苍的原始森林，一定是参天的古树，密不见天，里面还有无尽的宝藏。但是，我们现在所见到的，并不完全是那个样子。多年的采伐和自然灾害，使得面貌有了大的改观，现在，茫茫的大兴安岭中，漠河、塔河、呼玛三个县，是森林覆盖最好、景色最为壮观的林区，尚有一点原始野性的影子，其他的地方，虽然还称林海，但距离想象中的景致就要差了许多。

　　车厢里的人不多，基本上都是林区的职工和家属，我对面坐的就是一位老林业职工和他的老伴。于是，我们开启了聊天模式。

老同志姓武，今年七十五岁，国字形脸庞、黑红的面容，显示着硬朗的身板。他举止从容，显然也愿与我们交流。很快，我们知道了他是加格达奇人，到漠河来探望了女儿与外孙后现在返回，同行的是他的老伴。当我礼貌性地赞扬老伴不显老时，他风趣地说，这是他的"后老伴"，这个名称我还是第一次听到。老同志开了一辈子车，从大车到小车，开过许多类型的车，走过许多的地方，也到过山西，还去了不少地方。后来一直给大兴安岭林业局的领导开车，直到退休。后老伴不失时机地赞扬了一句"他开了一辈子车没出过事"。看得出这正是老同志最为得意的事。

话题自然围绕着大兴安岭，这时已不再像是聊天了，更像是一位老师在给一个爱提问题的学生在讲课。

大兴安岭是在一九六四年开发的，八万名铁道兵官兵和林业工人以大会战的方式开进了大兴安岭特区，老同志是作为第一批拓荒者来到加格达奇的。一九六五年，成立了大兴安岭林业管理局，管理局设在加格达奇，与特区政府是两块牌子、一套人马。后来，特区变为地区，但一直是隶属黑龙江省和林业部。驻地一直在加格达奇，于是，就形成了政企合一的特殊形式。在地图上，我们看到加格达奇在内蒙古的版图上，但是实际管辖权却是黑龙江省。为了证实这一点，老同志还拿出了他的身份证让我看，的确，上面所写是黑龙江省。老同志一脸严肃地说："我们就是黑龙江人啊！"

大兴安岭的总面积有三十多万平方公里，从北到南呈长条形状，北部最宽，森林也最为茂密，宽有二百多公里；南部以草原植被居多。共辖三县四区十个林业局，三县即漠河、塔河、呼玛，十个林业局是西林吉、图强、韩家园、阿木尔、塔河、呼中、十八站、松岭、新林和加格达奇。老同志一个个数，我一个个记录下来。

一九八七年的五月六日，一场大火席卷了大兴安岭，大火烧掉了二百五十万亩的林木，烧死了二百多人，烧毁了漠河县城。史称"五六大火"，直到现在，山上的松林还能明显地看出大火的痕迹和火灾过后的新生。

在漠河县城，我们刚刚参观了"五六大火纪念馆"。对于那场大火，老同志有发言权，他说，当时他就在救灾指挥部，从他这里，听到了一些更为直接的细节。

"那可是一场大灾难呀！"老同志的眼神暗淡下来，慢慢讲述了当时的情形。他说，他跟随救灾重建指挥部到了漠河县城后，那是一片废墟，全城只剩下了南边的松苑公园，就是现在的五六大火纪念馆地，还有清真寺、医院的太平房等四处没有过火，人们一直说那是奇迹，其他的全烧光了。一百来米高的火头，那么宽的防火道都挡不住，连钢铁都熔化了。来了好多领导人，全国人民都支援重建，花了好多钱呀。不过，漠河县一下子就成了一个漂亮的小城了，原来可都是小破平房。我问老同志，当年政府的救灾行动老百姓是否满意呢？政府给老百姓盖的房子收钱吗？老同志说，当年政府给盖的房一分钱都不收的，老百姓挺满意。家都烧没了，被褥什么都是全国各地送来的。说到后来对火灾责任的追究时，老同志这样说："唉！当年的干部们，在大火面前，都是往前冲的，没有退缩的。"老同志的这句话，我掂量着，分量很沉重。

大兴安岭这一富饶的林区，得益于大自然的厚爱，在今天看来，大会战式的开发的确是过度了，再加上火灾更让它满身伤痕。小时候在课本中认识的那个原始森林，已经成了神话。但是，数十万开拓者们艰苦创业的精神，是永远闪光的。从二十世纪九十年代开始，曾经的伐木者们向着保护养殖林木为主和综合利用方面转化，这种转化带来了下岗和收入的减少，数十万大兴安岭人承担了转换带来的阵痛。应该向他们致敬！老同志回顾他们开进大兴安岭时，还说了这样一句话："当时是先生产、后生活。都是那么干的！"

绿皮火车穿行在绿色的天地里，望着车窗外浩瀚的林海，你真的无法想象大兴安岭的广大；再看着面前这位老林业职工，不由感慨，有多少这样的老林工，把自己的一辈子都献给了这片林海。过去，他们为开发大兴安岭而来，为国家建设而努力砍伐，谱写了一曲曲壮美的浩歌；现在，他们又和新一代的林业职工们共同守护着这片森林，我们是应该向他们致敬的，他们才是这片八万里疆土真正的雄浑和壮丽。

在五个小时的旅途中，这位武师傅给我和我的战友们讲了一堂生动的课，也度过了一段美好而难忘的旅程。武师傅是告了我名字的，但我还是没有记下，真是抱歉了。在此，献上我最真诚的祝愿，祝这位豁达朴实的老同志身体康健、阖家幸福。

呼玛一瞥

走进呼玛是个偶然，因为它本不在我们的计划之中。

离开漠河后，按照地图上的作业，选择了一条沿江线路前往黑河。这条线路是走三三一国道，据说是最美丽的一条滨江路。但许多当地人不以为然，认为要来回换车，交通不便。就是登上火车后，列车员也劝说我们坐到再远一些的嫩江站下车，然后再换乘前往，但我们还是固执地坚持了原有方案，在塔河下了车。为省银子，我们没有租车，在简陋的车站前挤上一辆破旧的面包车前行。小小的面包车里挤了十几个人，塞得满满当当，丝毫动弹不得，只能默默忍受着，结果中途还出了一点故障，耽搁了不少时间。就这样，终于在不经意间走入了地域辽阔的呼玛。

到呼玛县城后，天色已经大晚，连县城的面貌也没看清，就近找了一家小旅店住下。次日一早，接受了教训，乖乖到路口租了一辆小车。就在车辆启动前，我和大家商量说，既然来了，咱们去江边溜一圈吧，也认识一下呼玛。司机师傅开始有些不太情愿，说一路上就是沿着江走，风景老好了，这没啥看头。但我们还是坚持了一下，司机师傅看我们远来，也通情达理，于是车子一拐，驶向了江边。

走上堤坝，一条宽阔的清流立刻浮现在眼前，在朝阳的辉映下，江水波平如镜、熠熠生辉，一般瓦蓝色的小型炮舰亭亭玉立泊在江边，不知是一江流水作它的陪衬，还是它点缀了一江流水，总之，在蓝天白云下是那么的漂亮和谐。炮舰旁还停靠几艘白色汽船，有的是边防的，有的是游艇，但都如兄弟姐妹一般排在一起。江堤上，高高地耸立着边防瞭望塔，几个年轻的军人沐浴着和平的阳光站立在炮艇上。这里分明既是一个滨江公园，又是一个边防哨卡。遥望对岸，断崖峭壁之上，大片林木一望无边，也有一个瞭望塔在绿海之中探出头来。

江堤上红砖墁地、苍松挺拔，树荫下摆放着长椅，种植着各种草花，沿江一溜排列着十二属相的石雕，几位老人在锻炼身体，真是一幅和谐秀丽的大自然长卷。我们各自找到自己的属相石雕留了影。我感觉，这是我见到的最辽阔、最天然的滨江公园。

呼玛县因呼玛河而得名。关于呼玛一词，有两种说法，一是蒙语"行围前列之人"的意思，另一种是达斡尔语"高山峡谷不见阳光的急流"之意，现似乎普遍通行后一种。呼玛沿江两岸山峰高耸，如刀劈斧剁一般，就如同它名称的含义一样。全县面积一万五千平方公里，金矿储量丰富、水资源丰富，只是人烟稀少。

我们在江边与几位当地老乡聊天，一位老人感慨地说：当年的呼玛可是红火呀，现在人是越来越少了，县城只有八千来人，怎么能好！我问：这么好的地方是什么原因要离开？老人是这样回答的："唉！又不让淘金子，又不让砍林子，你还能干啥玩儿。"淳朴的话语中饱含着转型时期林区职工们要承担的困难。

这就是我们在这个朝阳初起的时段，在不经意间闯进呼玛江边的一点感受。

我们在江边停留了不到一个小时，算是略窥一斑，但是，它留给我们的印象和感受是难忘的。这个遇到还告诉我们这样一个道理，那就是美景在路上，或许就在你不经意间经过的每一个地方。有时候，你可能需要的就是再坚持一下，再前行一步，美景就跑到眼前了。

早安，呼玛！

一条高颜值的沿江路

从呼玛开始，三三一国道就伴江而行。江水如彩带一般，给大地镀上一抹灿烂的金光，那一边是俄罗斯广袤的绿色原野，蓝天白云下一望无际；这一边是绵延的兴安岭，山峦起伏、郁郁葱葱。大河风光旖旎始终陪伴在身边。

小车游走在沿江公路，随着山峦起伏，也随着江流左右，车行高处时，

美丽的沿江路

远方的绿野、村庄尽收眼底；转至低处时，路边茂林、花草，辉映在阳光之下。按照与司机的事先约定，一路上走走停停，看到好景便马上叫停，幸亏有了这个约定，我们才得以自在快活地享受沿途风光。

　　从呼玛到黑河的路程并不长，只有二百多公里，一路几乎没有遇到车辆，因此感受着特别的爽快，偶有几个农民兄弟驾农用车匆匆而过，打破江畔寂静。公路蜿蜒，缓缓驶上一个高坡，前方一片旷野，出现一个行人，在蓝天白云之下格外醒目。车行近前，才看清楚，行走的是一位大嫂，我们又一次叫停了车辆。大嫂挎着一个篮子走来，上午的阳光暖暖地照耀着饱经风霜的脸庞，黑里透红，显得精神矍铄。就在路边，我们和她聊了一会，在聊天中我们得知，她实际上只比我们大了一两岁，早晨起来，走了五六里路，刚刚采得一篮子野韭菜。引起我们特别注意的是，大嫂的手中竟然拿着两只盛开的红花，从这一点上，不难看出这位大嫂是一个热爱生活的人。看到我们的夸赞，大嫂大方地将鲜花递过来送给了我。哈哈哈，我们一阵乐呵，我抬起相机，记录下这一温馨的画面。大嫂说，摘韭菜回去吃饺子，这个味道可好了，在俺们这包饺子不用买韭菜。她还热情邀请我们去家，就在前面不远。我们谢过大嫂好意，又前行了，但是心中充满了一种暖暖的温馨。

一路赏景，一路愉悦，清新自然的山野空气始终伴随，林木之茂盛，江水之青碧，视野之广袤，是内陆城乡根本无法比拟的。本想着要在这条路上继续走下去，但是由于晓东兄遇事要返回，于是，我们商定，黑河之后开始返程。寄希望于下一次吧。希望有一天能够走完全程。

夏日的黑河

夏日的黑河是迷人的。五彩的灯光、斑斓的夜空、悠扬的乐曲、欢快的歌舞、热辣的情侣，是这个城市的基调，再加上江堤绿带、泛着银光的河流，构成了夏日的黑河市。

由于傍晚的时光很长很长，因此，这个时段是一天的高潮，江畔广场演出免费的歌舞、音乐，在高高的台子上，演员们的表演一丝不苟、兢兢业业，观看的人们或站或坐、散布在广场上、花丛中、树木下，优哉游哉好不快乐。除了江畔广场，市区中心地带也有自娱自乐的演出，中央街的东北大秧歌，走过来走过去，不时与观看者互动，拉入表演队伍，使得场面热烈而温馨。许多参与者是一家老小全来，尽情地享受着热烈的夏季，陶醉于自己的城市。

离江畔广场不远，有一个大熊岛，是黑龙江水流形成的冲积洲，现在开辟成了一个休闲娱乐的公园。公园里曲径通幽，林木繁茂，各种儿童娱乐玩具排列其中。走过中间林地就是江边，宽阔的鹅卵石江滩，有人戏水，有人烧烤，升起袅袅炊烟。有一位美丽的少妇发现镜头对准她后，友好地摆出欢快的姿态让我们拍照。在和她短暂的聊天中，我们得知，她今年四十二岁了，儿子就在对面——俄罗斯布市的一所大学学习，已经大三了。她说，这里的孩子有许多都在布市上大学，价格和国内差不多，但离家近，能经常回来。她言语之间透着欢快。

黑河是一个神奇美丽的边境城市，位于北纬五十度附近，城市人口

四条汉子在江边留影

三十万。与它隔江相望的是俄罗斯阿穆尔州的州府布拉戈维申斯克，当地人都简称"布市"。是俄远东第三大城市，人口五十余万。两城之间只隔一条数百米宽的黑龙江。一百五十多年前，"布市"的名字还叫"海兰泡"，是中国的领土，一纸《瑷珲条约》，使得江北六十多万平方公里的土地尽被掠夺。

在海关附近的江边，有专为游人设置的游船，船资五十元，可到江的那边一游，这是两市间的一个协议，对方游船也可靠近黑河江岸行驶。我们在船上等了半个小时，勉强凑到二十余人，游船开航。江面并不算很宽，一下就到俄方一侧，晚霞中观望布市，街市招牌彩灯如在眼前，就连灯光暗淡的咖啡屋也清晰可见。回望黑河，作一比较，布市的灯火不及黑河的一半，倒像是一条江流穿城而过，一面是闹市区，一面是住宅区。实际上，我倒更喜欢清静的街巷、幽暗的夜色。在一个小时的航行中，我坐在二层的甲板上，尽情观赏两岸夜景，也不管是否看得见，向着对岸的人们挥手，送去一份友好的问候。

黑河的城市建设还是很有特色的，一些稍早的建筑有不少是尖顶，有的是红铁皮，有的是红水泥，颇有一点俄罗斯风情。特别是城市中的雕塑，有明显的俄罗斯风格。在江畔一个小广场，有一尊"和平女神"雕塑，不论是从构思、设计、造型，都非常"俄罗斯"。这也从一个方面说明了两国文化的交融。而俄方一侧，新建的高楼大厦和中国的也完全一样，有人告诉我们，那些都是咱们的人过去给盖的。

在黑河，我做了一件颇为得意之事，就是下到江中游泳。说实在的，稍稍有一点冒险，因为从来没在激流中游过，但很兴奋，同行的几位老哥也都想游，于是就下水了。几位当地泳者相告，别游过去啊！但江边几十米都是浅滩，只得往中心游，管它是哪。顺流畅游，时间不长，已是千米之外了，上岸后兴奋之余写一首打油诗曰：黑河有客并州来，黑龙江中戏水来，是中是俄我不管，游上三千乐开怀。好友群发，不一会儿，收到远在三千公里之外的单位好友李晨回音，认为诗中两个来字作韵脚不妥，改第二句为"黑龙江里队成排"，果然是好，采纳也。此外，小琳战友又即兴和诗一首，这都成为旅途中难以忘怀的花絮。

高纬度地区的冬季是漫长而寒冷的，所以，当夏季来临的时候，人们就会格外珍惜，不愿轻易让它走过，所以，这里的夏天才如此热烈。在温暖的阳光下，江水弹奏着欢快的乐曲，人们在江边上演夏日风情，这是黑河人喜庆的季节。

瑷珲遥祭

只要回顾中国近代史，就会发现，在所有与列强签订的不平等条约中，危害最大、最为痛心的就是《瑷珲条约》。这个条约不仅割让了黑龙江以北大约六十万平方公里的肥沃土地，还让中国失去了乌苏里江以东相应地区的管控权，尤为可惜的是海参崴，一个有极为重要战略地位的地方，也被沙俄占领了。这个条约让整个东北地区被包围起来，失去了所有的出海口，极大地限制了东北地区的发展。对于中国来说，这是一个永远的痛。所以，走进瑷珲，真的是让人满心沉重。

参观瑷珲历史纪念馆，能让历史的碎片清晰地拼接在一起。

这个屈辱条约的签订，发生在一百五十多年前，而在此之前，黑龙江还是一条中国的内河。馆中的文字和图片告诉人们，历史上一共有三个瑷珲：第一个是康熙二十三年所建，在黑龙江的北岸，就是今日俄罗斯的布市，后因交通不便，两年后迁徙至江的南岸重筑新寨，这是第二个瑷珲城，它经历了二百余年的辉煌，曾是黑龙江流域最大的城市，也是政治经济和文化的中心，直到一九〇〇年，当八国联军攻占北京的时候，沙俄军队又在这里放了一把火，将这座瑷珲城化为焦土，史书称之为"庚子俄难"。一九〇七年，清地方官员又在废墟偏北的地方修筑了第三座瑷珲城，这就是今日的瑷珲。所以，这个瑷珲已经不是当年签订条约之地了，人们只能通过历史的遗迹来感受那段历史、凭吊千古遗恨。

每当谈到丧权辱国的《瑷珲条约》，相信每个人都非常的痛心，但又是那样无奈。那像是一个噩梦，一觉醒来，江北的国土已拱手相让，江北的民众如蝼蚁一般被驱赶至江中。当我们行走大兴安岭，对雄浑壮美的景致赞叹不已时，可知今天的大兴安岭仅仅是八万平方公里的面积，而江北被强行掳去的外兴安岭有六十多万平方公里。

观看瑷珲的历史展览，每个人都会感到屈辱、感到伤痛。我们不仅仅要记住历史，还应有更为深刻的思考，切不能"小忿多不忍，大仇每相忘"。在今天中国的疆域，全部的森林资源加起来都抵不上被掠去的外东北的林木储备；那里还有无尽的黄金、石油、矿藏。每一个中华儿女都应该记住：中国最富饶、最美丽的地方是黑龙江北望的那一大片土地。

瑷珲还有一个纪念馆，叫"知青博物馆"，距离历史纪念馆不远，这里展示的是另外一段历史。

二十世纪六七十年代，全国有一千七百万毕业的和没毕业的青年学子被下放到农村，接受再教育，仅黑河一地就有十四万之多。那些年，发生在这块土地上的事情太多了。许多年之后，这些当年的知识青年重返旧地，捐款盖建了这座知青博物馆。

瑷珲周边，过去称之为北大荒。自古就是流放重罪人犯之地。特别是有清一代，动辄将犯官暨汉族知识分子流放于此，故有"南国佳丽多塞北，中原才子半辽东"之说。由此可见当地之极寒苦楚。

那个时节，时代的洪流缚住了人们的灵魂，学生们在完成了一种近乎壮烈的追求后，被安置到农村，安置在军团式的知青点，在这里他们奉献了宝贵的青春。

在宽敞的展厅内，用了大量的图片和若干实物，再现了那段历史。图片上，一张张青春的脸庞洋溢出幸福，红宝书、语录、歌曲、改天换地的豪言壮语、时髦的草绿色衣裳、简陋的生活用品和最原始的农具，这些东西周而复始地伴随着他们每一个黄昏和清晨。我们是同一代人，很容易想到那段岁月，很容易在心幕上再现当时的场景。

在陈列的图片中，我看到不少当今的成功人士和社会精英，他们的照片被特别放大，再找出当年的留影或使用过的锄头镰刀等物品，用来说明今天与过去的关系。特别醒目的有共和国当今的外交部长王毅、央视的敬一丹、知名画家周京新等精英，还有好几位成功的企业家。

可是，我的目光和思绪却久久地停留在那些牺牲者的照片和名单上，这些牺牲者大都是十七八、二十岁，尤以女孩子居多。牺牲的缘由无不是山洪或山林火灾爆发时，为抢救国家和集体的财产而牺牲，其中的一场山火，一下子就夺去了十五条年轻的生命，其中有十四个是女孩子。她们是为了保护知青点的财产而牺牲的，当他们献出自己宝贵的生命的时候，可有人曾过问，他们用生命代价抢救的是什么重要的东西？他们为什么会这样轻易地就做了牺牲。

在牺牲者的名单中我看到了金训华，他是那个时代宣扬的典型人物、家喻户晓的英雄。一场山洪暴发了，他看到洪水中有一根电线杆子，他说，宁肯牺牲自己，也不能叫国家财产受到损失。他跳进了激流中，奋力游过去，结果被汹涌的激流吞噬。他的生命就停留在二十一岁。

面对着照片上充满了青春光彩的一个个秀丽面庞，我在想，如果他们能活到今天，那么都应该是到了退休的年龄了。应该是儿孙绕膝，尽享天伦之乐的时候了。他们尽可以在儿女们的陪伴下回北大荒走一走，看一看，也尽可以在回忆中笑谈当年，如果真的能让他们再看到自己的英雄壮举，他们又会作何感受？

但是，他们是再也回不来了，他们的生命永远定格在了那个时代。

那个时代，人们奉献是发自内心的。有人写了歌，谱了曲，有人编了舞蹈，宣扬这种精神。这首歌我至今还没有忘记，记忆是那样地清晰。

今天我们来到这里，怀抱一种难以名状的复杂心情回望那段历史，我想，知青们捐建纪念馆的初衷是为了纪念自己的青春岁月，那是每个人仅有一次的最好时光，但不知为何，馆里的人员不愿意让我们在馆内拍照。当我走出这座造型似红旗一般的博物馆时，心情是非常压抑。

如今，四十年过去了，激情的表演早已谢幕，这一代人已经渐渐老去，当他们不再拥有时，只能回忆。而回忆则往往是带有选择性的。不论再怎么表白"真实的记忆"，都会带有自觉或不自觉的倾向。这种倾向有的是对自己青春年华的眷恋，有的是一种说也说不清的暧昧，这样，所记述的事实难免模糊，也就脱离了历史的真实，使得这些美好的愿望变得残缺。但无论如何，这一代人的青春永远都留在那块黑土地上。博物馆展示的就是那个时代的献祭。

雨中看大庆

谁会相信，在北国雄浑的松辽平原，有这样一片水乡泽国呢？然而一到大庆，传统观念就立刻被颠覆。因为在这里到处是水，大大小小的湖泊星罗棋布，芦苇、沼泽遍及四野，给人的第一印象就是：百湖之城耶！

广袤的原野上，丰富的湿地资源形成了独特的自然景观。如果说江南的水乡是小桥流水、楚楚动人的话，那么大庆的水乡则是雄浑厚重、大气磅礴。打开刚购买的大庆城市地图，大大小小的湖泊点缀其中，有些已经开辟为公园，更多的还保持着自然的状态，让我们这些黄土高原的来客，充满了喜悦和妒忌。特别是市区中还有一大块湿地，面积有五十多平方公里，叫做龙凤湿地，这块湿地纯属天然。为保护它，城市在规划上专门做了避让，就是行经此处的公路，也均建设为高架桥式。我们两次经过湿地，从不同角度欣赏了它的美，特别是第二次，步行走上高架路，冒雨接近了它。极目远眺，浩浩荡荡一望无际，苇林如海、水网如织、鸥鸟成群、水天相接，一派郁郁葱葱的景致。在这里，自然生态保持完整，全无人工雕琢的痕迹。

湿地是浅水湖泊过渡到以芦苇为主的草场之间的地带，有强大的过滤功能，被誉为地球之肾。近年来，国际上对湿地的保护日渐重视，每年还有一个"世界湿地日"，国内也有许多城市行动起来，一是保护原有的自然湿地，二是在水库的边缘地带打造湿地，它的功能和作用越来越为人所知晓。大庆在这方面无疑占有得天独厚的资源，除了市区的龙凤湿地外，四周还有扎龙自然保护区、当奈湿地、鹤鸣湖湿地、松花江湿地等。乘汽车从北进入大庆时，两三个小时的车程满目都是湿地风光，而南向离开时，又有两三个小时也是如此风光。至于大庆周边的湖泊，不知有没有人做过统计，但仅在城市地图上标出的就有上百个之多。

两天在大庆，两天都遇雨，恰好我又是喜在雨中漫步之人，尽管衣裤有湿，但兴致愈浓。在雨中游时还遇一感人之事。那日在高架桥上拍摄，兴趣正浓时，大雨来袭，眼见黑云压来，我们即刻抱头鼠窜，怎奈是高架桥路上无处躲藏，正在情急之际，一辆越野车戛然刹车，停在前方，随后又迅速倒车至我俩身旁，车中一男一女两年轻人急呼我们上车，刚刚钻入车中，倾盆大雨伴着雷暴就到。想想也心惊胆战，多亏遇上乐为助人的大庆人。他俩还特意绕了一些路，把我俩送至一交通枢纽。由此也对东北人的豪爽与热情平添几分敬意，也给雨中的大庆游增添了一分好心情。

大庆是在二十世纪六十年代的石油大会战中逐步形成的一个新城，它的城市规划做得很好，城市的四个区并不是紧紧地挤在一起，而是巧妙地利用了周遭的湖泊和湿地，这也是偌大的龙凤湿地可以留在城市的原因。加之地域辽阔，车行道和步行道都很宽广，街道的绿化也格外好。

在雨中撑一把伞，漫步湿漉漉的人行道，是一种特别的享受。就连遍布四处的一刻也不停歇的磕头机，也看得别有情调。查了一些资料，始知今日的大庆，仍然有五万余台磕头机遍布在六千余平方公里的黑土地上。

为了感受著名的大庆精神，我们两次前往大庆石油历史博物馆，但都没有能参观上。一次是刚刚闭馆，第二日去又适逢公休日，留下了一些遗憾。但是门卫得知我们来自远方，还是破例让我们走进院门，在雕像前打卡拍照，态度也很友好。还有出租车的师傅也很热情，为我们介绍宾馆，所有这些，都让我们感到了欣慰，感受了大庆的精神。如果说当年的艰苦创业、铁人精神塑造和代表了大庆的形象，那么今天，这种精神已经成为这座城市的宝贵精神财富。

雨中游大庆，大庆是美的，大庆人也是美的。

再走五大连池

五大连池这个地名容易让人一头雾水，实际上，就是五个连在一起的湖泊，当地方言把湖泊都叫"池子"。这五个"池子"都有官名：一池莲花湖，二池燕山湖，三池白龙湖，四池鹤鸣湖，五池如意湖。由于火山的喷发，涌出的玄武岩流堵塞了河流，形成了五个串珠般的蓝色湖泊，故称五大连池。

五大连池地处小兴安岭与松嫩平原转接地带，原本是荒凉之地上默默无闻的湖泊，归属于德都县下属的几个小村庄，多年以来人迹罕至。后来由于对生态地质环境认知，对当地特殊的地理环境的保护，一九八二年高升为国家级保护区。有了名气之后，先是以五个池子的名义闹起独立，抛开以前归属的村子，直接成了和德都县平起平坐的县级市，再后来干脆把德都县也一块兼并。

五大连池的特殊地理，就在于它有中国唯一的活火山群。在松嫩平原广阔的原野上，散布着众多火山锥体。这些火山喷发的年代，从两百万年前到近代都有，最后一次喷发是在一七一九年至一七二一年间，距今只有两百八十年。这个时间在地球的地质记年上，只是一眨眼的工夫。这一次喷发形成了今天的"老黑山"和"火烧山"，并形成五个相连的堰塞湖。火山群现处于休眠状态，谁知道它啥时候又苏醒过来呢！

在平展展的原野上，火山喷发形成的锥形山体特别抢眼，这些造型独特的山体坡度平缓，大都在百十米高，山脚下，是喷发时流淌出的熔岩所形成的千姿百态的特有造型，石花、石海、石龙、气洞等，别样神奇，夹杂在砾石之中，稀疏的灌木和阔叶林顽强地生长着。

沿着长长的步道登上老黑山的山顶——就是在二百多年前喷发过的那个火山，一个巨大的火山口立刻呈现眼前。火山呈漏斗状，口部直径是三百四十米，深度是一百三十六米。站在漏斗的口沿边上，你能感到一种魂魄的震撼与战栗。从山顶远眺四野，周遭风光尽收眼底，山光水色波澜壮阔，一座座火山点缀其上，松嫩平原更显气象不凡。

五大连池还有一种神奇的水，药泉山下南泉流出的水奇冷无比，人进入这种冷水池中浸泡，刺骨的寒冷，一动也不敢动，如同针扎一般，待上几分钟，便要上来到晒区，躺平在黑黑的火山岩上一晒，这一冷一热，据说能治多种疾病。北泉则有一种更为特殊的饮用水，还能止痛，我对于这种水止痛功能有过体会。那是二〇〇四年，因参会来到五大连池，那两日正遇上牙痛，龇牙咧嘴的，在餐厅吃饭时，同行马主任问餐厅老板附近有没有牙科诊所，老板听后端来一碗凉水让我漱口，说这就顶用。我将信将疑含漱片刻后，竟然神奇地止痛了。那两日就是靠这北泉之水来止痛的。水中有一股浓浓的铁锈味道，至今我也不明白其中到底是何物质，反正那水你带不走，因为一个小时之后就会变质，变得浑浊不堪，不可饮用。当地人和疗养院的人都是拿暖水瓶来打水，这样可以多放几个小时。

五大连池建有各种疗养院，工人疗养院就在药泉山的旁边，我们进去了。以前大兴安岭和小兴安岭的林业职工们可来此疗养，现在疗养院成了俄罗斯人旅居式养生之地。我们跟随一位疗养院的门卫溜进疗养区，偌大的院子里，一家一家的俄罗斯人在此疗养，院子里的文字全都是俄文。出了疗养院的正门，一个专为俄罗斯人服务的市场正在形成，服务人员均操俄语，见我们进入根本不予理睬。那个年轻的门卫跟我们讲："早就没有中国人来疗养了，哪个单位还肯出这份钱呢！现在是由俄方的工会安排疗养休假，每期两周的时间。"听了这话，再看看此景，我相信一点，俄罗斯的经济已经发展起来，特别是俄的工会组织作用强大。

现在，五大连池是世界地质公园、天然的火山博物馆，也是著名的度假休闲之地。除了两座活火山外，还散布着十二座死火山。站在火山口，俯瞰莽莽的原野，五个池子如明镜一般，远方晨雾氤氲升腾，在一片辽阔之中，体会着这片土地下的炽热，感受着这片土地上的凉爽，实在有一种别样的感觉。

（2013 年 8 月）

和藏文化的一次短暂接触

9月3日晨，晴

　　飞机呼啸着离开跑道冲向蓝天，地面的景物急剧变小、消失，人的视界突然间扩大了无数倍，变得像鸟儿一样，从这个角度俯瞰，大地展开了神奇的景观，那是人类共同的家园。自从美国的莱特兄弟发明了现代飞行器，人类实现了飞天的梦想开通了天路，于是，今天，我们从这条天上的路走向世界屋脊，开始了西藏的旅程。

清晨，在药王山拍摄布达拉宫，这就是五十元人民币上的视角

9月4日早，雨

淅淅沥沥的小雨下了一个晚上，拉萨城里湿漉漉的，空气中仿佛也能拧得出水来。早晨五点半，走出住宿的"凯拉斯大酒店"，浓浓的夜幕此时还笼罩着天宇。沿北京东路西行，昏暗的路灯下，有几个学生骑车走过，几条个头很大的狗在远处狂吠了一阵。冒雨走了半个小时后，布达拉宫在夜幕中露出了峥嵘。这是到达雪域圣城的第一个早晨，之所以起这样早，一来是有点高原反应，整整一个晚上没有睡眠；二来是听说布达拉宫的预约券要早早排队才能领上。于是拉上战友小琳，早早走了出去。

拉萨的海拔是三千六百五十米，是世界上最高的城市之一，也是无数人向往的地方，但最让人向往的，是它那悠久的历史、独特的文化，给人的崇敬和震撼。

在夜色中，我久久仰视着布达拉宫，它是整个雪域藏民信仰的中心，它矗立在浓厚的云雾中，周围没有一处建筑可以与它比肩。东方出现一丝晨曦，我支起三脚架，拍下了它在黎明前的雄姿。这是每一个来圣城拉萨首先要到的地方。

尽管来得很早，但仍有早行人，二十多人已排在我们前面。出门在外的驴友们很容易就相识了，我们也和其中几位相约，共同明日的行程。

来圣城拉萨的第一个清晨就遇喜人的小雨，借韩愈一句"天街小雨润如酥"作为此段的主题，也是这天一大早的一种感受。

9月4日下午，晴

每到一地，总要去当地的博物馆看看。领到布达拉宫第二天的参观券后，便安排下午的行程，我首先提到博物馆，大家一致赞成。于是会同刚刚结识的驴友——几个朝气蓬勃年轻人，一同走进西藏博物馆。

西藏博物馆是一座充满藏文化符号的现代化建筑，距离布达拉宫不远，二〇〇九年才开始正式接待游人。在高原灿烂的阳光下，整座建筑散发着璀璨的光彩，屋顶琉璃瓦覆盖，碧瓦红墙，雕梁画栋，颇具藏民族的神韵。走进展厅，仿佛置身于一个别有洞天的殿堂，厚重的历史扑面而来。

丰富的展品让人目不暇接，不同材料制作的佛像，历代传承有序的典籍，五彩斑斓的唐卡，散发着神秘信息的法器、贝叶经，还有民族服饰、生活用具等，从文化、历史、艺术、宗教、民俗诸多方面展示了高原的悠久历史和灿烂文明。在馆藏珍品中，我们看到许多明清生产的瓷器，许多都是官窑的东西。特别注意到有一个乾隆的斗彩赏瓶，是一个稀罕物件。还有清代皇帝册封达赖喇嘛的硕大的金印。我还注意到，在出土的上古时期的器物中，有不少陶罐都与中原地区的出土物相似，在我们山西博物馆就有类似的东西。这也从一个方面彰显了中原与西藏自古就有的交流。

　　参观博物馆的人虽然也不少，但比起大小昭寺，基本上还是保持在安静状态，能够让人静下来品味一番民族文化和古董文玩。整整一个下午，我们流连于此，感受着在悠长的岁月里，藏民族的先人们用自己的智慧和力量创造的一个又一个的辉煌，在这块高天厚土上，留下的灿烂辉煌的文化遗产。

　　9 月 5 日上午，晴

　　如果说，西藏是一片神秘的土地，那么，布达拉宫就是神秘土地上的王宫。这里凝聚了藏民族的智慧和力量，闪耀着藏民族悠久而灿烂的文明之光。

　　布达拉宫是一座规模宏大的城堡加宫殿式的建筑群，是世界上最高的宫殿，可能也是最大的宫殿之一。当你抬头仰视它的时候，一种神秘感和敬畏之心便油然而生。人是需要有敬畏之心的，这是一种神奇的力量，你也许在其他地方不会有这种感觉，但是，当你来到这片土地，当你长时间地凝视它的时候，或许立刻就肃然起敬了。

　　布达拉宫建在红山上，红山名副其实是红色的山岩，还能看见几只山羊在其间。在信教人们的心中，红山就相当于文殊菩萨的五台山。正是黎明时分，白茫茫的雾气在山间缓缓流动，沿着山坡漂移，远山上白雪覆盖，山脚下绿草茵茵。

　　红山下面斜对面的一座小山叫"药王山"，藏名又叫做"觉波热"，意味山角之山，是相对于布达拉宫屹立的红山而言。贯穿拉萨的主要大街"北京路"就从药王山下穿过，两山之间有一座白塔相连，白塔的底层有一个门洞，原来是拉萨城的门户，后来城市扩建，柏油路隔开了两座山。

这里也是观看布达拉宫最佳的位置。在小琳兄排队等待领券的时间，我独自来到药王山的一个拍摄点。

从此处望去，布达拉宫巍峨雄伟，主体建筑外墙分为红白两种颜色，红色的部分居中，称为"红宫"，始建于公元七世纪，有历代达赖喇嘛的灵塔和佛堂；白色横贯两翼，称为"白宫"，始建于九世纪，是历代达赖喇嘛处理政务和日常起居的地方。布达拉宫前面的一片建筑叫"雪城"，是过去旧西藏政府办事机构所在地。

当你看到它的雄姿时，你才会感到这是在世界屋脊。说实在的，我在布达拉宫里停留了很长的时间，是一般游客的数倍，以至于同伴们几次电话催促，但是印象最深的还是在药王山上仰望它的时候。那种震撼的视觉，那种神圣的感叹，长久地留在心中。

在布达拉宫里参观是不允许拍照的，不能戴帽子，也不能戴墨镜，仪轨要求严格。沿着规定的线路行走，曲曲折折，一个殿挨着一个殿，他的确是太大了，当太多的信息一下子都涌来时，就超出了人所能接受的信息量，超出负荷，就会犯迷糊。

9月5日下午，雨

光明甜茶馆是一个最能了解市井民风的地方，坐落在八廓街的附近，门面虽然不大，但里面人很多，二三百平方米的大堂坐得满满当当。喝茶的桌子是矮的，座位就是小板凳。进去以后，先到消毒柜前自取杯子，找到空座坐下来后，掏出一些零钱放在你面前的桌子上，就完成了点茶的过程。一会便会有穿着白大褂的服务员过来，提着铝制的大茶壶，给你的杯子里倒上茶，然后从你面前取走茶资，一杯六角。茶是甜的，有些像奶茶，飘着浓浓香味。茶馆里的人们自在地聊天，享受着惬意的时光。

茶客们并不介意和不相识的人聊天，坐在我们旁边的就是两位藏族姑娘，一个是来自林芝地区，今年刚刚从云南民族大学毕业的，另一个则是西藏大学刚毕业的学生。她们今年都是二十二岁，肤色是现在流行的高原黑。她们两个，一个准备明年报考公务员，正在复习；另一个则想参加今年冬季的全国会计师的考试。我们同行的任兄是在山西省财政厅公干，于是那位西藏大学的女孩就不停地向任兄发问；而另一位在和我们畅聊。在和她的聊天中，我们知道了在拉萨有许多茶馆，在茶馆喝茶聊天是他们的一种生活习惯。去年还是五毛钱一杯，今年涨了一毛钱。茶馆都爱叫个光明或者幸福，叫光明的就好几个，为了区别，在光明后面再加上两个字。茶客大多是附近的人们，习惯了哪个茶馆就常去那个茶馆。现在也有不少游客喜欢到这里，喝喝茶，与当地人聊聊天，但这些游客大都是时间充裕的人，有多次游历经验的。我们还是很庆幸的，这要得益于在行前准备阶段，女儿的一位朋友的介绍。

藏族的女性服务员通叫"阿佳"，阿佳在桌子间穿行，谁的杯子空了就会再倒满。如果手掌在杯子上一挡，就说明不要了。但你尽管可以聊天，不会有丝毫不安。谈得高兴，你还可以为新结识的朋友付费，只要用手指指几个杯子，再点点自己的钱，就完成了一次请茶，话都不必讲。两位姑娘友好地请了我们一次，我们也学样礼貌地回请了一次。茶馆还卖一种凉面，但是吃的人很少。

我在茶馆中来回走了一圈发现，混杂在大堂的有一半是游客，从服装上能看得出来，而坐在后面屋子里的，都是当地的常客，还有几个穿着黄色僧衣的，同样在自在开心地聊着天。这里的确是汇聚了各色人等，别样的开心自在。我想，到了拉萨是应该泡泡甜茶馆的，就如同是到了北京逛胡同一样，是最能体验市井民风的地方了。

9月6日凌晨，晴

和友人的西藏之行刚刚开始，但我却不得不立即中断行程，要往家赶了。因为傍晚时得到母亲病情加重的消息。就在昨天上午，我在神奇的布达拉宫参观时，还非常虔诚地为母亲祈祷，祈盼她身体健康，但得此消息，哪还有心情在路上，必然立即返程。此次踏寻天路的足迹也只能成为匆匆的拉萨之旅。在短短的两天中，和两位老朋友在一起非常愉快，但是，真的要说一声抱歉了。另外，两天来，还意外地结识了几位年轻的朋友，大家结伴同行，亦增添了诸多欢乐，虽然一早大家又要行走各自的旅行，但拉萨将会记忆永久。

（2013年9月3日—9月6日于拉萨）

骑行在蓝色高原

二〇一四年七月下旬至八月上旬,第一次骑行内蒙古高原。

这次骑行缘起于原部队——守备一师建师五十周年纪念会活动。由于当年师部驻地在化德县境内,所以纪念会在该县召开,许多战友都要去参加,我和战友小琳商定:骑自行车赴会。

因为手头还有些编写任务,一直忙到出发前才完稿,几乎没有时间做任何准备。七月二十一日,收到快递送来的"大行"牌折叠自行车,二十三日晚间启程出发。我们约定在内蒙古集宁市会合,于是,提着自行车乘上北行列车,车行一晚,第二日一早到达集宁。我在站台上就把自行车装备完毕,推着走出车站,老战友带着他新娶的小娘子等候在站外。一阵热烈欢迎之后,未及休息,便马不停蹄开始了骑行。

人生所有的追求似乎都在路上

（7月24日）

集宁当年是乌兰察布盟的首府所在地，部队驻地就属于乌盟管辖，因此，对集宁亦小有了解。当年曾有这么几句顺口溜揶揄它："集宁集宁，高低不平，三个水塔、八个烟囱，两辆汽车满街哼哼，一个警察指挥全城。"这当然有些夸张了。好多年过去了，现在的集宁已今非昔比，在穿越城市的过程中就感受到它巨大的变化。

在草原骑行，是完全不同于城市骑车的感觉，天似穹庐笼盖四野，何处东西，何处南北，方位上往往充满不确定性。但是只要你在出发前选定了目标，尽管顺着道路前行就是了。只是有一点，你不能太相信老乡们告诉你的里程数。第一天我们就遇到了这样的问题。这并不是有意欺骗你，而是对于草原上的人来说，里程的概念总是要模糊一些。过去，草原上出行主要靠马，一匹马一气能跑的路程就是"一奔子"，这是他们古老的记程方法，尽管已经改变了出行方式，但是，有些时候，里程还是一道难题。

从集宁到商都，道路通达，一路走，一路拍摄，走走停停，一百余公里的路走了八个小时。中午在路边小馆用餐，热情的店家还让我们在他家的炕上小憩一会。

（7月25日）

今天是走大通道，这是横贯内蒙古的一条公路。有个感受敬告诸位，想要过车瘾的可来此地。公路上的车是能开多快就开多快，用风驰电掣形容毫不过分。就连大卡车都是风一般的速度，公路边到处可见大车跑掉的轮胎碎片，这些碎片里都带着钢丝，一个不小心就会把轮胎扎破了。所以在保证安全的前提下，往里靠靠才好。开始没经验，靠边骑，果然，车胎扎破了。在小琳帮助下，顶着火辣辣的阳光补好车胎。

今天又遇到老问题，一早问道于老乡，去化德有多远？老乡支吾着说，不远，四十来里地吧。上路骑行了二十公里后，见路旁立有指路牌，一看距离化德还有五十二公里。轻松的感觉变成不敢怠慢，路边风光也不敢过多停留，顶着骄阳前行，午后终于到达。

这是我第三次到化德县城。第一次是在部队服役期间，探家途经化德，一条热闹的大街是留给我的唯一印象。第二次是那年太原战友赴秋灵沟立碑活动，于县城小住一晚。这一次应该可以观摩化德县城了。由于参加活动人员众多，又值旅游旺季，客房紧张，找到组委会，在战友帮助下方才住下。

（7月26日）

纪念活动的正日子。一早到化德县新建的会议中心参加原守备一师建师五十周年纪念活动。

在化德县的西北部，新落成了一块"爱国主义教育基地"。基地依山而建，雄伟气派，沿高高的石阶而上，在高大的英雄纪念碑的后面，守备一师的数十位烈士也安息于此。纪念大会结束后，参会人员来此慰灵。我望着在鲜花下的那些名字，不禁感慨万千，要知道，那是我们曾经的战友，

参加守备第一师建师五十周年纪念大会

我们的同龄人，而他们的生命就永远定格那个时候。可那是和平年代，他们不是倒在敌人的枪弹下，而是倒在紧张繁重的战备施工中。而我们每个人都是有这种光荣的可能。比如我的那四次记得起的"擦肩而过"，只能说是一种幸运了。

山岗上有亭子，极目远望，远山含黛，近山葱郁，和煦的阳光洒在草原上，时代已经大踏步地前进了。

（7月27日）

一早又开始了我们的骑行。走县乡小路，经商都县西井子乡至格化司台。格化司台原来是距离部队最近的一个公社所在地。一到格化司台，大东山遥遥在望，马上有一种回归的感觉。

从格化司台开始，路不成路，沙石满地。单车且骑且推，经大青沟、潘家坊、押地坊，走零号阵地前，始至当年连队驻地。傍晚时分至驻地。刚至连队旧地，方才的万里晴空突降豪雨，我等连人带车，躲进一处残缺营房内，这个避雨之地正是当年我任班长的六班房舍。豪雨下了好一阵子方停。回想前数次返驻地时均降甘霖，当地乡亲们曾感叹说，是你们老部队的人带来了喜雨。今日来此天又降雨，虽说只是巧遇，但冥冥之中的事谁又能说得清楚。残营躲雨时，还意外发现小鸟筑巢，让废墟有了别样生机，雨停后下山，在营区外遇押地坊老乡放羊，言当地已两月无雨了。有感于此，当即哼出几句顺口溜以记之。

（其一）

千里朝圣只为情，天降豪雨感神灵。

军营不在军魂在，庇护持髦一老兵。

（其二）

耳边叽叽翠鸟鸣，早筑巢穴在残营。

悲从喜来喜何在，遍地牛羊不见兵。

（其三）

东山回望泪满襟，岁月峥嵘五味瓶。

二十八株杨树在，替我持髦一老兵。

（7月28日）

昨夜宿大西沟村三丑家。

大西沟是部队刚进驻内蒙古前线时连队驻扎过的一个小村庄，后来部队建起地下化的营房，离开了村子，大西沟仍旧和连队联系密切。因此，这些年来，只要老连队的人回去，总要到大西沟走一走。这一晚，我们满怀深情地忆起了过去的点滴往事，畅谈至夜深。

三丑大名叫武忠，和我们年龄相当，也正是由于此，当年和他最熟悉。三丑在整个村子里算个能人，个子高高的、展展的，身子骨硬朗，又能吃苦，用他的话来说，啥苦都吃过。年轻时到大兴安岭伐过木，重建漠河时打过工，丰镇砖场脱坯烧窑，锡盟草原搂过地毛。我问他，最苦的是啥？他想也没想就说：那还是搂地毛最苦。于是，我和他聊起搂地毛这活计。

地毛是一种草原上特有的植物，细如发丝，紧贴着地面、顽强地生长在干旱的草场。它既没有根也没有叶，就那么附着在草根上生长，是一种低等植物。不知从什么时候起，兴起了吃地毛的风气，反正我在餐厅就经常点这个汤。这个不起眼的耐寒植物，也就成了当地农民换取衣食的资源。

地毛生长在西北部的草原，大西沟一带没有这东西，要去四子王旗或西苏旗的沙地草场上才有，离这里都是几百里的路程。一般都要相约数人一起出发，雇上一辆车，拉到一个地方，车就折返回来了。每次，他们都要和车主约定好返回的时间，到了时间，人们又聚集到一个地方，车再把他们接回来。

他们要分散开来行动，各走一路，这是偷偷摸摸地干活。由于搂地毛要造成地面的损坏、影响草场的生长，所以是被严格禁止的，当地还有专门的草场巡护队伍，再加上草场都已经分配到了牧民的手中，牧民们也看管得紧。所以，搂地毛不仅是一项十分辛苦的营生，还具有相当的风险。

每次出去的时间，短则一个礼拜，长时二十多天。这么长时间怎么生活，不听他讲真无法想象。出发时要装一塑料壶的水，再带上这段时间里的干粮。干粮是一种特别的硬面烙饼，既要耐饥，还能多存放几天，不容易坏。当然要带上工具，工具简单，就是两个编织袋，一个耙子。耙子是用来搂地毛；编织袋一个是用来睡觉的，另一个用来装地毛。

由于搂地毛是非法的，他们只能东躲西藏，白天躲起来睡觉，晚上出来偷偷地搂。带的水喝完了，也不敢到老乡家里要水，遇到水塘就在水塘里取水，遇到降雨就接雨水喝。饼子发霉了，把发霉的地方抠掉也得吃。

三丑抽着烟，慢慢地讲述着："哎，可苦了！"

"晚上在哪睡觉？"

"能在哪！找个沟沟坎坎的地方，钻到袋子里。"

"那要遇到下雨怎么办？"

"能咋办！裹上塑料布钻到编织袋里。要是运气好，能遇到个水泥管子，那就美了。要记住这个位置，多走些路也会睡到管子里头。"

"让人家逮住过没有？"

"咋没有！"

"那逮住了咋办？"

"咋办？把东西没收了。"

"挨过打没有？"

"哎！挨过。"三丑长叹了一口气，看了一眼老婆，把头低了下来。

那些年，搂地毛是当地村民在夏秋时经常干的一项带危险的活。没办法，要生活呀！只要不被逮住没收，每次总能闹个二三十斤，每斤几十块钱，能派大用场了。

多年的辛勤劳作总算是得到了回报。三丑家后来新盖了三间土坯房，土坯房上还挂上瓦，那可是村子里第一家有瓦的房子呀！但干这个活计也太过辛苦，没有一副好身板是根本吃不消的。我还问了三丑一个傻傻的问题，我说："这么长时间，你们怎么洗漱呢？"三丑嘿嘿一笑："洗漱？到哪洗漱？"

"现在还有出去搂地毛的吗？"

"没有了。唉，能活下去谁愿意受那苦。"

的确，现在的生活已经发生了很大的变化。

这一天，三丑很高兴，在太原打工的儿子前两天请假回来了，女儿和女婿也带着外孙从赛汗塔拉回来看他们。一家人团聚，小屋喜洋洋的，充满了甜蜜。晚上，三丑拿出"草原白"，招待我们，这是一种烈酒。平日里我是滴酒不沾的，但此时，浓浓的情谊带着浓浓的酒香，正和时宜。我们畅谈了许多以往的故事，这些故事不论苦与甜，都已经成为美好的回忆。比如他说，三连的人一到村里，他们就愿意围拢在一块，共同干活，有说有笑，不累；还有，那时去了三连，总能吃上一顿热腾腾的饱饭，有时候，就是故意选那吃饭的钟点才去，就是为了那一顿饭。当时村子里也有年轻的女孩子，而且也愿意嫁出去，连队里好像也有人动过找对象的脑子，但摄于严格的纪律，没人敢越雷池。

饭后，他没有烧奶茶，而是从哪拿出一包茶叶，为我们沏了一壶清茶，在他看来，奶茶是日常喝的，清茶才是待客的。

在这一天的晚间，在荒原深处的这个小山村，我们——两个当年的战士，在两鬓斑白之时，和这位兄弟畅谈以往，大话国事，直至三更。

今一早告别三丑一家，经新修的乡间公路，绕行二道河、五块石、牌楼、格化司台至土牧尔台。

在土牧尔台最大的一家餐馆用餐时，意外遇到几位战友，虽然不太熟悉，但守备一师几个字就让我们非常欣喜，土牧尔台任职的同一个连队的老陈战友也在这里，他特意让厨师做了馅饼，并且是猪羊肉两种馅的。这也令我们有一种瞬间回到当年的感觉。

今天是我的生日。在骑行途中，在土牧尔台，这块热土，和几位战友在一起，是非常特别的感觉。生活真是很奇妙，有的时候平淡如水，几日几周也没太多感觉，有时候，一天里又汇聚了太多的信息和感受。这天就是后一种。我为自己举杯：生日快乐！

（7月29日）

早八时从土牧尔台出发，骑行一一九公里，晚七时至赛汉塔拉。下坡时最高时速显示五十三公里。昨日大部分时间阴，曾下小雨，天气凉爽，所以骑行顺利。此段地域辽阔，土地沙化，颇有些大漠的感觉，且呈越往北越严重现象。特别是过了朱日和后，全程难见树木，直至下午五时多，才在路边发现一株小榆树，我们在树荫下稍作休息，这似乎是朱日和至苏尼特右旗途中唯一的一棵树。

（7月30日—31日）

原计划骑行二连浩特，但昨日晚间看到发出的高温预警，于是，变更计划，改北上为东进，向着草原深处——锡林郭勒方向。

这条线路也是烈日高温，光照强烈，半沙漠地带，树木少见，色彩单调，紫外线特别强烈。走过阿巴嘎旗时到旗汽车站打卡留影。

（8月1日）

傍晚时分到草原深处的锡林浩特市。锡林郭勒盟的首府锡林浩特是一个新城。去年刚刚庆祝了成立三十周年。城市人口只有二十五万，但面积很大。昨日晚间在城中骑行，感觉到城市规划做得很好，虽然不是整体规划，但思路衔接，成就了这座草原名城。城中地广，几乎所有的人行道都非常宽阔。城中学校都有很大的操场，操场都有标准跑道。白天阳光充足，是个阳光城。光亮得耀人目眩，白天气温也很高。总的感觉是，从苏尼特右旗、阿巴嘎至锡林浩特这一线很热，比我们的大东山要高好几度。但晚风拂来时还是颇有凉意的，带着浓郁草原气息的风。

（8月2日）

在锡林浩特市游览。锡林浩特是草原深处的一颗明珠，突兀耸立在大草原上，是一座典型的阳光城，紫外线极强。这是我们第一次走近它，它的风采让人赞叹，但它的阳光也着实让我们领教。

先后骑行观赏了市容，参观了城市北部的敖包山和贝子庙，贝子庙是藏传佛教圣地，享有北国名刹之誉。贝子庙前是集休闲娱乐为一体的广场，是当地人民晚间纳凉的好去处，还参观了锡林郭勒博物馆。博物馆是这座城市的标志性建筑，坐落在锡林浩特市西部，造型别致，门前有辽阔的广场，具有草原民族特色，面积也很大，从几个层面以专题陈列聚焦的方式介绍了草原文明，特别是四层，是古生物化石馆，有多个完整的恐龙化石，是非常难得的。

在锡林郭勒大草原撒欢

（8月3日）

上午骑车去了著名的九曲湾。九曲湾是锡林河上一处美丽的景点，中国邮政还发行过它的小型张。那张极美的照片广为流传。但是，显然不是所有的人都能看到这样美景的。干旱和高温蒸发了河流，吸干了空气中的水汽，我们所能见到的也只是水渠似的一洼水而已。但那里的草原是辽阔的，有马群自由走过，马群踏过的草地，似乎依然在长吟马背上的情怀，那蔚蓝的苍穹，还在述说着游牧民族不尽的往事。

在骑行锡林浩特至九曲湾一段时，虽然距离不远，还涂了防晒霜，但它的热度足以让我们眩晕，来回五十余公里。

尾声：

这次骑行结束在锡林浩特。

在内蒙古草原上骑行，是很有诗情画意的一项活动，会让人产生一种源于纯净的天真，和你以前的生活截然不同，是一种从未有过的体验。你可以尽情眺望广袤无垠的原野，眺望草原的尽头，在浅蓝色的苍穹下，悠然升起、缓缓飘来的白云，闻着野草花散发的清香，还有茂密生长的向日葵，像白云一样飘荡的羊群，挂在天边的彩虹，路边草丛中生命力旺盛的小鸟。

此时此刻，一切杂乱无章的东西全都消失了，虚无的、琐碎的，都不存在，唯有宽广真诚留在天地之间。这是草原的特色，是草原民族的胸怀，让人感受在无拘无束之中。

骑行在草原上，旷野充满了迷茫，当风沙吹过荒原，在一片混沌和孤独之中，在目所能及之处，除了三辆单车，再也没有人烟，孤独与寂寞相伴。你会真实地感觉到，人，在天地之间，实在是太过渺小了。这种感觉你是绝对从书本中感觉不到的。

骑行的每一天又都是挺累的。尤其是在做了很多年的伏案工作之后，骑行是对体能的挑战，你所做的只有坚持下去，别无选择。好在四周美景召唤，小琳战友和小韩鼓励，使得骑行中的每一天都充满了累的欢乐。骑行得以纵览当地风土人情，遥望云卷云舒，特别是对眼睛有益，不用每天盯着电脑、电视，视觉可以延伸到无尽的远方。

当然，骑行中也会遇到困难和磨砺，草原上并不都是绿野无边，干旱和沙化在许多地方都特别严重。从格化司台到押地坊的路，就并不顺畅，沙化了的土地，只能推车行走。还有些地方已经成为沙漠，连一棵树都难以见到。从朱日和到赛汉的那段路上就是这样，黄沙漫漫、骄阳似火，只是在快傍晚时分，才看到一棵小榆树，三个人躲在这棵小树下感慨不已，还特意为它拍照留念。

骑行在草原深处有时也会失去方向感。苍莽天地间没有了参照物，有一次我们三个人竟然产生了三种方向的感觉。全世界的经验都没有用。只有等待新的定义加入。

草原上的天气也常常是变化无常，遇雨时，气温陡降，日照时，骄阳万里。还有很关键的一点，那就是你必须事前做好准备，带上水和食物，带上修车的工具，而且你还得会修才行。因为许多路段你是见不到人烟的。

草原骑行让人深刻感觉到，经验与快乐只有在行进中才能获得。车轮碾过，如同风吹过一般，一切都已经成为过去，我不知道以后的岁月里还将骑行哪里，但这一段路程，留下的是刻骨铭心的记忆和激情。这一段历程还让我理解了骑友们说的那一句话——只要出发，就能到达。

（2014 年 8 月）

岳麓山下随想

岳麓山的红叶

我的书册中夹着几枚枫叶，是我在长沙岳麓山上采撷的。

那是去年的十月下旬，我应老战友树青之邀去长沙一走，在长沙逗留两日，他陪我游览了岳麓山和橘子洲头。

时值秋日，长沙天气尚暖，岳麓山的枫叶刚刚泛起黄色，还未全红，但我还是摘了几枚，置于笔记本中留念。看着这几枚枫叶，让我若有所思，同为枫叶，经风霜与不经风霜大有不同：经风霜者色浓愈红；不经风霜者则色黄泛青，这枫叶的美色原来就在风霜洗礼之后。大自然就是这样来奖励美的。

想到人生。人生都希望生活在春季里，喜欢风和日丽。特别是对自己的孩子，更是希望他们少些风霜的摧残，少受严寒的侵袭，总是希望他们过得比我们好，别再遭受我们的苦难。但实际情况常常是事与愿违。许多孩子成了柔弱的小草，丧失了抵御风霜的能力。

老战友的孩子当年考上了省实验中学，家距离学校十几里路，每日里骑自行车风雨无阻，他俩也从未接送，单从这一点就不难看出他和妻子对孩子的真爱。六年下来，又考上位于长沙的国防科技大学，毕业后留校任教，一路顺风。孩子今日的"出息"于自小的磨炼息息相关，这是我等交口称赞的。所以，自古就有儿不能娇养一说，曾国藩一句"少年经不得顺境"的确是有道理的。

爱晚亭的音符

　　岳麓山下爱晚亭与滁州醉翁亭、西湖湖心亭、北京陶然亭并称四大名亭。名称源于杜牧的《山行》："停车坐爱枫林晚，霜叶红于二月花"句。

　　亭子在一山坳里，背靠青峰，绿树掩映。亭子上红底鎏金"爱晚亭"额，由当时担任湖南大学校长的李达请毛主席书写而成。

　　爱晚亭周边人流如织，老年人居多。在夕阳的晚照下，享受着晚晴美景。记得一九九六年借组稿机会，我曾独自来此一走，当时冬季，景致不似今朝，三面环山的清风峡好像只有一个亭子，四下里也不似如今这般开阔，还有流泉、池景、桃李成行。时间过去了十八年，今小坐于此，再读李商隐"夕阳无限好，只是近黄昏"诗句，又让人有了另一种感觉，那前一句分明是诗人诗情画意的浪漫抒怀，而后一句才是光阴飞逝无可奈何的叹息。好像有人做这样的比喻，岳麓山似一支琴，湘江如同琴弦，爱晚亭则是一个音符。如此倒也恰当，只是那个音符或许是曲终将尽之音符。

　　时光匆匆，夕阳西下，暮色将至，太阳落山了，明天还会升起，而我们个体的生命一旦落山，就是人生已经走到了尽头。人生就像脚下的湘江一样，生生不息、奔流向前，想到这些，难免会有一种伤感。晚霞是红色的，如同爱晚亭的红，绚丽无比，人到晚年时，也总是想发光发热，以余晖馈后来者，哪怕只一点点，但是稍不留神就是晚霞中的最后一缕光彩，天黑起来很快的！

岳麓书院的读书声

　　岳麓书院是岳麓山的根基，也是岳麓山的灵魂。这所创立于北宋年间的书院，曾是中国最著名的书院之一，正是有了这个书院，才引得无数先贤来此，才有了三湘俊杰如潮涌出。书院大门高悬"岳麓书院"匾额，还是宋真宗赵恒的御笔赐书。清嘉庆年间的大门联"惟楚有材，于斯为盛"至今还镶嵌在门前两侧。书院虽然早已被废百余年，但在读书人的心中一直有它的记忆。

秀美的岳麓山是读书的好地方，远离尘嚣，藏之名山，掖之秀川，真所谓"四面山水，清邃环合，无市井之喧，有泉石之胜"意境。读书要有环境，书香之地尤为养人。这钟灵毓秀的岳麓山下，在上千年的历史中，走出了一代代的名流大儒。现在，在书院的旁边，一座规模宏大的大学城，取代了古老的书院，朗朗的读书声仍旧回响在岳麓山下。

岳麓书院几多兴废、几多变迁，然此地终是弦歌不辍，千年还是读书声。

"时代的一粒灰，落到个人头上就是一座山"。我们这一代为了能从高处望远，只能苦学，因为人生是要靠知识和智慧来过日子的。读书能让人学会用脑，能有宽广的视野和大一些的格局，古代一位哲人说得明白：书犹药也，善读之可以医愚。但凡在这条路上行走的人，每一步都不容易。

水流花落，我们已经无可奈何地翻篇了，唯有寄希望于下一代，希望他们能够有新的篇章，新的乐符。今天的我们并不指望自己的孩子们去指点江山、叱咤风云，去争天夺地了，只希望他们多读书、读好书，做点实实在在的事，通过劳动收获自己的幸福。但不论做什么事，都是一定要脚踏实地，欲远行者须要收拾好行囊，武装自己，找准适合的路，才能行稳致远，在人生的河流中，才有曙光。

（2014 年 10 月）

苏州印象

在我的认知中，苏州是一个有着花一般美景的小城，细雨绵绵的水乡，窄窄的街巷，小桥流水，低矮的房舍，这是文学和历史传达出的一点点印记，还伴有我在一九八五年留下的一面之缘。那次从上海来，只停留了几个小时，快速游了三个园子，便匆匆离开了。当我二〇一四年十一月上旬再次来到苏州时，苏州已经是一个新纪元了。放眼望去，高楼林立，道路宽阔，车流滚滚，偌大的城市，充满了现代的气息。当我从城市的东北一隅打车到城西的木渎镇时，竟然走了三十多公里，城市变得无极之大了！

这一次的苏州之行，是参加战友聚会。这是老战友们利用现代网络技术，吹响重新集结号后的第一次聚会。聚会情节不在此赘述，只谈苏州印象。

"一部姑苏城，半部江南史"，苏州的美景、美酒、美文、美娇娘和美丽的故事，让所有的文化人都熟知了这样一个地方。这次除了老城区，又让我认识了两个地方，一个是苏州东北部的唯亭新区，另一个则是苏州西南部的木渎镇。

唯亭新区位于烟波浩渺的阳澄湖南岸，是一幅格调高雅的面貌。周遭宾馆酒肆茶楼林立，都是别具特色的低矮式设计。阳澄湖畔，楼船式的餐馆，吸引着各地游客。特别是沙湖周围，更具一种诗情画意、妙不可言。我们就下榻于此，一座日式的会所。晚间霓虹静静洒在平静的湖面，静谧的夜空散发着清香；你如果愿意遐想，尽可以将沙湖上明月当成吴越古都的那弯明月。晨起，湖面披上一身霞光，四周亭台楼阁，美轮美奂。湖水清清，草木葱茏，惹人喜爱，让人纷纷拍照留念。充分感受着一个带着古意的现代新纪元。现在，唯亭已经成为中国和新加坡两国的国家级合作发展区。一座高达数百米的大裤衩子式的高楼，成为新的地标。

苏州的美食天下名。唯亭还有享誉全国的大闸蟹。原来阳澄湖的大闸蟹是分有品牌的，这里的就叫"唯唯亭亭"，这里湖底土壤优良，水草肥美，水温及水深均适，是阳澄湖大闸蟹的最佳养殖基地，个大、口感味道极佳，产量占到了阳澄湖大闸蟹的三分之一，每年产八百来吨。这一次，我们都饱尝了美味。此外，老领导还在著名的楼外楼设宴款待。

观湖光秀色，听管弦丝竹，追求一种平淡悠闲的生活，是吴越人的本性，自古，骚人墨客会于此地，形成了独特的吴越文化。坐在水边的茶社，品一杯香茗，几个知己聊聊，真乃一种难得的享受。这是我们从小就在书本中得到的一种感性认知。在现代化的大都市中还能有这样的场景吗？别说，还真有，在木渎镇又见到这样的场景。

木渎镇位于苏州西南方，距城十几公里。倒是这里，更保留着一份旧时的古意。如果不是因为一个仰慕的灵魂，我可能永远不会来到这个地方。但让我没有想到的是，这个小镇竟然已经有两千年的历史了。我临时抱佛脚，匆匆读了宾馆里的介绍，在互联网上查询了相关知识，这才恍然大悟，原来，木渎曾是乾隆皇帝下江南最喜欢的一个地方，每到必住之处。

游走在木渎的小巷，会让人惊讶于古老苏州留下的那个影子。由于惊讶便有了了解的渴望，于是，穿行在雕刻着历史的街巷，既能够听到软软的吴侬细语，又能感受到现代的声光影讯。那一天的早点，我选择了一家邻水的茶餐馆，要一份点心，泡一壶香茶，慢慢享受难得的时光。

我觉得木渎镇是古朴的苏州，而且是一处低调的所在，而唯亭新区，则是一处妆容高雅的现代苏州，这两处都各具一番诗情画意。

苏州园林天下名，这一次，好客的主人也安排我们游览。但是个中的感受却大不如前。实事求是地说，市区几个园林环境及周边，较多年以前的确有了太大的改观，诸如散发着香味的卫生间，进出门的电子化管理，园内的各种探头和管理人员，都是做得不错的。但是在软件方面，的确还有待于提高，在提升景区服务品质方面，还有很多工作要做。景区专业导游，一路上也没有好脸色，甚至在提问时还很不耐烦，让人感觉不爽。

旅游经济是一种服务经济，没有优质的服务吸引不了游客。比如完善景区服务设施，特别是做好从业人员的培训，对导游在讲解中的不到位，

跨越了三十八年的老连队战友聚会，于周庄留影

甚至态度不友好，以及一些服务人员都应该进行补课、培训，提高应对水平，提升规范化专业水准。此外，对景区周边经营户也要开展诚信经营微笑服务的教育，降低景区发生质量不符、欺诈经营、服务不周等现象。

这样一来，苏州给我留下了三个版本，一是保留了古老遗存和遗风的古朴的木渎镇，它还守护着一种最低调的坚持；二是苏州老城区，道路宽了许多，四周高楼林立，形成了一种新旧混搭；再一个是唯亭新城——一个全新的带有古意设计的新纪元，这种混合了中西文化的园林布局，或更能引发今天人们的赞叹。

当然这次苏州行也留下一点遗憾，那就是没能去贝聿铭先生设计的苏州博物馆。

（2015 年 2 月 25 日）

骑行日记：丈量草原走边关

　　引言：二〇一五年八月，我和三位好友又在内蒙古境内骑行。这次骑行仍旧缘起八月一日老战友们在大东山原驻地的聚会，之后应战友任建林夫妇的邀请，到太仆寺旗游览。在这里，和大家挥手告别。我、小林、茂林、小韩开始了一次丈量草原走行边关的骑行。

出发前，战友们送行，那面旗帜上有三连全体老兵的签名

（8 月 3 日）

桑根达来——富裕的海

从今天早晨开始，所有要走的路，对于我们来说都是第一次踏上。

骑行第一天的路况良好，公路虽然不宽，但车辆很少，中午时分还在一片树荫下小憩一阵，下午四时到了桑根达来。走行一百二十公里。

桑根达来是个小镇，诗一般的地名，翻译成汉语是"富裕的海"。以前是成吉思汗铁骑驰骋的疆场，现在是正蓝旗下的一个苏木，也就是乡镇。自行车的驮包在第一天就出了点小问题，开线了，想找一个缝纫店修补一下，于是，在找寻的过程中也就浏览了小镇。小镇的人口不多、但占地面积挺大，大多还是旧平房，这是草原村镇的特点。

晚餐时，走进了一家面馆，老板居然是个太原老乡，于是聊了很长时间。他说在这里找了老婆，有房子，定居了，就开了个饭店。问他生意怎么样，他说："这儿富裕，人也豪爽，舍得花钱，有了钱就是吃喝，不像咱们那儿，就知道攒钱。"看来桑根达来的确是富裕的海。

今天在途中发现了一个旗的名称很有意思，叫做"正镶白旗"，按照历史的理解，正白旗、镶白旗完全是蒙八旗中的两个旗，新中国成立后，把两个旗合并为一，叫做"正镶白旗联合旗"，但后来又改成现名。总觉得既然是合并设旗，还应该加"联合旗"三字为好。

在经过正蓝旗地界时，还看到一处指示牌，标注不远处是元上都遗址，但时间关系不能前往。途径哈毕日嘎，这个小镇地处浑善达克沙漠边缘，这个地名常常让人弄错。

（8 月 4 日~5 日）

锡林浩特，草原深处的阳光城

锡林浩特是草原深处的一座大城市，一年前的八月，我和小琳、小韩曾骑行到此，那次是从集二线走的，自西向东把这里作为终点；这一次由南往北，算熟门熟路了。

夏季的锡林浩特是旅游旺季，我们找了半天才在城市南部找到一家小宾馆住下。开店的老板娘看我们是骑行，心生怜悯，价格上还特别优惠了十元。草原旅游就是这样，夏季的几个月里，要把一年的钱都挣下，一到深秋就没什么人了，大部分饭店、宾馆都会关门歇菜，所以价格高些也能理解。

在这座草原深处的阳光城休息一天，参观了锡林郭勒盟博物馆。小城有个这么大的博物馆还是挺意外，内有许多恐龙化石，以及蒙元时期的诸多文物，浓缩了当地的历史。傍晚时分去了城市中心的贝子庙，这是一个"北国名刹"，历史上锡林浩特以前就是以"贝子庙"作为地名称谓的。这是游客必到之地，也是当地民众休闲好去处，人山人海的。

（8月6日）

乌珠穆沁，一个伟大部落的名称

走了一百六十公里，到东乌珠穆沁旗。一路都是草原，一碧千里。公路上的汽车跑得特别快，好像压根就不限速，大部分路段难见树木，这边的草地不再是均匀的墨绿，而是有些泛黄，草场的长势也不及太仆寺旗。但这里的羊肉据说是全国最好，北京奥运会时就是用这里的羊肉。在进入该旗所在地后，路边立着一个巨大的标语牌，上面写着"天下第一羊"几个字，颇为傲气。进入乌珠穆沁后，觉得天气凉爽了许多。

乌珠穆沁，是一个有历史渊源的伟大部落名称。现在也是这块广袤土地上的地名。乌珠穆，是蒙古语葡萄山的意思；沁，是人的意思。葡萄山位于新疆阿勒泰地区，乌珠穆沁就是在葡萄山的人这个意思。所以，了解这个部落名称的含义，就能明白，他们是从那里迁徙至此的。为了纪念在那里持续多年的生活，所以将自己的部落称之为此。

据史书记载，乌珠穆沁这个部落，最早就生活在蒙古高原，跟随蒙古大军的铁蹄驰骋欧亚大陆，后来在贝加尔湖畔追逐水草生活，之后又不断迁徙，从元代起，用了五百年左右的时间，完成了历史的回归。他们先从西伯利亚迁至阿尔泰山，在那里生活繁衍了一百余年，之后又向东进发。他们在迁徙过程中，人数有七万之众，浩浩荡荡，经过数十代人的前仆后继，才回归这里，完成了史无前例的部族迁徙。

在《蒙古秘史》这部典籍中，对乌苏穆的这次迁徙有着明确记载，这个部族有这样一句话，乌珠穆的女人从出生时，就带着一把匕首。

乌珠穆沁原来是一个旗，可能是太大了，后来划分为东西两个旗，我们走的是东乌珠穆沁旗。

（8月7日）

乌里雅斯太，"天下第一羊"名不虚传

乌里雅斯太是东乌珠穆沁旗的旗府所在地，有两三万人口。既然这里的羊肉最好，我们就连续吃了两顿涮羊肉。并且留了一点参观的时间。

乌里雅斯太，是蒙古语杨树的意思，想来当是一棵神树了。旗里还有一个博物馆，这是出人意料的。新建成的博物馆位于城西，与该旗的新闻出版文化旅游局共处一座建筑。不说大小，一个旗县能建有博物馆的，全国怕也不多。我们将自行车放在门口，放心地进去参观。

博物馆中，展出了乌珠穆沁这个民族部落的历史、风俗、风土人情，除了图片，馆内还有不少实物，并用声光电技术呈现十万年前旧石器时期的岩洞生活，契丹制度的设立、沿革，蒙元文化的发展，是一部乌苏穆沁部落的发展史。在乌里雅斯太城正北方数公里处，在一处高高的山岗上耸立着一组雕塑，反映的就是乌珠穆沁这个部落东征回归的历史。

出发前，骑车把乌里雅斯太转了个遍，除了博物馆和北山的雕塑，还以很快的速度浏览了一座庙宇和小城街景。城市整洁干净，建设规划也不错。对于小县城来说，没有什么交通工具比自行车更方便的了。

（8月8日）

"天边的草原"

乌珠穆沁实在是一片太辽阔的地域。平展展的沃野，一望无际，视野极为辽阔，在你目能所及之处，都是一个色彩、一个景象。在遥远的地平线上，隐约有不太高的山岭，四围的山岭间，是辽阔的草场，我们骑行几个小时，那些山岭还是那样遥远，仿佛幻觉一般。一路上没有遇到其他骑行者，车辆也很少。在这般的旷野上，人太过渺小了，会有一种高声呐喊的冲动。我们就是用长调般的呼喊打破一路的沉寂，走过这段旅程的。

很多年以前，我曾在地图上凝视过它，凝视这块草原深处的地方，因为有到过的人相告，那里的草原最辽阔，那里的草长得最高，那里才是最美的草原。从那时起，就有一种神往在心中轻轻划过，愈发觉得这块土地太过神奇，又太过遥远了，似乎是在天边一般。

今天，我们骑行在这块土地上，才发现它辽阔得让人有些惧怕，用了两天时间才走过。

（8月9日）

草原明珠乌拉盖

乌拉盖是一个在地图上找不到的地方。因为这个地方不算独立的行政区域，它是锡林郭勒盟的一个派出机构，享受着旗县行政管辖权，辖区有乌拉盖、哈拉盖图、贺斯格乌拉三个农牧场和一个胡硕镇，共五千多平方公里的土地。

乌拉盖是历史的产物。新中国成立后，乌珠穆沁这块广袤的地区被划成两块行政区域，一个是东乌珠穆沁旗，一个是西乌珠穆沁旗；后来又划出了一块同一级的行政机构，称为乌拉盖管理区。管理区所辖是前内蒙古生产建设兵团的地域，在生产建设兵团转隶地方后，在原驻扎地形成的特殊区域基础上划定。这里地处草原深处，地广人稀，草肥水美，形成独特的草原风光。历史上，此地先后出现过东胡、契丹、鲜卑族等少数民族，成吉思汗统一蒙古各部的著名战役"阔亦田之战"就发生在乌拉盖河流域。清代时，是皇家狩猎场所。

现在，乌拉盖成为草原深处的明珠，著名的旅游地。在管理局所在地南部的湖畔，建起一大片蒙古包用作夏日旅游，在这块区域铺设着木板通道，有人管理，是花海的草原。我们在这里见识了草原的暴雨和雨后的彩虹，暴雨来时那黑压压的乌云压顶真让人感到恐惧，猛蹬自行车往回跑，但还是没跑过倾盆而来的暴雨，瞬间就成落汤鸡。回来后发现小驮包也跑掉了，待雨后再来找寻，果然还躺在路上。

乌拉盖有个星级宾馆，面对原野，环境很好，就是要的银子太多，我们找到一家私人旅店，虽然条件差些，但对钱包有利，另外女主人好客健谈，在她的点拨下，才使我们没有错过狼图腾的拍摄地。

（8 月 10 日）

神奇的布林泉

布林泉就是电影《狼图腾》的拍摄地。这部电影反映了草原上那段特定的历史，也揭开乌拉盖的神秘面纱。这个地方就是老板娘推荐的。

好在是路经之地，骑行十几公里后就到。看得出来，景区的面积很大，门票要好几十元，守门人看我们是远道而来的穷游客，大发慈悲，手一挥，不但免了我们的门票，还让我们骑车长驱直入。

布林泉又叫"博力彦圣泉"，泉水成湖，终年流淌，是优质的矿泉水，建有亭台步道，游客大都集中在此。再往里走一大截，才是狼图腾的拍摄地，但后面几乎没有游人。整个景区以草原风光、蒙元文化和影视文化为主题，除了圣泉还有成吉思汗雕塑、布林庙等。布林庙具有悠久的历史，鼎盛期香火旺盛、僧侣众多，抗战时毁于战火，现为后建，我们只在远处眺望一下，感觉还像个样子，其他时间流连于狼图腾拍摄地。

狼图腾拍摄地在东北方向，这里在二十世纪六七十年代是一个安插知青的农场，有供销社、邮局、铁匠铺和知青点宿舍等。有的建筑应该是为

草原上的午休

拍摄而临时搭建的，如果不看一旁的介绍则毫无感觉。地平线在远方划出一道优美的弧线，放眼四周天高地远，看过那部电影就会有所感觉。我们在水草丰茂的草原上支起帐篷，一边午休，一边观赏草原风光。伸向天边的绿色地毯和我们的三个红色帐篷特别耀眼，还吸引了远处一位牧人骑马来看。

乌拉盖除了布林泉景区，还有芍药谷、野狼谷、乌拉盖河和乌拉盖水库等，只是我们要往前行，不能太过耽搁。

（8月11日）

胡硕镇，历史的天空飘着雨

草原的天气变化无常，今日骑行到现在已经三次遇雨。

第一次是在刚刚爬上一个高坡时，迎面突兀飘来一大块暴雨云，方才还亮闪闪的天空忽然就变了脸。刚刚经过一座铁路桥，感觉是个可避雨之处，于是急忙掉头回骑，狂奔至那座铁路桥下，尽管骑到了桥下，但桥梁高高在上，窄窄的桥梁哪能抵挡许多雨水，看路基下有个涵洞，想躲进去，不料下路基一看，里面已经灌满了水。一会工夫已落得衣衫尽湿。

老天似乎存心看我们的笑话，这股雨停后再上路，骑行十几分钟后，左侧又有一大团乌云压顶而来，这团乌云跑得真快，眨眼工夫就到跟前。我们向前猛蹬希望能冲过去，但谈何容易，那雨珠儿跑得比我们快多了，眼睁睁看着乌云压顶，先是核桃大的水珠儿砸下，紧接着骤雨如注，霹雳闪电，我等迅速把自行车放倒一旁，蹲在路基下来降低高度，任雨浇落。一会儿的时间，那闪电雷雨就搅得天翻地覆，白茫茫一片。

这风雨倒也罢了，要命的是刺眼的闪电和不时在头顶炸响的大雷，真让人有一种生命俄顷就被剥夺的巨大担忧。那接二连三的雷鸣在天地之间滚动，雪亮的闪电光亮耀眼，爆雷声犹如万炮齐鸣，感觉脚下大地都在晃动，真应了天地共鸣之说。这般遭遇从未有过，我只能埋下头、闭上眼，听天由命了。好在时间不长，雷雨过后，庆幸自己还活着。阿弥陀佛，感谢上苍的垂怜，一辈子都刻骨铭心了。

但这还不算完，骑行到下午三时许，湿漉漉的衣裳刚刚发干，又遇到雨了，这一次是蒙蒙细雨，但是时间长。这时我们正好骑行到一个小镇附近，于是马上冲进小镇。

这个小镇颇有特色，宽宽的路面，两边种植着树木，路口有一家小饭店，路北的一大片是红砖青瓦房，整齐地排列，墙上刷着恍若隔世的标语口号。这是胡硕镇。但我发现称为它五一团的人显然更普遍，因为这里原来是内蒙古生产建设兵团五十一团团部所在地。镇子里有一个新开的纪念馆，原本想着赶路，没打算参观，但此时天在降雨，于是进入展览馆。有几个女孩子管理人员，非常友好，让我们把自行车也推了进去，并且给我们做了一番讲解。随后，我们又到了对面的大礼堂，坐在沙发椅上，一边躲雨，一边从从容容地听了喇叭中讲述的当年故事。（记于大礼堂中避雨时）

内蒙古的兵团建制始于一九六九年，共有七个师，每个师有数个团，不等，以团为基地生产，这些团大都在当时荒无人烟的地方戍边屯垦，这个时间与我们部队进驻时间大致相当。兵团连以上干部为现役军人，兵团战士则是来自大城市的知青，实际也是上山下乡的一种形式，在一九七五年十二月撤销了兵团建制，转隶地方。该团也就是那时转归乌拉盖农垦局的。

五一团团部所在地哈拉盖图保留了那个时期的历史遗迹，知青的宿舍、食堂、邮局、商店、医院等大都还在，是土坯房，经过后来的修缮，成为现在的胡硕镇。虽然兵团不存在了，但是该团作为地名却留存下来。

近年来，当年的兵团战士们在花甲之年，寻根旧时足迹，又陆续回到这里。当地政府看到机遇，投资修缮了当年的这些房舍，重新装修了当年的礼堂，改造了一座房子作为五一团的纪念馆，纪念馆在今年七月刚刚开启使用，让人参观。据讲解员说，明年可能就要收费了。展览馆内大都是一些当年的图片，还有一些农具和生活用品。就其规模远不及黑河的知青博物馆，只是当地比较好地保留了当年兵团的一些建筑物，但现在参观，别是一番滋味。

（8月12日）

绕行霍林河

按照计划，我们是要从乌拉盖向北骑行三零三省道的，过宝格达山林场后走行边防道，从地图上看，那是一条捷径，斜插过去，只需两天便可进入阿尔山地区。我们在进入乌拉盖地区后，就不断听到那边路况的问题，说那条路我们不可以走，一是因为年久失修路已不通车；二是边境线有一百多公里的无人区，狼群众多，不可以露宿。昨日晚，我们专程找到一支当地的车队打探路况，消息得到了确认。几位师傅听说我们的想法后，明确表示，那条路绝不可以走。不光是因为路况太差，更主要的是途中狼群太多，绝对不能宿营。几位师傅的忠告让我们最终打消了走捷径的念头，决定转行霍林河。这样，虽要绕行一些距离，但安全有保障。

霍林河又叫霍林郭勒，蒙古语郭勒就是河的意思。经过一天疲惫奔波，终于在天黑以前到达这座小城。虽是多走行了一段路程，但见识了霍林河，这个以露天开采煤炭的能源小城，虽没有靓丽的市容，但也蓝天白云、民风淳朴，问道于路人亦热情相告，一位老板还让我们去他商店，指着地图仔细相告。在乡亲们的指引下，我们住宿于"二十五小时客栈"，老板娘在价格上也给予优惠。

这一天是个什么日子，老板娘说要吃饺子，推荐我们去了对面一家餐馆，看得出，这家餐馆还是有些名气的，座无虚席，分量也足。居民区附近的餐馆总是能称赞的。餐后在热闹的小街上走了一小段，总体感觉当地人生活富庶，当然物价也较高。

（8月13日～14日）

走过兴安盟

兴安盟的兴安二字来源于满语，意为极寒之意。乌兰浩特是兴安盟的首府，蒙古语意为"红色的城市"。内蒙古自治区政府就诞生于此。这里无论地理环境还是语言，都更接近于东北地区。这里应该是内蒙古的米粮仓，路边有"兴安岭下米粮仓"等标语。我们从霍林河向东南绕行乌兰浩特再去阿尔山，用了两天时间，穿越了这个大三角。

（8 月 15 日）

轻车已过西口坝

进入兴安盟后，景观有了明显变化，特别是过了科尔沁前旗的明水镇后，进入了阿尔山管理区，山清水秀，空气湿润。傍晚时分到五岔沟，在此住宿。

五岔沟镇是一个林场，规模不大，只有一条街和几家小木屋的旅店、饭店。我们住宿在白桦山庄。昨晚到达时正逢日落，红红的落日由云端落在地平线的远方，那一大片穿透厚重云层的光线让天际染成红色。与此同时路边的景色也发生了变化，我在一部大型挖掘机前，拍摄了这极美的景色。

这里虽然也是内蒙古，但从生活习俗及方言看，已经与东北别无二致了。每年从十月初开始降雪，一直会持续到第二年四月份，长达七个月的冰雪期，现在刚八月中旬，已经很凉爽了。

似乎只有在泥泞不堪的路上，才能留下车轮碾过的痕迹

　　昨日途中美景不断，印象最深的是走西口大坝。上西口大坝是一条十多公里的盘山而上的大坡，当地人叫做大杠。说那个大杠可够你们走的。真是不假。这条大杠是最费力气的一段。爬上大坡后就到大坝顶。大坝顶部有一个平台，供南来北往的人们休息。有小贩在卖西瓜，杀一个犒劳自己。吃着西瓜，吹着凉风，纵览远山风光。又遇到监察管理人员巡查小贩，向我们征求意见。自然美言几句，况且感觉就是非常不错。登高远眺，秀丽风光尽收眼底。正应了那句"美景在路上"的话，只是一路上坡太费力了。路上，还遇到一辆越野车，看我一路骑行上坡，停车送水给我，还抓拍了很多照片。人就是如此，当被人赞美时总是喜滋滋的，更要鼓足勇气骑下去。

　　晨起，见满沟山岚，美极了，只是来不及细细欣赏，要出发了。

（8 月 16 日）

（一）白狼镇，俏丽的白桦林和优美的传说故事

　　昨日早餐后从五岔口林场出发，晚至白狼镇，住宿此间的一座全木搭建的阁楼。白狼镇是一处林业局所在地，但显然已经萧条不堪，小镇只有几十户人家，一般游人也不会在此留宿。

　　晨时，坐在室内隔窗看风景，对面满山的白桦树、落叶松，格外漂亮，让我们无法离开。于是爬上山坡玩耍了一阵。

　　白桦和松林是这一带的主要林木，白桦林在山脚，树干银白色，早晨在阳光下显得非常俏丽；落叶松在山上，漫山遍野，起伏有致，在蓝天白云的映衬下给人以视觉冲击。在山腰盘桓一阵，见镇中炊烟升起，晨雾缥缈，方下得山来。就凭早间的山林一刻，足以感受白狼镇的俏丽。

　　白狼镇属于阿尔山林区，距离阿尔山市区仅仅三十公里。这里原属于科尔沁右翼前旗，后归阿尔山市。关于白狼的含义，询问了客栈老板和几位当地人，似乎都不大确定，一说是满语"摆浪"读音，另一说是蒙古语"白力嘎"演变而来。反正在小镇的入口处，有一座白狼的雕塑。

（二）哈拉哈拉河畔，最累的骑行换来最美的风光

　　在进入阿尔山地区后，哈拉哈拉河就长时间地陪伴在我们身边。

哈拉哈河发源于阿尔山的摩天岭，穿越了火山熔岩地段后，在风光秀丽的山间蜿蜒曲折，宽阔的河流在蓝色的天空和白云的衬托下格外美丽，浑然一幅大自然的油画。河流时而在公路左侧时而转向右边，水流的声音很大，水鸟鸣叫很有韵味。蜿蜒的河水隐没在崇山峻岭之间，河段山环水绕，林木茂盛，郁郁葱葱。河流后进入蒙古国，之后又转回我国流入呼伦湖。因此有人说它是一条爱国河。

让哈拉哈河声名鹊起的是在"二战"期间的一九三九年的一场战争，一方是当时的"满洲国"、日本，另一方是刚刚宣布独立的外蒙古和苏联。这场战争最后以"满蒙"、日本的失败而告终。

在这一段骑行中还有意外的收获：遇到了一处非常罕见的碉堡群。碉堡群在河畔一个隧道的南端，我们在路上看见后马上顺着小路至前，到了跟前才发现这里如今是一个爱国主义教育基地，名叫"南兴安隧道堡垒"。这里有许多展板和图片介绍，从这些展板的介绍中了解到，当年为修建这条山中的铁路，许多中国劳工惨死于此。桥头碉堡群是用来守护铁路隧道的。

这是一个很大的钢筋混凝土的建筑，与我们以前见过的碉堡完全不同。碉堡群是三层建筑，里面有执勤室、发电室、弹药库、卫生间、仓库、浴池等，内部设计齐全，堡垒四周设有一百多个射击孔，火力交叉配置形成完整的防护体系，可长期驻扎百余人的战斗部队。阿尔山隧道有三千二百多米，长度在今天看来似不足为奇，但要知道，那可是一九三三年修筑的。当时分两头掘进，手工掘进了二千米后才改为机械掘进，我们搞过坑道施工，知道那真是一项浩大的工程，需要大批劳动力。此隧道至一九三四年十月一日贯通投入使用，其主要目的是为"北进计划"的实施。据说这样的碉堡群在阿尔山还有多处。

哈拉哈河在阿尔山境内的景色非常秀美，由于植被良好，古木参天，水流清澈，河水蜿蜒，形成诸多的沙洲、水潭、小岛和堰塞湖，这一段路途的景色绝妙，不时停下来拍照，我前行的速度比他两位慢了至少一个小时。

这一段路最费力气，但风光也最是美丽。

（8 月 17 日）

阿尔山，名气冲天的小城

下午四时许到达阿尔山。阿尔山果然是一座非常有特色的小城，城市坐落在山间，天空的颜色很蓝，到处是尖顶和圆顶的建筑、色彩鲜艳的墙壁、油画一般的景观，在蓝天白云的衬托下，城市显得格外亮丽。有许多介绍说它是东方的瑞士，我没有去过瑞士，相似度如何且不说，但它的确不像是寻常北方的一个小城。

阿尔山火车站尽人皆知，被驴友评为"中国最美的火车站"，也是我们的第一个看点。火车站很好找，顺着铁路过去就是，连路都不用问。这座火车站始建于一九三七年，是日本关东军驻扎时期的产物，一幢典型东洋风格的低檐尖顶的二层日式建筑。不过，到了火车站才发现，它实在是太小了。

火车站是用砖、木材、花岗岩、钢筋混合建造，第一层外壁采用花岗岩来堆砌外墙，楼顶则是用赭色水泥涂盖，的确非常精美。把它说成是中国小火车站中最漂亮的一个应该更为恰当。只是感到侵华日本人建造出中国最美火车站，听起来有些尴尬！

这个小小的车站之所以能保留下来，应该是与它地处边疆往来人员很少的缘故，放在内地肯定早就扩建了。曾看过一幅黄昏时在站台上看夕阳的摄影作品，很有感觉。中央电视台《远方的家》栏目也对车站做过专题介绍。现在火车站保存完好，仍在继续使用，不仅有观赏价值，还有一定的历史价值。由于车次少，候车室门紧闭，不得进入，更无法目睹车站里的那一面。在出站口我们曾想进去拍上几张照片，但工作人员斥道："这是火车站，不是旅游景点！"非常遗憾。如今的车站是全国重点文物保护单位，石碑上注明是二〇一三年公布的。车站的出口附近还竖立着一块刻有"本站不是旅游景点，请勿拍照和逗留"的牌子，可哪有游客不拍照的。

阿尔山原来是科尔沁右翼前旗的一个小镇，一九九六年被批准成为县级市，说是全国最小的县级市，现常住人口五万余，由于媒体的宣传和网络传播就变得不一般了，如今名气冲天，一到夏季，小山城就成旅游大热门，滋生众多外地客商来此经营，因此夏季的阿尔山物价很高，一间最普通的房间，也要四五百元。经营者言之凿凿：一年就靠这两三个月挣钱了。

　　本想在此歇息一天用于游览，但此地房价实在太高了，我们决定住在伊尔施，这是在火车站与其他旅友聊天中获知的，那里的食宿要便宜许多。于是，我们利用自行车的便利，半个小时就游遍了整个小城，然后转行伊尔施。

（8 月 18 ~ 19 日）

伊尔施，误投误撞的美丽

　　歪打正着来到了阿尔山市北部的小镇伊尔施。到了伊尔施才知道，这里的常住人口比阿尔山市还要多些，是一个以林业为主的老镇子，国家森林公园就在伊尔施境内。

　　难得来此，自然要游览一番景区，森林公园在伊尔施东，大兴安岭西南麓。浩瀚林海、莽莽苍苍、山峦拥翠、景点如画，空气、阳光、绿色是得天独厚。根据当地政策，跨入景区都要购票，但这里又是一条国家公路，穿行而过的车辆可以免票，但要记录时间，不得在各个景点游览。我们是穷游者，当然不喜花费银子，包了一辆小面包车入景区，和司机师傅捏鼓好，说是过路送客，守门的看看我们的装束也就放行了。进入景区后，发现景区管理并不严格，遇到公路两边的景点都有所停滞，拍拍照再走，也算是一趟走马观花。

　　第一个景点叫做不冻河，听名字就知道，是在寒冬时节也不会冰冻的河流，这肯定是地下火山熔岩的热量作用所致。随后，还在天池、石塘林、杜鹃湖、乌苏浪子湖等处也停车拍照。各处景色都实在太过美丽，只恨时光短暂，只是在石塘林和乌苏浪子湖边稍微多停留了一会儿。乌苏浪子湖是最美的一处湖泊，湖面宽阔，周边森林环抱与远方的草地遥相呼应，风光如画。于路途中还远眺驼峰岭以及众多绝色美景。

　　实际上这样一片地方，都是由于当年火山喷发阻塞河道、水流切割而造成的，如天池、火山锥、熔岩湖、熔岩盆地等，形成了今天所看到的特殊地貌景观。加上这里河流众多，形成了众多景色非常的湖泊和鸟语花香、奇松怪石、山花烂漫的景观。

应该说，大兴安岭西南麓独特的地理位置孕育了阿尔山独特的自然景观，除了我们匆匆走过的几个，还有很多未见真容。诸如日伪时期修建的飞机库、碉堡、工事等战争遗迹；以及边防线、哨所、口岸等，人文景观之多是完全没有料到的，如果都想看看，那完全是另外一种旅行方式了。

下午两点，我们出了景区，只骑行了十几公里，在一个名为罕达盖的小村住下，再往前要一百三十公里开外才有旅店。

（8 月 20 日）

（一）罕达盖的黎明

罕达盖是路边的一个小村庄，属于新巴尔虎左旗。小客栈是农家两间非常简陋的房子。但正是在此小住一宿，才感受了一个难忘的黎明。

罕达盖的天亮得早，四时许就已经放明，夜晚又下了一场雨，睡不踏实，一个人起来后就都起来了。推门出去，夜雨方停，四周的一切都是湿漉漉的，空气沁人心脾，此时尚无人声，远山近村飘一层薄薄的雾霭。庄边的羊圈已经空圈了，庄外的山坡还能看见牛群在悠然徜徉。庄子里正在造房，在刚刚铺就的道路边造着一色的房舍，不知是集体的还是个人的，占地面积都很大，每户的院子都有两亩以上，有些已经围起来了，土石垫在肥沃的黑土地上，让人觉得实在有些可惜。牧区的人们不在意肥料，有草场就行。远一些的地方林木覆盖，蘑菇很多，饭店用餐不用担心炒的蘑菇是大棚的，这儿不需要大棚，出去不一会就能采好多。向东走去，一头大黑公牛挡在路上，丝毫没有给我们让路的意思，看它坚定不移的态势，我们让步，那毕竟是人家的领地，还有两条狗也监视我们，叫着把我们送出好远。来打工的人们出门了，开始一天的劳作，天空还是阴霾，太阳刚露一下头，又缩回去了，似乎还要下雨。

迷人的黎明激起了我们的兴致，早饭过后，我和小韩又骑车来到村外。在罕达盖村子隔着公路的另一边，一个碧绿的草场非常吸睛，让我们走近它。这是一块有数千亩大小的草场，一群悠闲的牛群，一群快活的羊群和睦快乐地融合，似珍珠一般点缀草原。草场的四周围绕着高大的松林，一位牧羊人站在远处，我们靠近她，与她攀谈了一阵。

　　这位牧羊妇女是蒙古族人，但有一个汉族名字，叫安瑞珍，五十一岁，身体瘦弱，但很健康。从她这里我们知道了，她一家四口，丈夫有疾，放牧这些活都靠她来做，她有两个儿子，大儿子刚刚成家，还要为小儿子准备，现在成一个家不容易，不说盖房子，单是彩礼也要十来万。要盖个房子，至少也要十几万呀。放羊是个很疲劳的活，每天很早就赶着羊群出来了，天黑以前才能回家，中午带了吃食，我们看她腰间挂一个很小的布兜，那就是她的午餐。她说：这里人少，也有从外地来此打工专司放羊的，每只羊每个月十元，她家这七百来只羊要是让人来放，要花很大一笔钱。现在，羊价上不去，现在活着挂——就是整只卖的意思，每斤八块四，前几年到十二块二毛多。现在全家连同其他收入，每年有十来万元。"唉，不容易！"她叹气道。

　　我对她说，你们这块空气好，水好食物好养人呀，这么多人来此就为看一眼，而你们就生活在这里，多幸福。她也很满足地笑道："说得对，你看我，什么病都没有。"

　　罕达盖的这个黎明，是此次骑行草原感觉最美好的一个早晨。

（二）走过诺门罕

　　今天走过诺门罕，诺门罕风沙弥漫。一九三九年，蒙古国军队在诺门罕一带，和伪满洲国军队发生了冲突，随后，代表蒙古国的苏联军队和代表伪满洲国的日本关东军，加入了战争。这场勉强称得上战役的战争最后以苏蒙联军胜利告终。在以往的历史里，这场战争老大哥赢得很轻松，日军是惨败，因为苏联人把日本人打怕了，才使得日本放弃了北进念头。

　　的确，在这场战争中，苏军采用牛刀战法，派遣精锐、重装，配备了五百辆坦克、三百八十五辆装

纪念战争，是为了更加珍爱和平

甲车和飞机大炮，由朱可夫亲自指挥；而日军则是三线部队参战。直到苏联解体后，解密的档案，人们才知道，在这一仗中，苏军赢得并不轻松，他们战死和受伤的人数几乎和日军相当，并且，苏军的坦克装甲车损失大半，因此，虽是胜利，也是惨胜。

这场战争的起因很简单，刚刚在苏俄的控制下，从中国分裂出去的蒙古国的游牧民跨过界河，进入诺门罕来放牧，遭到伪满洲国驻锡林陶拉盖哨所的拦截驱逐，遂和蒙古军队发生了边境摩擦，蒙古军队不敌，求助于驻蒙古的苏军。苏军打了过来，日军又代伪满洲国参战，就这样，星星之火打成了一场恶战。现在，在公路左手边不远处，有一座占地面积挺大的诺门罕战役遗址陈列馆，来展现这段历史。

诺门罕风沙弥漫，挥不去印在历史的血迹。

这晚，我们就宿于新巴尔虎左旗旗府所在地阿木古郎镇。镇子面积不小，但街上鲜有人，今日风沙大的缘故。我独自转了一会儿，在一家蒙古族人开的小店，见到几只很大的狼牙挂件，据说戴上辟邪，十元钱买了一个。

8月21日
阿拉坦额莫勒，遇圣山祭祀

阿拉坦额莫勒是新巴尔虎右旗旗政府所在地。当我们一行进入该镇，马上就发现了很大的不一样，首先是镇子里非常热闹，车辆满街、人流如织、身着盛装，过节一般。在找寻住宿时，又发现房价高得惊人，但凡带有洗浴卫生设施的，都在三四百元以上，而且都是客满。一问才知道，这里正在举办一年中最为盛大的祭山活动，周边旗县的牧民都来了这里，也难怪。我们几乎踏遍了镇子，最后分开两处才得以住下。

能巧遇这样重要的草原文化活动，实属幸运。于是，我们不顾劳顿，走上街头，在和当地蒙古族乡亲们的交谈中，逐渐了解到一些祭山活动。

这里的圣山祭祀是蒙古民族的一项传统节日，在整个呼伦贝尔草原上很有名声。祭山主场地在宝格德乌拉山，镇正南四十五公里，是周边最高的敖包山。"宝格德乌拉"就是蒙古语神山圣山之意。每年农历五月十三和七月初三举行，祭祀期间人们都会穿上节日的盛装，从四面八方聚集在宝格德乌拉山脚下，先围着大山转三圈然后举办祭祀活动。祭祀活动由政府官员和高僧主持，诵经，非常热闹。据说在山前许个愿是很灵验的，人们都祈祷大山保佑草原上的生灵兴旺平安。在圣山祭祀期间，还要举行赛马、射箭、摔跤、搏克等比赛和文艺演出活动。官方数字，每年有十余万人涌入这里参加祭祀，不过，不要担心他们的住宿，因为绝大部分人都是骑马、带帐篷的，住在镇子里的是极少数。

祭山活动相传已久，当年成吉思汗遇敌军袭击，率部退到宝格德乌拉山上躲避。将士们上山后，云雾缭绕，山上山下一片云海，敌军怕有埋伏，不敢冒进，后援兵赶到得以解围。成吉思汗下山后，抚胸告天："日后我必常常祭祀此山，我的子子孙孙当与我一般祭祀。"从此，每年天高云淡、鸿雁南飞时，呼伦贝尔的旗民就要进行祭山祭敖包活动。

傍晚时，我们骑车绕着镇子转了一圈，在镇子外面，见到不少彪形大汉还在苦练射箭、摔跤，为参加比赛做着最后的冲刺。谁要在圣山祭祀比赛中获胜，就会被认为是草原上的英雄。

（8月22日）

呼伦湖畔（一）

为看呼伦湖，在小镇多住一晚，暂放辎重，轻车前往。

迎着早晨的阳光向北，一路和风吹拂，神清气爽。呼伦贝尔的草原天地相连，目无边际，不时有牛群羊群见于道旁。走走停停拍摄，不经意间已走出二十六公里，来到一处丁字口，向右即去呼伦湖。丁字路口建有一小木头亭子，供人歇脚。我们骑行至此也在亭中歇息片刻，放眼尽观草原上的云生云起。

一旦醉心其间，就难免生岔，在离开之时，双肩包竟然忘了拿。待我等一口气骑到呼伦湖门前，想用身份证时，才发觉包没了，立刻惊出一身冷汗。掉转车头猛往回骑，茂林兄也陪着我一并骑回。此时刻心情极差，因为包里除了中午的食物，数百元钱，还有身份证等，而景区距离路口是六点二公里，这一来一去半个多小时，又是公路口，预感十有八九已经没了。

带着浓浓的谢意合影

但仍盼有奇迹发生。

奇迹真的发生了。当我奔回小亭子时，远远就看见了包，顿感如释重负。亭子中还有好几个人，其中一位女士迎上来说："是找你的包吧？我们给你看着哪！"朴实的一句话让我很是感动，连声称谢，并给她述说一番刚才情形。她说她是有信仰的，不会拿不属于自己的东西。

话非常朴实，但让我感到了暖意。我是一个无神论者，但是我知道，善是精神世界的阳光，善良之人，天必佑之。

（二）

我见到了呼伦湖。平静的湖面如同铺展在天地之间的硕大的镜子。

这是海一般的湖。一望无际，天水相连。于内地湖泊的不同在于，呼伦湖是完全自然状态。湖面既见不到游船，也望不见白帆，只有岸边的野草花在静静开放。我们在湖畔搭起帐篷，倾听水拍岸畔的声音。

呼伦湖两千多平方公里的水面，比洪泽湖和巢湖都要大许多，但是，在历史典籍的记载中却没有它的身影。这应该是过去中原文化发达的缘故。

呼伦湖畔，享受了几个小时大自然的赐予，还有那家人给了我感动，一份善良加上十分纯美，这是一次心灵的陶冶和洗礼。

今日没有往前走，但是往返骑行亦有七十余公里。

（8月23日）

到达满洲里，回望来时路

下午四时许，到达满洲里。在二〇三省道零公里的路牌边，我们举行一个小小的仪式，展开一面"三连老兵骑行队"的旗帜拍照留影，那上面有参加聚会的全体老兵的签名祝愿，

从八月三日自内蒙古太仆寺旗宝昌镇出发后，二十一天的时间，公路里程一千五百余公里，走过锡林浩特、东乌珠穆沁旗、西乌珠穆沁旗、乌拉盖、霍林河、乌兰浩特、阿尔山、伊尔施、新巴尔虎左旗、新巴尔虎右旗、今日到达了预定的终点。在此期间，我们一路跋涉，一路回望，人在旅途，心随景动，旅途中遇到的许多事情让我们为之感动。例如，有疾驶中的车辆主动停下，寻问我们是否要帮助、送我们瓶装水；景区的门卫主动免去我们的门票、还和我们合影；宾馆旅店的经营者在价格上给予优惠照顾，等等。旅途中的所见美景也令我们一生难忘。当然，我们也看到了不少事物的不尽美好的另一面。

应该说，我们的骑行并不是为了赶路，而是为了感受路上的一切。人在旅途，会让人看得更远，见得更广，也想得更多；会让人知道什么才是真正的天高云淡，什么才是真实的胸襟辽阔。见的世面广了，人才会变得更加谦卑、更加平和、更加豁达，才不那么愤世嫉俗，不再那么小家子气，特别是对自己的家人，会感到有些事情本来可以做得更好一些。有了历程，会看到这个世界不同的景色、变化莫测的云，还有随时来袭的雨。所以，从一定意义上来说，旅行就是最好的教科书。

明天，我们将骑游在满洲里。我们都是第一次来到这座美丽的边城。

尾声

如同自己的经历一样，我为这次长途跋涉做了一些文字和照片的记载，以期能够大致记录当时的情景。

这一路，我充分利用了智能手机这个现代通信工具，每日里将所见所想记录于"笔记本"，并不时刊发于 QQ 群和微信群中。一路上，诸位亲朋好友也时时关注我的动向，不断地给予帮助、指引、鼓励和鞭策。在此，

在零公里处留念

谨向一路关注并支持的所有亲友致谢，是你们的关注和支持，伴随我们一路走来，使得枯燥的旅程变得顺畅愉悦，增添了活力。还要感谢现代科技的神奇发展，使得天边近在咫尺，沟通更为顺利，旅途更为顺畅，使得我们的计划得以圆满。

俟后，我们将乘车去海拉尔，走哈尔滨打道回府。

（2015年8月）

初识海拉尔

以前，对海拉尔的感觉就像是天边，是一种极遥远且很陌生的地理印象，但是，仅仅在此驻留了两天时间，就让我的认识发生了根本变化。

昨日中午，当长途汽车临近城区时，宏伟战友就于道旁等候，直接将我们拉至蒙古包的酒店，海拉尔的几位战友在此热情地给我们准备了"下马酒"。

据说这是当地一种蒙古族文化，是专为远道客人的迎候礼节。几位战友虽非蒙古族兄弟，但是草原文化熏陶出了豪迈的性格，三杯美酒落肚，一腔豪情毕现。忆昔日、话当年，军旅生涯虽不识，边关守备共一师。浓浓的战友情，醇醇的"草原白"，放下一切虚情，尽显纯真本色。几位身着民族服饰的蒙古族青年，更是献上蓝色哈达，唱起草原民歌，引我们也高亢一曲，直至一醉方休。

喝完"下马酒"，立刻拉着我们去北山参观。

海拉尔是呼伦贝尔盟的首府，现在去盟改市，海拉尔遂称为城区，但是人们还是习惯叫它海拉尔，总觉得这样才更有历史传承感。

呼伦贝尔的总面积为二十六万余平方公里，这是个什么概念，我的家乡山西省是十五万平方公里，也就是说，还要加上一个江苏省才能相当于它，其面积之大可窥一斑。另外，呼伦贝尔的草原是世界四大草原之一，我们一路走来，已经感受到了这一点。

所谓北山"要塞"，是当年日本关东军构筑的一套永备工事。

从文献上看，海拉尔的这处要塞，是目前所留存下来的同一类遗址中规模最大的。要塞分为地面和地下，原是一套立体的军事设施。要塞的地

这是一个有真坦克、飞机的主题园区

下军事工事为东西走向，均为钢筋混凝土浇筑而成，总面积有一万多平方米。地下工事由一条主干道和多条支干道连贯组成，坑道总长约四千余米，现在的游人只能参观其中很小的一部分。

跟随讲解员走进这座侵略者建的堡垒中，漂亮的讲解员足蹬马靴、身着"二战"时期苏军女军服，飒爽英姿。她在巨大的模型前声情并茂地做了解说。随后，我们自行走入连环战阵参观，在昏暗的灯影下，我们看到有指挥所、粮食库、蓄水池、饭厅、营房、堡垒以及厕所。坑道有许多岔路，幽深曲折，有的直通地面堡垒，有些下到下面一层，如果没有指示牌，真不知该如何行走。我们一行都是参加过北部边疆深挖洞的老兵，说句实在话，这样的立体工事，别说当年我们驻守北疆时没有，至今也是头一次看到，要知道，这可是八十年前的修建啊。

现在，在这处要塞周边的山地上，横七竖八地置放许多坦克，大部分是"二战"时苏军的 T-34，还安放着一些假坦克和雕塑，这些雕塑和模型会同许多真实物品，是想形象地再现苏联红军出兵中国东北，攻占日军这处要塞的情形。

一九四五年八月九日，苏联出兵中国东北，所谓固若金汤的要塞顷刻土崩瓦解，苏军攻占要塞后，将要塞地上的工事全部摧毁，仅保存了地下部分，以至于今天我们有幸看到部分历史的原貌。

通过展示的大量图片和史料，我们知道，当年，日本关东军在构建这个要塞时，整个工程耗时约四年，动用了约十三万中国劳工，在工程完工后，日军为防泄密，将中国劳工全部杀害，仅有一人幸免于难。新中国成立后，曾在北山找到一个万人坑，万人坑里白骨累累，这是日本侵略者屠杀中国人民的铁证。

从昏暗的地下要塞出来，是明媚的阳光，孩子们在坦克旁、重炮旁、飞机下快活地嬉戏，这里已经被列为"爱国主义教育基地"。让历史事实说话远比空泛的说教更有说服力。

参观哈克文化遗址，是补了一堂历史课。

哈克文化遗址位于海拉尔北部三十公里的哈克乡，哈克为蒙古语，为"低洼草原上的塔头墩"之意，这里是一片水草丰美的草场，生活着蒙古、汉、俄等八个民族的一万四千余人，辖区面积一千二百多平方公里，这片土地就是哈克文明的发祥地。一九八四年，中国社科院考古研究所在这里发掘了距今七千年前的人类遗存，考古结果最后被定名为哈克文化，是较仰韶文化、河姆渡文化还要早的人类文化。

现在，就在这块考古发掘的现场，建起一座现代化博物馆，人们可以亲临考古发掘现场，参观考古发掘的成果，从而了解这一段尚未知晓的历史。通过简短的参观，有了一个初步的了解，我记下中国考古界泰斗苏秉琦先生的一段话："距今五六千年，中华大地文明火花如满天星斗，哈克文化就是中华文明曙光中最北部的启明星。"

哈克文化的确是一段失落的文明，是一段过去尚未知晓的历史。岁月将它掩埋了，随着现代文明的步伐，它又被发现，向我们展开。博物馆中有一块二百多平方米考古现场，用玻璃覆盖保护，人们可以站在上面看到当时真实的考古发掘场景。

　　展厅展出了考古发掘的许多打制和磨制石器，有些石器极其精美、细小，要在特制的放大镜下观察，方能显现其精美绝伦。在众多的展品中，有一个神奇的玉面人塑像吸人眼球，说明上写着，这是二〇〇三年一位鄂伦春民族的妇女献出的，是她在挖地窖的时候挖出来的。这件显现出一副人面孔的玉雕，质朴雄浑，神态祥和，只有小半个手掌大小。这件雕像，人们至今无法认定是做什么用的。展品中还有几个完整的人类的头盖骨，也在昏暗的灯光下显现出一种幽幽的神秘。

　　翦伯赞在《内蒙访古》一文中这样说过："假如呼伦贝尔草原在中国历史上是一个闹市，那么大兴安岭则是中国历史上的一个幽静的后院。……呼伦贝尔草原不仅是古代游牧民族的历史摇篮，而且是他们的武库、粮仓和练兵场。"长久以来，这里的确有我们从未知晓的历史，这段历史经过岁月的烟尘，现在又徐徐拉开了帷幕。在这一片厚实的泥土下还会有多少不为人知的历史，在广阔的呼伦贝尔的原野下还有多少不为人知的神奇，凭借现代科技的发展，考古工作的开展和深入，远古时期的文明碎片会一点点地拼接，许多历史的谜团终将被破解。

　　王福起战友住在哈克五一窑，他的这个家，应该是介于别墅和庄园间，五亩地大的院子，四分地的大棚，两处独立房舍，园中花团簇锦，瓜果满枝，满目碧色。这顿午餐除了牛羊肉，其余全部摘自于福起战友家的菜园子。这次家庭式的聚餐充满了浓浓的战友情谊。俗话说，家宴胜国宴。特别是绿色菜肴，全都自家栽种，着实让人心喜。

　　当年，一首《呼伦贝尔大草原》唱遍中国，唱红了呼伦贝尔，让多少人为之向往为之倾倒。今天，我们唱着这支歌，喝下许多酒。俟后，又参观了两河一山圣地，这两河指的是海拉尔河和伊敏河，在此交汇构成海拉尔的美景。

　　感谢张宏伟战友的热情款待和精心安排，二十五日晚，我们离开了充满浓浓情谊的海拉尔，战友们不但为我们买到了离开的火车卧铺票，还帮我们购买了从哈尔滨返程的卧铺，使得返程变得便捷愉快。

　　大路已经开通，海拉尔不再遥远。

（2015 年 8 月）

松花江畔寻踪

从海拉尔乘火车去哈尔滨的这段铁路，是沙俄修建的。以前被称为"中国长春铁路"，简称中长铁路，线路干线从满洲里到绥芬河，因此，这段行程我们是走在历史的轨道上。

火车走行一个晚上，早八时到了这座美丽的城市，而返并离开的时间是当天晚上八点，也就是说，我们在此有整整一个白天的时间。这一天的行程在火车上早已规划好，一出火车站就直奔候车室的旅社，租了一间房存放了行囊，然后兴高采烈开启一日游。

第一站我们就来到松花江畔的防洪纪念塔。这是我的动议，因为这个地方风景如画，属哈尔滨的地标；另外在这个地方，我还有一段难忘的记忆。

坐落在松花江南岸的防洪纪念塔，是为纪念哈尔滨人民战胜一九五七年的特大洪水而建立的，用块石砌成的塔身和回廊，俄式风格的半圆回廊环立着二十多根圆柱，美丽修长。纪念塔下面是一个喷水池，喷水池上有标高尺度，分别标示着这条江流自从有记录以来的最高水位，原来的数字是一二〇点三〇米，是一九五七年那次的水位，就是建造规划时的原样。现在，这个标高尺上，又用金线加了另一处标高，一二〇点九八米，这个数字，就是一九八八年的八月二十二日出现的洪峰，那是迄今为止有记载以来松花江的最高水位，而我正好见证了那个时刻。

那时，我正在哈尔滨参加北方十五省市区图书评比会议，那段日子雨水颇多，有一天从早到晚没有停歇。松花江上游的大水浩浩荡荡发下来了，哈尔滨段水位猛涨，新闻媒体轮番播报，受过洪灾的哈尔滨人似乎有了一丝不安，防洪纪念塔前的河堤段每日都会聚集许多人。

这是 1988 年 8 月 22 日防洪纪念塔段的松花江，当夜江水漫过堤坝

我们会议的地点距此处不太远，受媒体影响，八月二十日傍晚，几个相交甚好的参会者，在黑龙江人民出版社安君的陪伴下，跑到江边观看热闹，当时江面距离河堤最高处还有五六个台阶。此后两日天气晴爽，但是电视里一直在播报江水上涨的势头。八月二十二日下午，参会人员去另一处地方参观，我脱离队伍，独自又去江边。这时的江面附近已经完全封锁了，警戒线拉在防洪塔前的马路边，人们只能聚集在公路边张望。我挎着相机，靠着一本记者证成功进入警戒区，穿过广场，沿着台阶上了大堤。蓦然一望，顿时吃了一惊，因为江面之宽阔、江流之急，超出了想象，水面与大堤顶端只剩下一个台阶了。

松花江是一条季节性的河流，凡到过此地的人都知道，平日里的江水，只在大堤往下走几十个台阶的水平，即便丰水时也总保持十个以上台阶。但此时，在我站立的地方，尚能分清江水涨满河堤处，远方眺望，则是苍茫江水，浑浊一片了。满满的江流已经让江边许多建筑沉没水中，更远处已然是一片泽国。这样大的水流在脚下急速倾泻，虽无有惊涛拍岸之声，但也让人胆战。

平日里江面停着许多游船，这时已经不见踪影，有整棵的大树漂在江流中急速划过，站在岸边，既感壮观又觉恐怖。江堤上只有武警官兵值守，军车拉来装着泥土的沙袋，一堆堆摆放在堤坝上。我匆匆拍下几张历史性的照片后撤离。在走出警戒圈时，许多当地人大声问询："还有几个蹬了？还有几个蹬了？"我如实相告，只有最后一个蹬了！几位老者听后面面相觑。

那是历史性的一刻，就在当天晚上，军队开上了江堤，用沙袋将堤坝加高了一米，水位在当天夜间到达了最高点。由于严防死守，措施得当，在上游和下游一些地区付出了巨大的代价之后，整座城市安然无恙。

时间过去了十七年，今天我又来到此处，江流平缓地流淌在江心，孩子们在台阶上跑上跑下，欢声笑语。我等四人看着眼前景致，忘却了旅途的疲劳。江畔频频传来欢乐曲调，那是一首接着一首的现代歌声。

我站在塔前，当年的水位已经刻在塔身的标高处，沐浴着灿烂的阳光，抬头凝视那一刻度，真是让人难以置信。我们静静地坐在江边，任和风吹过，我向同行诸友讲述了当年的故事。

（2015 年 8 月 25 日）

西部秋踪

　　"大漠孤烟直，长河落日圆。"这是唐代大诗人王维形容西北地区的名句。斗转星移，一千多年过去了，现在，那里仍然能够看到浩瀚苍茫的景色。也正因为如此，充满了无限的神秘和向往，使人萌发探访的念头。

　　二〇一五年的十月八日，应好友任凯凯之邀，我与多位朋友开启了一次西部的旅行，在十多天的时间里，我们乘坐大巴走行四千余公里，先后游览了内蒙古额济纳旗的胡杨林、黑水城、策克口岸、居延海；还去了宁夏贺兰山下的沙湖；甘肃的武威、张掖等处。所行这条线路，实际上是河西走廊的一大部分，当年，这条绵延的狭长通道，既是金戈铁马的征途，又是一条通往文明的道路，所呈现的是历史的辉煌与苍凉。

胡杨醉了的季节

　　两天的时间，走行了一千七百多公里，在九日晚九时到达了额济纳旗的旗府所在地达来呼布镇。额济纳旗面积广袤，有十一万平方公里之多，这是一个比江苏全省面积还要大的概念，位于内蒙古最西端。浩瀚的腾格里沙漠纵贯其间，戈壁苍茫辽阔，大多地方荒无人烟，以胡杨林著称。我和九位朋友远来，为的就是要在最美的时节，看最美的胡杨林。

　　看美景从来都是要付出艰辛的。第二天的路，大部分就是穿行于戈壁荒漠。刚见戈壁滩时，大家都兴致很高，真可谓车行九十迈，心情百分百。但是，整整一天的穿行，除了中间有一处算个小镇的地方，其余全是无人区。戈壁滩这个名词真是与恶劣、荒凉、艰辛、风沙肆虐联姻的。你尽以放胆想象，那粗犷豪迈、雄浑壮阔的神韵给我的感受似乎比高山大海要深

三千年的守望，只为等我的到来

刻得多。

戈壁滩上布满粗砂、砾石，一望无际、毫无生机，踏在上面，沙沙作响。除了少许耐旱植物，几乎看不见有植物生长，动物也远走高飞了，途中只远远地看见几群骆驼，还有一次停车休息，见到一只涂了伪装色的小壁虎。目睹此景，真让人领会到"穷荒绝漠鸟不飞，万碛千山梦犹懒"的意境了。

额济纳旗胡杨林保护区面积二万六千二百五十余公顷，据说是全国三大胡杨林区最大的一片，有着中国境内最大、最粗、最老的胡杨林。旗府所在地的常住人口两万余，但是每年这个时节，先后会有几十万人来此旅游，所以，在这个时刻来这个地方，其接待能力和条件，是意料之中的。

到达额济纳的第二天，胡杨林终于走进我的视线。整整一天的时间，从早六时半至晚七时半，我漫步于其间，面对漫天金黄，满目美景，尽情拍摄、尽情感受，久久无言。

这是一片金黄的海洋，一派富丽堂皇的景象。似朝霞灿烂，落日苍茫，晚霞一抹，又融进洋洋洒洒，蔚为大观。

胡杨是当今世界上最古老的树种，在六千多万年前就已经生长在地球上了，被称为植物的"活化石"。胡杨树叶阔大，能耐酷暑寒冬，能在极其干旱的环境下生存，生命力顽强。胡杨树能长到三四十米高，当树龄开始老化时，就会一截一截地逐渐断掉上面的枝杈以及树干，最后降到只有几米高，但是依然枝繁叶茂，直至老死，仍旧挺立不倒。故有"生而一千年不死，死而一千年不倒，倒而一千年不朽"之说。

这里有偌大一片怪树林区，实际上是大片胡杨树枯死而形成的。由于自然的变化、环境的恶劣、人类的不合理开发，极大地破坏了胡杨赖以生存的生态环境，特别是额济纳河断流，沿河两岸的大片胡杨林因缺水而枯死。胡杨特有的耐腐特性，使大片枯死的胡杨树干依然直立在戈壁荒漠之上，形成形态怪异的悲凉景观。

每年的十月，矗立在沙海中的胡杨融入了灿烂的秋日，是胡杨林最为美丽的时节，也是最佳的观赏时节。这时它的叶子由金黄变成金红，无际无涯，娇美动人，风光无限，成片的金色胡杨美轮美奂，堪称秋色的极品，那些璀璨至极的树叶飞入你的眼帘，扑入你的胸怀，所有的人见此美景都会被它陶醉。如果要用一个词来形容，那就是"醉了"。

或许，要不了几天，一夜霜降，它的叶片就将化为褐红，融化为泥土，消失于漫漫黑夜之中。但此时的它，就是如此洒脱，让金黄的叶片飘飘洒洒，给苍茫的大地铺上金色的地毯，它是那样辉煌凝重，又是如此超凡脱俗。难怪有那么多人礼赞它。

漫步在浓郁的胡杨林中，仿佛进入神话般的仙境。茂密的胡杨黄叶如染，于大漠戈壁为伍，似苍龙腾越，千奇百怪，又似风中舞者，身姿万般，实在令人叹为观止。如果静下心来仔细观察，更能从百折不挠的虬髯树干中，从树身上一个个饱含沧桑的树瘤上，看出在它长久的生命岁月里，是怎样经受沙漠严酷的考验和折磨的。不仅让人感慨，感慨它历经折磨依然洋洋洒洒，高傲地挺立在大漠之中。而大漠亦用划过天际的嗡鸣环绕，表达着对它的遵从——那分明是对强者的致敬。

啊，最美的秋季是胡杨林。

武威、凉州、"三套车"

一到武威，马上询问正宗的"三套车"何处有，很快就在一处集贸市场找到了它的踪影。这里的"三套车"可不是歌曲，而是当地的独特小吃：凉州行面、腊肉、冰糖圆枣茯茶的美称。相传左宗棠去新疆途经凉州时，有当地厨师奉上用家传秘方精制的特色卤肉，再加上用祁连山十八味名贵药材烹制成的营养茶，配以凉州民间盛行的行面，此三种美味，让左公一吃难忘，称之为"三套车"，成了武威最著名的美食。

现在，卖"三套车"的大都是一些小饭店。我们是在武威西关的集贸市场里享用的，据说那儿的最正宗。见是外地人，女老板很耐心，讲了何为三套车，又一一告知吃法：客人进店，先沏一杯加糖的红茶，这是第一套车，当然茶可以再续；后再上一盘切好的卤肉，这是称斤卖的，切好的卤肉上洒着一层碧绿的葱丝，肉伴葱丝，这是二套车；随后再来一碗带汤带菜的面食，面是当地通行的拉面，有宽有圆，色味俱佳。这三样加在一起就叫三套车。问清了三个人通常的食量，我等三人要上一斤卤肉，不算多，因为旁桌的食客，是当地人，显然要了更多。于是，边喝糖茶边吃肉，肉是咸的、茶是甜的，就如此这般。喝罢茶吃罢盘中肉，再来碗热乎乎、香喷喷的面。这样一顿午餐，我们三个人总共才七十三元。

如今，"三套车"已成为大众化的美食，被当地人称为"凉州快餐"。反正，这武威和凉州总是分不开。

武威是河西走廊的中心城市，这个地名本身就是久远的历史。公元前一二一年，汉武帝派霍去病远征河西，击败匈奴，为彰其"武功军威"赐名武威，至今已两千多年。当代许多辞书在介绍武威时，仅仅说武威即凉州，或者说又称凉州。实际上并不准确。凉州在很长一段时间，所辖区域有今日的大半个甘肃。武威只是它治下的一个最重要的郡，是凉州政府的驻地。这与今天的情形正好相反，今天的武威市地处甘肃省中部，而凉州仅仅是武威市的一个区。

历史上，武威的名气远不如凉州响亮，汉唐时，凉州是仅次于长安的大都市，十六国时期的前凉、北凉、后凉、南凉和唐时的大凉，都在此建都。要了解中国文化，肯定绕不过凉州。当年佛光西来，就是至此扩散于中原。中国文化的许多方面，发祥地就是凉州，比如著名的凉州词，王之涣的"黄河远上白云间，一片孤城万仞山"，王翰的"葡萄美酒夜光杯"，岑参的"凉州七城十万家"也都是指此地。"大漠孤烟直，长河落日圆"，边关冷月，沙漠绿洲，长风吹送，一说起这些，便会感到五凉古都，文脉昌盛，底蕴深厚。这里是边塞诗的发源地。凡是喜爱古典诗词的，大都能背诵许多凉州词。凉州东临兰州，西通金昌，南依祁连山，北接腾格里沙漠，是丝绸之路自东而西进入河西走廊和新疆的东大门。

吃了"三套车"，大家去逛街，我独自参观了雷台汉墓，这个汉墓出土了著名的"马踏飞燕"，这个青铜器后被国家确定为中国旅游标志，定为国宝级文物，禁止出境。从此，马踏飞燕也成了武威的象征，也成为中国在国际上的一张名片。我进入这个汉墓，墓道挺长的，但是很矮很窄，尤其是几个墓室，更是矮小，蹲下身子才勉强钻到里面。没人管，因为只我一个游人。

贺兰山下美画图

沙湖，是镶嵌在贺兰山下的一颗明珠，国家公布的第一批五A级景区，"中国十大魅力湿地"。它位于宁夏石嘴山市的平罗县境内，距离银川市有五十多公里的路程。车行个把小时就到。景区的门票是一百二十元，包括了船资。

沙湖景区的面积很大，圈住了八十余平方公里，其中水域大约一半，依傍在一片面积巨大的沙地边缘，沙漠和湖水好似天造地设，相互偎依，相映成趣。进入景区就需要登船，如果不乘船行这么一段，沙湖景致就要大打折扣了。

游船在碧色湖面穿行，湖面异常地宁静，水中芦苇葱郁挺拔，一片连接一片，秀丽独特。游船驰进芦苇丛中，似在迷津一般的水道，如诗如画，有快艇驶过，惊动栖息在芦苇丛中的野鸟，展翅飞向蓝天。

待船冲出芦苇荡，靠得对岸，才感觉沙湖的景致原来尽在这边。湖的碧绿澄明，沙丘的浩瀚开阔，沙水相交在此处如此和谐，天高野阔，更有水鸟飞天，鱼儿跃水，一幅塞北独特而迷人的以沙、水、鸟、苇、山为主体的秀丽景观。此情此景，也明白了这里为什么叫做沙湖了。

下船即踏入沙丘，沙丘有沙的乐趣，只是行走费力，脱去鞋子倒更显欢快。

湖畔的沙丘是一片真正的沙海，阳光照耀下金光闪烁。行走在沙洲上，一脚下去，沙没过脚脖子。一步一歪斜，走得很是费力。尤其是向沙山上行走，每走一步都要滑下半步，你要全身心地和沙子较劲才行。突然远处的沙山上出现了一大群骆驼，赶紧拉近镜头拍照，想趋身靠近一些，刚走几步就觉得太过愚笨，眼见得驼队驼铃叮当，飞也似的消失在沙丘的另一边。在沙漠之中，谁又能跑得过沙漠之舟呢。

在沙湖边尽情观赏如画美景，只见湖水碧波万顷，青黄色的芦苇一丛丛一片片秀在湖边，一面是沙，一面是水，沙水相依，把江南的水乡秀色与塞外的大漠雄浑融为一体。真有"野旷沙岸净、天高秋月明"的感觉。再看远方，巍巍贺兰山在西面高耸，银光闪闪，重峦叠嶂，横陈于南北，为沙湖挡住了西来的风沙。贺兰山脉是中国一条重要的地理分界线，小时候的课本里就有学过。

再往上走还有沙雕艺术，那应该是另一种视觉盛宴了。但有感于沙湖这样的画卷实在太难得一见，时间有限，只能选择放弃。我与和同行的丽丽夫妇，都爱拍照，只是长时间地在湖畔逗留。

丽丽两口子都在并州长大，后引进人才去了深圳闯天下，退休后成为一对快乐的伙伴，游走世界。丽丽始终坚持着青春常在的欢乐性情，一路上，同行者有人问她年龄，问了几次，反正打死也不说。有人说人家是老鸳鸯，妇唱夫随，在我看来，彼老公是属于大智者，在小家庭中克己复礼，由着她天马行空，不也带给自己欢快吗，这才实属难得。这一路，所有辎重全都一人扛在肩上，紧紧相随，方便丽丽一路拍照。丽丽的摄影好像受过高人指点，相比她的作品，我倒成了土八路了。

沙湖还有一个凄美的传说故事。

　　很久以前，有一位美丽的蒙古族姑娘名叫贺兰，贺兰能文能武，善骑会射。一日她在去天山途中邂逅党项族的青年漠汉，漠汉高大英俊，也是文武双全，两人一见钟情，海誓山盟，私订终身。哪知一年后，大汗要纳贺兰为妾，贺兰誓死不从，两人决定私奔。在一个月圆之夜，贺兰骑一匹青色骏马与漠汉相会，两人来到一个风光优美的地方，双双喝下仙药，于是，贺兰化作了湖泉，漠汉化作沙漠，相依相偎，永不分离。贺兰的贴身丫鬟化作了芦苇，而贺兰骑的那匹马也化作了贺兰山。

　　凄美的传说或许昭示了党项民族和西夏国的命运。赏景之余，看到了壁画上展示了这个凄美的传说，将其录之，微信发至好友。有许多故事，只因当时未能记下，每每遗忘，这是经验。

　　傍晚时分我们乘船返回，在沙洲岸畔，见到了宁夏古代八景之一的"贺兰晴雪"。只见远山积雪、近水辽阔、万千沙鸥、争相竞飞，夕阳西下，鸣声震天，堪称大自然画卷的神来之笔。

苍凉悲壮黑水城

　　黑水城又名黑城，是丝绸之路上现存最完整、规模最宏大的古城遗址，位于达来呼布镇西南约二十六公里的一片荒漠戈壁中。

　　天不亮，我们就出发，迎着大漠的风沙来到这里，聆听它的故事。

　　几百年前，这里是西夏王朝的一个繁华都市，四四方方的一座城池。城周边还有一条河，应该是一眼望去千里沃野，水草丰美，牛羊成群的景象。但是，这一切都淹没在历史的长河中了。

　　当我顶着烈日，踏着灼烤的荒漠来到此地，望着这空荡荡的城郭，看着城郭四周的一个个大沙丘，一股岁月的沧桑感油然越上心头。城郭已经只剩下城墙轮廓了，从现存的遗迹看，当年的黑水城是一处繁茂之地，每一面城墙有二三百米，城池方方正正。东西两边各有一个城门，城门都有瓮城相护。现在保留下来的只有南面的城墙和西南的角楼，其余，已经在漫漫黄沙的包围之中了。不由令人感叹，无论是多么坚固的城堡，数百年后总是要成为废墟的。

踏着黄沙，深一脚浅一脚走了进去，城郭内只能见到几处断壁残垣了。在古城的西南方向，能够看出一座外形较为完整的古教堂，教堂的顶和壁还清晰可见，其他已经被流沙所掩埋，仅从残留的基座大致能够辨认出当时的街巷和房屋建筑的情形。城门已经被黄沙封堵，似乎只有正西面的一处可以进入。

黑水城西南面的城墙上，有一个覆钵式塔，还雄壮地挺立着，成为今天黑水城标志性的遗迹，从被剥蚀的裂痕斑驳的佛塔，似乎可以看出当时的情形，不仅是城内，就是城外，也依然梵音缭绕，人来人往，香火不断。这一切都说明，当年这里是西夏王朝的一个重要都城。

坐在城墙边沿，品味长河落日，看漫漫黄沙，今日的沙丘已经将曾经的街道和人类生存的痕迹掩埋，夯土城垣非常脆弱，城墙和唯一剩下的西塔，在诉说着这里的曾经，有一种无言的悲壮和苍凉。

公元一二二六年，成吉思汗率领的蒙古大军又逼近了黑水城。在此之前，他的铁骑已经六次征讨黑水城了，这是所向披靡的大军从没有遇到的。在漫天的风沙中，黑水城经历了最为悲壮的一场战争，但是因实力悬殊，终被攻克。一时间，黑水城亡灵四起，冤魂遍地。苍穹吹起漫天的风沙，黑水城成为一座死城。从这个时候起，就有了黑水城不能进入，不可带走任何东西的传说。数百年间，这里经常狂风大作，飞沙走石，数百里渺无人烟。居住在这里的土尔扈特人传说，那片残破的古城遗址中埋藏着无数珍宝，但每个走近它的人，都会被厄运诅咒。"黑城"用蒙古语直接发音为"哈喇浩特"，"哈喇"是黑色，"浩特"是城市，意思是黑色之城。它还有一个更诡秘的名字——"被诅咒之地"。这里成为一座荒凉和充满恐惧的古堡。

时光荏苒，到了一九〇八年，一支骆驼队在这里出现了，俄国的探险家科兹洛夫带着他的探险队来到了这里。当他们打开废弃城池和佛塔时，发现了大量的文物文献，看到了成堆的财宝，惊喜得无以名状，他向世界发出了一个信息：发现了一个古代文明遗迹。他将成百上千件重要文物用四十匹骆驼运往俄国，当这批珍贵的文物在圣彼得堡展出时，更加引起了人们的关注，俄国皇家地理学会，历史、地理学家们给科兹洛夫的发现赋予了更大的意义：这个废墟属于一个中国古代神秘的民族政权——西夏王朝。由此，惊动了整个西方。这个曾延续了一百九十年、在中国古书中被无数次提到的古国，终于被发现。

在中国的历史上，历来是后朝为前代修史。但是，唯独西夏王朝没有。蒙古大军在攻陷西夏国都后屠城，不为西夏国修史。从此，西夏国的历史罕见于史籍。

如今，黑水城的废墟仍然苍凉地伫立在沙漠中。曾经在这里埋藏几百年的西夏文字，正在一丝丝地褪去神秘，成为解读西夏王朝乃至一段中国历史的钥匙。

张掖丹霞让人晕

这里是一片天生的七彩土地，在目所能及的范围之内，完全置身于一个童话般的世界。换句话说，我从来没有见过如此这般的地貌，让人有一种穿越时空来到外星球的感觉。

这就是甘肃张掖的丹霞国家地质公园。

此前在电视中也看过丹霞地貌的介绍，但不经意间就过去了，并没有留下特别的感触。只有置身于此间，才能真正感受它的特别：一座座如同彩虹的山脉，线条交错、纹理明晰的色带，色彩斑斓、灿烂夺目的色调，让人无法用语言形容。放眼望去，一座座山丘如同海之波浪，涌向天边，这种波涛是色彩的有序链接，置身于此，任凭你再有丰富的想象力，也难以表达。在硕大的范围，山丘随处可见赤橙黄绿青蓝紫，气场之大，场面之磅礴，造型之奇特，色彩之斑斓，足以让来者震撼。这样的景色竟然是大自然的鬼斧神工，天然所致，从来没有一个地方可以将大自然的色彩运用得这般淋漓尽致。

这种特殊的地貌生成于侏罗纪时期，那时，这里是一片大的湖泊，由于湖面地势较低，所以，淤泥一层层堆积起来，淤泥越积越多，许多年之后，沧海桑田，造山运动使它成为高山，成为今天的样子。

这里如今是中国丹霞地貌发育最好、最大，地貌造型最为丰富的地区，是中国丹霞的典型代表，开门迎接着八方游客。但是，我觉得，这里更属于地质工作者，属于那些专家学者们，至于我等游客，走走看看也就可以了。

看了张掖的地貌奇观，想着用个什么词汇来简单概括，雄浑、壮丽、妖媚、神奇，似乎都不足以准确表达，还是用这样一个字吧"晕"！

霞光灿烂居延海

居延海是茫茫戈壁中的一湾碧水，在达来呼布镇的东北方向，是居延文化的发祥地。这里是巴丹吉林沙漠的北部边缘，离达来呼布镇五十公里。为了看居延海的日出，我们一行早上不到五点就出发了。在戈壁如墨的夜幕下行车一个多小时后，随着大片的人流涌向远处的湖边。此时，在距离湖边不远的一处高岗上，已经聚集了许多人，他们支撑起一排三脚架，长枪短炮列阵完毕。后到的人在努力地寻找一个好一些的观测点。

七时许，水面上空的薄雾渐渐淡去，厚重的雾霭转换成薄纱。在海子的另一边，遥远的海平面上，天际渐渐由暗转蓝，又由蓝发亮，渐渐泛起红光，随着红色的光影渐渐上移，将灰蒙蒙的天际染成了五彩的颜色，色彩在慢慢又不断地变化，在最靠下面的部分，金色的朝霞托起一轮红日。红日冉冉升腾，最终跃出了水面，顷刻间，大半个天空就被染红了。

当太阳完全升起后，天空变得透亮无比，这个时候，才看清楚居延海的景色。但见芦苇在波光中闪烁，碧水黄沙点染着水中绿洲，无数的鸥鹭在飞翔，快乐地鸣叫着。闪光的居延海像一面硕大的镜子，波光潋滟，天水一色，浩浩荡荡，气象万千，辉映着弱水流沙千年的沧桑，在茫茫戈壁滩是那样突兀显现。

据资料记载，居延海就是古弱水的归宿地，也就是当年苏武牧羊的北海，曾经是西北地区最大的湖泊之一。居延城、黑水城、绿城、大同城等均依此水而建。秦汉时，匈奴居延部落在此游牧，故称其"居延泽"；魏晋时称"西海"；唐朝以后称"居延海"。王维、陈子昂、岑参等在此写下了不朽诗作。五百年前，从伏尔加河畔东归的蒙古族土尔扈特部部分人被安置此地驻牧。悠久的历史和传说让人感到了无比的神奇。只是，这一切都已经成为历史，那片流淌数千年的河流，由于樵伐过度，生态失去平衡，在二十世纪九十年代已经全部干涸，那片内容充实的居延海，只能从历史资料的描述中恢复。

好在近年来，由于生态环境的改善，上游水库分水力度加大，居延海在一定程度上又现出波光淼淼的情景，一个充满生机的海子又出现了，当然，现在的海子已经不再是当年的寒风冰雪、金戈铁马，也没有飘逸的群羊，万古的风沙。这里成为戈壁中一片充满诱惑的景区。我们准备离开时，远处传来了悠扬的乐曲，那是一群游客大妈们舞动着彩绸跟随着节奏在翩翩起舞、拍照，是啊，天地间阳光普照，这里已经不再是苏卿持节困北番的那个时代了。

（2015 年 10 月）

冬日的黄海之滨

一

冬天的黄海之滨是寂静的，空旷的海滩，长长的海岸线，灰蒙蒙的海涛冲刷岸边，又掉头退回，海鸟在岸边觅食，几乎没有人影。

由于有大海的缘故，黄海之滨的这个地区吸引了许多人的目光，在海滩后面空旷的原野上，拔起了成片的楼盘。只是这楼盘大多空置，夏天不知如何，现在时段，冷风吹过，一片灰蒙蒙的景色。

南部的海岸线一眼望不到边，岸边沙滩非常宽阔。一辆重型卡车在沙滩上驶过，让人有些惊讶，沙滩竟有如此的承载力量。岸边有几个餐馆，但只有一个"东北味"开张，老板娘说，这里就是夏天人多，再过几天，她也要关门了，等春天再来。这里就是隶属于威海的南海新区。在全国化造城的大潮中，这里也演绎着"蝶变"。放眼看去，成群的高楼拔地而起，一个个塔吊耸立蓝天，在千余平方公里的土地上，正在打造着一个空旷的新城。

当下有个词叫"鬼城"。这个词原本是经全国科学技术名词审定委员会审定的地理学名词，但是随着城市化的推进，出现了越来越多的新规划高标准建设的城市新区，这些新城新区因空置率过高，鲜有人居住，夜晚漆黑一片，被人们形象地称为"鬼城"。看看眼前这片鲜有人居的新城，不知道这算不算是危言耸听。

实际上这样一片空城，恐怕只是一个缩影，这种现象在许多地方泛滥，造城的破坏力极强，这并非出自"大庇天下寒士俱欢颜"的理想，让人们生活得更舒适，而是出自一种畸形经济。海滩后面那直插云霄的楼宇，那冰凉冷俊千篇一律的模样，无法成为人们想拥有的家园！在此后的岁月中，随着设施的逐步完善，这里或许会变得美好，但那是多年以后的事情了。

二

从威海市区打个出租车，不一会工夫就到了码头。大名鼎鼎的刘公岛就在威海市区东面的威海湾，站在岸边，便可望见刘公岛上建筑正在朝霞的辉映中闪闪发光。乘坐渡轮过去，开启一日品读近代历史之旅。

刘公岛不大，但自古以来战略地位重要，素有不沉的战舰之称，它是中国近代海军的发祥地，中日甲午战争的主战场之一。今天我们来到这里，在空旷的岛上漫步，走近那隐藏于五彩斑斓植被中的建筑，也就走近了中国近代的一段历史。

深冬时节，游人寥寥，但岛上植被还都是墨绿色彩，天蓝海碧，一派萧瑟景象。此岛长期以来一直受军方管理，属军事禁区，直到一九八八年才交地方政府逐渐开放。海岛是北国海滨风光，拥有近十五公里的海岸线，周遭沙滩、礁石遍布，自然风光优美，海水澄清不亚于海南。加之空气清新、远离喧嚣，让人感到了岛的魅力。

在刘公岛游览，首先要参观的就是"甲午战争陈列馆"。陈列馆以一八九四至一八九五年史料为基本陈列，用了大量的历史资料记录了那段不堪回首的历史。在参观的过程中，不禁痛心疾首、心潮难平。

在中国的近代史上，北洋海军的覆灭是最重要的历史事件之一。一八九四年七月，日本发动了蓄谋已久的战争，中日海军在黄海大东沟海战，北洋海军在战败后，日军又发起山东半岛战役，企图全歼北洋海军。清海陆军互不隶属，炮台自立，海军被困孤岛顽强抵抗直至弹尽粮绝，全军覆没。因此，刘公岛成为民族蒙难的所在地。北洋舰队的覆没，并不是装备不行，相反，当时的北洋舰队是亚洲首强。铁甲战舰，巨型火炮，可谓船坚炮利。刘公岛上防御体系应该说也是固若金汤。但就是这样一支舰队，却没有用武之地，屡战屡败。先在黄海被日舰队痛击，丧失辽东门户。

后又被日军水路合围，固若金汤的堡垒也一击则溃，以至全军覆没。为什么？究其原因，正是清政府的无能和腐败。北洋将士大多数都不是贪生怕死之人，他们血洒黄海，都是值得我们永远纪念的。

现在，岛上还有北洋水师提督署、古炮台、刘公岛博物园等文物景点，陈列有威海卫战役图片和实物，这些实物大都是近年在海底打捞出水的当年战舰的文物。其中当年济远舰上的主炮，口径达二百一十毫米，格外引人注目。此外还有桅杆、铁锚等物件，这些文物静静地躺在那里，默默地述说着并不久远的凄惨历史。

是啊，百年前的北洋舰队在不经意间已随海风消逝无形，只留得那几尊锈迹斑驳的大炮向后来的人叙说着曾经的故事。但是，历史就是历史，不能随风而去，那一处处的遗存，在寒风中依稀上演着一幕幕曾经的辉煌和悲壮。

刘公岛上人文景观丰富，还有许多颇有洋味的建筑，这是当年占领者留下的遗迹。日本在甲午战争后，占据了该岛，后又被英国租借，这些具有东西洋风情的建筑，虽然已经风华褪尽，但依然保持着原貌，静静地矗立在那里，在古木掩映中，让后人久久回味。

三

打开中国地理版图就可以看出，成山头就像一条长龙一般，用力将头部伸向辽阔的大海，这是中国陆海交接的最东端，其名称也因位于成山山脉最东端而得名。

时值十二月，"大雪"季节刚过，正是一年中旅游的最淡季节，我们冒寒风乘长途汽车近两个小时来此，是为了一个说法，在中国最东的地方看大海。不过，这个表述是有些问题的，几处文字说明均冠以"中国大陆的最东端""东极"等字眼，显然不够准确。中国最东端肯定是黑龙江上的黑瞎子岛，此地应该是海岸线的最东端。前面加个限制词就好了。

天阴着，整个景区灰蒙蒙一片。我们从北端的大门进入，海岸呈不规则的曲线形成两个潟湖一般的景观，岸边巨石嶙峋壁立，千万年海水拍岸，硬生生把岸边礁石拍打成千姿百态，也把山体拍成岩壁。

沿海边一条窄窄的通道向东前行，右侧是坚硬的岩石，行至一处悬崖之下时，小路没有了，峭壁之下的海水中建有一排桥墩，桥墩上本来搭着厚实的木板，但此时这些木板条已悉数搬离，阻断了去路。这也许是从安全考虑，但也说明此地冬季的游人极少，游人少了，工作人员就不用那么多了，所以，除了进口处一个卖票，一个剪票，出口处一人把守，我们在里面走了几个小时，也没再看到景区的其他员工。今天，和我们一同进来的还有两人，我们这四条汉子可能是一天中从入口买门票进来的全部游客。

威海拥有中国城市中最长的海岸线，北、东、南三面环海，没遮没挡，成山头更是一柄长勺伸入黄海，三面环海，一面连陆地，是中国领海基准点之一，距南北国际主航道仅五海里。

在最靠东岸的海中，有一块"拔海而立"的礁石，礁石上刻有三个篆体字"天尽头"，天尽头是成山头自古传承的另一别称，据《史记》记载，当年秦始皇东巡至海，就是到了成山头，命丞相李斯写下："天尽头秦东门"六字并立石，故得名。据说基座尚在成山头山顶处，由于时间关系，我们未去登山。

下午两点多，我们躲进了成山头气象台观测站，征得值班人员的同意，坐在人家的楼梯上补充了一点自带的干粮，让寒冷的身躯得到稍许暖意。

临海的一片礁石平台上，竖立着中国领海基点的界碑，从立碑处为基点，向大海延伸十二海里，是中国的领海，成山头这里群峰连迭，大海浩瀚，峭壁巍然，气势恢宏，据称这里曾被权威的《中国国家地理》评为全国最美的八大海滩之一。

成山头地势重要，自古就是兵家必争之地，三国、隋、唐、明、清均有兵事发生。震惊中外的甲午战争中的黄海海战，就发生在成山头以东十海里的海面上。北洋水师爱国将领邓世昌就殉难于此。

成山头的东部还有一座灯塔，是一八七四年英国人修建的，直到现今仍在使用。这座高十六点三米的灯塔，灯光射程二十一海里，至今完好无损，为了防止大雾时海上船只看不见灯光，辨不清方向，英国人又在灯塔旁边建造了一只大雾笛。每遇大雾天，雾笛每隔两分钟便自动鸣笛一次，笛声可传逾三十海里。 根据灯塔前的说明文字看，灯塔在前几年已改为数码导航了。 灯塔前有一纪念塑像，是为纪念抗战时期守卫灯塔的俄国人伊赛克的。

除此纪念塑像，成山头还有一大块天然的玉石，颇似弥勒佛形态，被人抚摸得非常光亮，感觉不错，其他一些现在雕塑的东西，都太过粗糙了。另外景点内诸多现代建筑，几个巨大的庙堂式的"阁""殿"等，均与天尽头无关了。

在寒冷中走了一遭，给我的感觉是，这个地方自然景观还是非常好的，完全应该来一趟；但是，与景致无关的东西又太多了点，属于不去遗憾，去过又有些失望的地方。

（2015 年 12 月于威海南海新区）

冷雨霏霏过烟台

这天一早，从威海乘火车至烟台，正值冬雨霏霏，天地间湿漉漉的，但我有一个白天的时间在此逗留，当晚再乘动车返并。于是，我走进了霏霏细雨之中。

打小就知道烟台，知道这是个好地方，有苹果。因为那时的苹果都说是烟台苹果，就以为普天下只有烟台才出产苹果。不过那时买不起，偶尔吃上一半个，就记到心里了。当然，后来知道了，这烟台不但有苹果，还有莱阳梨、葡萄酒什么的。

出了车站，先打了辆出租车，根据经验，凡是火车站周边都不会有好景致，打开手机地图，让司机沿着大海阳路向前，随后又向左行，在一处看似繁荣富强的地方下车，先用快餐解决了肚子问题，然后便开始了雨中漫步。

烟台是历史名城，三面环海，冈峦兀立，秦汉时称"芝罘"，明洪武三十一年，为防海寇，当地军民在现在北山顶上设置"狼烟台"，也就是遇敌时点烟传递信息的一个高台，故谓之"烟台"。一八五八年，清政府与英法签订《天津协议》，开辟登州为通商口岸；一八六一年，英要求将登州改址为烟台的芝罘湾，从此烟台成为通商口岸。一八六二年，清政府在此设立"东海关"，正式成为清朝对外贸易的口岸。这也是山东第一个口岸，英美日等国家先后在此设立领事馆、学堂、洋行、医院等，这些历史遗迹现在仍多有留存。我一边欣赏着街景，一边向毓璜顶公园走去，雨丝洒在头上身上也觉得格外清爽。

毓璜顶是城中心的一片净土，因有玉皇庙而得名。松柏掩映，殿阁俨然，雨丝中更像一幅浓淡相宜的水墨画卷。园中有小蓬莱坊、玉皇庙和玉皇阁。

"毓秀钟灵地不爱宝，璜琮璞玉山自生辉"，这一副对联镌刻在红漆大门之上。园中游人寥寥，漫步其间，雨雾相交，还真有点入仙境之感，故人又称此为"小蓬莱"。

走完毓璜顶又至芝罘山，又称芝罘岛，三面环海，南端与陆地相连。沿岸礁石在海水的腐蚀下形状各异，崖壁陡峭，如果风和日丽，定是风景如画之地，可惜时间不对，冷雨嗖嗖，略观便撤。芝罘湾是烟台的深水港口，近代烟台的发祥地和母亲海，远处的岬角崖石高耸，基岩裸露，高大的树木丛覆盖其顶，石峰奇特。海滩呈弯月形状，波涛轻拍海岸。因雨视线受阻，只见烟雨苍茫，偌大的海湾广场，只有三两个和我一样喜雨的游人在此尽兴，倒是成群的海鸟自由自在漫步海滩。

这雨极像是江南梅雨季节的雨丝，掺和在空气中，浸润人的心肺，呼吸惯了满是雾霾的空气，骤然行走在这样的环境中，让人充满了惬意。未带雨具，雨丝不断沉重着棉衣和行囊，走路的脚步也越来越慢，但兴致不曾稍减。

之后又匆匆赶到南山公园，原以为这里也有人文历史，但走下来发现它只是一处风光优美的休闲娱乐之地。找到烟台山时，距开车只剩两个多小时了，我没有购票进入，偌大景区，没有半天时间是走不下来的。剩下的一点时间，我漫步于烟台最漂亮街巷的老城，踩着湿漉漉的青石板，领略了带有东西洋风格的遗存，也感受一点旧时的华彩。

夜幕时分，冬雨又紧了起来，雨丝不断浸润着棉衣和行囊，鞋子里也被雨水浸湿，连空气都像是水洗了一般。行走的步伐也越来越慢，肚子咕咕响起，忽然想要一碗鱼辣汤吃，来得东海之滨，莫要太辜负自己。在车站北广场附近的一家小饭店，如愿以偿。那味道感觉美极了。

（2015 年 12 月 23 日）

美哉，蟒河

初夏时节，阳城会友，结伴出游，除了游览相府和古城，还走进蟒河大峡谷。所到之处，风光无限。

蟒河大峡谷是心仪已久之地，多年以前，车过阳城，曾绕道寻访，那时还未设立大门，路况也不太好，行走了半日，也看见千峰拥黛，流水潺潺，但毕竟只是路经，外围匆匆一瞥，留下许多遗憾，这次终于得以补偿。

蟒河大峡谷位于阳城县南三十三公里，地处太行山脉南部末端，与中条山东端的结合部，是在一条石灰岩的地层上发育形成的大型峡谷。总面积一百多平方公里，峡谷中生长着红豆杉、山萸、青檀、兰草、天麻、山白树、连香树等珍稀植物，其中红豆杉属北方极少见的亚热带树种。药用价值极高的山茱萸在蟒河分布也很广，山中还生活着金钱豹、黑鹳、水獭、娃娃鱼、猕猴等国家珍稀保护动物。二〇〇四年成为国家级自然保护区。

这里两山峙立，木叶葱茏，山秀如诗，在北方实属罕见。年降水量在八百毫米左右，比周围高出许多，形成了特有的小气候，使得这里景色犹如南国山水一般。

峡谷中流淌着一条蟒河。蟒河是沁河的一条支流，很短，只有一百多公里，发源于峡谷中指住山麓花野岭的大溶洞。此处是自然保护区的中心地带，相传溶洞中曾出现过巨蟒，故名。或许正是峰高路险，远离城镇之故，峡谷中仍然基本保留着原始的风貌，实在是镶嵌在太行山深处的一块璞玉。

特有的地貌和气候，形成这里峰高林密，草木茂盛，空气湿润的景致。当日进山时，细雨蒙蒙，别是一番风景，待后小雨虽停，但山间雾霭缭绕、水气弥漫，山峰于云雾里高耸，引颈长望，有欲坠之感。

游山玩水，最适宜慢行。沿着山间小径，让凉爽的山风吹进每一个毛孔，周身会觉得无比惬意。边走边看，近水如碧，草木衔珠，就连空气里也含着一缕清香；放眼望去，远山如黛，变化万千的云山幻影，千仞峭壁的峻岭雄姿，气势磅礴的袅袅云烟，尽是足以引发奇思幻想的景致。越往山涧深处行走，两边青峰或窄或宽，总是奇峰天成、怪石嶙峋。在陡崖之上，如钟乳浮现，玲珑秀丽，古朴苍劲，一处唤作"千佛壁"的，但见壁立千仞，青光隐现，似坐似卧，任人想象；著名的孔雀峰，就如孔雀开屏状，不同角度不同形态，无不诱人。大自然的鬼斧神工，尽显精巧神奇，栩栩如生。凡人至此，无不感叹。

游览蟒河的大峡谷，一路陪伴的还有这里的猕猴。猕猴是国家二级保护动物，在南方许多地方都有，这里是猕猴生活的最北线。成群的猴子穿梭于路边和山间，猴子之多出乎预料，它们或成群结队或单独行动，呼啸于山林。

在入口处和中心地带，有两个卖食物的，这里更是汇聚了大量的猴子，只要发现你身上有食物就会成为它们的目标，即使装在袋子里的东西，也难逃脱它们的贼手。我的相机等物品，就装在塑料袋里，由茂林兄帮我拿着，也遭到了抢夺，袋里东西散落一地，多亏茂林兄敏捷，否则定是有去无回。

行走十多华里，便到风景区的中心位置，此处是唤作"蟒源"。蟒源即是蟒河的源头，一股硕大的激流从洞中涌出，泻下悬崖，流水哗哗，震荡山谷。山洞之上，是削壁悬空，两山之间，有一片较为宽阔的河滩，在河滩的这一边，一溜排开几家小饭店。我们一行就在正对着流瀑的一个小餐馆用了午餐。饭菜说不上好，但小螃蟹和山野菜还是有大山的味道。闻洞里山泉治百病，陈肉旦老兄两次入洞取水，说是要带回去给老婆。这蟒河的水治病的功效如何，不得而知，但这清冽的流泉的确有灵气所在。

蟒河从那个大溶洞里流出后，或婉转或瀑布或幽潭，一路造就了许多美景，有水帘洞、饮马泉、黑龙瀑、黄龙瀑、蟒湖等景点，各种小瀑布就更多了，河水都清澈见底，难怪导游介绍说这里被称为"小黄果树"。

游走蟒河保护区，实际上就是在峡谷中沿河流而行，时而在河流这边，时而瀑布那边，上上下下，山道弯弯，走走看看，耳听涧底流泉，远观参天大树，翠峰云雾缥缈，呼吸着山花争艳的气息，是一种难以名状的享受。

当年狼烟冷月守边关，今朝同游秀美河山

　　这，就是太行山的深处，充满迷人色彩的蟒河保护区。

　　这次阳城行，是老战友相聚，同游大峡谷，自有说不完的话题，此情此景，令人心旷神怡。导游小姜是一位刚刚二十岁的在林校就读的大三学生，虽然实习，但非常敬业，除了讲解定式的东西，还要回答我等很多问题，从她这里，我们知道了许多。现在，百里景区只有一个村子了，在里面经营服务的，大部是这里的村民，自从开辟为保护区，村民已经不用种地了，植被也得到了保护，每年的夏季，是旅游旺季，越来越多的人知道了蟒河保护区，来这里旅游度假。

　　蟒河保护区的确是一个诗情画意的自然所在，但愿这里能长久保持它的自然清幽，不要被打造开发成喧闹、杂乱、恶俗的商业景点。

（2016年6月）

骑行晋西北随记

二〇一六年七月，四个花甲青年骑行山西晋西北，至老牛湾而返回。以下几段为此行随记。

老城随忆

原本是从忻州西穿越至奇村住宿，但是处处修路，一个不留神，走进了忻府老城，尤瞬间走进了历史的光阴。

忻府区就是原来的忻州，隋朝开皇十八年置，至今已有一千四百余年了。由于地理位置重要，千百年来素有晋北锁钥之称。时光荏苒，幽幽沧桑，昔日的古城墙已变得残破不堪，青灰的砖石已为枯黄的杂草所覆盖，但宏大的门洞仍是当今人们行走的必经，连接着大道，缓慢地穿行于此中，犹是接受古代先人的婆娑轻轻地揉抚，盛夏时节，突然感受到历史透过厚重城洞墙缝中似冷月凉风一般。

忆当年，古时月光也曾清冷地洒照在这城墙垛口，作为锁钥，当年定有很多军民人等在此戍守，那城墙的每一块砖石或都沾着将士们的汗血。他们的命运注定湮没在这古城无名的历史中，而那一页页无名历史，如轻烟飞尘，早已消散得无影无踪。

梦醒时分，寥寥数笔，只为记下昨日飞过脑际的那一瞬感叹。人们匆匆行走，太多的过往已不记得，尤指间沙漏无痕，就如同这青苔覆盖的城墙一角，断碣残碑，尽付与苍烟落照，只落得小鸟儿们在高高的城垛口上的低吟浅唱。

云中山风雨

原计划一早动身，结果早晨的时候，小雨下成了大雨，温度比较低，索性睡个懒觉。本想着雨小了一点再出发，但一直没有停下来的意思，中午时分在外面用餐后，冒雨去对面的干部疗养院转了一圈。

翌日晨起，还是细雨蒙蒙，必需出发了，因为一夜的雨，已经让小旅社的每个房间都漏雨了，雨水滴在床上和我们的身上。大家决定做一番斗争，冒雨前行。于是穿戴雨具出发，在村子里一个冒雨出摊的早点摊前吃过豆浆油条，遂开始骑行。一路虽有雨丝，但空气清新、风清气爽。过"石家庄"后，便开始爬云中山。山道弯弯，曲折向上，骑行费力无比。

云中山因常年云雾缭绕得名。属于吕梁山脉，横亘在晋西北，主峰高二千三百九十三米。这一段山以前叫林场，现在成了自然保护区，植被良好，漫山呈碧，认得的林木有松树和银杏等。不同的树种群形成不同的颜色，使得满山色彩有了变化，不同角度远眺，都是一幅立体画卷。

昨日的一场大雨，致使山路塌方甚多，且不时仍有碎石落下。上午时分，天气终于转晴，日照翠岭，云霞满山。蹬车于路，时而骑进云中，时而行在雾底，如果尽是慢慢行走，自然享受花香袭人，但终归是山高路远，只能在几次歇息的时间，享受大山之美景，虽然片刻，但也愈发珍贵了些。这似乎与那句芝兰之室的老话同理，在糖水罐里久了，也不觉得甜了，只有偶尔来上一回，才会感觉如蜜一般。

今天的路程难度较大，对于我这样体质骑行者，可谓太过艰辛，尤其是在暮夜降临后，得知还有十几公里路程，我几乎要放弃了，并打电话准备要一辆车子来接，但忠普战友一直与我同行，鼓励着我，最后又遇到了一段下坡路，终于骑完了全程。俟后，我在朋友圈里发了几个字"只谈美景、不说劳顿"。唉，人总是希望把所见最美好的那一面留给大家。

管涔山秀色

从东寨到五寨，走忻五线，正好穿行于管涔山林区。从里程标记碑一〇二公里处开始，公路就始终伴随潺潺清流和森林秀色。我觉得，这里算得上山西最美的一段公路了。

管涔山位于晋西北腹地，涵盖管涔山国家森林公园、芦芽山国家级自然保护区、汾河源头国家水利风景区，是汾河、桑干河、阳武河、岚漪河、宋家川五条河流的源头区。林区还是华北落叶松的故乡。陪伴公路的河流，是汾河最主要的发源地，它的流量是芦芽山风景区"汾河源"的数倍。这段路松高林密、草木茂盛、沟壑纵横、山色秀美，再加上碧石流泉、溪水陪伴，毫无疑问，这一路如同在画卷中行走，只是山高路远坡度大，一路上太过费力，有些地段还不得不下车推行，弄得气喘吁吁，无暇欣赏。在接近最高处时，时至当午，我借着隔离公路与河谷的水泥平台，铺开了防潮垫小憩。这一时刻，感受到无比的美妙。只见阳光透过绿叶的缝隙洒在林间的青苔上，从下往上看去，绿色的森林如同仙境，充满一种神奇。闭上眼睛，倾听林中的乐章，鸟儿在树枝叽叽鸣唱，山泉在林下淙淙细语，在大自然的乐曲声中休整疲惫的身体，感觉真有一番"远看山有色，近听水无声；春去春还在，人来鸟不惊"之妙境。这是一个让人在旅程中体会心灵感悟的时刻，一个放得下心灵的尘蒙与浮躁的时刻。

这条路线，以前走过数次，但骑行是头一次，也是头一次在这条路上产生了如此美妙的感觉。由此想来，在我们走过的道路上，已经错过了太多的美景了。这不仅在于行走方式的不同，可能更在于经受过艰辛体验后的感觉。

这或许就是法则。

老牛湾风情

七月二十四日下午五时许，我们一行终于到达了老牛湾。

晚间时分，坐在老牛湾窑洞门前的小板凳上，眺望着万里星空。经过一天栉风沐雨后的疲惫，此时置身于此，一种带着隔世古朴的美感油然而生。

老牛湾是黄河在晋蒙边界的拐弯之地。从巴颜喀拉山出发的母亲河，

一湾明镜的黄河水，就是对我们一路劳顿的犒劳

跨越了青藏高原的崇山峻岭，又走过了天苍苍野茫茫的河套地区，一路奔来，在晋陕之间遇高山阻挡后，拐走峡谷，在偏关的老牛湾撞开山西的大门。在这里，大河表现出了少有的静谧与妩媚，黄河积水似湖，碧水清澈。古老的民谣是这样传唱的："九曲黄河十八湾，神牛开河到偏关，明灯一亮受惊吓，转身犁出个老牛湾。"从高处遥望，的确如此，老牛湾的黄河水倒映着蓝天白云，像是母亲的怀抱。河谷两岸壁立千仞，一边有一个小山寨，我们所处的就是山西的老牛湾。老牛湾居高临下，虎视眈眈蹲守大河两端。古老的长城从远山逶迤而至，在这边踞起高高的烽火台、望河楼，雄视对岸，万里长城与万里黄河在老牛湾交汇，成了唯一的握手处。

我们在老牛湾休整了一天半，领略了关塞暨黄河落日的别样风情。

小山村散布在黄土岭上，许多村民办起了农家乐，我们住的这家名为"聚客来农家"，在一处高地上，是一排整洁的窑洞，窑洞里窗明几亮。宽大的院落没有围墙，散漫地种着几垄瓜菜，黄河水就在山脚下闪着波光。沿着一条小路，通向山上的长城角楼，充满了一种大漠的寂静与苍凉。人在这一时刻，感受到一种隔世的古朴，浑厚的美感油然而生。在当下饱受诟病的城市中走来，这种古朴的田园生活还是让人向往的。

老牛湾过去是屯兵关隘，明代时为长城九边之一的偏头关的前哨关隘，

穿梭于群山之间，给人以不一样的感官体验

走近高高的烽火台，至今仍旧能感受到当年的雄浑与悲凉。当年，那也是保家卫国的铮铮汉子，为家国安宁，在此戍守边关，风餐露宿，烽火狼烟，多少人马革裹尸，魂断边域。他们是我们的前辈，他们是铁血的男儿。那至今仍然耸立的长城、烽火台，就是他们的记功碑。

我们长时间地徘徊在黄河水边，看碧波粼粼、江岚缭绕，想起了黄河无底海无边的传说，捡起几枚石子投向水中，溅起几朵水花。

时间过去了千百年，当年的金戈铁马已然消失殆尽，对面的敌军壁垒也早已成了乡邻，两岸百姓共同经营着老牛湾，踏上一只小船片刻就到了对岸，而此刻，对岸村寨的灯火，在黑暗中如此热烈。夜是如此宁静，天幕的下方，没有星辰的地方，是连绵的山岭，山岭的风似乎很神奇，会令人穿越时空，穿越古今，听到远古的号角、将士们的呐喊，在茫茫的夜幕下感受到他们的存在。

浩瀚的天宇涤荡了脑海尘世的残留，在深沉的夜幕下，清茶一杯，心静如水。感觉好极了！

（2016 年 7 月）

走马观花天生桥

初听"天生桥"这个名字，以为就是一处自然造型景观，如同某个摩崖石刻一样，伏卧于一处特定的地点。没有料到，它竟是偌大的一方天地，来时又赶上雨雾弥漫，彰显了梦幻般的神奇色彩。这是二〇一八年的七月六日，我和单位同事于大雨中游览了河北阜平天生桥后的感叹。

汽车在阜平县东下关乡附近下了公路，拐上一条乡间小道，再行十多公里，就进入天生桥景区。这里是太行山东麓的一片地区，西距五台山只三十五公里，是一处集地质公园、森林公园为一体的国家级景区。

所谓天生桥，就是横跨于两山的天然石桥，是大自然亿万年间沧海桑田变化的杰作。地壳的升降，大水的冲刷，长期的风化，淘空了山体下部的基体，上面的一段还连接于两边的山体。实际上，这样的地理风貌在全国各地还有一些，我在图片上曾见到过。对于这样的自然奇观，我以为远观即可，某些地方也许到了一个临界点，一点动静就可能倒塌。人在大自然面前总是无能为力的。

阜平地区与整个华北地区一样，在喜马拉雅构造运动阶段，一起上升为陆地，强烈的挤压、隆升运动，使得这块区域奇峰耸峙、怪石嶙峋、峡深谷幽、溪清瀑高、花草芬芳，形成了中国最大的变质岩天生桥和北方最大的瀑布群两大地质奇观。

雨不停在下，虽然打着伞，但山间的雨水随风飘来，鞋袜很快就湿透了，多数同人陆续停下了脚步，只有晋茂、王力兄和我沿着石阶继续向上。狭窄的山路，灌木丛努力伸直腰身，顽强地争取着空间，雨水让木叶晶莹剔透闪着碧玉般的珠光，又让沾满雨水的枝叶不断敲打着我们的背包和衣裤，我们浑身都变得湿漉漉的。但水雾的空气令人神清气爽，兴致不减，最后登上一处位于悬崖下的平台，这里就是远观天生桥的最好位置。

在此停步观望，隐约可见对面一道灰白色的山崖，虬髯般的树木歪斜地挂在山涧，一幅努力挣扎的样子，雨中的峭壁显得有些冰冷，乳白的山雾与山雨融为一体，缥缈于山间，只听得瀑布落水哗哗声响，那就是百米落差倾泻而下的瀑布。据一旁竖立的文字介绍，谷中瀑布有九级，中间天桥凌空高悬。遗憾的是雨雾遮蔽了双眼，看不到云霄之上那座天生桥，也见不到白银般的水帘。但立身于此，千山万壑的气势和雄姿还是满满地涌上心头。

如同所有名山都有传说故事一样，这里也有着神话般的传说故事，远古的遗存与传说故事相结合，为巍巍太行增添了一层神秘的色彩。雾夹着雨又来了，赶紧撤离，离开这仙境一般的山岭。

此行虽然匆匆，且浇了雨，但不乏味。

（2018 年 7 月）

夜色下的南山

兴县不远，距省城只二百余公里，但我这是第一次来。夜宿县城晋绥酒店。晚餐后随同事王君、赵君上街观景。酒店前的一条大街唤作晋绥东路、西路，其中东路是老城，长约三四华里，依然保留几十年前的模样和习俗，街巷两边的市贾商贩，吼三喝四、引车卖浆，显得热闹非常。

夜幕降下，城南的山上，闪烁起五彩的装饰灯光。灯光点缀在整个山峦，在暮色的夜空中甚是美丽。问之路人，知此山谓南山，近年政府投资改造，植树修路造景，已辟为生态公园。景色引人注目，我等径直前往。

穿过人声鼎沸的"人民广场"，过蔚汾河，走上千余米，就至山脚，却寻不到上山的正路，一个村庄将生态公园山脚下围得严严实实。问道于村民，告曰，顺着巷子直走就到。于是，沿村中小胡同向上，走了好一段，正将信将疑中，眼前豁然开朗，出现一新建的武馆，武馆之上，便是景区了。

景区内铺设有台阶，沿石阶而上，山势略显陡峭，两边有铁索护栏，树木掩映，想必白日攀登也会是一种享受。行一段后，便至半山，山腰右侧一片旷野，出现一片高山草甸，青草萋萋，左行是新修的一条盘山公路，蜿蜒而上。路边装了太阳能照明设备，但此时没有照明，倒是漫山点缀的彩灯，使得山路不至黑暗，既符合意境，还别有一番情趣。

从县城看南山时，漫山灯火，走进山中，才察觉它是一处休闲娱乐的雅静之地。

最能让人静心的地方就是这满山的绿色，虽是夜晚，也能感到它如翡翠一般覆盖山间，有的枝叶繁茂，高耸参天，有的新栽木叶，虽是低矮但也郁郁葱葱。北方的山四季不同，这夏日的浓绿，总会让你放下闷热，放下烦躁，生成晴日的清凉和浪漫。突然有一则旧时对联涌上心来：山静似太古，日常如小年。极是符合当下心境。

　　山腰中间有一古色古香亭子。亭子中立一通石碑，天黑看不清碑上文字，开启手机照明阅读。我还在建龙君和晋茂君的手机光照下拍下了这通碑照。原来此地还是一场抗击日军、浴血奋战、硝烟弥漫的战场遗址。

　　兴县是山西省版图最大的县，西临黄河，是革命老区。在抗战时期，是晋绥根据地所在地，也是八路军一二〇师师部驻地，著名的百团大战就是从这里展开的。现在是全国一百个红色旅游景点之一，而我们此行也属于受教育之旅。

　　在艰苦卓绝的抗日战争中，这块至今仍然贫瘠的土地上，曾养育了我们的千军万马。但是，长期以来，它又是一个贫中之贫、困中之困的深度贫困县。想当年连队有兴县战友，也略闻其家中窘境，其中一位高姓战友的几句话至今记得。不过，改革开放以来，兴县的变化很大，特别是近年来，发展迅速，从社里编发的几部书稿中就能看得出大概。

　　此时此地，站在夜幕下的亭前北望，和平的灯火覆盖着古老的县城。蔚汾河静静流淌，横贯东西，河的北岸，县城安卧于一片灯火辉煌的热烈之中。时代前进了，民智日进，当地虽然还属贫困地区，但人们也懂得养身健体，政府也花了很多银子修盖基础设施，修建改造这一大片生态公园。远处跳广场舞的大妈们，把音响放得极高，声音从远处传来，高亢而激昂，充分享受着国泰民安的幸福时光。

　　指示牌上所标注，南山还有若干亭台楼阁等景致，但我们已不愿再寻找了。今晚的世界杯赛，瑞典对阵瑞士，十时开战，那可不想耽误。

（2018 年 7 月 4 日）

民歌里的故乡

一

我的祖籍交城。从小，就会唱一首古老的民歌。歌词是这样的：

交城的山来交城的水，不浇（那个）交城浇文水；交城的大山里没有好茶饭，只有莜面栲栳栳还有那山药蛋；灰毛驴驴上山，灰毛驴驴下，一辈子也没有见过好车马。

从地图上端详，发源于交城山里的文峪河水，从庞泉沟流出，一路向东，在走出大山后，擦交城的边缘而过，便摇头晃脑向南而去，进入毗邻的文水县。打个这样的比方：脚下的土地，像一位渴到了极点的大汉，盼水心切，

分水岭上东望，草木苍翠茂盛，不愧是黄土高原的绿色明珠

而这条河流就像逗你玩似的，只打湿了你的鞋子便掉头而去。古往今来的悠悠岁月，这种近在咫尺又远在天边，够得着却吃不着的复杂滋味，要多难受有多难受。这首凄凉哀怨的民歌，反映的就是那个时代交城大山里人们的真实生活。

交城县在太原西南，历史悠久，自隋开皇年间就已设置，至今已经有一千四百余年的历史，荣膺"千年古县"美名。这块土地上，有驰名中外的佛家净土宗祖庭——玄中寺，有以山形卦象而闻名的卦山和天宁寺，有国家级自然风景保护区庞泉沟、关帝山国家森林公园，还有上古文化遗址瓦窑、磁窑、范家庄三座崖、狐爷山的春秋古墓群，以及晋绥边区八分区历史纪念馆等红色历史遗迹。这些丰富的自然和历史人文景观，使它成为三晋旅游名胜。

交城是个多山的县份，百分之九十以上的地域为山区。交城山深入吕梁山脉一百多公里，清雍正十二年刊版《山西通志》载："交城山在县北百里，……其山若神狮羊肠，交山皆险绝。"由此可见一斑。

从开栅村往西，就一条路，进入交城的大山。交城山里山高路险，谷深地僻，西行九十余公里，是一个叫横尖的村镇。这里也是长途汽车的终点站，从这里起，就进入了"庞泉沟"。

交城的山里多泉水。庞泉，即庞多泉流之意。这偌大一片山岭可谓是沟沟有水，因此得名庞泉沟。庞多的泉流汇成一条河，叫做文峪河。由于大山的阻断，文峪河水沿山谷直接流出山口，流到了地处平川的文水县的土地上。于是，便有这首凄美民歌中不浇交城浇文水的怨言。

大山之中，生活条件十分艰苦。由于气候条件所限，只能播种一些耐寒的低产作物，最好的待客食物只有莜麦面做成的一种名为"栲栳栳"的食物和山药蛋。千百年间，一直如此，与民歌中所描述的完全一样。大山里交通不便，在羊肠小道出行，最好的交通工具就是毛驴了。有太多的人一辈子也没能走出过大山，故歌词中有"交城的山里没有那好茶饭""灰毛驴驴上山灰毛驴驴下"等场景，便是旧时代交城山中生活的真实写照。

这支民歌原在当地以及三晋大地流传，影响有限，直到粉碎"四人帮"后，山西籍歌唱家郭兰英在欢庆的时刻演唱了改编版的《交城山》，在改编版中，将"不浇交城浇了文水"改为"浇了交城又浇文水"，将"交城的大山里没有好茶饭"改为"交城的大山里有那好茶饭"，几字改动，意境相反，皆大欢喜。

据家谱记载，我的先祖原为陕北米脂县人氏，大约是明末清初时，陕北大灾，人们四处逃命。祖上这一支就逃到了交城的大山里，具体是哪一片土地，哪一个村落，已无从可考，反正，就是这一片大山收容了他们，让他们存活下来。后来，又经过了许多年，辗转到了马岭村，到我的曾祖父时，他才带着一家人走出大山，来到平川地带的城头村落脚。

今天，我和家人又来到大山深处。

生命从故土开始。所以，故乡情结，是每个人心中都具有的一种心灵的归宿。虽然我出生就在并州，不会乡音，但是，来到这里，与生俱来的这种情感仍然冲击着心灵，熟悉的乡音也觉格外亲切。

当然，今天的交城山已经与民歌中所述的大不一样了。

二十世纪五十年代，大山里修通了去往县城的沙石路，从此汽车开进了大山，大山里的人们终于不用骑着毛驴，带上干粮，用上数天的时间，才能走到外面的世界了。六十年代初，又成立了关帝山林业经营管理局，划定了林区范围，陆续建立了若干林场，砍伐大军浩浩荡荡开进大山，一个山头一个山头地砍树。直到九十年代中期，才逐步停止了砍伐。

修通了公路，建立了林场，使得大山里的乡亲们眼界有了拓宽，但是说到百姓生活，还是大不易。改革开放以后，生活在大山中的乡亲们，开始能吃饱饭了，他们由衷感念党的政策。直到今天，一说到此事，乡亲们还是提高了声调，感念共产党的好！

一九八〇年，这里建立了省级自然保护区，一九八六年又晋升为国家级自然保护区。保护区初期的面积达一万多公顷，二百多平方公里，为中国八个鸟类保护区之一，重点保护对象为世界稀有珍禽褐马鸡（现有一千八百余只），还有国家一级保护动物金雕、黑鹤、原麝、金钱豹和二级保护动物二十余种，是黄土高原上极其罕见的自然风景游览胜地。也就是从那个时候起，外面的人们才逐渐知晓了这块宝地。到了一九九二年，国家加大了保护力度，成立关帝山国家森林公园，庞泉沟成为森林公园的核心地段，保护区的范围更加扩大，跨交城周边五个市县，总面积达七万六千多公顷。如今，这里森林覆盖率高达百分之七十五以上，保护区内主峰孝文山，海拔二千八百三十一米，是华北第二高峰。

目前，这片保护区内尚有二十四个大小不一的自然村，村子的建设较之我们三十年前第一次来时要好了许多。村民的生活也有了大的提高。但是他们说，来这里的人少，一年只有四五十天的好时候，而且，年轻人更倾向于玩漂流，玩玩漂流就走了，对大山没啥兴趣。保护区外的文峪河中，有不少漂流的场所，漂流距离长达二三十公里，最早来此开发的是一个河南商人，人家搞得好，距离长，地段也好。后来当地人也学着上漂流，一窝蜂，人们出来玩，大多为孩子，没有多少人进大山里。村子里大部分年轻人都出去打工了。

我们住保护区深处的长立村，这里是靠近核心区的一个大村子，全村百十户有四百来口人，许多人家都在做着与游客相关的生意。开宾馆，开客栈，开餐馆等。有的宾馆客栈还做得有模有样，我们住的这一家是一段姓村民在自家宅基地上筹资自建的。单排的两层楼房，共二十来个标间，宽敞的走廊，甚至还有个大厅，坐在二层大厅的椅子上，透过落地窗户，尽可以悠闲地欣赏到远山的景色。

两位老乡和我们共用头一天的晚餐，一个七八岁的女孩跟着他，那是他的孙女，他说，孩子县城里上小学了，爹妈都跟随着，一边打工一边照顾孩子，没办法。他说，村子里像这样的情况很多，只要有点办法，就要让孩子去县城上学，都是希望他们能有个出息，将来走出大山。这话让人听得心里不是滋味。想想我们的孩子在学校的光景，或许正是如此，山里的孩子学习都非常的刻苦。晚餐后串了这两户老乡家，墙上都醒目地贴着孩子的奖状。但是，由于长期的艰苦闭塞，自然条件还是严重限制了生产力的发展。直到今天，这里的人们仍然要把孩子们送到一百多公里外的县城读书。如何解决食宿，只能各想各的办法。

从当下人们的认知来看，生活在这里的人们，家在青山绿水间，是何等幸福。特别是盛夏时节游客来此，总是想着多住上一两天。这没错，夏时避暑，可谓宝地是也。但是，真要让人待上一年半载，怕是难熬了。条件比较还是差了许多。

人们总是容易忽略身边的东西，容易错过身边的春花秋月。我也很多年没有踏足这块土地了。今天，我又来到庞泉沟，来呼吸这里清新纯净的空气，来品味民歌中的那片土地。

二

整整一个夜晚下着大雨，盖着大棉被，听着潇潇雨声，睡得非常安逸。

晨起，冒雨出游，沿文峪河走，看山村景色，流水欢快，远山苍翠，沿河而建的农屋，远远望去，外形别致美观，依山就势，错落地分布在绿树的掩映之中，在周围的树林、河流、农田的映衬下，构成一幅幅田园牧歌式的优美的乡村画卷。

孝文山林场就在长立村西，穿过一座石桥就是原林场的大院。有数百亩地大小，现在早已废弃，几近废墟了。但是当年的格局依稀可辨，墙壁上的标语也在朦胧中散发着昔日的气息。

当年，在关帝山林业局管辖的二十余个林场中，孝文山林场是最大的一个。从二十世纪五十年代建立，林场长期保持着四百名左右的职工，一九七六年，在上山下乡的大潮中，又招八十余名知识青年插场，走进大山，为祖国建设伐木砍树。时间如白驹过隙，转眼之间，当年的青年人已两鬓霜白，年逾花甲。就在我们来时，他们正在举行插场四十二周年重返林场聚会。他们相约又回到了这里，缅怀青春岁月。我并不是他们的一员，但由于姻亲关系，受亲家邀请，有幸目睹，也颇有感慨。因为我们是同时代的人，有过相同的心路历程。

那个时代的青年，实际上只有两条路可走，一是上山下乡，包括插场；另一条路是当兵。因此，我完全能理解他们回到这里的感受。无论是破败的场区，还是我们那已成废墟的营房，都是一个时代的见证，是一两代人青春的寄托。

他们中的几位讲述了当年伐木的艰辛：每天要走上二三十里地才能到采伐区，在放倒粗壮的大树时，会遇到各种危险，而更多的险情，是盘踞山中的毒蛇野兽。许多人都有被毒蛇咬过、九死一生的经历。把树木从山上运下的过程同样有危险，在没有运输工具的情况下，靠一根根粗壮的麻绳，一头拴在腰上，另一头捆绑树木，一截一截往下拖。山中本无路，遇到陡坡，木头会拖着人跑。他们经年累月地砍伐，砍光一个山头再砍一个山头，孝文山的许多山头都留下了他们的足迹。直到二十世纪九十年代中期，才停下砍伐的脚步。

后来，大多数插场知青返城了，他们到了各行各业，他们和那个时代数百万知识青年一样，在广阔天地奉献了自己的青春年华之后，又在各自的岗位上贡献着力量。这其中，有些人还经历了下岗、失业，然后又四处奔走，寻找养家糊口的再就业机会。但是，他们任劳任怨，也并不发什么恶毒的牢骚，问起这些，也就是说一句："唉，知足吧，谁让咱们赶上了呢！"他们在时代的天平上起着不容忽略的稳定作用。

林场后来也转型了，实现了历史的跨越，职能改为育种和护林。其上级部门关帝山林业经营管理局的职能也已经改变，就连名称也去掉了经营二字。现如今，当年的场区已经整体被山西省体委租用，据说要在这里改造成体育项目培训基地，眼下尚未有动静，只是雇用了一个村民来看门。

那个年代结下的友谊是纯真的。我感受到他们和老乡相逢的喜悦，他们相互拍照留念，依依不舍。我也看到，他们面对破败场区的眷恋，那是对青春的怀念。他们知道，改建也许很快就要开始，如果没有了这片废墟，他们的许多回忆也将会失去依托。毫无疑问，这是时代的进步。只是把青春留在这里的人们，不免会流下伤感的泪水。

我们一行也得益于亲家一家人当年都在此插场之故，受到了老乡们的热情款待。有的老乡邀我们去他家开办的宾馆歇息，有的带着我们到山中游览，有的摆上了地道山珍的饭菜，听他们讲述了许多古往今昔的故事。这就如同当年我们与驻地老乡结下的友谊一样。

三

庞泉沟的美景都在一条条的沟中。

庞泉沟里有多少条沟？不论是老乡，还是当年的伐木人都是这么说：大沟说得清楚，小沟可说不清楚！这话没错，庞泉沟中沟沟相套，沟中有沟。通常人们所说几条有名的沟，有大沙沟、神尾沟、八道沟、八水沟。长立村的老乡说，先带你们去大沙沟吧！为啥！因为这条沟已经关闭了。二炮部队征用了这里，很快就会进驻，不单大沙沟，神尾沟也征用了。马上就是禁区了！不带你们，你们根本进不去！

山中流泉最可人

果然，沟口的铁栅栏已经上锁，售票亭也已封门。老乡带我们从沟口一侧绕过，进了大沙沟。

大沙沟是保护区名气最大的一条沟，可以通往孝文山顶，沟有十多里深，山高水长，景点众多。在开始的两三里地还铺了油路，以便游人行走。沟中有两股泉流，泉流汇合后沿着深沟绝涧而下，在一处陡岩悬石上形成山涧瀑布，洁白的花岗岩悬石有二十多米高，水从上面滑过如同一条银白色的水帘挂在石壁上。水帘落下处，发出很大的声响，溅起珍珠般的欢快，形成一片深潭，给周边景致平添了几分灵动。这是庞泉沟林中一景，名曰"龙泉飞瀑"。多年以前，我们爱好摄影的几个同仁曾来此拍摄，并出版了两套明信片。

沿着溪流一路走过，或聚成潭，或在花岗岩巨石漫过，水过之处，巨石被洗磨得平滑光洁，各具形态，这是另一著名的景点"三叠泉"。大沙沟的流泉有时还潜入灌木茂林之中，此时你看不到影踪，只能听得它奏出串串音符。

沟中原本有保护区的褐马鸡繁殖保护基地，现在大棚还在，但褐马鸡已没有了踪影，据说是迁移至另一条沟中。庞泉沟的大山里，保存了多种珍稀动植物，为全国八个鸟类保护区之一。据资料显示，共分布有野生动物二百三十八种，其中兽类六目十五科三十二种，鸟类十四目三十八科一百八十九种，两栖爬行类八科十七种，昆虫一千多种。其中，属于国家一级重点保护动物的有褐马鸡、金雕、黑鹳、金钱豹、麝五种；国家二级重点保护动物二十五种。

自从进入大沙沟，阴雨便渐渐沥沥地开始落下，雨水让茂密的森林愈发青翠，形成五彩斑斓的画图。置身青石沟涧，但觉林木恒茂，鸟语花香。这真是一块得天独厚的生态环境。或许，我们将成为大沙沟最后的一批游人。

神尾沟是另一条将要进驻部队的沟。这条沟里有两个自然村，一个神尾沟村，一个后平沟村，记得多年前也进去过，还在一户村民家吃了饭。那时没有车，村子里也没有饭店，中途只能找村民给做点饭食。很多细节已经忘记了，但在那户村民家关于枪支的话语还清楚地记得。他们这样说：那个时候，我们民兵都有枪，打个野猪可容易了。现在不行了，枪收回去了。野猪也没办法治了，把地里祸害的就不行，一会你们就能看见。果然，时间不长，我们真看到了一窝野猪去拱对面山坡上的土豆地。很有趣的记忆。

据说，这两个村的村民去年底已经接到了搬离的通知，说政府给了钱了，每亩地是三万元，每人的安置费是八万元，每个人能有三十万元。已经有人搬走了，剩下的在本月二十五日前要全部搬离。"他们搬到哪里去？""给了钱了，让去县城买房子！"从此，他们将要迁离故土，加入城镇化的大军之中，开始新的生活。大山将远离了他们的生活。

八道沟也是当天下午去的。这里是目前唯一一条要买票才能进入的沟。

由于有老乡的关系，不但没买票，还把车开进去了。八道沟很长，油路也铺设得很远。雨一直下个不停，于是，一切就像是在画卷里了。远方的云烟环绕着青山，身边木叶伴着淡淡花香，让人心旷神怡。路越来越难行，遂停车步行，小路一边流泉清冽，时而隐没林中，时而形成瀑流、清滩。八道沟的山上都是华北落叶松和柞树林，这些树木高达几十米，直冲云霄，潇潇暮雨中，云雾缭绕，真是"木欣欣以向荣，泉涓涓而始流"。"好美呀！"我不禁发一声赞叹。这是一种回归自然怀抱的感觉。

八水沟是第二天上去的，经过一夜的雨水浇灌，八水沟中的一切都是湿漉漉的。沿着潺潺流淌的溪水，深一脚浅一脚地冒雨前行，路还一直向前延伸，但也越来越窄，林木间光线愈暗。远山古老凝重的森林像整装待发的军队，肃穆而伟岸，笔直的松柏，优雅的白桦和红桦以及繁茂的灌木疏枝，点染出一幅幅动人心弦的美丽画卷。雨水把林中树木远山和空气都冲洗得干干净净，行走在雨打木叶的林中，呼吸着暗香浮动的清新空气，聆听雨打林叶花草的音乐，实在也是一种无上的享受。保护区内碧波万顷、山泉流长、鸟类群居，犹如仙境云游。八水沟与八道沟大同小异。只是八水沟中沟岔更多，溪流也多。溪水不急不缓，少了一泻千里的气韵，但多了秀丽婉约的文雅。

实际上，大山中的每一条沟，每一条溪流既相同又不相同。如果你用心倾听，山上每一株木叶，都似在向你悠然诉说，生命的力量原来就如木叶之空灵而坚强，每一块石，都静静地守护着那绽放的生命之花！在更远一些地方，还有一条木虎沟，那是保护区里唯一留存有原始森林的地方。

分水岭是交城与方山的界岭，又是保护区的一处高地。山上有一新建的白塔屹立，庄重典雅。沿着石阶上去，可以走进塔中。山顶有一处瞭望台，登高远眺，一览众山小。但见千山碧绿，万顷尽染，千万株植物你挨着我，我靠着你，似乎在昭示自然界中一种神奇，或是在昭示一种团结的力量。这是自然界给人类的一种启示，既令人心旷神怡又浮想联翩。

雨后的山间，云雾瞬息万变，虚无缥缈。立于山顶，山风极大，须小心才能站定。在山风中放眼观望，位于西北方向的"笔架山"松涛滚滚，形象逼真。正北是雄伟壮观的孝文山，青山相叠，是吕梁山脉的最高峰。

东北方向看，是海拔二千六百七十米的云顶山，云雾缥缈，绿意盎然。云顶山以前驻有雷达部队，后来撤走了，现在又重新驻扎。并且区域有了扩大。山脚下就是大沙沟。这些凝结为一尊巧夺天工的奇观壮景，无一丝人工雕凿之痕的风情。

山中两日游，与绿色相伴，与山水相融，不仅欣赏高山大树，欣赏淙淙溪流，欣赏蓝天白云，还在享受淡然中的豁然和开朗。这一处清幽之地，实在是距离我们不远，这里的天地如铅华洗净般一尘不染，为万物注入一丝生命的力量，

当今，在世界范围内的工业化进程中，太多的自然环境被污染，太多的栖息地被破坏。人们现在已经愈来愈意识到大自然的伟大和不可复制，回归大自然的呼声也越来越高。已经有越来越多的人又走进大山，他们不单单是去领略大自然的美妙风光，而是希望融入大自然的怀抱。

（2018 年 7 月 20 日完稿）

谒武侯祠

两次拜谒武侯祠，一次是二十年前，一次是当下。都是在金秋时节。

我对武侯祠的认知，是从一副楹联开始：那是在一九八〇年，我刚到局社合一的办公室秘书科工作，和孙玉祥老师一个办公室。他是科长，我的直接上司。孙老师的文字功底深厚，对历史知识了解颇多，但平时不善言谈。那一日，办公室来了《人民画报》，画报上有几面是介绍武侯祠的，其中这副联放在最醒目位置。那天孙老师心情很好，把我叫过去，让我看那篇文章，着重给我讲了楹联。这联就是清赵藩所书的"能攻心，则反侧自消，从古知兵非好战；不审势，即宽严皆误，后来治蜀要深思"。他把联的含义讲得很细，至今我还记得他在讲述"从古知兵非好战"时的神态，从那时起，此联便深印我心，并对成都的武侯祠也有了很大向往。一九八八年十月去成都参会时，首先就去了武侯祠。

那时武侯祠还在城外，公交车要走好一会儿才到。记得那一日细雨霏霏，我在武侯祠内盘桓了大半天，特别是在这副楹联前看了很久。

这副联极具哲理。上联用了攻心、审势。攻心：用兵能攻心，反叛就会自然消除。从古至今，真正懂得用兵的人并不好战。进一步理解为，在与人对抗的过程中，利用心理战术来不战而胜，攻心即是驾驭人的思想，从思想上使其畏惧，甚至使其诚服，而非利用职权或是武力。人们都知道，只有使人心悦诚服，才是真正的强者，这也是管理者与领导者的区别，人生在世，很多的事情都可以用到"攻心"的战术，这也是这副"攻心"联给后人最大的启迪。

下联说，不审时度势，施政方针或宽或严会失误。一般认为下联也是在赞扬诸葛亮，儒家主张"刑法世轻世重""宽以济猛，猛以济宽"宽严要适度，如不审时度势，而一味用严或用宽，都会带来严重后果，都是错的。故而作者在这里警示后人，不能一味用严，也不能盲目用宽，既赞扬了诸葛亮攻心的正确，也赞扬了他根据形势宽严相济治蜀的正确。

时隔二十余年，又来武侯祠，这时它已经圈进了闹市。

武侯祠的大门外，又新建了一道进入的关口。进的此门，方看见飞檐朱红的武侯祠大门，两边一对石狮子拱卫，门额书"汉昭烈庙"四字。这是武侯祠的一个特点。所谓全国唯一的君臣合祀庙。

公元二三四年，诸葛亮病死军中，一时举国悲痛，百姓请建祠庙，但后主刘禅对诸葛亮有所忌惮，故而以礼不合未准。每年清明，百姓就于野外对天设祭，举国哀呼。这样过了三十年，朝廷才允许在诸葛亮殉职的定军山建一座祠，后来，到西晋初年，才在成都汉昭烈庙旁建祠，共受香火。但是诸葛亮的一生过于传奇，百姓对其爱戴已然神话，故诸葛亮庙前香火旺盛，而刘备庙前车马人稀。明朝初年，朱元璋十一子朱椿被封为第一代蜀王，朱来祭拜，被这臣重君轻现象所刺激，于是下令废武侯祠，只在刘备殿旁附带供诸葛亮。他的这个决定，造就了前无古人的君臣合祀庙。不想事与愿违，百姓反把整座庙称为武侯祠。

明代末年，庙宇毁于战火，到清康熙年间重建，设计者在形制上巧妙地布局，将刘备庙地基垫高，建筑略大，放置于前；而诸葛庙稍低，略小，置于后。但是在中国的建筑文化中，房屋的规格，越是靠后的，地位才越高。设计者就是以这样一种思路，巧妙地解决了这一对君臣的摆放难题。虽然这座祠庙的正名为汉昭烈庙，并大书于门额之上，但是历朝历代的老百姓，还是称它为武侯祠。民国年间，有人写过这样一首诗："门额大书昭烈庙，世人都道武侯祠，由来名位输勋业，丞相功高百代思。"这就是诸葛丞相在人民心中最好的写照。一千多年来武侯祠香火不绝，屡毁屡建，"文化大革命"中多少文物古迹被疯狂毁灭，但这里却片瓦未损，不能不让人感叹！

整个武侯祠坐北朝南，从南门进入，沿着一条直道，依次走过大门、二门、汉昭烈殿、过厅、武侯祠，这五重建筑，排列于一条中轴线上。武侯祠后还有三义庙、结义楼等建筑。在二门外路的东侧建有一碑亭，内有唐代古碑一通，是唐代宰相裴度撰文，柳公绰所书，石工鲁建镌刻，由于三者俱佳，被称为三绝碑。

汉昭烈殿俗称刘备殿，正中匾额大书"业绍高光"，"业"是刘备的事业，"绍"意味继承，"高"指的是西汉高祖刘邦，"光"是东汉光武帝刘秀，赞扬刘备继承了刘邦刘秀的大业。手持玉圭的刘备塑像左右，只有刘备之孙刘谌的像，而没有刘备之子刘禅的像。据说是由于世人不齿于刘禅的懦弱，而不为他塑像。在刘备殿的东侧偏殿，供着关羽和其子关平、关兴暨周仓的塑像，西侧偏殿供着张飞祖孙三代的塑像。左右两廊分别供着二十八位文臣武将塑像，赵云居于武将之首，庞统为文臣之首。他们都是蜀国定邦安民的忠臣猛将。左右多有楹联，其中一副楹联为："使君为天下英雄正统攸归王气钟楼桑车盖；巴蜀系汉朝终始遗民犹在霸图余古柏祠堂"。

从刘备殿沿着直道往前行，就到诸葛亮殿，大门上悬挂着"武侯祠"匾额，由郭沫若书写。只见殿柱矗立，殿门前敞，殿前高悬"名垂宇宙"匾额，这四字语出杜甫诗句"诸葛大名垂宇宙"句。大殿正中有匾额"静远堂"，旁有"勋高管乐""河岳英灵""伊周经济""匡皋则伊"，殿内殿外的廊柱上则全部挂满了楹联，除了前面所述赵藩的那一副，还有另一联："勤王事大好儿孙，三世忠贞，史笔犹褒陈庶子；出师表惊人文字，千秋涕泪，墨痕同溅岳将军"也是悬挂于此。

殿内，诸葛丞相端坐在正中的台上，头戴纶巾，手持羽扇，目光炯炯，正凝神沉思。一千多年的岁月风尘遮不住他聪慧的面容。他的左右是其子诸葛瞻，其孙诸葛尚。诸葛瞻与诸葛尚均在诸葛亮死后也都为蜀汉政权战死沙场。殿的左右两壁书着诸葛亮的两篇名文，左为《隆中对》，右为《出师表》。透过历史的烟云，似乎可以听看到当年的金戈铁马、电闪雷鸣。小时候爱看《三国演义》，对诸葛亮有一种特殊的崇敬，看他们打仗，总是希望蜀国能赢。其实，那实在不是为了刘备，而是为了诸葛亮。是出于对诸葛亮的喜欢，喜欢他羽扇纶巾，戏耍敌方，谈笑间，就决胜于千里之外。对诸葛亮的去世感到深深的惋惜，真心希望他再多活几年。心想，如果他还能多活几年，那就肯定能打败曹操，完成统一大业了。直到后来，读了一些书后才知道，那就是一场注定打不赢的战争。那时，天下共十三州，魏占九，吴占三，蜀国只有一个。不论是人力、物力、财力，蜀国都无法和强大的魏国抗衡。就凭诸葛亮的才智如何能不知，"明知不可为而为之"，他在明知三国之中蜀国最弱的情况下，仍然高举义旗主动出击讨伐魏国，只是在报答一场知遇之恩。或许有人会说他愚忠，说他不审时度势，甚至有人说赵藩那副楹联的下联就是在批评他，说他是逆势而行，希望后人汲取他的教训。但是不管怎样，他光复汉家江山的决心和壮举感动了人民，感染了后代，虽然他没有完成英雄的梦想，无法造就一个时势，但这是一场感天动地的悲剧，他赢得了历代人民的敬仰。就连数百年后的杜甫，也悲戚地吟出千古绝唱："出师未捷身先死，长使英雄泪满襟"！

武侯祠的几个大殿，廊柱林立，至少有数十根；每一根廊柱都挂有楹联，每一处门额都悬着匾额。密密麻麻，一个挨着一个。这是他历代的粉丝们抒发感叹的场所。有许多都非常著名，如"汉贼不两立，王业不偏安""只手挽残局，常规谈笑；鞠躬悲尽瘁，剩有讴歌""两表酬三顾，一对足千秋""日月同悬出师表，风云常护定军山"，我尽可能把它们拍了下来，待以后慢慢品味。谒武侯祠，观赏楹联是一件很有意义的事，但也很费时间。

从诸葛亮殿向西，有一条红墙夹道，墙后茂林修竹，沿着夹道就到了惠陵，这是刘备的墓。在所有帝王的陵墓中，刘备的墓是最不起眼的。游人常常忽略那个地方，这一次由于时间关系，我们也没有前往，好在上次来过，还拍下了几张照片。红墙外以前是旷野，现在已然成为繁华的"锦里"，这是当地为发展旅游开辟的仿古街区，集中展示了成都民俗文化。见惯了高楼大厦，我们就会怀念这样的巷子，所以，现在"锦里"的名气挺大，人也特别多。出了武侯祠的后门，就进入了喧闹的锦里。

走进武侯祠，其实就是走进了岁月，走进了那段历史，如同穿越了时空，来到那一个个熟悉的人物中间，感受千秋的浩气，令人肃然起敬。那是中华民族的精神脊梁。虽然三国的战火已经在岁月中过去了一千七百多年，但是，他们已经深深印刻在人民的心中。

（2018 年 10 月 24 日）

成都印象

过去有一句老话，叫做"少不入川，老不出蜀"。虽然对此有不同理解，但我总觉得，那是个"乐不思归"的代名词。好山好水，又有好吃好喝，还美女如云，绝对是个幸福悠闲的地方。早年北疆戍边时，有几个要好的战友就是蜀中的，现在仍记得他们侃侃而谈的样子，就连他们的蜀语词汇都是那么丰富，那绝对是文化的修炼。后来，从书本上又加深了对蜀的了解，数次去了成都等地，见识了那里的麻辣美食、街头喝茶、掏耳朵、打麻将、摆龙门阵的优雅生活，每一次总能有新的见识和感悟。

二十年之后又到成都，这次住在城南新区，城市建设变化太大了，尤其是新建的城区，已完成了华丽转身，比肩上海深圳了，除浏览南部新城，还走进了建川博物馆聚落，去了街子小镇，参观了金沙遗址。这些，都新增了我对这座城市的认知。

街子小镇

"街子小镇"，这个地名很陌生，也名不见经传，路上还在嘀咕，但是一圈走下来，方知这里才保留着那些记忆里固有的东西。

蜀中的镇子和北方大不相同，首先是水系发达，空气中都含着湿润的水气，不论商铺还是民居，总以花草摆放门前檐下来装饰美好，有些还摆放木桶石槽等盛水物，浮萍或莲叶之下，蓄养几条小鱼或鳖，且一户一景，互不相同，颇有古意。再有就是满目葱茏，放眼望去，满山林木茂盛，院落绿树修竹、花开遍地，特别是岷江的一条支流横贯小镇，形成一泓碧水，流水音韵，使小镇平添几分灵气。

这个古色古香的小镇，位于著名的青城山后山——凤栖山下，之所以保留下来，或是因以前贫穷，无力大拆大建，得以藏之深山；后来有钱了，进行了大规模的修整，成就一方景致。应该说修缮还是很好的，几条街巷，青石板铺地，木楼飞檐，青砖碧瓦，全部保持清末民初的老建筑样式。街道的两侧商铺林立，许多物品也颇有特色，撩人眼目。十字街口的各色小吃更是飘散着甜蜜的气息。

走在古镇湿润的石板路上，东瞅西看，抑扬顿挫的川音不绝于耳，特别是铺面在前，住家院子在后的格局，过道中还随意置放物品，这些生活气息恰恰就是小镇逍遥古雅的灵魂所在。镇上居民以老年群体为多，生活节奏也如同老年人一样，舒缓而舒适，许多门前都支着一张桌子，或品茶打牌，或围坐摆棋，闲话唠嗑，自得其乐。看如此悠闲场景，无不感叹于蜀中百姓的心态。在这块土地上，无论是富足者还是贫困者，似乎都可以舒适地生活，共栖于这块乐土，这才是让人喜爱之处。

八方游客来去匆匆，小镇人们生活依旧。因此，在此间游走，不单单观赏古镇风貌，还能品味到当地人原汁原味的生活，感觉在茶馆牌局与麻辣火锅店之间，他们的生活过得还很巴适。这也正是我叫好于他的原因。

古镇中心有一小广场，广场上有数株千年古楠高耸，偌大的桂花树处处可见，看路边木牌子上的介绍，此地在五代时就有规模，曾名为"横渠镇"，已经有一千多年的历史了。

小镇广场一侧还有一尊罕见的清代古塔正在维修，此塔名为"字库"，是一座专门用来焚烧字纸的设施。这原是古人"珍惜字纸"的一种特殊表现方式，以前我只在书中认识，这次算是见识了实物。镇中还有光严禅院等寺庙，梵音缭绕，法像庄严。

暮色降临古镇，我们在一处庭院里种植着许多桂花树的餐馆，和着邻桌的热闹，吃了一顿江湖晚餐。餐后在庭院品茶，明月当空，凉风习习，纵侃家国天下，不亦乐乎。

这一晚，我尽情感受了一个现代化大城市边缘的小镇夜色。

宽窄巷子

所谓宽窄巷子，实际是三条巷子的合称，这三条分别是：宽巷子、窄巷子、井巷子。这三条巷子的名字由来，据说是一次不太负责任的测绘工作的后果：民国三十七年，在一次城市勘测中，当时的工作人员在度量之后，便随手将宽一点的巷子在图中标注为"宽巷子"，窄一点的那条就标注"窄巷子"，而有水井的那一条就写成了"井巷子"。没想到，就是这么一次随性的标注，成就了后来的名气。

大约在二十多年前，我来蓉参会，四川人民出版社的同仁带我等一行也到过此地。当时的印象一般，似乎就是一处有成都特色的老街，一些老旧院落街巷，老人们抽烟看报、发呆冥想的都有，和城中其他老街巷差不太多，都有些破旧略显灰头土脸的地方。记忆最深刻的，是掏耳朵，那是我第一次见到干这活的，画面难忘，那脸部的神态，身上的动作绝对潇洒。再有那掏耳朵的工具也很特别，长度总在一米左右，一手支在对方耳边，一手持长长的采耳勺，那姿态，"唰唰唰"，夸张点说就和掏炉灰似的。

今日宽窄巷子名头更响了，昨日，我与王君、赵君暨赵夫人，也走了一遭，可是今非昔比了。除了巷子名称，其他的一切似乎都有改变，就连掏耳朵的动作，也与先前大不一样了，头顶戴了头灯照明，掏耳勺也缩变的短小，和我们家用的差不多长短，最主要的是动作缺失了观瞻性，小心翼翼，一点也没了冲茶倒水般的流畅，这可比他们的前辈差老了去了！

三条巷子已完全充满商业气息了，其中茶社和小吃占了大约一半，另外一半以观赏民俗表演、售卖土特产品为主，还有几家小规模的书店经营，店铺相接，人声鼎沸。但生意似都不太好。来此逛街的，几乎都是外地游人，看的多、买的少，看来许多东西只是陈列而已，只有茶馆中的人还不少。我们走进一家陈设高档的茶座，发现布置得极为雅静，闹中取静处还真是别有洞天，小坐片刻具是快活时景，拍了两张照片后就急忙退出，又到滚滚人流中去。

这里成了凡到蓉之客的必去之地，似乎不到此处就不算到成都了。

实话说，宽窄巷子的改造还是不错的，所有的建筑均古色古香。特别

肖南君在一处充满古意的地方宴请

是门院和庭前的设计，极具蜀地韵味。想来，只有喜爱生活并且能把生活过成诗的人们，才会特别注重院门的美观形制，才能在寸土寸金之地留下一些养眼的布置。我的注意力被这些建筑的门庭吸引，只是游人太多，不好拍片。这些门庭样式不一，用材料也不同，但都极为精致。有的高门大户，门上重彩绘制，有的屋宇住户式，简洁的青砖黛瓦，还有石库门式，廊柱有花木装饰。但无论何种不同，整个街道的主调还是一致，呈现出清代的特征。建筑是空间的表皮，是历史的外部表象，如果是在寂静人稀的雨中行走其间，或许更能体味到历史的厚度。

从宽巷子经一小胡同钻到窄巷子，走了一遭又原路返回，我等四人兴致颇高，我用相机留下了诸多有趣的成都瞬间。但是，我没有在此买任何东西。陪我们来此的小张说，这里东西都是卖给外地人的，本地人谁来这买东西呀！

当然，这次成都聚会，最高兴的还是见到了久违的老战友强国成、刘运河等，感受到了他们的热情，肖南君还在那么高档的地方请我们品茶吃酒听故事，美得很！

（2018 年 10 月）

走读胶东

寂静中，发呆也是一种享受

　　金秋十月，我和玉峰、茂林、金成赴威海南海新区小琳处会友、度假。之所以选择此间，一个至为重要的缘由是此地的寂静。时下的假期，不论南北，几乎所有的景区都是万丈红尘，寂静成为难得的奢侈品，因而就变成了一种难以言说的享受。

　　小琳君是个不甘寂寞的主，早早离开了队伍，先在三亚浪迹，后转投威海，在一片寂静的新区中经营着他的生活，他的豪宅就是在一群空置楼群中打造出来的。偌大的小区，只有三两房室有灯，寂静程度可想而知。而这样的小区在南海又比比皆是。

　　晨起，沿铺了木板的海边小径漫步，氤氲的水汽升腾在海面，丝丝地散发着神奇的美妙，一望无际的海滩，竟然只有我等几人独占其中；过午，坐在庭院品茶，园中花木成畦；夜晚，边散步边仰望星空，暗夜无垠，寂静无边，只有满天星斗。我突然想起，今天是周六了，在大城市中，正是街巷华灯辉映，餐厅生意红火，车轮滚滚的时光，但在这边，你尽可走在公路中央，伴随的只有斑驳的树影和路边冷清的野草花。

　　那日傍晚，我驾车和小琳夫人去海边的农贸市场购物，从新区中心的住处至西南隅的市场，行走九点八公里，竟然没有遇到一辆汽车。

　　新城是在纸上规划出来的，布局是休闲养老，先有了道路，道路横平竖直。一百七十六平方公里，一座中等城市手笔，现今常住人口不足两万，半数以上还是住进了高楼的当地人——此前村子里的拆迁户。此地不缺的就是房子，在这片广袤的土地上，数以百计在建和建成的楼盘，高层的、低层的，比比皆是，每个小区都有一个让人心花荡漾的名字。各个售房处是既可观光又可小憩的去处，几处在售的楼盘窗明几净布置得高雅大气，还提供免费的咖啡和茶水，有一家甚至提供价格优惠的午餐，有的人会在此心安理得消磨一个惬意的下午。

此地无山，因水而美。新城的南端和西端连着大海，城中还有一条宽阔的河流，河流原本唤作母猪河，太土气了，改名作香水河。香水河畔开辟了若干长长的景观带，架设了桥梁，铺设了栈道，在晨光熹微中，走过蜿蜒的石子路，路边孤独倔强的野草和绽放的碎花，打湿了裤角，河边有三两垂钓者迎着朝霞的身影，给寂静增添了活力。生活在这里的人们，自然调慢生活节奏，来看岁月静好，光阴慢淌，别和自家过不去。

发够了呆，沿着海岸线走走是最好的独步之地，也是最浪漫的悠闲时光。人生就是一次跋涉，记忆当中的我们——那一群风度翩翩的少年，已经是满身沧桑。或是到了这个年龄，才无须再入梦境。人生不同于棋局，别想悔棋，更别想重启一局。静下心来，慢慢走在这松软的沙滩上，一步一个脚印，才能在秋光明媚时刻享受美好的时光。

半夜时分落下一场豪雨，雨水来自天际，润泽万物的同时，也沁入了心底。南海数日慢生活，颇感风轻云淡，空旷的新区正在演绎着新城市人的生活篇章。

烟墩角，狼烟的日子已经过去

今天去了一个依山傍海的小渔村——位于荣成市俚岛镇的烟墩角。

在过去，凡是带有"墩""台""烟"字的村落，都与烽火有关。烟墩角这个村庄，既带着"墩"又带着"烟"，不言而喻，过去是个军事重镇。明朝时，在附近的山顶修建有一座军事报讯的烽火台——烟墩，逢敌来扰便点燃报信，因此而得名。每年一到深秋，便会有大批的大天鹅从遥远的西伯利亚飞到此间来过冬。海滩由此也就成了一道亮丽的风景线，吸引了许多摄影人士来此拍摄，我见过一张获得金奖的照片，就是在此地拍摄的。

今日来寻，本想看大天鹅，但时间还是有些早，一只也没能见到。村民笑着对我们说，天鹅还在来的路上！于是，就在烟墩角下的海滨及村庄游历一番。

小村依傍着海湾，湾内风平浪静。村子的建筑颇有特色，一种样式特别的民居非常引人注目，用厚厚的渔草搭成尖尖的屋顶，据说这种屋顶的建筑百年不坏，且冬暖夏凉。不过细心观察，村中多处是经过翻新之作。绕着渔村走了一圈，丝毫不见一般村庄的杂乱模样，取而代之的是门楣光鲜，地面整洁，许多小院颇具艺术氛围。让人耳目一新的是村庄垃圾实行严格分类，有四种之多，这样的分类比一些大城市都走在了前头。或许就是这般和谐的生态环境，才让大天鹅每年来此，与村民和谐相处的。

今日虽然没有见到天鹅，但是这个小渔村还是让人流连忘返。更为重要的是，烟墩传报狼烟的日子，早已成为过去。

养马岛，风和景明秋之韵

两千多年前的一个秋天，刚刚完成了统一大业的始皇帝嬴政御驾东巡。在长途跋涉、经过烟台的芝罘以后，沿海东进。蓦然间，邻海的一座小岛引起了他的关注，只见小岛在碧波中飘荡，岛上绿草如茵，草肥水美，骏马奔驰。见此景色，始皇帝高兴，即刻将此岛封为"皇家养马岛"，并传令各地选送良马至此岛，派员在岛放养，为皇家御马专养专训之场地。从此以后，此岛便有了美丽的传说故事。

许多年过去了，沧桑巨变，养马岛上早不再放养御马，转变为一个有故事的佳境而名扬四海，引得八方游客纷至沓来。他们或来戏水，或来扬帆，或来赶海，或来垂钓，在碧海蓝天之间，发思古幽情，享怡然之乐。在一个风和景明的秋日，我和友人也慕名来到了这里。

现时的小岛已经和邻近的牟平城连接起来，一座跨海大桥，使得进出岛如履平地，闲庭信步。

秋天的韵味是绚丽的。暖阳撒播在海面上，空气清新，海水湛蓝，风光秀丽。逆时针方向环步海岛，先见到的是靠近大陆的一湾浅滩，海水清澈、礁盘嶙峋，有的如斧削刀劈，独立海中；有的巨石堆砌，小山一般。其中一些礁石还起了名字，"獐岛"就是其中的一个。

"獐岛"在这片礁群的最东端，虽然也以岛称，但实际上只是高矗于海面的一片礁群而已。这片礁石有一条栈道与养马岛相连，沿着栈道可至最东端，在这里，惊涛拍岸，堆雪砌玉，颇为壮观。獐岛附近水深浪阔，盛产扇贝、虾、蟹、海虹等海产品，我们迎面遇见刚刚登岸的几个渔女，她们每人背负着一个大大的袋子，那应该是一日的收获。据说她们每天在海中要劳作数个小时，着实不易。礁石滩东部有一个天然岩洞，因洞口形似月牙而被称作"月牙洞"。据说洞中有泉，泉水甘甜。小岛上巨石形状各异，被海水打磨的圆润光滑，傲立此处，凭海临风，便会感觉到被立体的海风环抱，抬眼望去，蓝色的天和蓝色的海融汇在一起，交相辉映，美不胜收。

从獐岛返回，沿路前行不远，就到后海中端，这里是远观沧海的不错位置。岸边建有宾馆和观海长廊，近海的礁石上有群马雕塑，这是当代人的作品，由于没有近前，不知是何种材质。不过，题材还是延续着秦始皇和马的传说故事。

秋日的海面平滑如镜，岛上秀色斑斓，倒映在其中，在一处巨石旁的草坪上，我们共进午餐并稍事休息。两位女士在巨石旁留影，她们张开双臂，拥抱着大海，这是一个可以豪情万丈直抒胸臆的地方。

环岛一周，最养眼之处，就是此处的海水。看海面颜色，近岸处是透明的，远一些有的碧绿，有的深蓝，这般清澈的海水景致，在华夏已经是非常难得的。

养马岛的景致一点也不逊色于诸多盛名之下的地方，并且还不收门票，这在当下是较为罕见的。或许是时近晚秋之故，游人寥寥，尽可不受干扰，饱览美色。好在手机功能尚可，聊补未带相机之憾。

其实，养马岛上是有渔村的，开设了许多渔家乐民宿，可住可餐，据来过此地的李兄介绍，以前花上一百元钱便可跟随小船出海半日，享受一番捕捞的游乐，之后，还可以在渔家饱餐一顿海鲜大餐，不知现在怎样了。真的，养马岛上的农家乐感觉非常值得一试。在这样纯粹的水质中生长的海货，品质应该是相当好的。

海不扬波：千年不变的涛声

从养马岛出发，驾车西行百余公里，就到蓬莱市。沿环城路穿过市区，来到城北处的蓬莱阁景区。

蓬莱是中国最老牌的景点，自古就是令人向往的胜地，被誉为"人间仙境"，在中国古典文化中，蓬莱与方丈、瀛洲是三座海上仙山，是神仙得道之福地，极具神奇色彩。步入景区，身心立刻就脱离了燥热，融入灵动和轻松的韵味。走过挺长一段园林路，才得以进入正式景区的大门。

沿缓坡拾级而上，只见古建交错，古木参天，院落套着院落。按照指示牌走过，大致有弥陀寺、龙王宫、天后宫、三清殿、吕祖殿、苏公祠等，弥陀寺是蓬莱唯一的佛教建筑。其他均为道教建筑。穿行于青砖碧瓦的石磴之间，感受到一种既有江南园林的轻柔又充满古典韵律的美，心境也似参禅入定般心清如水。

蓬莱阁的景区主位自然是"蓬莱阁"，最早创建于北宋，位于景区的最后部，也是丹崖山的最高点。阁楼内外均高悬"蓬莱阁"的匾额，落款是清代嘉庆年间大书法家铁保。不过，据说楼内匾额方是真迹，历经浩劫能得以保存，那是十分珍贵的了。匾额书写字体浑厚、苍劲古朴，给人一种历史的厚重之感。还有当代艺人用浅浮雕技法绘制的民间传说"八仙过海"情境图，颇为精美，周遭的廊柱上有当代诸多书法大家撰写的楹联。在蓬莱阁主楼前墙壁上，嵌有几方石刻，居中的一方是"海不扬波"四个隶书，虽然有破损修补状，但非常引人注目。这四字书者为清道光年间的山东巡抚托浑布。

清道光十九年，托浑布升任山东巡抚。此时，正值第一次鸦片战争前夕，托浑布上任后大力整顿防务，巡查各口岸、关隘，加紧备战。"海不扬波"的匾额就是在此期间所写，以寄托保万里海疆平安的心愿。后人感念这位对登州防务倾尽心血的巡抚，将其题词制为碑石，嵌入蓬莱阁主楼前的墙壁之上。

在托浑布题字的半个世纪后，中日爆发了甲午海战，日本主力舰"吉野"等三艘军舰在黄海炮击登州城，在一月十八日的炮击中，日舰发射的一发炮弹击中了蓬莱阁上"海不扬波"石刻，或是蓬莱神助，这发罪恶的炮弹竟然没爆炸，只崩坏了石刻中的"不"字，其余三字均未受损。现在这块石刻虽经修复，但旧时痕迹依然可见。这是一段痛苦的民族记忆。

蓬莱阁的标志性建筑是丹崖山上的普照楼，置身其中，凭栏四顾，轻纱般的云雾飞来眼底，亭台楼阁时隐时现，一种超凡脱俗的感觉自然而生。蓬莱阁为木结构建筑，画栋飞檐，四围明廊，并不算高大。但由于坐落在丹崖山绝壁之上，使得从远处眺望，楼阁显得高大无比。沿廊转过去，眼前即现一望无际的大海，但见海天辽阔，船帆点点，丹崖临海，楼阁高耸，站立栏边，天地间显得格外明亮开阔，呼吸着略显湿润的空气，感受着天边吹来的海风，倾听千年不变的涛声，是一种充满美感和遐想的感受。

蓬莱阁虽早有传说故事，但能有今日之辉煌名气，苏轼功不可没。他步入仕途后，遭遇坎坷，被贬到地瘠民贫的登州任知州。蓬莱属登州管辖，于是苏轼有了蓬莱一游。据载，苏轼在登州为官只有短短的五天时间，但登州的山水却给他留下了深刻的印象，因此他挥如椽巨笔写下华章，盛赞蓬莱。因此，苏轼成为蓬莱的歌颂者和广告发布者，成就了今日蓬莱阁的美名。后人在蓬莱阁旁建一个苏公祠，就是纪念他为蓬莱所做的贡献。

楹联和碑刻是人文景观的重要一环，蓬莱阁亦是如此。古今名士来此，触景生情，留下许多脍炙人口又颇具哲理的楹联诗文，或镌刻于碑碣廊柱，或悬于楼台亭阁。景区内众多诗文楹联，构成了蓬莱阁重要的景致，成为宏富的核心范畴。在主建筑蓬莱阁的二楼，还见到了董必武和叶剑英的两幅诗词书法作品，这当然是复制品了。董必武的诗作是："来游此地恰当时，海国秋风暑气吹，没有仙人有仙境，蓬莱阁上好题诗。"叶剑英的诗作是："蓬莱仕女勤劳动，繁荣生活即神仙。"

弥陀寺旁有个石碑亭，石碑正面用繁体字书刻"万寿无疆"四字，古拙苍劲；另在不同处，有"碧海丹心""蓬莱佳景""福""寿"等刻石，均有极高的书法艺术价值。在"海不扬波"石刻的左右两边，还有清代书法家鲁琪光和裕德的刻石，分别是"碧海清风""寰海镜清"，但这两块或是今人补刻，明显缺乏神韵。这些碑石寄托了人们期盼海疆安宁的心愿，增添了厚重的文化底蕴。在蓬莱阁旁，还有一"避风亭"，亭中陈设古人

便神仙纵有，也似我等闲人

的楹联石刻碑拓，琳琅满目，具是吟咏蓬莱佳作。

从蓬莱阁向西眺望，远处就是田横岭，那更是一段载入教科书的可歌可泣的史诗；在东面，突兀地耸立着古灯塔和古炮台以及军寨，此外，还有戚继光纪念馆等，我等虽然只凭空远望，但亦能感到这些都是有极高历史价值和记忆的去处。

周村：今日无税的故事

淄博西边的周村颇有些名气，但走了一圈下来，也觉平平，就是一个重新装扮起来的旧时商业集散地。不过，周村的故事却很有意思。

周村的街心竖有一块石碑，石碑为六棱，高两米左右，正面刻"今日无税"四字，其他五面密密书写碑文，觉得是一段故事，但当时无暇细读，遂采取惯用伎俩，先拍照再说。

今日得闲，沏壶清茶度假，细读碑文，果然，碑文记述了一段有趣的历史故事。

周村的地理位置，处于山东境内南北和东西交通的十字路口，明代时，当地的庙会和集市就颇具规模，集市带动了发展，周围乡村的粮食、蚕茧，家庭作坊里出的土布、丝绸，都来这里交易，店铺越建越多，四方赶集的人越来越多，外地的商客也越来越多。

商贸旺了，苛捐杂税也多了起来，有些是官家巧立各种名目设置，也有当地土豪恶霸的强取豪夺，社会动荡，客商怒不敢言。清初时，当地商贸一度低谷。就在此时，李化熙回家探亲，李化熙是清顺治朝的刑部尚书，官居一品。他回乡后，商家纷纷向他陈诉税重疾苦，他在了解了这些情况后，回京便向顺治皇帝详细禀告，请求皇帝减免当地赋税。顺治帝听闻后，没有驳他面子，赐他一道手谕：免除今日一天的税银。李化熙心想，一日无税怎么能保长期繁荣呢？他灵机一动夜间修书一封，第二天派心腹飞马直奔周村。家中接信一看，立刻将"今日无税"四字镌刻成碑，立于市中。皇帝的圣谕谁敢违抗，一时间，周村再无人敢乱收税了。于是，每一个太阳升起的日子都是今日，都在免税之列，周村成了"自贸区"。

周村不收税的消息传开，四面八方的商人都赶来周村设立铺号，贸易越来越兴盛。随着山西巨贾的进驻，山西的票号也在此设立了分号，江浙的富商也纷至沓来，逐渐形成由大街、丝市街、银子市街等组成的一个商圈，这就是今天的"周村古商城"。在鼎盛时期，周村的商号、作坊多达五千余家，成为方圆数百里的商贸中心，被称为"天下第一村"，有"旱码头、金周村"之美誉。

后人在探讨周村工商业繁盛发展时，都认为周村作为一个既不是州，也不是府的村镇，能在中国资本主义经济萌芽时期，得到如此大的发展，是离不开皇帝开出的这一"绿灯"的。

据说李化熙后来致仕回乡，看到"今日无税"的石碑，又有些后怕，他心里最清楚这四个字的来由。于是他慷慨解囊，代替商家纳税。周村几条街巷该拿多少税银，他就往里垫付多少，不需商家支付。他还向商家承诺，凡在周村二百里的范围内遭遇抢劫，均由李家负责找回。在李化熙去世之后，

今日无税碑

他的儿子、孙子、曾孙，一辈接着一辈代缴市税，前后绵延了八代人二百多年。

今天，游人在面对这块石碑时，可能难以想象一块石碑究竟能起到多大的作用。但在当时的中国，无疑具有石破天惊的划时代意义。它宣示的是一种自由贸易的精神，这是一种放到几百年后的今天，都非常值得推崇的先进理念。

从山西来此观古镇，总的感觉是虽然像古镇，但欠了点火候。古镇的布局应当还是当年模样，但修缮新建太过，商业味过浓，店铺多且同质化现象严重，过度商业化的叫卖，已然没有了古镇的味道，熙熙攘攘的人流把已经固有的印迹都改变了。在这一点上，山西的平遥、四川的街子小镇等地要好许多。不过，正是有这样一个今日无税的故事，填补了若干游览带来的失落情绪。

（2019 年 10 月）

大山深处有奇山

谚云："离家三尺远，别是一天风"，这话一点不错，昨日与三位友人去的这两座山，对许多人来说都是陌生的。这两座山，在地图上搜不到，也没有列入风景区，它隐藏在静乐县东的荒山野岭中，纯属自然天成。

一座曰悬钟山，是一处独特的花岗岩山体。此山的独特在于，山体浑然一体，其形状似一口倒扣之钟，故名悬钟山。高一百五六十米，四围约六七百米之多，当地人因其形似馒头，又形象地将其称为"馒头山"。山石周边野阔天高、草木茂盛，但独此山石整体裸露、通体洁白、无草无木，山石色彩也与周边不同，似地下生长出来一般。虽然看起来好像是整体一块，但细观，岩石外表存在裂缝，巨大的岩体或许并不是一块整体。

沿着石磴可上至顶部。在半山腰间的岩体上，有古时凿出的三间石窟洞，还有一个石碾，石窟洞凿刻得非常规整，在没有炸药的年代，能在坚硬的岩石上雕凿出实属不易，洞中凿子克石的痕迹清晰可见。据说过去有道家在此修炼。

登上山顶，只见顶部平坦，中央微陷，有几处锅穴似的石眼，常年积水，石眼非常圆滑，不知是人工雕凿还是天设地造自然形成，也不知用途。登顶四望，只见远山青霭如烟，残雪消融，一派早春景色。

看过一个电视节目，介绍了澳大利亚中部的艾尔斯岩石，是地壳中岩层断裂后挤压冲出地面形成，也就是说它原本是地下岩层的一部分。至于这悬钟山，是不是也和艾尔斯岩相似，地质学家应该会给出答案。

另外的一座山叫巾字山，据称因山状若汉字"巾"而得名，不过我没有看出山如"巾"字。这座山是一片巍峨挺拔的山岭，山势绵亘，远看没

藏在深山人未识的悬钟山

有特别之处，但上得山来就见峭壁嶙峋，特别是危岩壁下，有一巨大的天然溶洞，溶洞在古时曾被辟为庙宇之一部分。洞内有一泓净水，称为龙池，水清如镜，相传灵异无比，尊为圣水，可治百病。我等亦掬水饮之，以求祛疾。

在上山的路上遇到看管山林的孙师傅，他佩戴护林防火红袖章，陪同我等参观，还把我们从山前带到山后。

踩着满山乱石绕至后山，果然景致不一般，但见乱石穿云，奇险无比，还有一处怪石嶙峋的天然石洞。但见危岩上接层霄，下临深壑，远处黄草丰茂，紫气升腾。如果不是他的介绍和带领，我们根本不知道后面山上会有此景观。

孙师傅还介绍说，每年农历六月初八，山有庙会，期间香客如织，平日则罕有人至。他说好长时间没人来，昨日来了两人，今日你们四个。临走时我们还互留了电话，他说以后再来，烧烤野餐均可，让我们感觉真是有缘。

在巾字山的山腰之中还有先轸庙和狐偃庙，原来的古庙在"文革"中被荡平了，残碑集中存在山洞一旁。我看了几块碑石文字，原庙系宋代始建，后历代均有修建。近年来又复建，但似还没有完工。

这两座山都属于野山，虽灌木杂草遍地、乱石横生，但又有一种天然的美感在其中，就像一个素颜女子，感到真实坦诚。

（2021年3月10日）

春走狼坡

官地矿西面的那片西山腹地，太原人一直称为"狼坡"，几年前该区域辟为景区，起名叫作狮子崖生态园，不过，没能流传开，人们还是习惯叫它狼坡，就是网络导航，输入狼坡也是认可。其实狼坡这名就很贴切，至于狮虎则未必有过。

这片地区，远古时代的沧海桑田变化，使它在地面以下埋藏了丰富的煤炭，方圆有数百公里。从清朝末年开采起，至今已有一百多年。为社会主义新中国的建设，西山数万名矿工默默付出，换来了国家经济的全面崛起腾飞。现今的生态园区就是在昔日的煤田上开发出来的。

晚春时节，与家人行走狼坡，但见整个园区山峦叠翠，植被茂密，山野遍植桃杏樱桃梨果等经济观赏植物，周边山上保留了原生态的植被，一

西山腹地，游拾野趣

条柏油旅游路是在过去山林小道的基础上修的，加宽了不少，但山路还是很陡，胳膊肘弯路也很急，应该适合于徒步。钻进沟里，小径伴溪流，蜂飞蝶舞，更是野趣十足。景区山中还修有几个亭台，其中一个唤作邀月阁，名字起得不错，适宜于携友登高饮酒。登上阁楼视野开阔，可俯瞰全景。

山涧有一泓泉水，据说水质甘洌，但喝不上，泉水处建一小屋，游人不得入，只有抽水机声嗡嗡作响，将水引至蓄水池中，再慢慢流下去。山中有水则有了灵气，沟涧水潭处有木头搭建的茅草亭，临崖面水，颇有些意境的，再往下一些也有几泓水潭，亦有些小鱼蝌蚪，小孩子若去，定爱在此嬉戏。当然，这些都是人工修建的，不过，修建得妙，溪流、池塘和小瀑布与山景融为一体，还是很迷人的。如果顺着公路再行上十多公里，就是太原西山的最高峰——庙前山。

总之，此间亦可"春有百花秋望月，夏有凉风冬听雪"，这是春日，在满目绿色的谷中吹吹山风，是不错的享受。

（2021 年 5 月 30 日）

喟叹千年古村

七月十四日，冒着高温，与两位同仁寻访古村落，来到太谷县上安村。

上安村坐落在太谷县东部的丘陵地带，是一个有严密防护工程的堡子式建造，村子依山势而起，北高南低，整个村子隐蔽在黄土高坡之下，且有一定的整体规划。进村的路有两条，都是乡间油路，从北面入村，首先会遇三道门把关，这三道门形成了村子入口的防护工程，这条小路应该是村庄早先设定的规划。村落的西面是一道数十米高、百多米长的天然绝壁，绝壁之下是一片平整的场地，似是当年屯军驻扎的演兵场，绝壁之下隐约可见当年屋舍的遗存；村东是一道深沟，另一条小路在村子南头沿山脊而入，据说当年是有吊桥的。这般绝妙的自然地势，加上堡垒式结构，保护了村落里人们的安全。

这的确是一个典型的从历史的硝烟中走来的古村落，二〇一九年，入选第七批中国历史文化名村，同年，又被列入第五批中国传统村落名录。所有列入名录的村落，毫无疑问都有千年以上的历史，村中尚存的几株老槐即是它的活证。

村子的鼎盛时期是在明清两朝，从残留至今的碑石记载中了解到，只明清两朝，先后从这里走出的贡生、太学生、庠生、武举人、七品以上官员就达一百多名。他们在外为官，开阔了视野，重视家族后人的教育，还把自己家人的居住地修得固若金汤，房舍打造得颇有品位。

风云变幻、时光荏苒，当历史进入二十一世纪，旧日的风光早已不在，但是从散落村内残存遗珠中仍可一窥当年的丰采。如位于村南的明锦衣卫牛国彦将军府第的正楼，这是一幢精工打造、砖雕华丽的二层楼，外表看不出有大修迹象，现居住在此的是他的后人。这个院落虽不完整，但正楼装饰精巧，保护尚好。

位于村子上部的总兵院，是叠筑二层的建筑，二层宽大的平台前砌筑砖雕的花墙，亦可想象当年的美丽。村西有一高大的四合院建筑，四围的砖墙直上云天，此处原为"晋圆堂"，是一佛堂，后成为小学校，现在空置着，看样子或要维修了。还有过街戏台——中间搭上板，即成戏台，平时撤去则为街道。高处的庙宇，琉璃照壁虽然损毁但仍然色彩鲜艳；村内大鹅卵石砌成的坡道通向四方；古建筑的根基、柱石，依稀静静地卧在杂草丛中。沿着青石铺成的路，走上村北，三道门是必经之路。头道门还连接着高耸的土城墙，土城墙上鹿寨叠置，高处的瞭望台雄踞两端，鹿寨和瞭望台是年前在此拍影视片所留，但也恰到好处地展示了古堡昔日的风采。

我们在村中遇到了该村的老书记，他是精当铺院的后人，平时住在县城里，今日偶回。和他聊天让我们增加了不少村子的历史知识。他说，村子里以前的庙宇有十多处，四合楼四合院比比皆是，富丽堂皇的砖雕木雕，亭台楼阁错落有致，高楼大院鳞次栉比。他说最严重的破坏有两次，一次是"土改"时期，一次是前些年。"土改"时，从外村来了个放羊汉主持"土改"，好好的院落分给几户人家，又拆又盖的，原样尽毁；另一次就是前些年，兴起收藏，把村子里的好些精美雕塑拆下来买走了。他自家院里的一处砖雕影壁，就被人以两千元的价格买走，现在就镶嵌在某著名大院，他至今懊悔不已。后来，他在这个位置上又用红漆刷了个"福"字。

总兵府坐落在村子东北上方处，现存两处残破院落，其中一处尚能感受当年的雄姿，该院的正楼修建在一处土崖之上，这是一处二层的建筑，楼下是窑洞，楼上是砖房结构，这样的建筑结构是村中古建筑的一大特色，外面砌有青砖和砖雕。这就是清朝乾隆年间曾在云南四川任过总兵的牛天畀的故居。牛天畀，官至贵州提督，一品武官，其一生戎马，在平定金川的叛乱中殉国。牛天畀死后，乾隆皇帝命按旗人一品大臣的旧例给予抚恤，赐谥号"毅节"，并下诏把他的画像放到了紫光阁，入祀昭忠祠，加赠"振威大夫"。

现住院子里的一位老人，就是牛天畀的第十二代孙，八十岁了，无儿无女，孤独一人住在数百年前祖上的房舍里。房舍黑漆漆的，中间顶着木柱，显然已是危房了。老人说，现在政府每月给他八十块钱，买米买面够了。老人讲，他家原来有八座宅院的，都是清朝历代修建，八座宅院，楼楼贯通，院院相连，门前有拴马桩、车马道，还有牌坊。"土改"时，都分了，只给他家留下了现在这一处正房。分出去的，人们把房舍都拆了，拿了砖瓦，在村里另盖新房，留在院中的垂花门、雨搭、影壁砖石雕等，在"文革"中也都被拆毁了，如今只留下一大片空地和残留的后墙，院子中间还有一座牌坊遗留。在院子外面的土坡上，我们见到"文革"中被砸毁的石碑基座和"龙头碑"残块，就是乾隆皇帝赐给牛天界的功勋碑和墓碑牌坊。

在村中，虽然还能看出许多老建筑，但都断壁残垣、面目全非。如今，全村只有一百二十余户在册，三百多人，尚有耕地二千余亩，但主导产业已经不是种地，而是温室大棚菜了。问及生活怎么样？老乡们说，一年能有几千块钱收入，够活了；只是年轻人都出去打工了，村子里没人气了。

中华民族的传统观念在村落社会中孕育而来，生产生活方式、伦理道德、习俗风情也都在村落产生，它是中华文明的见证者和载体。"每一座蕴含传统文化的村落，都是活着的文化遗产，体现了一种人与自然和谐相处的文化精髓和空间记忆。"当前，国家已经提出乡村振兴战略，但具体到乡村，也只是把旧的建筑和残留的遗物登记在册而已。村中还堆积了一些切割成块的石条，看样子是要有所动作了。但是，现行的做法似乎是拆了旧的，再盖仿旧的，那样还叫古村落吗？

热浪滚滚，漫步村中，虽然还能感到村尚余古韵，但断壁残垣，杂草丛生，着实让人为之感叹：真的是古村已死！

（2021 年 8 月）

青城速写

他乡曾经是故乡

时隔三十多年，开车来到呼和浩特，残留在记忆中的那点印象已经杳然无踪了。

跟着导航，来到位于商业中心的海亮大酒店，这是靠着现代科学在网上的预定。由于已是半下午时光了，到附近一家小餐馆吃过饭后，就到闹市游逛，果然一派大都市的繁华。

不知不觉中，夜幕降临，华灯初上，大街小巷更显红火热闹。各种餐饮，热气腾腾摆开几条街，整个中心商区人流滚滚，随着城市夜经济的恢复非常火爆。对于热爱夜生活的人来说，夜市囊括了吃、喝、玩、乐、购，是一个极好的去处。万达广场的大型购物中心由时尚楼、娱乐楼、百货楼组成，楼宇间有一条数百米的室内步行街；海亮广场楼宇高矗、霓虹遍染，傲视群雄、引领时尚，呈现新颖齐全的现代商业业态，属于城市地标性的建筑，是一道亮丽的都市风景线；周边还有维多利亚广场、民族商场、振华广场以及万千商家，可谓各种店铺应有尽有，人们尽可以在这里享受购物和娱乐时光。夜色下的城市，五光十色美丽极了。

呼和浩特这座城市与山西有很深的渊源，几十年前还是一家。直到如今，还是满满的山西味，不论方言还是习俗，走在街头，倍感亲切。因此，历史学家总说，呼市是山西走西口的先民们走出来的。

在清末民初时，归化与绥远两座小城合并而成归绥，成为绥远省省会，但是绥远仍旧在大山西的军政管辖范围内，直到一九五四年，才撤销绥远省，并入内蒙古自治区，将归绥改名呼和浩特，成为首府。经过数十年的发展，现在的呼和浩特是一座拥有三百多万人口的塞上名城。

博物馆是了解一个地方的重要窗口、必去之地。内蒙古博物院是二〇〇七年纪念自治区成立六十周年时新建，为国家一级博物院。博物院建筑气势恢宏，设计颇有艺术特色：馆前用花草装饰出巨大的草原文化景观，象征着内蒙古的吉祥与腾飞；广场上铸有大鼎。博物院内馆藏丰富，以草原文化为主题，系统介绍了光辉灿烂的草原文化。主要展馆有"远古世界""边关岁月""北疆桦歌""大辽契丹""地下宝藏"等。馆藏文物让人目不暇接。一位女大学生志愿者，热情为我们做了讲解。

自治区自然博物馆是我们第二个打卡之地，有大量的恐龙化石、古生物化石，并用高科技的声光电将风光迥异的自然地理、矿藏、动植物依次呈现。几个馆的分别以"大森林""大草原""大水域""大沙漠"为题做了展示，特别是矿产馆，那一个个晶莹的矿务晶体，物华天宝，瑰丽无比，夺人眼目，俱是大自然的杰作。一块巨大的天外来客，在日常光线下与普通的花岗岩无异，但在红外线之下，色彩鲜艳，令人惊叹。还有世界各地的宝石级原矿石，大开眼界。徜徉在如此高档次又不收费的博物馆中，既增长知识又是一种享受，但这么好的地方参观者寥寥无几。参观这两个博物馆用了整整一天的时间。最后，我在留言簿上写下几句话，第一句就是："内蒙古是我的第二故乡……"

前后在青城小住三日，观看了市容品尝了美食，参观了博物馆，至晚，抢在关门前又匆匆浏览了大昭寺，转了塞上老城。虽是行色匆匆，但颇感收获。

满天星斗敕勒川

满天星斗下的敕勒川，漆黑的夜色中点缀了些许的暖黄，就像天上的几颗星光趁着夜色溜到地面一样，那是现代蒙古包的窗口发出的灯光。我站在旷野，仰望天宇，银河横贯，有流星划过，繁星密密匝匝布在天宇。

这种情形正应了一句谚语：暗透了，才能更看见星光。

寂静中颇有寒意。望着天空遐想，努力把那首著名的北朝民歌"敕勒川，阴山下"所描绘的图像，与这夜色结合成一幅天苍苍野茫茫的现实画卷。

这里是土默特左旗的敕勒川的草原文化园——一座在阴山脚下、一马平川之地，以蒙元文化，重新打造的敕勒川场景。十月中旬的一个傍晚，经过十二个小时的跋涉，我们来到这里。

数十座蒙古包散布在原野上，靠着手机上电筒的光照，找到分配于我的那座蒙古包，推开黑漆漆的大门，插上卡，通了电，一个现代化的蒙古包式标间呈现在面前。圆形的四围与圆顶搭配得极富特色。一条厚厚的布幔将蒙古包内三分之一的地方分割成卫生间，除此之外，与一般酒店的配置没什么不同。

没有三脚架的相机是拍不出夜空美景的，手机的适应能力似乎要强一些，虽然粗糙，拍不出彩色的天幕，但好歹有个图像。空气清新，只是浮动着寒意，不知这是否才对得上那首民歌的风景线。

把目光投向历史深处。这片地方是敕勒川吗？或许吧！历史上的确没有记载过哪个地方叫作敕勒川的。敕勒只是当时的一个民族，在不同的地方，又被称为高车、丁零、铁勒，是一族以白种人为主的游牧民族，原在北海一带游牧。在汉朝大将击溃北匈奴后，敕勒人开始南移，有的与中原汉民族交往，有的活跃于漠南漠北和西北地区，他们也曾建立过自己的

这里，能让人紧绷的神经即刻松弛下来

政权，但后来，生活在阴山一带的人逐渐被鲜卑融合，再到后来，又和鲜卑人一起融入了汉族。另一部则成为回纥，还有现在俄罗斯境内的雅库特人，据说也是他们的后裔。

晨起，走出帐房，天空还有星斗闪烁，但敕勒川已染成了七彩的梦幻，蒹葭苍苍，芳草萋萋，水面闪着淡淡的碧色，半透明的雾气飘浮在地面，真可谓远山如黛、近水含烟，蒙古包点缀在绿色的草原。

敕勒川，虽只宿一晚，但已被一幅幅美景所陶醉。

草市荒凉访青冢

时值深秋，四野草木枯黄之时，我等一行人来到位于城南大黑河南岸的昭君墓。关于昭君出塞的故事，耳熟能详：她本是生活在汉代的一个南方女子，因容貌姣好，汉元帝时，被选入宫中。当时匈奴是蒙古高原的游牧民族，形成了南北两大部落，战争不断，南部部落的单于呼韩邪被他哥哥的部落打败后，来到汉地称臣，提出了一个请求，想要一个汉族女子。于是，皇帝根据画师毛延寿所绘画像，把见都没有见过的王昭君赐予这个老单于，待辞别时才发现王昭君相貌天人，皇帝后悔不已，但已无法挽回，于是怒斩画师。

据说这个老单于挺喜欢王昭君，还给了王后的封号，他们生有一子，在共同生活了三年后，老单于挂了，王昭君上书朝廷苦苦哀求回归，但是汉朝廷不准，令她"依胡俗"。于是，她被老单于的儿子小单于收为己用，又生育了两个女儿，她和第二任丈夫共同生活了十一年后郁郁而终，年不到四十。

原本一个普通的民家女子，因为被出塞和亲，变得尽人皆知。古往今来，据说反映王昭君的诗歌就有七百余首，相关的小说、民间故事有四十多种，这些作品从不同角度去解读王昭君，有哀其不幸、悲其远嫁的，也有赞美其追求爱情、追求自身幸福的。其中还被一位著名的剧作家编成历史剧搬上舞台，把她誉为支边知识青年的先驱。

昭君墓又被称为"青冢"，青冢一词，语出杜诗的一条注解："北地草皆白，唯独昭君墓上草青如茵，故名青冢。"我等来时已是深秋，但墓上并未见有嫩黄黛绿草青如茵之色。也许是时过境迁之原因吧。

时隔三十多年，昭君墓已与记忆中的大不相同，首先是面积扩大了N多倍，周边植树种草，有了偌大的停车场，设置了高大的门楼和售票处，就连名称也改为昭君博物院了，大门两端建造了造型别致的昭君博物馆。

进入园区，沿中线甬道前行，映入眼帘的是一处白色石条搭建的碑亭，这就是老一辈革命家董必武的题诗碑，诗曰："昭君自有千秋在，胡汉和亲识见高。词客各抒胸臆溗，舞文弄墨总徒劳。"诗作于一九六三年，原立于坟丘前，景区扩大后前移至此并加盖了石亭。全诗通俗易懂，站在民族大义的立场上，高度评价了昭君出塞的和亲之举。再前行数十米，是一尊新建的王昭君汉白玉石雕，身着胡服，蛾眉秀发，体态婀娜，面向南方。

甬道两侧有马羊虎等石雕像，类似神道。走过甬道，尽头的广场上是一尊高大的铜铸的双骑雕像，王昭君和她的第一任丈夫呼韩邪单于并辔双骑，单于目视昭君，含睛脉脉，昭君亦含羞带笑，具是英姿飒爽。

昭君墓丘巨大，"状如覆斗"，倒也贴切，不过我更觉得状如一处长城的烽火台，只是更高大些。堆土高三十三米，底宽约有五六十米，铺有台阶，拾级可上至墓顶，墓前有亭一座，墓顶亦有亭一座。唯有此处与残存于记忆中的尚且一致。

汉朝时，与大漠匈奴战事频繁，这其间，既有卫青、霍去病击溃强敌，封狼居胥、勒石记功的豪迈壮举，也有柔弱女子被送苦寒之地和亲的无奈之举，这些和亲的女子以自己的屈辱，换得了一时的和平。在昭君博物馆，书写着自汉代到清代诸多的和亲女子，她们一出乡关便再也难得归乡，在每一支和亲队伍中，都少不了一曲悲怨的哀鸣。

塞外长歌，归鸿漠漠。太多的人和事都已消逝在历史的长河中，寂静无声，只是王昭君，因为和亲之举，为天下赢得了六十来年的和平，让后人记住了，为她修建了这么大墓地。不过，要说什么自愿、爱情、见识高呀，则未必。她一个小女子有得选择吗！

（2021年10月）

霞光里的镇川堡长城

冒着凛冽的寒风，来到大同镇川堡西寺段的长城"采风"。说来此行完全是临时起意，就在前日晚餐，摄影大家牛二先生于席间谈起他近三年的长城摄影，并展示了几张藏于手机相册的大作，雄宏博大的场景立即引起大家关注的目光，在一片赞美声中，牛二大师豪气地表示：我可以领你们去看看。这或是一句酒后的客套话，而我们的郭领队，毫不客气地接了话茬：好啊，那你就领我们去吧！于是当下敲定。

第二天凌晨四时，胡二先生暨夫人兰芝女士驾丰田越野车准时来到楼前，载着我等三人出发，穿过寂静的城区，走上二〇八国道，北行四十余华里后，拐上新开通的"长城一号"公路，在朝阳升起之前抵达了镇川堡。

万里长城横陈中国北方一线，唯在山西境内是两道长城：外长城和内长城，分布极广，战线最长。大同又居山西之首，偏头关、宁武关、雁门关合称为内长城的"外三关"。大同镇在明九边中位居首席，更是有"七十二堡"之称。镇川堡就是明嘉靖年间命名的五个重要城堡之一，俗称"头道边"，也就是"最前哨"。据明正德《大同府志》和清道光《大同县志》记载：今大同地区建有烽火台三百三十座，土堡八百三十三座，"山川之雄健，关隘之险阻，甲于西北，兵亦倍于南镇"。

迎着料峭的寒风，我登上古堡高处，望着耸立在晨雾下旷野中的众多烽火台，耳边似乎传来两军对垒的呼啸。堡已经不存在了，烽火台上的城砖早已被扒光，只剩下堡垒的夯土墙。遥想当年，那每一座堡寨都是一群鲜活而年青的生命，他们在这苦寒之地，用青春和热血，构筑了前哨地区的纵深防御体系，挡住了胡马的南侵，生斯土与守斯土者，共同护卫了家国田园，谱写了一曲万里长城的浩歌。

　　大同坐落在内外长城之间，从赵武灵王开辟即为北方军事重镇，明时更为北方锁钥，镇川堡就建于此时。它与周边的宏赐堡、得胜堡、镇鲁堡、镇边堡，被称为"内五堡"。据《宣大山西三镇图说》载，镇川堡周长二里五分，驻守备官军六百七十九名，分边长度二十里，有边墩二十八个，火路墩三个。据此表明，长城沿线军堡为屯军戍守修建，那一座座边墙、城堡、烽火台，一处处村屯皆为守备而建，体现了浓浓的战备色彩。

　　大同一线自古是游牧民族与农耕民族的交会之地，特殊的地缘环境，决定了特殊的战略地位。当隶属于中原王朝时，是抵御北方游牧民族威胁和侵略的最前沿，是屯田、驻军、守备的重点所在；当中原王朝式微时，草原游牧民族又乘机而下，以此地区为跳板，来叩击中原的大门。

　　由于其地势平坦，无险可据，游牧民族的马上作战在开阔平坦之地纵横驰骋，犹如旋风一般，势不可挡，长城在这种地理条件下的作用就显而易见，发挥着长期戍守、迟滞敌军、攻防兼备的作用。于是，千百年间，生活在长城南北两侧的农耕民族和游牧民族，在此上演了一幕幕惊心动魄的历史剧目，进而影响和推进了中华文明的发展历程。长城上的每一个堡垒，每一块砖石，都有着厚重的历史信息，蕴藏着中华民族的精神基因。

　　镇川堡周边还有北魏冯太后墓葬的方山永固陵。

　　日出风平，霞光染红了天际。如今，战马嘶鸣的时代已经过去了，那一座座烽台边墙城堡，早已不再屯兵观敌御胡马了。极目遥望，但见原野惟余莽莽，原驰蜡象，长城似金色长龙漫天飞舞，展示着雄浑的身姿。山下镇川口村的炊烟正在晴空下冉冉升起，替代了千古的烽火狼烟。晨曦中的边墙伏卧在蓊蓊郁郁的群峰之上，优美的身姿舒展自如，上下盘旋，左右腾挪，美景如画。

　　是的，长城、古堡、烽台，早已成为中华民族不屈的象征，任凭岁月流逝，它已是一座屹立在大地上的丰碑，永久地印刻在民族的记忆之中，任凭我等后人来此凭吊！

（2021 年 10 月 17 日）

叩访华严寺

几次踏足大同，只要时间允许，总想去华严寺看看，只是许多时候，它都闭门谢客。我虽非佛门子弟，但华严寺那恢宏古朴的建构，造型精美的彩塑，总能给人以一种心灵的震撼。此次西行归来，蒙友人美意，大同小居两日，第一站便到了华严寺。

神州庙宇森森，叫华严寺者也众多，然大同的华严寺可谓独一无二，其规模也是其他华严寺无可比拟的，它被誉为辽代佛国的孤品而名扬天下。在将近一千年的时光里，静静地卧于平城一隅，任凭塞外的云飘过，雪吹过，终未改其颜，实属不易。

进入华严寺，便是走进了辽金艺术的博物馆，数座古建筑次第呈现，厚重的历史扑面而来。华严寺当年是辽代的皇家寺院，其内部的建筑和彩塑壁画是当时的顶级制造，分为上华严寺和下华严寺，上华严寺位于下华寺的西北侧，两寺之间原有一巷之隔。上华严寺始建于辽道宗清宁八年，以大雄宝殿最为壮观；下华严寺建于辽兴宗重熙七年，以薄伽教藏殿为正殿，现两寺已合二为一，统称华严寺。

整座寺院坐西朝东，这是与其他寺院坐北朝南的定律最大的不同处。据考据，这是因为习俗所致。辽是契丹人建立的政权，公元九二六年由太祖耶律阿保机创立，后置西京于此地，他们是游牧民族，原始崇拜太阳，认为天下万物均由太阳所赐，因此居住建造习俗均坐西朝东。

山门是新修，虽高大气派，但我对新建不感兴趣，至后院方见原先的山门，门廊木雕砖瓦建筑都是清时原物，非常精美。出山门后登上石阶，大雄宝殿雄踞于高高的平台之上，殿和台均为辽金时原物。大殿正中有两个匾额，一为"大雄宝殿"，另一为"调御丈夫"，大殿气势雄浑规模宏大，殿内金碧

经过精心打造，大同古城又复活了，呈现明堂历史的辉煌

辉煌，法相庄严，供奉五佛。仰观佛祖，顿感佛法无边，不由让人顶礼。大殿里，我与工作人员短暂交谈，释放善意，随后悄悄用手机拍照数张。

下寺正殿为薄伽教藏殿，薄伽一词原意是"佛"，意为存放尊贵的释迦牟尼的经典教藏之意。大殿也建于高台之上，殿内有二十九尊塑像，个个精美，其中最著名的是一尊露齿胁侍菩萨，这尊雕像赤足站在莲花台上，体态秀丽，面容姣好，合掌露齿，莞尔一笑，婉丽动人。一九六四年郭沫若、翦伯赞等专家到此，对这尊塑像给予了极高评价，赞其为"东方的维纳斯"，邮电部曾以此发行过小型张一枚。另外，根据有关学者专家的考证，雕塑水平最高的则是观音菩萨。

华严寺在二○○八年起进行了重大保护性修建，恢复重建了若干已毁建筑，文殊阁、普贤阁、回廊等都为新建，一眼便可看出，特别是建造了一座方型木塔，景区介绍说是继应县木塔之后第二高的纯木结构，其实二者还是不比较为好。塔下有地宫，金光闪烁、供奉千佛。看台阶高陡，我本不计划登楼，但想想以后的腿脚，还是套上鞋套，攀上了最高层。登高远眺，整座寺院一览无余，大同复兴重建后的景色也飞来眼底，四围的城墙壮观，亭台楼阁无限，古色古香的楼宇也颇有气派。

登上华严宝塔，望着新建起的城墙，看着复活了的古城，华严寺耸立其间，更如陈年琥珀一般晶莹可鉴。耳边梵铃响起，飞云呈现蓝天，大同友人大声告曰："看，这就是我们的大同蓝！"话语中带着跨越时代的傲气。

（2021 年 10 月 20 日）

额济纳笔记

因为有过一次美好的记忆，总觉得还意犹未尽，于是在今年十月，再一次行走额济纳。由于没有在网上订到额济纳的旅店和门票，只能驾车到呼和浩特参团。额济纳就是这么牛，所有的旅店门票都让旅行社包下了。也正是于此，还领略了一趟著名的 G7 国家高速公路。

有太多的人叙说过这条公路的感受。不论是用哪种形式，都会表示出一样的情调：荒凉、旷野、寂寞、灰黄。大漠的风和黄沙就是这里的调色板，

霞光下的胡杨林，美得让人窒息

悠久的时光造成了一望无际的孤独。其中数百公里的路程，让人感觉到和"天问一号"拍下来的火星景致无异。总之，在这条公路上行车，如果不带欣赏的目光，就只能昏昏欲睡。

巴彦陶来苏木的民宿

经过两天的长途跋涉，十月九日，我们这个旅行团到达了额济纳的巴彦陶来苏木。这是一个很美的名字，巴彦是蒙古语富饶的意思，陶来是胡杨，苏木则为大队或村，汉译就是富饶的胡杨林中的村庄。在苏木的会议室，旅行团分配了当晚的住宿，每户人家都派人到场，每念到一户人家，这户人家的代表就领着游客至他的房舍住下。

在暮色中，我注意到这个完全不像村庄的村庄，它不仅房舍排列得非常整齐，而且外形完全一样，房前屋后没有一点通常农户置放的杂物，特别整洁。无疑这是统一计划统一制作的产品。

我们被分配到一罗姓的村民家中，房舍的编号是十三号。房间是普通住宅格局，两厅三卧一卫，彩电、冰箱以及厨、卫设备一应俱全，与国外的汽车旅馆有些相似。房间的装潢尚可，摆放了沙发，明厨带着餐桌，看得出，这是在向酒店方向努力，并且也达到了一定水准。在客厅，房主人做了简单介绍，我饶有兴趣地和他聊了一会，知晓了点滴情况。

这个村距离胡杨林景区的四道桥五道桥不远，全村一百多户人家，政府为发展旅游，开发了这个村子，现在村里每户人家都有一幢这样的房子，是政府统一组织建设的，建好后每家一套，他们掏了一部分钱，政府补贴了一部分，至于补贴了多少，他没讲明，我也没再追问。现在，全村人都进了城里——达来呼布镇，也就是旗府所在地，是新楼房，这里的房舍也归他们所有。他们在村里还有土地，春夏之时要回来种地，但在每年的旅游旺季来临前，要把房舍清理干净，以便迎接游客。这时我注意到，屋后还有一间很大的储藏室，用来堆放他们的物品。接待的收入有一大部分归自己。我问他，这一个多月能收入两万吗，他说到不了，能有一万多的进项，也是家庭收入的一大块呢。他说得很实在。

资料显示，额济纳旗的全部人口为三点三万，实际居住的比这个数字还要少一些，而全旗的面积为十一万多平方公里，这是一个比江苏省还要大的面积。胡杨林每年只有一个月的黄金时间，要在这么短的时间里努力接待更多的游客，才能多挣点钱。民宿这种举措无疑是其中之一种，可见当地政府也是下足了功夫的。我注意到，连我们带队的导游，都是从吉林延边临时招来的，他说，带完这个团他就回家去了。

我们在此只住宿了一晚，对这种形式的住宿感觉挺好。

一年美景今又是

这是一个美好的早晨，一大早我就步入了胡杨林中，漫步其间，微风习习吹过，感到了一丝寒意。

额济纳现有两处胡杨林景区，最美的是这个位于达来呼布镇东面的"额济纳胡杨林景区"，据说现存胡杨林三万公顷，已被列为国家级自然保护区。由于有了一次行走的经历，我舍弃了上午随团参观的两个项目，得到了一整天的时间待在胡杨林景区。

大景区里包含了八处景区，叫做八道桥，每道桥的景色不尽相同，一条木板铺设的小径串起了一至五道桥的景区。由于时间充分，我放慢速度，尽可能地走向胡杨林深处。

一道桥"陶来林"已经公园化了，在不经意间就过去了。

二道桥是著名的"倒影林"，景区有几处相连的水域，胡杨林倒影迷人。早晨的暖阳透过金黄的枝叶，洒下万点斑驳，水面也倒映着红枫一般的胡杨，形成一幅幅美丽的画卷。水边浓荫蔽日，舞姿婆娑，朝霞染红了周边的一切，成群的人们在此扭动身姿拍照留影。

三道桥名叫"红柳海"，旅行社通常不安排游览，坐摆渡车从公路穿过，实际上这里是另一片难得的景观。红柳是沙地一种特别耐干旱的植物，学名柽柳，是荒漠上最普通常见的植物之一，红柳没有高大的身躯，也不婀娜，却有着执着的根蒂，扎根在荒漠深处。中途有一观景平台，登台放眼，四野红彤彤一片，似锦如霞，蔚为壮观。在这片广袤的区域，我只见到几个自由行的游客。

四道桥是"英雄林"，这是一片老年的胡杨林，老树虬枝，盘根错节，这个名称意在赞美胡杨根扎荒漠"一千年不死"，这里也是张艺谋导演的电影《英雄》的拍摄地。五道桥和六道桥沙地荒蛮，粗壮的胡杨生长于盐碱和沙漠之上，有些已经褪去了生命绿色，有的还点染着最后的金黄。大漠的风沙似乎已经吸干了胡杨树中的水分，它们在即将消逝的生命里点燃着最后辉煌，让人感慨万千。

这一天我们是走完了一至六道桥的，手机计步二万六千多。随后乘摆渡车至七道桥游览。七道桥曰"梦境林"，是一片年轻的胡杨林，春天发叶早，秋来叶最红。旅行社大多都会安排至此，因为这里的叶子颜色好看，因此人特别多。但是，我感觉这里的树木长得弱且少，倒是人们不太在意，拍照者众。走出七道桥后，乘坐摆渡车前往八道桥。这段距离大约有十几公里，不管你愿不愿意，必须前往，因为只有到了八道桥才有返回的摆渡车，这就是经营方略。

八道桥是"沙海林"，其实没见到林，只有沙海，在这里有许多沙漠游乐项目：滑沙、开越野、开小直升机，还有骑骆驼等，都是要收费的。

从两次行走胡杨林感觉来看，二道桥、四道桥景致为最好。景区及旅行社似乎不太介绍的四道桥，我倒觉得是值得特别关注的。此外还有被称为"魅影林"的怪树林，在八道桥以外，主要是已经枯死的胡杨树组成，那些粗糙的胡杨树干，不知道历经了多少风沙侵袭，树干盘屈，或舞动于天，或傲立于地，千姿百态，仍然顽强地挺立在荒原上，正所谓"死而不倒一千年，倒而不朽一千年"。上次来时我还拍摄了几张尚且满意的照片，这次安排的是另外一地，远不如上次，遗憾了。对于怪树林的感受，我觉得，完全取决于你凝视它的目光。

总之，额济纳这个名字，似乎就有一种永恒的魅力，每年的金秋时节，总是能吸引太多的人。只是今年的温度不够低，胡杨林叶子大多还没有变成最美的金黄。

后续篇

刚刚写完上述一点文字，疫情通报就来了。额济纳连续确诊了多名"新冠"患者，今年的旅游旺季戛然而止。事情还不止这些，在我们此后几天去的游客全部被就地隔离。今天看了有关额济纳一篇文章，说是对这次疫情传播防控，额济纳政府和人民都尽力了。实话说，有同感。

在额济纳旅行时，许多游人都在吐槽，甚至暴粗口，的确是有太多的地方不尽如人意。比如我们九日晚去的黑水城，本身就是一个伪项目，是仿造黑水城遗址样子在他处另建的一座。很多人不知道这一点，以为这里就是历史上的黑水古城遗址，其实城中全是小摊贩。那一日进入这个景点的竟有七万六千人，这是我们傍晚进入时，门卫告诉的数字。结果在离开时又乱作一团，数万人的队伍只有三条等车通道排队乘车，摆渡车辆又严重不足，眼看天黑，要知道，各个旅行团队的导游和车辆并不跟随游客走，而是在怪树林景区接客，眼看规定时间已到，游人着急，蜂拥而出，乱作一团。我们开始还在努力遵守并维持秩序，但很快就被汹涌澎湃的人流推散，于是和浩浩荡荡的人流步行前往，我们走了很长一段路才拦截到车，是拦截下来的。当时就有人在破口大骂。

另一处"怪树林"也是新开辟的，虽然也是原始林区，但怪树寥寥无几，为增强效果又加了人工彩灯，明显不是我上次所见的怪树林。回到住处查询才知道这也是另开一处的怪树林。还有"居延海"，竟然也是两个地方，这次所见明显就是新开辟的另一个海子，水域远不及另一处，上次看到的那一望无际的海子和满天飞翔的红嘴鸥都不见了，真是童话里的故事。

他们为什么这样做，目的显而易见。为了分散游客，进而留住更多的游客。

根据额济纳旗官网的数据，额济纳的家底是这样的：二〇二一年前半年，额济纳旗一般公共预算收入为一点七亿，同比下降百分之十五点五；而同期，额济纳的一般公共预算支出高达六点三亿元，同比增长百分之八点一，财政支出几乎达到收入的四倍，收入大幅下降，支出却大步上升，

骆驼，人称沙漠之舟，原来是西北大漠常见的运输工具，但随着现代交通的发展，驼队和驼客都已经消失了，作为历史文化景观，成为来到这里的游客的喜爱的活动项目

财政家底如此捉襟见肘，旅游经济已经成为主要来源，整个产业想要在一个多月里争分夺秒，努力赚回一年的钱。以额济纳旗全旗不到三点三万人的体量，在一个月时间里要接待超过二百万的游客，你又能指望好到哪里去？

想到了巴彦陶来苏木的那些农户，想到他们的善良和牺牲，想想当地的状况，的确非常同情，但是，这又该怨谁呢？想不明白了！只有一声叹息，这样的地方，还是不要再去了。

（2021年10月25日完稿）

西山一日

晋阳城西面的那一片大山，通称西山。十月末的一个晴朗日子，与好友太生兄暨孟、白二君前往观赏秋景。

出西山杜儿坪，有一条旧官道叫杜关线，杜关线大部今已作为沿途几个村的村路在使用，在它的另一侧，一条后建的公路已经替代了它。此处呈两山夹一沟地貌，新旧两条路沿宽阔的山沟遥相呼应。沟中有潺潺流水，汇集了左右山涧的几股流泉，欢笑着奔向东方。但见林木遍野，溪水清澈，潭中有小鱼小虾，夏日亦可戏水。山中植被茂密、峰峦秀美，梅洞沟、油坊坪、武家湾、陈家社等几个小山村点缀其间。田畴片片，大部地块中已秋收完毕，但仍有矮高粱、玉米、土豆等作物收割过半。山坡上、沟涧中不时可见牛羊身影。

不知何故，导航系统竟不识此路，每行于此，总是不厌其烦、一遍又一遍地呼叫"你已偏航，你已偏航"，只有走过这四五十里的路段，它才会停止喊话。在这条路段的尽头，正在筑起一条拦河坝，不知是要建一座小型水库还是电站。

由于自然的原生态风光，夏日常有城里人到此，游拾野趣，亦有些年轻人结伴到此地扎营帐小住，风光秀美且不收费，何乐而不为。但我们今日目的地并不在于此。

车至关头，转向二二七县道，关头是大山深处的一个小枢纽，北至古交，南达清徐，东至省城，西接县道。我们拐上这条县道，行七公里许，至仙人坪，此处是野游的第一站。

这里两山高矗，中间夹一条河流。小河水流很急，但不晓得是什么名字。溯溪流行走，河道曲折婉转，遍布瀑布、深潭，时而有石礐峡口激流喷涌，时而从山崖巨石跌入深潭，时而又从密植的林木之间穿过。踏着厚厚的黄叶，但见水花四溅，感受山风习习，听闻林中不时传出鸟鸣，感觉颇有几分灵秀之气。

我注意到这里的水流向西行，原来关头一带是一分水岭，山岭以东水流向东方，山岭以西水流则向西行，虽两股道跑车，但终究都入汾河。如果说东流的溪水用淙淙二字形容，那么此处的流水就大了数倍，成湍急流淌式了。

出县道后再拐上一条乡间小路，路很窄，如遇对向来车，要仔细寻找错车之地，但好在车少，只遇到一辆。过一石桥后，路边高耸一巨大天然石壁，高约十米，平整光洁，上有摩崖石刻。这是一篇赞颂当地的辞赋《原相赋》。它以汉赋的形式写成，韵散杂加，陈述历史，扬古颂今。匆匆读一遍，感觉尚可，只是刻工差了许多。在此停留片刻继续前行，就是陡峭的山路了，弯路愈多坡度亦大，有好多处连续急转呈胳膊肘弯大回旋式，汽车鸣吼着向上，一小时后终于见石雕牌楼，到达狐爷山，这里才是我们的寻访之地。有意思的是，导航早已发声"您已进入交城县境内"，但实际标注还是古交市。

狐爷山位于古交与交城山之交界处，海拔两千二百九十三米，东西两峰并立，相距五公里，中间凹如马鞍，山顶平缓，狐爷庙就建在两峰之间，庙宇有上下两个大殿，两侧立有碑廊。整个建筑，构架宏伟，占地面积不小，掩映在苍松翠柏之下。但入庙观之，显出一片荒凉破败之态，院中杂草丛生，山石滚落，门窗破旧。整座庙宇只有一位看庙之人。沿寺前石阶而下，山腰处还有一处小院，为观音殿，周边视野开阔。

从立于碑廊的碑刻看，狐爷庙是为纪念春秋时期晋国大夫狐突而建的祠庙。狐突是山西交城人氏，三晋名臣，因教子"忠臣不事二主"而为历代统治者推崇。清徐就有狐突庙，而且是全国重点文保单位，不料此地亦有。根据碑刻所述，此狐爷庙原创建年代无考，但在武则天天授二年时已有记载，庙貌森然，历代多有修缮，有碑为证。看来晋地多处都建有狐突庙，这是三晋文化中独有的狐突文化现象。

大殿之上有一通刻于二○○五年的石碑，读碑始知，狐爷庙在抗日战争时期被毁，直到二○○四年，当地一企业家为保护家乡的历史文化遗产和旅游资源，出资重建，并与关帝山林业局搭成协议，划定股份，共同开发孤爷山森林公园。但从现在情形来看，显然没有达到当初愿望。

趁风和日暖，我们在庙外偏房廊下，享用了自带的午餐，也享受了美好秋光。餐毕，郭兄将餐余垃圾全部装箱带走，这是每一个户外活动人都应该有的文明之举，"除了脚印什么也别留下"，只有什么都不留下，才能留得住自然美景。但几乎每一个景点，总会有不和谐的一面，让人感叹文明还有很长远的路要走。

沿着松林间的土路爬高，行不远就至高处一块平坦地，在此天高野阔，停车瞭望。东边不远处是孤爷山顶峰，山顶奇石巍巍，崖壁林立，主峰之下的山坡树木参天，色彩斑斓，沿一条舒缓小径可行至山顶。放眼四望，但见远山巍巍、层峦叠嶂、黛峰苍翠，大地宛如一块天然的调色板，深黄、浅棕、褐色、橙明、碧绿，交织成了秋天特有的基调，展示着山川的俊美与神奇，表达着生命的周而复始，生生不息。

一个身板硬朗的老农，手持木杈正在路边放牛，我们与之闲聊，谈起当地老百姓的收入。他讲，现在种地不行了，一年落不下几个钱。他自家有四亩地，另外，还种了别人家的十余亩，不用交租金。国家的补贴是人家拿的。这里不能种麦子只能种玉米、高粱、土豆，以及一些低产作物。收入主要来自养殖业，一头黄牛，养上两年，一吨来重，可以卖到两万多元。但是要放养，圈养的不行。据他所讲，掐指一算，中间商挣得可不少。

返程路上还遇到一位中年汉子拦车，郭兄说，拉上吧，这地方路过的车太少。上车后，此人和我们一路聊天。在聊天中得知，他是古交矿区的职工，回村为了投票选举村两委班子。谈到了他所在煤矿的生产，他说今年形势挺好。去年的精煤每吨才卖八百元，现在已经涨到三千六了，效益一下就上来了。他还讲：马上又有一座煤矿也要开工了，以前是无条件的停产，现在是无条件的复工。我们说煤矿一多环境就要差了，他说有活干总比没活干好。

由于时下疫情缘故，只能就近寻秋，本就是随便走走，不想这西山感觉甚好，看来，好些美景就在身边，只是我们平日里不曾留意罢了。

（2021年10月28日）

参访大唐遗风

在五台山核心区的外围，有两处特殊的古刹，一座是南禅寺，一座是佛光寺。之所以特殊，是因为它们的坎坷与不凡，在经历了一千多年的风风雨雨之后，成为留存至今最古老的"唯二"的唐代木结构建筑；也是五台山上"唯二"不驻僧人、直接由文物部门管理的寺院。它们被后人冠以"瑰宝世间无""中国第一国宝""活化石""亚洲佛光"等桂冠，是一九六一年公布的第一批全国重点文物保护单位。在五一假期的最后一天，我们兄妹四人来此参访。

山野村庙的南禅寺

南禅寺在五台县城西南的阳白乡李家庄附近，从东冶镇向左拐上一条乡间小路，行走八公里便到。这条小路我并不陌生，因为母亲的老家就是从这里走过，直至白云生处。对这个名气颇大的小寺庙，或公干或路经都来过几次。

南禅寺规模的确很小，只有东、西两个小院，其实，东面的院子是个跨院，是文物管理部门的办公场所，只有西院才是主体建筑。

南禅寺重建于唐建中三年，也就是公元七八二年，至于始建年代已经无从考证。现在只有一个主殿，形体高大，整体木结构建成，主殿的基台几乎占了整个西院的一半。

就是这座小小的寺院，却充满极大的体量，它拥有亚洲之最的头衔：亚洲最古老的木结构建筑；而且不是一个空壳的建筑，它有着满堂的唐代彩绘造像，具是珍品，是艺术和建筑结构的高度统一。

　　大殿内有一座佛坛，长八点四米，宽六点三米，高零点七米。释迦牟尼佛端坐莲花台上，庄严而慈祥，文殊菩萨和普贤菩萨分坐两旁，大弟子阿难和迦叶，立在两边，其他菩萨天王威武健壮站满一堂。

　　南禅寺虽然是一个村庙，但是造像的规格和式样都精美绝伦，有着唐代瑰丽、丰腴的风格；塑造姿态自然、圆熟洗练；在衣纹、服饰图案上，也简练准确，堪称唐代雕塑艺术的珍品。这些造像是研究唐代社会文化和佛教文化的珍贵实证，具有重要的历史地位和艺术价值。

　　大殿内的唐代造像原本是十七尊，现在只剩十四尊了。在一九九九年冬季一个月黑风高的夜晚，三名盗贼潜入寺中，用暴力将看庙的三位老员工捆绑，其中一对是年迈的夫妇。他们割断电话线，撬开门锁，闯入大殿，把释迦牟尼佛像当胸砸开，盗走佛像腹中的宝物，文殊菩萨也被砸开后背盗宝，并把大殿中最为精美的两尊供养菩萨从底部锯断、把佛祖前面的"御狮人"从脚下掰断，从容劫走。这么多年过去了，这个案件至今未破。另外在二〇一二年，大殿内的一座北朝小石塔也被犯罪分子盗走，至今下落不明。可叹这些造像躲过了会昌灭佛，却没有躲过当今的劫匪盗贼，实在让人扼腕叹息。我在多年以前随拍摄团队来过这里，有幸见识过被劫造像的精美。

　　都知道发生于唐武宗会昌五年的灭佛事件，被佛教称为"会昌法难"，当时全国绝大多数的佛教建筑都遭受了彻底损毁，而这座寺院得益于地理位置偏僻、规模小、知道的人少，官方史书也未做载录等原因，灭佛的官兵才没有找寻到它，有幸成为"漏网之鱼"，成为唯一一处躲过了会昌法难、并且有准确建年记录的大殿。

　　梁思成和林徽因一行在一九三七年考察发现佛光寺故事，早已经成为华夏大地上振奋人心的传奇。只是，梁、林二位先生不知道，就在距离佛光寺五十公里的地方，还隐藏着一处比佛光寺再早上七十五年的唐代大殿，那才是实至名归的中国乃至亚洲最古老的木结构建筑。

　　南禅寺是在新中国成立后的五十年代第一次全国文物普查中被发现的。当时，山西和全国的考古专家到五台山佛光寺考察时，被当地人告知了南禅寺的一些情况，认为也是唐代的建筑需要维修，于是，专家一行前往勘察。当他们拂去大殿梁柱的厚厚尘埃后，在左边的一根大平梁上，发现了书写有重建年代的墨迹："大唐建中三年……重建殿法显等谨志"等字样，这几个字为南禅寺最终的重建年代提供了最确凿的证据。于是，南禅寺这只漏网的涸辙之鲋，终于发出了耀眼的光彩。

绕殿一周，但见外观秀丽、形体俊美、古朴高大，给人一种气势雄浑庄重的感觉。全殿由台基、屋架、屋顶三部分组成，建筑结构为典型的单檐灰瓦歇山顶，周遭有十二根粗壮的方立柱立在檐墙上，这些立柱和斗拱的组合，支撑起屋顶的全部重量，使得殿内没有柱子，墙身也只起隔挡、防御风雨侵袭的作用。

在寺院内，我们看到了安装于四处的监控系统，保安人员也有了好几个。但愿我们能守护好这些国宝，别让它们再受损失。

"第一国宝"的佛光寺

从南禅寺前往佛光寺，汽车在山路上行走了有一个多小时。

佛光寺位于豆村东北的高岗上，在一处东、南、北三面皆山的怀抱里。与山野村庙的南禅寺不同，佛光寺原本是一座皇家寺院，虽然重建时间比南禅寺晚了七十五年，但规模和体量要比南禅寺大了许多。

寺院主轴为东西方向，山门开在向西敞开的山坡上。整座寺庙由西向东逐渐升高，依据地形，处理成三个台阶状的院落，在最上部的即为重建于唐大中十一年的东大殿。

佛光寺的始建年代大约在北魏孝文帝时期，会昌法难在劫难逃，寺内的建筑全部被焚毁，只有一座祖师塔幸存。大中元年，唐宣宗李忱继位后，重信佛教，佛光寺得以在旧址重建。女弟子宁公遇施资和愿诚高僧主持了重建，这一年距唐武宗灭佛仅仅过了十二年。

东大殿的建筑技艺和形制都是典型的唐代实例，形体舒展雄浑，宽阔的出檐下是宏大粗壮相互咬合的榫卯结构系统。大殿内的彩塑造像三十三尊，色彩艳丽，鲜活灵动，衣裙摆代似随风飘动一般，令人叹为观止。这些造像是当今国内仅存的唐代宫廷泥质雕塑，代表了大唐盛世的最高水平。由于地处偏僻，建成后的一千多年间，藏在深山人未识，伴随着斗转星移，云起云飞，孤独而寂寞地等待着有缘之人。

终于，时间到了公元一九三七年，梁思成、林徽因一行骑着毛驴走过了数十里山路，找到佛光寺，当他们推开掩映于山野的山门后，幸运之光就降临了这里！

梁、林等一行人对佛光寺的东大殿做了细致考察，有了惊喜的发现。梁思成凭借经验认为它属于唐代建筑，他们搭起架子，林徽因首先发现了在大梁上隐约的墨迹，当她把千年的灰尘拂去之后，"佛殿主上都送供女弟子宁公遇"的字样出现了。林徽因立刻想到，在大殿前的石经幢上也有同样的字样，并且所刻年代为"唐大中十一年"。两厢一对照，真相立刻大白。这是因缘与运气的叠加，从此，在五台山的崇山峻岭中，佛光寺厚重的山门向世界打开，它散发出一道灿烂的金光，从此，日本人关于中国已经没有唐代木结构建筑，要看中国唐代建筑只能去日本奈良和京都的定论可以休矣。

梁思成和林徽因是在一部《敦煌石窟图录》中发现线索的，这部由法国汉学专家考察中国西部后所著的图录中，有敦煌的两张唐代壁画，壁画描绘了佛教圣地五台山全景，还标注了每座庙宇的名字。其中一处名为佛光寺的古刹引起梁氏夫妇的注意，他们对这两幅壁画精心研究之后，突然爆发出灵感的火花，于是就有了这一次史诗般的行程。此后，在任何一本讲述中国古代建筑的专著中，都会有佛光寺的重要篇章，美丽多才的林徽因和那尊宁公遇造像的合影也广为人知。

佛光寺除了东大殿为唐代原物之外，文殊殿为金代建筑，其余的为明、清时期的建筑。这些建筑连同殿内的雕塑也极为精美，只是它们在大唐丰韵的盛名之下，只能屈尊降贵了。

春日的暖阳穿过云层洒向大地，丁香盛开、满园飘香。虽然是假期，但游人寥寥，在凉爽的山风中漫步，感受着扑面而来的沧桑古朴，伴着飒飒作响的铜铃声，忽然冒出古人"深山藏古寺，幽林听梵音"的句子，感觉正是此时此景的写照，无不令访者心向往之。

是以为记。

（2023 年 5 月）

寻凉沁水之源

夏日炎炎，外面的世界高温难耐，我和老友郭君、王君寻凉来访沁河之源。

沁河又叫沁水，是黄河的一条支流，源头出自沁源县西北太岳山东麓、一个叫二郎神沟的山谷。此地，地势高阔，山峤高耸，孕育了丰富的山林和泉流。尚未走进山中，就已经感到凉风习习，果然是山中自有小气候，不论是温度、湿度和拂面爽风都要比大气候好上许多。

走近山口，先见左侧立有一通石碑，这是山西省人民政府重点公益林建设沁河源头纪念碑，其后是一处平整之地，花岗岩石板在两山之间铺一片小广场，在小广场中央，有一精致的拱形桥，架在水道之上，水流经过石桥后汇入潭中，再从人工砌成的水坝泄下，形成一道长长的白练。

沁水之源独特，发端于两股泉眼，两股泉水顺着两端的山根而下。左面的泉流还有一条石板砌成的水道，将水流导引出山。但是水流似乎并不领情于人类为它设定的路线，行不多远就挣脱了束缚，潇潇洒洒漫泄于外。水是很善于搞破坏的，那个拱形桥，也许是在一场大雨过后改变了模样，桥下的水道已经被大大小小的卵石塞满，于是园林式的景观广场就成了水的世界，上山的路径，均成了自由水流嬉戏的地方。

前行不远就在左边看见第一处泉眼，泉眼不是一个而是一组，山泉从一个高不盈尺的洞中涌出，在一个直径不到一米的潭中，也在汩汩地涌动着的泉眼，水底斑斓的碎石闪着波纹，充满生命的气息。细看，周遭的石壁上也有细小的泉眼涌出，可爱得让人叫绝。我把手中的瓶装水倾去，将三个塑料瓶插进一处泉眼，泉水很快就灌装满了。虽然只是片刻时间，但手和小臂竟然冰寒得刺骨。

　　踏着没过脚面的自由流水到亭中小坐，听流水哗哗，果然有古人"水作琴中听，山疑画中看"之感觉。水从石板地漫过，也让山有了倒影，水有了灵性，整个小广场变了模样，湿湿鞋袜也蛮有情趣。

　　沿小路再往前行数百米，到一处峡谷，不料此处有铁栅栏封路，许是不想让人进入。但第二处泉眼尚未得见，怎肯轻易放弃，况且小小的阻挡，轻而易举就翻过去了。

　　再往后的地势逐渐平缓开阔，沙石遍地，顺着水流，远远就见到了第二处泉眼，在这里，我们见证了神奇一刻。

　　这是一片较为平整的沙地，沙地中的一低凹之处，有一清澈的水潭，水潭的中央竟然有一股喷泉，水柱有一元硬币大小，跃出水面五六厘米高，无声无息地彰显着奇特。王君走在前面，首先发现，立刻回身招呼："快来快来！"高兴之情溢于言表。其实我也注意到了这个奇观，打起十二分精神，准备录像。王君想更亲近一些，径直跳了下去，但是，神奇立刻发生了。就在他落脚泉边的一瞬间，喷射的水柱像一个精灵，调皮地和我们捉起了迷藏，瞬间消逝得无影无踪，就连水面上也见不到一点点泛起的涟漪。这突如其来的变化令我俩一下愣住了，静默片刻后还不见动静，我开玩笑地对王君说："准是你压住人家了！"王君一脸诚惶诚恐，立在原地作揖："对不起了！对不起了！是我打扰你们了。"随后退出潭边，来到上面的沙地。我们总是想着再见它的芳容，于是肃立静等，过了好一阵子，仍然没有一点动静。此时王君的心头怕是有一千匹草泥马越过，就地伏倒磕了几个头，结果还是不顶用。又待了片刻后快快地说："哎，看来是把人家得罪下了！"我安慰道："反正这揖也作了头也磕了，准不会再怪罪我等凡人吧。"想来这泉眼就如同水源的魂魄一般，隐藏在大山的深处，只是不肯轻易示人罢了。

　　山泉流出谷后，水流如同一条锦带，一路盘桓，欢快地流向远方，之后又聚成了一片碧水，周边长着茂密的芦苇丛，给山脚系上一条绿色的彩带，大山和树木，如水墨一般倒映在水面，连周边的小村子也有了水的格局。随后，便转身一路向南，经过安泽、晋城，下太行山，入河南，然后注入黄河。

　　沁水流长，山泉水清之地景色的确很美，但由于上游段山高坡陡，流域多为石质山体，故流水对山区效益不大。只有出山至河南济源一带平川后，

沁水夏声

方得灌溉便利，故过去有"浪及中州勤灌溉，但教邻省屡丰收"的怨句。这便是沁河，千万年间的光阴嬗变，水流不改，让山上的人们嫉妒到了骨子里。

这里除了流水，山体在水和风的作用下，还形成了独特的景观，我们不经意间就发现了半山腰的一个穿山之洞，虽然小点，但和天门山的那个当属同一个流派；另外在附近一处名为五龙沟的地方，苍茫的山崖下，五个巨大的石窟洞口一字排开，似屏风一般陈于远山，只是它们被深谷阻隔在数百米之外，难以望穿，只能感受到岁月的豪迈飘荡在山水之间。

（2023 年 6 月 30 日）

第三辑

走进非洲

马达加斯加：第一次走进非洲

第一次踏上非洲，走行的国家是马达加斯加共和国。为了从简依俗，以下以"马国"相称。此行是我的老领导、老战友去做商务考察，笔者不从商，也没有任务，纯属跟着逛。在行前的一段时间里，我尽可能地查阅资料，弥补对这个神秘国度的认知，在物资方面也做了若干准备，包括兑换外币和零钞，购买若干必备品等。二〇一五年四月二十八日，我们一行四人相会广州，开启马国之行。

一

马航的空客 A320 在四月二十九日下午四时从广州起飞，高大的机尾涂着一只开屏的孔雀，那是马达加斯加共和国的象征。目前，中国至马国只有广州至马国首都一条航线，一周两次，都由马国的航班执行飞行，没有中国的航空公司参与。这段航程全程八千二百公里，经停曼谷。我和子英兄等人相会于广州后，在广州发展的战友建强兄高规格地接待了我们，提供了许多方便，使得本来很麻烦的事情变得轻松悠闲。

在当下，走行马国的国人中，大部分是中国的各类企业和工程技术工人，我很快就感觉到了这一点。宽体机舱坐着绝大多数都是国人同胞，在我们周围，更是一些年轻人，喜气洋洋的爽朗笑声压过了发动机的噪声。飞机在高空平稳后，机舱里的气氛就活跃起来，坐在我旁边的小伙子从背包中拿出煎饼和大葱，乐呵呵地给大家分发，原来周边都是同行者。大家兴高采烈地吃着家乡饭，一路乐哈哈。

在长途旅途中，我总是能找些事情的，我和小伙子很自然地接上了话，聊在一起。

小伙子很健谈。在交谈中，知道了他们都是东海人，是一个水晶厂的，这次去的任务是收购当地水晶，要常驻一些时间。东海我没去过，只知道盛产水晶，于是，从毛主席的那个水晶棺说起，我说那个水晶棺就用了你们那的一部分产品吧。他一听，马上更正我说：不是一部分，是一大部分，四分之三都是我们那的。我不解地问道："既然你们那里盛产水晶，为什么要去那边收呢？""为啥？因为那边的好，价格低。""那你们怎么收购？""怎么收？怎么收的也有。到产地收的，开门脸等着送货上门的，都行，去了就各显神通了。""你们不是单位吗？""嗨！单位不单位的，单位有单位的办法，我们收下，单位再收我们的，我们不就是挣个差价吗。""能收到好的吗？""能。可是有好的，世界上最好的都在那，那里的人不懂！"人还未到，小伙子就先给我上了一课。

飞机一路向西，在十几个小时的飞行中，我还先后和中铁十八局的管理人员，在马国居住数十年开酒坊的华人、技术工人聊天。这样的聊天对我来说是认知的极大补充，而且是书中没有的。

这趟国际航班的机长和技师都是法国人，只有空姐是马国的。我对航班的服务没什么意见，倒是觉得她们很辛苦，不会汉语，管理上有些困难，经常见她们从口袋里掏出一些小纸条，然后选中一个，像足球裁判那样一本正经地对着某个人伸出手，纸条上面写有汉字。我看清楚了一个，上面写着："请坐下"。

飞机经停曼谷一个小时后又继续向西南飞去，像是在追逐落日的余晖，绚丽的彩霞久久没有消逝。

二

关于马达加斯加，许多人是通过动画片《马达加斯加的企鹅》知道这个岛国的，但实际上，马达加斯加并没有企鹅。它位于非洲大陆以东，南回归线附近，西部是热带草原气候，东部是热带雨林气候，所以这个岛国不可能有野生企鹅。全岛由火山岩构成。大部分土地是葱绿和橘红，是印度洋上最为鲜艳的标志，面积五十九万平方公里，相当于十六个海南岛那么大，人口两千五百多万。首都的塔纳机场是唯一可以起降国际航班的。

经过一夜的飞行，跨越了浩瀚的印度洋，四月二十九日凌晨，带着睡意和激情，终于踏上了非洲的土地。放眼望去，机场的建筑，只是一排低矮的房子，和我们宏大的建筑群不可同日而语。步下舷梯，走过跑道，进入航站大厅。

所谓航站大厅大约有三四百平方米，机上的乘客进来后，挤得满满的。大厅里没有空调，几台吊着的电风扇慢悠悠地旋转发出吱吱的响声，海关人员在不慌不忙地工作，只有一个通道。在排队等候的过程中，人们已经在传达着一个信息了，那就是准备好零钱，每人二十元人民币，夹在护照里。之前有人提到的事项在此验证无误。

马国接受落地签，但总能找出有什么不妥处，就在我们耐心等待的时候，发现了在最左侧，有一个直行通道，那里是非中国护照的外国人专用通道。有几个说着京腔的华人持着外国护照就从那边过去了，但他们的两个同行者因持中国护照被挡驾，转过来和我们一道排队。接待我们的马国公司朋友在我们还没有出关时就进入大厅来接，帮助我们和海关人员交涉，办理了所有手续，使我们顺利入关。

关于非洲，人类学家是这样告诉我们的。在八百万年前，一共有十二个族群的类人猿生活在非洲大陆东部，那里树木繁茂，气候湿润。在一场大规模的地壳运动之后，出现了一个从北到南四千公里长的断层——东非大裂谷，将类人猿分成两群，并导致了一系列环境变化。在西部，类人猿继续在潮湿的森林里生活。在东部，由于变得干燥，森林变成了草原。类人猿为了适应这种不太安全的环境，于是它们站立起来。再后来，有十一个族群都灭绝了，只有这一支生存下来，这一支，就是我们人类共同的祖先。他们沿着印度洋海岸走出非洲，在十万年前到达欧洲，后来到达亚洲，又到达澳洲，最后在四万年前到达美洲。据说他们还找到了化石，那是研究人类起源的重要依据。

总之，人类学家是这么认为的，如果真是这样，那么，神秘的非洲就

神奇的猴面包树是马达加斯加特有植物

是我们人类共同的故乡；那里的人们是我们远古的亲戚！

地理书告诉我们，这个大岛原来是非洲大陆板块的一部分，在一点六亿年前脱离了非洲大陆板块，后又和印度板块分离，是由冈瓦纳古陆形成的"大陆岛屿"，是世界上仅次于格陵兰岛、新几内亚岛、加里曼丹岛的第四大岛屿，隔着莫桑比克海峡与非洲大陆相望。它的战略地位十分重要，是一条海上航行的航道要冲。

马达加斯加虽然没有企鹅，但是，由于它长期单独孤立在印度洋中，千百万年独立演化的进程，形成特有的生物物种，成为许多珍稀动植物的故乡。如种类繁多的狐猴，这是现在仍生活在热带雨林中最原始的猴子，身体形状像猴子，但头部却像狐狸；还有一百二十种特有的鸟类和全世界一半以上的变色龙物种。

除了神奇的动物，马国还有许多著名的特有植物资源，神奇的猴面包树就是其中之一。

猴面包树又被誉为生命之树，长相独特，最高可达四十米。大腹便便的树干，似一巨大的水桶，而它也的确能起到储水的作用。它的头上似戴一顶帽子，果实成熟时，当地猴子会盘踞在冠上采食，因此被称为猴面包树。它还是一种高寿的树，寿命可达五千年。不仅如此，猴面包树的种子还可以被用来榨油，树叶和果实是当地常用的消炎药物。都知道非洲干旱缺水，但猴面包树的树干可以储藏大量的水分，在干旱的季节，当地民众也会向这种树求助用水，度过难熬的季节。它的树干里往往可以储存几吨的水。它的果实含淀粉很高，将其果实的外壳打开，能看到里面一块块的果肉，就像裹着面粉的面包一样，可以烤食。这种果实曾在非洲历史上的几次饥荒时期拯救了成千上万人的生命，它的叶子和树皮都能入药，生命之树的美称名不虚传。更神奇的是，树干经常被当地居民掏空，用来当做天然的房屋，真正做到了物尽其用。

在洋洋洒洒的独具特色的生物物种方面，每一种都是一部大自然壮丽的鸿篇巨制。

阳光下的塔那那利佛

马国的首都是塔那那利佛，简称为塔那，位于马国中部，是一座山城，城市占地面积很大，人口在两百万左右。我们住在塔那的金孔雀酒店。这是中国援建马国的一片别墅群，位于首都西北的郊外，共五十四套，落成于二〇〇九年。这一片别墅群本来是为非洲统一组织会议召开而建，但是刚刚落成，马国就发生了政变，非洲联盟采取了抵制行动，会议也没有开成。后来这片别墅群交给中国安徽一家公司来管理，对外开放。这个宾馆的收费可能是马国最高的，均以美元标价，一栋别墅每日三百多美元，也可以单租，每间房从六十至九十美元不等。别墅的设计大同小异，室内的层高较通常楼房要高上不少，装潢考究，一层是宽敞的会客厅、厨房和餐厅，有两个标准间和一个小的房间，小房间可能是勤务人员休息的场所。二层有三个房间，除了总统套房，还有一个总统夫人房间，一个标间。别墅内电气设备一应俱全，所有设备都来自中国。我花了两天时间才买到的插头转换器根本用不着，因为所有的插头都是两套系统，一套是当地的法式标准，另有一套是中国标准。

酒店的每一套别墅，都带有一片挺大的院落，所有的别墅又全部围在一个广阔的大院中，院子里绿草茵茵，花开繁茂。这一片别墅区虽然没有挂星级牌，但绝对够格五星级，所以，网上一些资料说，马国没有一家五星级宾馆，显然不实。

我们下榻于金孔雀酒店的 C–14 号别墅。当一觉醒来后，外面已经是阳光灿烂。在蓝天白云之下，红瓦碧树，繁花点缀，面积之大，环境之美着实让我们赞叹。马国工人正在修整草坪，清洁卫生，走过身边时，都会留下笑颜。身着制服的是中国的管理人员。非洲的第一个早晨，给我的第

马国的第一个早晨阳光灿烂

一个感觉是阳光明媚。当然，让人兴奋的还有蓝天、空气。我们站在门口，带着享受一般的心情呼吸着清新的空气。的确，这个宾馆太好了，一扫机场入关时的不快。

在这片别墅群中，有各种附属设施，院子里还有游泳池和健身房、网球场。有部分别墅被中国公司包租常驻，一年的租金是三万美元。餐厅里除了服务人员外，用餐的几乎都是中国人，一种宾至如归的感觉，让人感到非洲似乎并不太远。

从金孔雀酒店远眺首都，阳光下，泛着光亮的公路蜿蜒曲折地分割了一片片葱绿的农田与明黄色的屋顶。稀疏的居民住宅散落在梯田和植被的黄绿之间。马国没有摩天大厦，整座城市依山而建，错落有致，遍布于起伏的山地。红色盖顶的民居和欧洲风格的小楼混合在一起，教堂高耸的塔尖特别显眼。清晨时刻，晨曦微露，山谷中升腾起袅袅炊烟，远方弥漫着茫茫的白雾，似纱幕笼罩大地，整座山城的建筑与树木时隐时现，宛如海市蜃楼。

我们虽然住在首都，但进入市区只有两次，并且是行色匆匆。

　　第一次到市内是在来到马国的第二天下午，去了一个近处的小商品市场，那是塔那一个著名的市场，夹在一条河畔和红色土丘的缝隙处，在一片空地上，摊位一个挨着一个，鳞次栉比，密集整齐地排列，卖着各种纪念品和土特产。摊位用木棍和稻草石棉瓦搭建，颇有非洲情调，市场上有非洲的手工丝麻编织品、木制雕刻摆件、各种皮制品，有的摊位还挂着鲨鱼的头骨、牙齿等饰物，这些在我们看来稀缺的物品都是货真价实的东西，只是做工有些粗糙。摊位老板看到有人到来，立刻打起了精神。

　　在河堤上，第一次接触到一批马国的孩子，他们又蹦又跳在那儿玩耍，见到我们走来，立刻围了上来，露出可爱的笑脸。他们衣衫褴褛，全都赤着脚，但是他们好欢快哟，我和子英兄拿出带来的奶糖分给他们，他们乐呵呵地和我们合影拍照。

阳光下的塔那那利佛，是一座混合了亚、非、欧三大洲风格的城市

　　另一次进入市区是在离开马国的前一天，在当地开公司的友人知道我们还没有去过市中心，主动提议乘车游览一下。于是坐上朋友的汽车来了个车游塔那。

　　市区的路并不宽，弯曲起伏通向远方，有些路段有挺拔的桉树整齐地排列两旁，车辆很少，我们的汽车得以缓慢行驶。我注意到，有些路段是用巨大的块石铺砌的路面，这应该是历史的遗存。在街道的两旁，有许多摊点在售卖二手服装，如果不看路上的行人的体态、容貌、头发和肤色，会让人有一种置身于国内某个县城集贸市场的感觉。

　　在一条稍显僻静的街道，路边的一排小楼有些与众不同，都安装了粗大的防盗护网。朋友告诉我们，这些都是中国人开的商店，收购天然水晶等物品。想到飞机上的所遇，在此得到证实。

　　马国的天然水晶举世闻名，在专门出售饰物的市场，黄水晶、紫水晶、发晶等应有尽有，价格很低。当然也会偶遇以次充好的小贩，在市中心的一家中国餐馆用餐时，就进来一个兜售祖母绿宝石的人，挺神秘的样子。然而我们一行中有两位是地矿方面的专家，其中一位就在马国开着公司，接过来只看了一眼，就让他滚了出去。

　　当下，许多中国人走进马国办起了公司，经营各种生意，在短时间里，我们就看见大中华酒店、东吴商城、新华商场等非常醒目的建筑，门口写着大大的汉字。很多人在那里建立了家庭，有了孩子。他们觉得那里可以施展才华。我们所接触的几个公司，都在那里落了脚，有的还购置了豪宅、房产，雇用了当地工人和技术人员，生活上雇用了保姆、厨师和司机等，这些都是国内享受不到的待遇。我问过两位国内去的商人，在这里生活的感觉，他们说，只要自己尊重非洲国家的法律法规和当地的风俗习惯，规避去一些不安全的地方，马达加斯加还是很安全的。哪里不是生活呀！

　　除了经商办企业的，现在还有许多年轻人闯荡非洲，我在图利亚就遇到了几位，他们是受聘于中国公司来此工作的。无论是学习语言还是融入社会，他们干得都很好。他们说，在这里公司包吃包住，赚的钱都可以存下来，而且这里气候好，吃的用的都没有污染，找个老婆很便宜，能留下就留下，回去又能干什么！这是很多人去了非洲不愿意回来的原因之一。

浪漫图利亚

一

乘坐一架螺旋桨小飞机，从首都塔那向南飞行了一个小时四十分钟后，到达南部最大的海滨城市图利亚。图利亚是马国的第二大城市，人口二十万。温和的气候，良好的海滩，使得这个海滨城市有太好的自然资源，是一个游客喜爱的休闲度假之地。

图利亚是到南部内陆的必经之路，住下之后就去了 IFATY 海湾和附近渔村，这是我们唯一一次在这个岛国的海滨游览。通向海滩的路正在扩建，承建单位是中国的一家公司，加宽的路面正在热火朝天地进行施工，机械轰鸣、扬尘满天，印象不佳。但海岸的景色还蛮不错，分布着数个清澈的小海滩，细腻的白沙与浅蓝色的海水是当地孩子们嬉戏的天堂，也是休闲度假的绝佳场所。但是这天的海滩上没什么外来游客，只遇到两个骑自行车在此度假的法国人。围过来几个在沙滩上玩耍的孩子，巧克力色的皮肤把两排整齐的牙齿衬托得雪白，笑声特别爽朗，天生的好嗓音，还有许多孩子在沙滩上撒欢，展示着自信奔放的性格。人与自然之间，都变得如此简单淳朴。

夏日的余晖在海面点缀起无数灿烂的星光，折射出缤纷动人的色彩。我脱掉鞋子挽起裤腿，在沙滩上走了一段，算是触摸了一下西印度洋。

距离海滨不远处有一个海边村庄，以前肯定是渔村，但现在村子里的人们做着游客的生意，村中的几条街巷，集中了旅社和餐馆酒吧，建筑和装饰颇有当地风格，均采用木料搭建，四周通风透气。午餐安排在村里一家挺大的餐馆，是带有马国特色的西餐。门前的沙发上坐着几个琥珀色皮肤的女子，这是马国的"流萤"吧，看我们不是此道中人，眼皮都没有抬一下。

趁着等餐的时间我们几人在门前拍照，一大群孩子围过来兜售珠链，珠链用小贝壳串成，一个五百元，相当于人民币一元。他们一见到游人，呼的一下，不知从什么地方钻出了一群同样大小的孩子，本来无意购买这些东西，但看着孩子们的眼神，让人实在无法拒绝，每个人都买了好些。回国时，有些实在塞不下了，许多贝壳珊瑚等工艺品都没有带上。

图利亚还有丰富的矿产资源，水晶、红蓝宝石等都吸引了各国的商人，而内陆地区的石墨和金矿正是我们要考察的东西。

马国是一个多民族组成的国家，人的肤色不尽相同，肤色也不完全是典型的黑非洲的肤色，主要人口是黑黄混血种，因此有人说这里是非洲的黄色人种国家。据说是因为从公元前十世纪开始，不断有东南亚的马来人迁入的原因。还有部分是和欧洲白人的混血。图利亚

马达加斯加是世界上最贫穷的国家之一，尤其是农村的贫民，不是一般的贫穷，而是贫穷不堪

深受法国人喜爱，被称为后花园，这里也留下许多混血儿，他们的肤色就是琥珀色的，特别漂亮。

图里亚的夜色十分诱人，有霓虹闪烁，酒吧外的台桌上摆满了啤酒海鲜，屋内是游戏厅。在这里，我们见到了马国时尚的群体，他们衣着光鲜亮丽，开着豪车，与平日里见到的完全是两个世界的人。我们也想看看不同的景象，就在酒吧的露台上坐下，要了一些啤酒和小吃，感触了一下当地的氛围。

我们去了市区唯一的一家超市，超市很小，我留意看了超市的物价。食品和简单生活用品价格都很低，比如牛肉，相当于二十多元人民币一公斤，比我们去过的乡下集市上还是贵了点，那里是相当于人民币十八元。但有些东西贵，买了个小小的笔记本，价格是一万九，相当于人民币三十八元，一块橡皮五千，相当于人民币十块钱，都是中国制造的。

结果在这里还把我自己给弄丢了。我非常感谢那位在我迷路时帮我找寻的不相识的朋友。就是从超市出来稍微晚了一点，实际上我是和大家同时撤的，排队结算时费了一点时间，等候我的这辆车夫没有跟上前面的队伍，不知所踪了。无奈又将我拉回到超市，看他一脸蒙圈的样子，我还是付了车资，决定自己溜达着找回去，这有些过于自信了，南半球的方位总是让人拿不准。后来看到路边一个写着汉字的小商店，进去打问，正好有一个太原老乡在买东西，得知我的状况后，让司机开车带着我满街寻找，很快找到了地方。他是太原一家公司的派驻人员，万里之遥遇老乡真是非常幸运又非常感谢，只是老乡的名字没有记下，有些遗憾。

二

我们到内陆地区考察，来去两次均下榻于一家法国人当年修建的宾馆。马达加斯加原来是法国的殖民地，直到一九七〇年才独立。法兰西文化对马国有极大的影响。这座宾馆位于城市东北部，虽然有年代了，但颇有特色，是庭院式的建筑。在开放式的庭院里，两面各有一排两层的建筑，房间不算多，院子很大，生长着各种热带绿色植物，花团锦簇，另一边高大的椰子树、棕榈树，起到很好的遮阳作用，即便是炎热的季节，庭院中也满是荫凉。庭院的中央是一个游泳池，清清的水波荡漾着蓝色，恰到好处

庭院式的宾馆，品味图利亚的秋风

的点缀给庭院平添了一丝灵气。泳池一侧摆放着躺椅，另一面则摆放着若干桌椅，供人休闲。夜晚来临，幽幽的灯光亮起，只有我一个人在泳池戏水，感觉颇好。

宾馆的餐厅是半开放的，周边没有遮挡，而是用盆栽花木加以分割。有足够的空间，中间位置摆放着一辆木制的四轮车，上面装饰性地堆放着马国的农业特产。每有宾客坐下，都会点亮桌子上的一支蜡烛。人们在此享受一种慢生活的节奏，即便只要一杯咖啡，也尽可长时间地坐在那里，品味时光。

宾馆房间并不大，摆放着一个挂着蚊帐的双人床，一张桌子，一个衣柜，一个沙发，卫生间很普通，体现了一种简单实用的生活理念。只有两个东西感觉新颖，一个是床头柜上的一盏台灯，式样别致，是欧洲传统样式，另一个是墙上一个小镜框，里面是四个硕大的蝴蝶标本，给小小的房间增添了一缕异域风采。这里的房间都是这样一个标准，如果你带着一位女士，则尽可以两人入住，但如果是两个男人，就必须是一人一间。

我注意到宾馆的经理，一个个头不高皮肤棕色的老先生，穿戴整齐，每天站在宾馆的吧台，一举一动颇有绅士风度，菜单也是英文和法文，可见法国的文化和习俗也渐入这里。

这个宾馆的每一处都很普通，并没有刻意装饰，但每一处又充满了一种情调。早晨散步，慢慢徜徉小径中，品味着树丛掩映的戴着花边的木屋；夜晚，沏一壶清茶，坐在庭院的椅子上，在花香的气息里，谈天说地。在此一共只住了两日，傍晚和清晨，就这样度过，实在是一种难得的享受。

在那个泳池，我还游了两次，偌大的泳池，只有我一人戏水，这几句顺口溜就是在泳池边的躺椅上哼的：一钩弯月挂北空，星光灿烂看不同。马国十万八千里，图利亚城正秋风。花门楼前碧水清，棕榈树下缀华灯。远客独戏一池水，一身快活一身轻。那种感觉就是在那一瞬间才有。

给我留下深刻印象的还有一家意大利人开的餐馆。餐馆并不大，从外面看很普通，但里面巧妙地利用花草树木将各个空间稍稍隔开，是生态园式的，景观不错。餐厅中心部分是一个高大的老式烤面包炉，让高大的灌木围挡，一个面包师不停歇地在操作。

这个餐馆最为别致的布置是挂满四周的画作和照片。画作也许就是学校的学生作品，但有些想象力很丰富，挂在墙上、围挡上、顶棚上。在吧台张贴着许多照片，是世界各地的风光，我看见有万里长城。还有一个一米来高的匹诺曹的木雕，这可能是要告诉人们那个著名的童话来自意大利。

最让我们眼前发亮的是两个美女服务员，一个高一点，棕色皮肤，泛着荧光，嘴角分明，带有东南亚人的轮廓；另一个低一点，明眸皓齿，头发卷曲，肤色炭黑，像锦缎一般的发光，是典型的非洲美女。这位黑美人穿一件露着单肩的时尚服装，带着红色的围裙，并同意我的拍摄，还落落大方摆出姿势；另一个棕色肤色的美女，鼻子上打着一根银钉，头发梳成了几十根小辫子，又把这些小辫子统统扎在一起倒向一边，在另一边则戴一个大大的耳环。她为我们点菜，当她的指尖轻轻划过面前时，一种优雅已经跃然在脸上。

马国四面环海，长长的海岸线盛产各类海鲜，在这里，海鲜的价格很低，倒是蔬菜不太便宜。这与我们很多人的认知有大差别。如龙虾，我们都认为是一种高级海鲜，价格也特别贵，所以在我们国内能常吃海鲜的人就会被认为是有钱人是土豪，但是如果经常吃菜或者是肉的话，觉得这个人的经济实力就要差些。不过在马国，海洋资源非常丰富，海鲜卖的价格

一家颜值与情调并存的餐厅

都非常便宜。龙虾简直是白菜价。在这个颇有名气也颇有特色的餐馆，我们来了两次，每次都点了龙虾和蟹、鱼等海鲜，由于语言不太通，在第二次来此就餐时，我本意是想点一只龙虾的，但可能是不经意间，手指在盛满鱼虾的大盆里点了两下的缘故，最后端上来的竟是两只大龙虾。这一餐是很丰盛的，我们七个人，包括一名当地公司的雇员翻译，还有在另桌吃套餐的两位司机，总计的金额，折合人民币是两百七十多元。这个价格在国内是不可想象的，而且他们的龙虾个头都特别大。

以前读过一本书，说马斯洛需求层次论，某一个需求层次满足后自然向更高层进阶，这是再自然不过的。谁不爱美好的东西，在风情万种童话般的环境中，饭菜味道已然变得不太重要了。在这样的环境下用餐，自然是一种愉悦和惬意，更是一种浪漫。

或许正是有了这家法式酒店的经历，还有那家田园般的餐馆用餐，图利亚蜜色的浪漫，给我留下极为美好的印象，人的第一感觉还是很重要的。

行走安巴希塔平原

在途中

早八时，从图利亚出发，向着内陆腹地安巴希塔进发。这是马国之行的重要内容，做矿业开采的考察。马国的徐老板做了全程安排，派了一位项目部经理小苏全程相陪，还带了一位马国翻译，分乘两辆越野车启程，一辆丰田，一辆三菱。

车辆迎着初升的太阳行走在马国的唯一一条南北大通道上。这条公路等级大致相当于中国的一条县级公路，开始时车速在六十公里左右，沿途橘红色的土地分割着一片片葱绿的农田，稀疏的居民区散落在梯田的缝隙里。

车行至图利亚城北的一处检查站，有军人拦车检查。查得很仔细，除了检查我们每个人的护照，还要检查车辆。实际上，有人说，所有的检查都是为了要钱，而且不需要任何理由。在这个检查站，我们又送上了四万七千元，将近一百元人民币。检查过后，上来一位持 Ak47 自动步枪的军人，他是要搭我们的便车去前方。这位军人没有任何军衔标识。上车后，我和他通过翻译问答，他从口袋里掏出军衔，一看，是个上尉。他不好意思地说：掉了。在闲谈中，我们得知，他当了很多年兵，现在一个月能拿一百二三十万，相当于人民币二千五六百元。这个数字在马国是绝对的高薪。但是，我不明白，一个上尉为什么持 Ak47 自动步枪。当他听翻译讲，我们几个也都当过兵，并且还当过大官时，他的脸上立刻变得谦恭了起来，对我们也友好了。他还让我们看了看他的枪，枪口有一斜度，这应该是苏制的改进型，说实在的，那枪已经太老旧了。

在路边休息的时候，不远处的几个窝棚和窝棚外的十几个人引起了我们的关注，我们走过去。

那是我到这个国家之后所感受的第一次震撼，我只能用这两个字来表达：震撼！我们都感到了震撼。那明显是一家人，几个女人和一群孩子。看到我们，孩子们围拢上来，男孩子欢快地叫着、笑着，而几个女孩子则明显有些腼腆。孩子们的笑颜和我们心中的震颤是如此鲜明。这群孩子衣不蔽体。在我前面的那个女孩子，估计有十来岁了，竟然没有上衣穿。而坐在一旁的几个人，也同样是衣衫褴褛。她们都很年轻，我区分不出谁是妈妈，谁是孩子。或者说，我根本区分不出谁当了母亲，谁还是孩子。周围没有成年的男人，一个都没有。有一个女孩子，看到我在给她们照相，迅速拿起一个搪瓷杯子，在一个桶里舀了些水，倒在另一只手上洗了一下脸。我的镜头对准了她，拍摄下这一挂满水珠儿的脸庞。我觉得她应该是个青春年华的姑娘。我本来也想钻进她那个小窝棚看看，然而我马上发现，我是根本进不去的，只能站在门口照了张相。她们住的那些茅草棚太过低矮，相当于我们北方大田里搭的看瓜看收成的棚子。我们商量着拿出来一些钱，也是我们唯一能做的，子英兄交到那个女孩子手中，她飞快地跑过去给了一个蹲在地上的女人，那无疑是她的妈妈。马国翻译李锐告诉我们，这是一家子。那三个成年女人是三个老婆，这一群孩子都是她们的。在这里，一个男人可以娶四个老婆，有些老婆能生十个孩子。难怪！

这是在马国七号公路边，距离图利亚不远的地方。他们的生存状况和我们昨晚在图利亚酒吧所见情形反差之大难以置信。

车辆继续向前行走，我们一直在谈论着刚刚看到的情形。看到我们一直在说这个话题，同行者笑曰，你们刚到，过上几天，你们就同情不过来了。他说的一点没错。在此后的几天中，同样的情形很多很多，虽然孩子们脸上都挂着灿烂的笑容，但我们的心却在颤抖。记得几年前，曾经有个国际组织发起过一项"拯救非洲女孩"的活动，到此，才算是明白了，非洲女孩真的需要拯救的。

在这条公路走了一个多小时后，右拐进入了艰难地带，车速降到十至二十公里，强烈的颠簸震动，我们必须紧紧抓住扶手，交谈也变得困难。

路上一共经过六座钢架桥，桥梁只有通过一辆车的宽度，是数十年前法国殖民时期所建。按说这是一条南北大通道，但真是徒有其名。至于其他公路就更不用提了，例如我们走过的十号公路，原以为从来没有铺设过柏油，但后来又意外发现，以前法国人竟然修建过这条路，只是数十年的使用已然破败不堪了。目前，中铁十二局正在马国修路，我们从南部返回时，在海滨城市依法悌正好遇上，那真叫"尘埃不见咸阳桥"，不管怎样，过几年或有好转。

马国有个非常独特的"翻尸"风俗，我在出发前的准备中，就得知了他们的这个习俗，没料到这段路上还真的遇到了。我马上举起相机，并喊司机慢一些，但是，坐在我身边的翻译抬手制止了我。出于对他们风俗的尊重，我放下了相机，并伺机问询了一些情况。虽然没拍到，但沿途见到好些呈四方形的巨大墓地，这些墓地应该叫做墓室，有数十平方米大，高于地面一米多，还有门，有的墓室旁还立着逝者的画像，画像上穿着正装，与当地人的衣着可不一样。

时至中午，我们经过一个相当于中国地级的城市用餐。在一家据说是本市最好的饭店午餐后，我们接着出发。至傍晚时分，到达目的地：比丘开市。"这是市吗"？为此我特别向翻译核实。得到的回答是"没错，市"。但我还是总把它叫成村子，以免给人太多的遐想。这个地方是距离这次勘察石墨矿藏最近的一个能够住宿的地方。

比丘开和它的集市

这样的经历怕是有意找寻都很难得了：在没有电、没有网络、没有通讯的世界里生活，晚间站在旷野上看星星。

比丘开的民居散落，满是浮尘的土路，道路边照样有成群的孩子，房屋有砖瓦盖的，也有土坯搭建的，村子中央有一处广场，整体模样相当于中国二十世纪六七十年代的西部地区农村。村里不通电，有电世界所有的一切行径统统化为无用。因此，在此地的三天里再也没有和外界联系，白天尚可利用车载电源给手机充点电，但每人都要充，狼多肉少，无济于事。

子英说他的手机一直处于饥饿状态，我的一个相机也早早罢工了。

我们住在村里唯一的家庭旅社，开旅社的一家是村里的富裕户，房主住的房屋是砖结构的，和我们通常的平房没什么差别。但旅店就太差了，在他家院子的一侧，一溜排开五间独立的小房子，每个房子有三四平方米大小，放着一张铁床，一张木桌子。房子墙体是土坯的，房顶铁皮板，透过铁皮顶棚可以看到眨着眼睛的星星。我们四个每人一个小房间，其他几位不知安排在什么地方了。

晚上睡不着，我们坐在门前的小板凳上，在漆黑的院子里聊天、看星星，都觉得挺有意思，有一种穿越回到儿时的感觉。

这里的夜晚太安静了，虽然条件如此，但颠簸了一天，大家都睡得很踏实。晨起后，房主人和十三岁的儿子已经在门外了，虽然语言不通，但我们很快就通过肢体语言和沙地上画符的方式知道了房主一家的情况。女房主今年四十三岁，有三个孩子，大女儿二十二岁，老二是个儿子，十六岁，老三也是个儿子。看见我们陆续走出屋外，女房主让三儿子给我们烧水，她开始给其他人做饭，男主人不管家中事，天亮后收拾起他的摩托车，很快就外出了。我们回头问女主人："丈夫还有其他妻子吗？"女主人说："在家里没有，在外头有没有不管。"很开明。

小伙子的水很快烧开了，我们每个人都泡了自带的方便面，这是我们的早餐，同行的马国同志们不知从哪也钻出来了，开心地吃着女主人的妹妹为他们准备的早饭——一种油炸的面食。

吃完泡面，我们到村里的早市上转悠，这是普通一天中的早市，天蒙蒙亮时，小摊贩们从四面聚于市中心地带，她们头顶着东西来到集市上，然后散漫地摆放开，摊位很分散，我发现他们每人所带的东西都不多。马国的妇女习惯在头上顶东西。用毛巾或布条弄个圈放在头顶，再把东西放在上面，有些东西是非常重的，好几十斤，而且能走很远的路。真是佩服。

我在集市上快速浏览、拍照和录像。集市上所有的人，不论老幼，看到我在拍摄，都热情地打招呼，没有一个拒绝。在一个摊位前，我们买了一堆黄瓜，黄瓜的长相与我们常见的不太一样，凭借大脑判断当是。后来证实不假，这是在当地干旱条件下生长出的绿色黄瓜，没有任何肥料。花

早晨，瘤牛驾车走过，似乎穿越了时空

了五千元，相当于人民币十块钱。我还观察了一下早市上的价格，如果换算成人民币，几乎所有东西的价格都低于国内，比如这儿的牛肉是九千元一公斤，相当于是人民币十八块，猪肉一万八一公斤，比牛肉贵了一倍。整个早市菜品种很少，数量也不多，但是，所有的农作物绝对是绿色的。再看看他们使用的秤，全是天平秤，比电子秤还要精确吧，真正是童叟无欺。有几处是卖早点的摊位，我近前观察一番，有一种是他们喜爱的早餐食品，一种用面食油炸的小团子，还有煮熟的红薯和木薯。本想尝尝他们的早餐，但看到食物上趴满的苍蝇，又实在不敢享受。（后来，我们还是吃到了这种油炸食品，甜的，类似于炸油酥，味道不错）口袋里的几块糖也都换取了孩子们欢乐的笑声，在此时只恨带得太少太少。

马国人性情温顺，心地善良，待人友好。我们所到之处，人们都热情地挥手致意，而且笑容灿烂甜蜜，一笑一口白牙。总之，这里是我见到的最贫穷的地方，也是留下最深印象的地方。

时间不长，漫天的雾霭从村外的山间急速飘了过来，早市被雾霭所笼罩，整座村子也笼罩在一片迷雾之中，显得神秘无比。如果不是听着耳边叽叽喳喳的语言，你不会觉得这是外国，或就是一个尚未脱贫的农村集市。

高生育率，无论走到哪，都能见到充满活力的孩子

　　牛群向村外走去，一群一群的，牛在马国是财富的象征。这里的牛比我们常见的个头矮小，在背部还有一个骆驼一样的包，叫做瘤牛。这里的人们对牛有着一种特殊的情感，牛像孩子一样要接受洗礼，一个星期中的某一天不能让牛去干活。

　　这天的早晨，我们是在这个叫做"比丘开"的早市上度过的。

　　我们看见烧火做饭用的都是柴火，没见他们使用煤炭，开始以为马国没有煤炭资源，后来才知道是有的，早已经有开采，可见是没有普遍使用。另外，老百姓盖房子用的砖，都是半生半熟的，像是没烧好的样子，轻轻一掰就碎了。子英兄说，拿柴火烧窑那温度能达到啊！我们都说，要是来这开个砖厂准有销路。

　　再说一下此行的考察。矿资源考察在距离比丘开数十公里外的一个高地，那里是茫茫荒原，越野车也难以通过。有一段路要下车步行，穿过崎岖不平的小径，拨开荆棘丛，终于到了这片高岗上面。在这里，一道高出周边沙地数十厘米的岩层横贯地面，如果不是向导指示，很容易让人忽略而过。这就是露出地面的石墨矿藏，同行的两位专家都惊叹不已。在和他们的接触中，我也稍稍知晓了一些石墨知识，这里的石墨含量是百分之三四十，而在国内，最高的含量只有个位数。这里有世界上已经探明的最大的石墨储藏地。根据同行专家提示，我砸下一小块，在白纸上轻轻一划，就如同软铅笔画上一样，留下一条黑黑的印记。确实让人惊叹。

这就是我行走安巴希塔平原的所见。

见识马航

这里要说一下马达加斯加的航班。

结束了在安巴希塔的工作，我们一行要立刻返回塔那，还有一个地方等待着我们前往。在图利亚等候乘机的过程中，耗费了整整一天的时间。让送行的朋友和接机的朋友劳师动众，耗时费力。当然如果没有这一天的等待，我们也就无缘结识豪爽的孙老板，也无法认识马航。

当天，本来是要乘坐上午十一点五十飞塔那的航班，但就在准备去机场时被告知，上午的飞机取消了，改为晚上十点。没有给出理由，更谈不上赔偿。当地的朋友对此早已经见怪不怪。就在我们考虑如何消遣这一天时，遇到了一位来自山东的孙老板。孙老板在这里做木材等生意，他热情邀请我们一行去他的公司。

他的公司在市中心一座粉红色的三层小楼，带着庭院。一层是工作场所，二层居住，三层是一个三面通透的大厅。在国外，志趣相投的人们很快就会成为朋友。孙老板性情中带着孔孟故乡的豪爽。于是，午餐成为地道的海鲜大餐，这是各路豪杰展示厨艺的结果。

大家坐在孙老板的三层楼上，边吃着各种海鲜边吹着海风，真是不敢相信，孙老板买回的一大盆螃蟹竟然只花了一万元，折合人民币二十元。孙老板热情好客，又约了他的几位好友来相见，有吉林来的李老板，广东来的小李子等人。大家都是走南闯北之人，他乡相遇，好不亲切。大家边吃边喝边聊马国，从气候、宝石到美女，别小看这天南海北一通神侃，真长了不少见识。聊着聊着又聊到马国的航班，刚抱怨一句悲催，孙老板就哈哈大笑，指着坐在我对面的广东汕尾的小李，原来这位更加悲催，买的是四月三十日的机票，结果呢，已经从五一节前等到今天了。"为什么？哈哈哈！因为过五一，放假。"这样的理由真让人哭笑不得。"赔偿？哈哈哈，马国航班啥时候赔过！解释都不给解释！"这就是马航。在这里乘飞机，还真得有耐心。

实际上，我们刚到马国的第二天已经领教了一次。原以为那一次是个意外，却没想到这还是常态。那日，本来已买好首都塔那至图利亚的机票，是下午四时五十分起飞，但是那架飞机居然早晨就飞走了。为啥？没人告诉你为啥。我们只能拿着三十号的机票坐一号的飞机再走。

马达加斯加航空公司又称马航，但此马航非彼马航。此马航全国有十来条支线。除了首都塔那可以起降国际航班，其他各地只飞首都，反正人们都说，除了国际航班，其他航班都没准。几天来，我们两次乘坐它的国内航线，两次遇事，不服都不行。

再说我们那一晚的航班，并没有在十点起飞。在我们到达机场后，又被通知，再改为当晚十一点五十。刘老板不忍让远道的朋友干坐着，又把我等一行拉回公司休息，一个小时后又亲自送至机场。我们在候机厅里耐心等候，早已过了时间，飞机还是没来，人们一个个躺在椅子上睡了过去。最后，飞机终于来了，起飞时间是凌晨一点五十分。总之，时间在这里只有日出和日落。

漫长的一天

结束在南部的考察后，我们一行飞回首都，又从首都去了马国北中部地区的两个勘测点，这是既定的内容。马国自然资源非常丰富，此行另一项工作就是对马岛中部的金矿开采做一些了解。

五月五日早晨六点半出发，还是徐老板派车派人相随，带足了食品饮用水。下午四时左右才到达第一个考察点，在迅速采样后，又去了第二个点，然后又连夜折返。待回到首都塔那住地，已经到第二天的凌晨了。这一天的考察，我们在时好时坏的公路上颠簸奔走了十八个小时，称得上是漫长的一天。

马国中部地区海拔八九百米，属于丘陵地带，但沟壑重叠，左旋右转，路窄弯急。无数的急转弯，像胳膊肘一般。刚刚把向左倾倒的身体扶正，

田野勘察

就又向右边倾倒过去了，一路上要使劲抓住拉手，就这样，还碰了好几次头。由于要赶路程，一路上几乎没有休息，自然更没有时间拍摄。只能在盘旋于路的车子里，张望着外面的世界，时而把镜头伸出窗外，盲拍几张。外面视野开阔，天高云淡，许多地方草长得有一人来高，风吹草动，典型的非洲大草原的味道。路虽然旋转多盘，但总的感觉是比南部的公路好了许多，除了第一个勘探点的一段山路之外，其余的路段大小车辆通行都没有问题。

　　下午时分，就在距离目的地半小时车程的地方，遇到了一条南北走向的大河，大河上驾着一座钢结构桥梁，正在维护施工。我立刻被这条大河所吸引。这摄影和有目的的工作行走永远是矛盾的。赶路的人希望不要堵车，而我则盼望着能够在此间多停留一阵。或许是天意，在返回途中，在此结结实实堵了一个多小时车。对于我来说真是上天赐予的良机。

　　地图上显示，马岛是有几条大河的，我们途中所遇到的，只是其中的

河床被冲刷得沟壑纵横、怪石嶙峋，河水就在嶙峋巨石中奔流

一条，但我一直没有找到更为详细的资料，只是觉得，面前这一条应该是最大的河流。我曾努力追问，翻译也认真地去向路边的人们问询。有人为我们写下了河流的名称——Maevatanana，但对于其他一些情况都没有得到肯定的回答。这一次跟随我们的翻译是个中国女孩，大学毕业刚刚两年，应聘在这里的中国公司工作。

这条河流在 AMBAHITA 地区，视觉上就让人感到震撼，河床的宽度有数百米之多。在如此宽阔的河床里，巨石嶙峋，激流呼啸奔涌，湍急的河流时而分道，时而汇合，它们怒吼着、咆哮着，在怪石嶙峋的河床上穿行，形成了大小不一的许多瀑布，有好几处的形状和落差竟然像我们的壶口瀑布一样，只是水流略小一些。放眼望去，大河之辽阔、流水之湍急，似一条奔腾的巨龙，充满了狂野。

现在是马国的旱季，河床裸露，很难想象雨季时河面辽阔汹涌、惊天动地的景象。在靠岸边一处浑浊的水中，有一个女子带着孩子洗澡，我无意中闯进了她的视野，她还友好地招手问候。

在世界发展史上，凡是接近大河的民族，都孕育出了伟大的农耕文明。农耕文明是需要合作才能完成的，与游牧民族不同。照此说来，马国也应该有灿烂的古代文明的。但是当代科学告诉人们，这座大岛在公元七世纪以后才有人类活动，是地球上人类定居时间最晚的主要陆地之一。

一条大河，能给人以理性，河水沉淀着岁月的积累。这样的河床太过久远了，伏在她身躯上的人民也应该是智慧的。

那一天天气特别热，到达第一个勘测点时，虽然是半下午了，但仍旧骄阳似火。走过一段新近挖开的路沟，踏过一道干涸的沙地，勘测点在一片浓密的树丛灌林之后。专业人员很快完成了工作，拿到了样本，同行的滑总还捡到了一块比较完整的硅化木。第二个勘测点也距此不远，在一处平整的高地。

我于此道一窍不通，但是，亦能感到这里是一处上帝藏宝的地方。就在第二个勘测点，同行者就捡到了一小块红宝石，虽然小，但也晶莹可爱。还有河床之中的石头，晶莹剔透，闪着光亮。我亦有个爱好，每到一处，捡上一颗小小的石头作为留念，这一次，我也捡了两块，一块黑黑的溜光

溜光，我还以为捡到天外来客了，喜滋滋的，后来让同行的专家们一看，只是一块天然的铁石；另一块闪闪发亮的，专家们说有些水晶成分。不管怎样，带了回来作为纪念。

当地有不少人也在做着淘金梦，他们用锤子、凿子等最简单的工具采矿。这块被他们砸下来的石头上闪着金光。

资料显示，马达加斯加自然资源十分丰富。石墨储量占非洲首位，除此之外还有云母、铀、铅、宝石、金、银、铜等，而且绝大部分尚未开采。难怪有人将其称为"被时间遗忘的孤岛"。

在返回途中，还意外遇见了一架刚刚降落的小型飞机，就像电影中的那样，在夕阳下闪着光芒，高傲地浮在草丛之上。后来得知，马达加斯加航空公司有许多支线小机场提供服务，这是在雨季道路受损后人们前往该地的唯一途径。道路不好飞机弥补，也不错。

对于北中部的人们生活的印象，远没有南部那样强烈。因为北部内陆的经济状况显然比南部要好许多，首先表现在居住房屋上，虽然还是泥土搭建，但要比南部内陆地区的起码高大了不少；其次还表现在衣着穿戴上，也普遍要好了许多；另外还有一个重要指标——穿鞋的多了。

总之，这是辛劳而漫长的一天，虽然很累，但收获了一般游客绝无仅有的一段经历，实属难得。

"一沙一世界、一瞬成永恒"

一

在马国有许多华人，他们离开故乡，在海外开疆拓土，安身立命。他们的故事会随着那里的山水，随着时间的流逝而成为人们津津乐道回味无穷的话题。这次接触了一些在马国打拼的企业家，刘杰先生是老资格的一位。他是改革开放后第一批来到此地的中国人，来到马国已经三十五年了，应属于开拓者之一。他是河北保定人，出生于河北大平原中部的一个农民家庭，现在是马国的一位传奇人物，担任马达加斯加—中国友协的会长，还经营着庞大的产业。早在二十世纪七十年代，他作为中国援建非洲队伍中的一员来到马国，合同期满后回到了国内。但在马期间，让他认识了这里，并且认准了这个荒芜的岛国将是他施展才华的场所。于是，他很快又返回这里，开始创业，从此，这里成为他施展抱负的舞台。他由小做起，如鱼得水，生意越来越大，现在不但是一位实业家，还在促进两国关系中发挥着重要的作用。我们在马国半月，得到他的热情款待。

第一次，他在家中准备了家宴，俗话说家宴胜国宴，一行人自然晓得这个道理。不过他的家可不是一般的家，那是一栋最豪的宅，他的豪不在于房子有多大，而是有些你绝无仅有，例如门前有好几个宪兵守卫。在刘会长的家里，我们见到了马达加斯加的许多珍宝，包括最稀有的猴子。

俗话说人挪活树挪死，世间常有这样的现象，一个人在本乡本土不受重视，但到了另外一个地方就会成为传奇。这个说法在这里又得到了印证。他的几位朋友对他所做的工作和人品赞不绝口。让朋友们一致称赞绝不是一件容易的事。

　　塔那有数家中餐馆，兰花大酒店是最大的一家。临行前，刘会长在此为我们践行。在交谈中，他让我们对马国近年的快速发展有了一定的了解。现在中马两国合作发展前景很好，马国人民的生活得到了很大的提高。刘会长说，他刚到这里时，十个人有八九个不穿鞋子，而现在，十个人有八九个穿上了鞋。这就是能看见的进步。

　　他们中有好些人已经扎根于此。在图利亚偶遇的一位吉林的柳先生就是这样，本来是到这里打工的，但爱上了这里，不打算回去了。他已经先后在这里找了两个老婆，还打算再生上一个孩子。他说："这儿的女人多，比例失调，老婆好找，也不缠你。反正回去也没好干的，还不如在这儿。这里舒服，好生活。"总之，他们每个人的身上都有一个很特别的故事。

　　近年来，越来越多的国人走出国门来到这里，他们靠自己的智慧和拼搏，取得了成功。这一次和子英兄合作的伙伴徐总、刘总、孙总等人，就是近年在马国发展起来的中国企业家，他们在这里克服了种种困难，建起了现代化的公司，用现代管理办法经营管理，在异国他乡拼搏奋斗，事业做得风生水起。我要为在异乡拼搏的朋友大大地点赞！

二

　　这是我第一次走进非洲，看到了马国美丽自然的风光，到处蓝天白云、阳光灿烂，大自然馈赠的无尽宝藏，丰富的物产，舒适宜人的气候。同时，也看到了经济发展落后、民众生活贫困、基础设施薄弱的一面。

　　马国的地理位置相当于我们的南沙群岛到云南昆明的纬度，只是它地处南半球。但是在那边生活多年的同胞们都说，马国完全不是想象中的非洲内陆，倒更像是气候宜人的春城昆明。当太阳直射时，紫外线很强烈，但一到阴凉下马上就不热了。有不少人就冲着气候宜人到那里度假或者养老，其中法国人最多，那是他们的老巢，语言也相同。近年来，欧洲其他国家的人也渐渐多了，海边度假村大多数为他们而准备。

　　这里虽然贫穷但不缺少欢乐。不论城市乡村，不论南北，我感受很深

孩子们的脸上，充满了纯真与欢愉

的还有人们脸上的笑容。几乎所遇到的民众都用开心的微笑对待生活，用善意和热情来对待外来者。他们保持了最简单的生活和最纯朴的快乐，他们的心态是平和的，目光是真挚的。我一直在想，在一个物质生活如此匮乏的世界里，这份平和、笑容和善意是从哪来的，这是建立在什么基础上的？

　　这样的笑容在孩子们的身上更容易感受。我拍摄了许多孩子们的照片，那些光着脚丫、皮肤黝黑的孩子，总是挂着欢快的笑颜，眼神中有几分胆怯又有几分好奇，看着我们这些外来者。当你拿出一些糖果给他们分发时，他们立刻就发出欢快的笑声。他们的贫穷一眼就能看出。尤其是我们这次所去的内陆几个地方，他们几乎全都是破衣烂衫，打着赤脚，那些村子里，没有看见一所学校，学校只有城市才有。他们的住处你或许根本进不去，有几次我都不忍举起相机。但他们同样的欢乐，眼神一样是清澈透明。这是一种快乐的民族精神。

可以这样说，这里的孩子们留给我的感受远大于这里的景色。这些孩子们清澈见底的眼神，能让人感受到那种源于内心的善良和纯真。

在马国开拓事业的中国朋友们向我们讲述过这样的事情，可以反映快乐民族的精神之一斑：在一起事故中，有一个人不幸死去了，而另一个人不幸受伤。这个受了伤的人还要隆重地庆祝一下。为什么？因为我身边的那个人死了，而我没有。这不值得庆祝吗！他们还讲过另一件事：一个工人一天只吃了一个木薯，还是乐呵呵的。他们问他，你连饭都没有吃饱，怎么还能高兴得起来？此人一本正经地回答：我是没有吃饱，但是还有什么都没有吃上的，我比他们已经好多了，为什么不高兴！

听了这两个故事后，不由使人感到一丝凄凉，同时又升腾起一丝敬意，这里的许多人们，他们真的很贫穷，他们的全部财产在我们看来几乎可以忽略不计。但是，他们的脸上仍然能够有灿烂的笑容，从不为明天的生活发愁，这真是乐观的民族精神，他们是精神上的富人。

在和翻译李锐的聊天中也颇有感悟。李锐是陪同我们一行的翻译，这位马达加斯加的小伙子曾到中国留学，二〇一一年毕业于武汉理工大学，获得硕士学位，汉语说得很流畅。如果不看长相，你会以为是西北地区的人在讲话。

从一开始，他似乎就和我特别谈得来，经过两天的接触后，我们的话题明显多了一些，除了向他了解当地的风俗民情外，还向他问起了当下的中国人走近非洲走近马国的看法。他说，他在中国三年，很喜欢中国，也了解中国的礼仪和风俗，去了中国的许多地方，至今还和中国的老师同学保持着联系。现在，中国很富强，来了很多中国人帮助马国建设，现在所有的公路都是中国在援建，物品也大多来自中国。但是，有许多人来到这里很不好。他们有的是做生意的，有些是打工的，但很多人素质不高，看不起当地的人，他们和你们不一样，和我在中国的同学朋友不一样。我感到他是很认真说这些话的。

是的，在我们许多人的意识中，非洲还是一个遥远且落后的地区，当有些国人揣着几个钱，到了这里，就当起了高等人，行事中充斥着暴发户的感觉，处处以上等人自居，唯独缺失了泱泱大国应有的礼仪，缺失了文明与善意。在这些带着洋溢着笑脸、从不设防的普通民众的身上，恰恰反映出我们的落后与野蛮。钱多了固然好，但应该有起码的尊重与同情，帮助弱者，心存一份善意。这才是文明与进步，才能远离愚昧。

在这些方面，我们是否还应该学习点什么。

现在，虽然还有许多地方不尽如人意，但文明之光已经照到了这里。道路不好，可通行有序，不论是堵车还是修路，都是秩序井然。在去北部考察时就遇到桥梁养护，车辆堵了有一两公里，但是没有看见一个司机插队，都自觉地排成一行耐心等待。在市区行车更是如此，不抢、不急、礼让对方，咱们同胞去马国后，也都养成了这个习惯。有一次掉头，让了对方车辆好半天。同胞们说，在马国开车，很少发生事故，开上车都变绅士了。这与国内似乎恰恰相反。

马国也有不少人骑自行车，有的是做交通工具，有的是喜爱自行车运动，在图利亚看到很多人在海边骑山地车。马中友协会长刘先生设家宴款待我们，闲谈中也得知了这一点。当他听说我和战友们也喜爱自行车骑行运动时，马上就说，欢迎你和你的朋友来这里骑行，我们可以最大限度提供帮助。这可是一个好消息！

马国是一个年轻的国度，有资料显示，人口增长达到百分之三，这是一个很惊人的数字，要知道，我国人口的增长才是万分之几，这在我们所去各地无一例外都非常明显。无序的生育，给这个贫穷的国家带来沉重的人口负担，医疗、教育、就业各方面远远跟不上，形成恶性循环。不论在乡村还是在城市，都能看到一群群快乐的孩子们，再听翻译说这里盛行一夫多妻，生一群孩子。唉，让人怎么说呢！

马国社会治安尚好，虽然见到的几个中国企业门口都请有宪兵站岗，但没听说发生什么事。一次，我就社会治安问题问几位在中国公司工作的马国人，这几位马的人说："城里很好，农村有小偷，专门偷牛。"牛也是大物件呀。马国允许私人买枪，只要登记在册就可以持有，中国在马国的生意人中有的也置办了枪，有时可以打打猎。

当然，还有许多让人感觉不好的方面。比如伸手索要的习惯，不知道是欧洲人给养成的还是他们就觉得应该受到帮助。总之，给人感觉不好。当然，像机场人员那般公然伸手索要，就是腐败了。

对马国机场一些人公然索要的情况，这次可是亲身经历。记得以前看过周润发演的一部电影《逃离西贡》，描写了南越政权崩溃前一帮海关人员无法无天的嘴脸。这种嘴脸在我们离开时就遇上了，在狭小的候机厅，安检海关混在一起，让人头疼，而且所有的措施似乎都是针对中国人。候机的人群不断有人在交流着经验，不断有人提醒自己，提醒周围的人，所有的经验无非就是什么时候拿钱，什么时候拿多少钱以及怎么交到对方手中。在中午饯行时，朋友就告知，该如何如何。我们也按照要求做了准备。但在通过时，海关人员示意我取出背包里的东西，我真的一件件取了出来，没有违禁品，他竖起了大拇指，OK。我没给就过去了。走在我身后的王教授，就让挡住了。王教授身经百战，掏护照时有意无意将一张五千元的钞票掉落在行李旁边，检查他的海关人员很自然地拿起了钱，装到口袋里。一切都在众目睽睽之下。滑总更是不明缘由就被请到了小黑屋子里，结果拿出几万元（合人民币几十元吧），对方收下后，还和他友好地握了握手。

尾声：在旅行的最后一天，我在塔那的金孔雀酒店，选择了一个最舒适的姿态，把身躯放置于客厅的欧式沙发里，透过圆形的落地窗，透过曼妙的纱窗目扫窗外，一切那样闲适、随性和恬静，默默地享受着时光的静好。虽然此行只是匆匆地一瞥，但已成为永恒。我在记事本上记下了最后一笔，把收集记录到的资料集中起来装进行李，把一些带不走的东西拿出来，这些文字的东西会让我在未来的岁月里慢慢来品味。

第四辑

澳洲散记

蓝色的悉尼

日常看地图，澳大利亚在右下方，偏安一隅，并不起眼。但到澳洲再看，就不一样了，这是视角的问题。实际上，澳大利亚独霸一方，面积达七百多万平方公里，四周是茫茫大海，海岸线在全球最长。偌大的国土，人口只有两千多万，基本上集中在沿海的几个大城市，悉尼是最大的一个城市。

二〇一六年至二〇一七年间，应定居于澳洲的二妹昱立之邀，我两次前往澳洲游历，在这段时间里，我东逛西游，走了不少地方，下面这些文

这是一抹纯净的深蓝

字和图片，就是澳行琐记。

十二月的季节已是隆冬，而南半球的澳大利亚，正值盛夏，我带着北方的寒冷来感受悉尼的热度。

悉尼在澳大利亚的东海岸，飞机还未落地，就看到舷窗外一抹纯净的蓝，这种色彩既是天空的颜色，又是海洋的颜色，让人马上感受到一种博大、美丽和俊朗。蓝色有好多种，这里的蓝我觉得应该叫做澳洲蓝，它是那种最深沉、最纯净的一种，不同之处在于，它不是让人产生联想形容的天空和海洋，而是实实在在地存在。天蓝蓝、海蓝蓝，辽阔的海洋，迷人的港湾，空气清新，植物油亮油亮，让人耳目蓦然一新，真的是惊艳了时光。

悉尼港总是外来者的第一站，因为它是这个国度公认的最迷人的地方。面向大海，左手悉尼大铁桥，右手悉尼歌剧院，两大杰作一东一西雄踞海港两端。周边还有国际海港，皇家植物园，现代艺术博物馆，国家公园，各种餐饮、咖啡店以及购物场所，都是游客必去之地。不论站在港口的任何位置，都能感受到太平洋上空环流带来的无比新鲜的空气，感受那抹耀眼的蓝。

悉尼港又称杰克逊港，是悉尼海陆交通枢纽，城市火车就位于港口的高架桥上。它很特别，既是海港，又是城中心，南面和北面是悉尼最繁华的商务中心地带，西部连接帕尔玛塔河，东面出去就是浩瀚的南太平洋。在通向太平洋的方向，一南一北两座绝妙的山崖，似伸出的两条臂膀，护卫着这湾碧水，使它得天独厚，波小浪轻，得以广舒情愫。

悉尼真是一个非常幸运的城市，特殊的地理形状，让它拥有众多的海港和海滩。有人形容它是一座漂在水边的城市，现代化的大厦与古色古香的英式建筑，在蓝色的海湾中交相辉映。环形码头，就是悉尼湾中最中心的码头，呈一个U字形状，底部是渡船和游船的离岸中心港口。码头的轮渡，可以抵达数十个目的地，每天都有无数人踏上渡轮，凭海临风，欣赏无敌的美景。深蓝从天边垂下，风光如诗如画，海鸥自由飞翔。每年一次的跨年礼花从这里升起，国庆节的庆典在这里举行，各种重大活动都离不开这里。

海港大桥和歌剧院隔着碧水相望，这两个建筑同被誉为悉尼的象征。

大铁桥建于一九三二年，连接着悉尼南北，造型早已为世人熟悉，不论从哪个角度看，都如同蓝天上的一道彩虹。大桥还可以攀登，攀登者要经过体检，是一项勇敢者的游戏。我只在大桥上走过，凭栏远眺，已然感觉气势磅礴。

悉尼歌剧院更为世人皆知，那个矗立在碧海蓝天下白色风帆的造型，让人叹为观止，它是排在榜首的地标式建筑，也是世界公认的一件"稀世之作"。它出自丹麦建筑师约恩·乌松的设计，一九五九年开始动工，一九七三年十月二十日才正式建成，英国女王伊丽莎白二世为其揭幕剪彩。从此，它与港湾大桥一起成为澳大利亚的象征。

悉尼还有繁华的商业圈和充满活力的郊区。除了 CBD 著名的几条大街外，还有许多七拐八拐的小巷子，众多的历史遗存都隐藏在这些巷子里，尽管悉尼没有几座摩天大楼，就连街道都不太宽也不太直，但它的气质和哪一座城市相比都毫不逊色，它的大街小巷里当仁不让地展示了雍容华贵。当你从这些大街小巷穿过，就会被它的优雅和时光所惊艳。

走进悉尼歌剧院

刚到悉尼，二妹就带着我和孩子走进歌剧院，观看了一场歌剧。

对于歌剧，我完全是个门外汉，之所以去看，首先是二妹的盛情，再者，以前也曾驻足流连，但终是未能入内一观，与其买票进去参观，还不如踏踏实实去看一场歌剧。

早先就看过一些文章，歌剧院的建造过程充满坎坷：一九五五年，悉尼向全球建筑师发出邀请，征集歌剧院设计方案，一共收到三十二个国家的二百三十三件作品。一九五七年，由四人组成的评委会审议歌剧院的设计方案时，一位名叫伊尔罗·萨里南的评委注意到了已经被扔进废纸篓里的设计图。这位老资格的芬兰裔美国建筑师独具慧眼，发现约恩·乌松这个设计颇具吸引力，充满了灵感，他据理力争并最终说服了另外三个评委，最后乌松的方案被选中，赢得了五千英镑奖金。

约恩·乌松是丹麦默默无闻的设计师，但就是这次方案被采用后，传奇故事由此展开。

他在获悉自己的方案被采用后，意气风发地举家迁往悉尼，打算从此定居澳大利亚。然而上天总是不愿让人太一帆风顺。歌剧院的独特设计，也对传统的建筑施工提出了挑战，工程技术人员光计算怎样建造十个大"海贝"，以确保其不会崩塌就用了五年时间。在随后的施工中，工程的预算不断追加和工期的延后使它成为在野党攻击执政党一个政治靶子，并最终导致政府的下台。新一届政府继任后，以财政困难为由向乌松提出了修改方案的建议，但倔强的丹麦人拒绝妥协，一九六六年，在与负责官员大吵一架后他愤然辞职，带着家人离开澳大利亚，并发誓再也不踏上这块土地。

和二妹在悉尼歌剧院前合影

乌松辞职后由澳洲建筑师群合力接手，最终在七年后完成，花费也超出了最初预算的二十倍。姗姗来迟的歌剧院一建成，立即就成了悉尼的象征。后来，乌松与悉尼达成了谅解协议，悉尼政府也多次邀请乌松回去看看，但乌松均以年事已高和身体原因谢绝。

二○○三年，在悉尼歌剧院建成三十周年之际，乌松获得素有建筑界诺贝尔奖之称的普利茨克建筑奖，从此跻身建筑业的最高殿堂。二○○八年，乌松九十岁时，悉尼歌剧院全体工作人员为远在丹麦的老人庆生，几个月后，老人去世。这段曲折的历史也成为歌剧院的传奇故事，听着每每让人热泪盈眶。现在人们能够想象没有歌剧院的悉尼是个什么样子吗？

穿上行囊中唯一一件带领子的衬衫，蹬了一双新购的棕色皮鞋，早早来到剧院，本来就是为"看"而至，所以，当走近歌剧院时，我就特别加以留意了。

我们来得挺早，在歌剧院外傍着蓝色港湾的露天餐馆用了晚餐后，走上通往剧场的专用通道。台阶上铺着红色的地毯，衣着正装的青年男女侍应生分别站立两旁，当沿着这种礼仪步道拾级而上时，一种庄严隆重的感觉油然升起，仿佛打开了一扇通向未知世界的门。难怪西人把看歌剧当成参加一项重要的活动。

在环绕剧场的几个小门外，有个很宽敞的露台，这是观众们剧前和剧中休息的场所。露台下是悉尼湾蓝色的海水，岸边伸出一个很小的木制栈道，拴着几只小艇，在暮色中显得幽静美妙。露台上置放着几张长桌，摆

旁边是小女，后排笑眯眯的是佳宁

放着许多饮品，成为一个临时的酒吧。每种饮品下面都压着一张纸，上面标明了价格。自然，此时此地各种饮品价格不菲。不过，纯净水是免费的，装在透明的杯子里。人们三三两两端着杯子，闲散地聊着各自的话题。

悉尼歌剧院坐落在悉尼港的波利朗角，三面环水，它的外观洁白晶莹，让人惊叹，像是一组扬起的风帆出海远航。它的内部同样令人惊喜，有两个主厅和一个副厅。主厅最大的一个是音乐厅，能容纳一千二百人，歌剧厅是稍小的一个，可容纳一千余人。剧院有特殊设计，在哪一个角落都能听到自然音响。到目前为止，中国的歌唱家，宋祖英在歌剧厅演唱过，只有萨顶顶出现在最大的音乐厅里演唱。歌剧院内部与所见过的剧场并无二致，只是座椅宽大一些、前后之间空间较大，便于出入罢了。但有一点颇感意外，歌剧院内部的墙面、墙柱等处竟然没有做任何装修，直接是水泥混凝土浇筑原装。

歌剧院是世界级的，上演的剧目也是顶级的，从歌剧、芭蕾到交响乐，代表澳洲向世界呈现一出出的视觉盛宴。这晚观看的歌剧是《魔笛》，这是莫扎特创作的最后一个歌剧，世界最著名的十大歌剧之一。事先看了介绍，《魔笛》的剧情并不复杂，描述了一个年轻王子追寻爱情的故事，他随身携带的一支魔笛，经受了种种考验和曲折，最终战胜了邪恶，和心爱的女子幸福结合。全剧在说白和演唱中进行，用英文表演。

歌剧院的设计非常独特，在它贝壳形屋顶下面是包括歌剧院和音乐厅的综合建筑。歌剧院里面使用了大量的木制建材，没有见到演员使用扩音器，但原汁原味的声音也能传到剧场每个角落，据说一个管风琴的调试就用了两年时间。舞美设计感觉也并不豪华，阵容也不算庞大。倒是观众满座、彬彬有礼、秩序井然看得兴致颇高。内行看门道，外行看热闹。我注意了周围其他观众的动作，当演员演到动情处，所有人都在鼓掌，人们用力气、大幅度地鼓掌，腰板挺直双眼直视舞台；当演出结束，演员谢幕时，全场的人都在鼓掌，掌声达数分钟之久。你无法知晓周围的人是否真有激情和感动，但有一点可以肯定，在什么时候鼓掌、什么时候消停，他们都知道，这或许也是歌剧整体内容的一部分，鼓掌了才算完整。

观看歌剧是不得拍照的，还有手机也要静音，否则一旦铃响，就会招致人们蔑视的目光。不过在演出开始前，剧场内许多人都在拍照。

看了一场歌剧，打了几次瞌睡，观察了一阵周围景致，歌剧虽然一窍不通，但是收获还是有些的。

首先，这歌剧就和京剧一样，不是靠剧情来引人入胜，靠的是唱腔。也就是感受音乐和歌唱的旋律，一首首动人的乐曲是歌剧的灵魂，也造就了歌剧的跌宕起伏。二来，这欣赏歌剧大有讲究，比如要遵守准时的原则：准时入座，到时退场，迟到者须在中场休息时再行进入，并且不得提前离席。再有遵守秩序的原则：大致是不得携带食物饮料进入场内，不得吸烟、嚼口香糖、吃东西；不得在演出中鼓掌叫好或向舞台掷花；除了每节结束及终场时鼓掌外，必须保持肃静；不得喧闹哪怕打喷嚏，以免招旁人冷眼。还有对着装的要求：着装看来不必苛求，大方得体、干净整洁即可。这日亲见许多人士也非西装革履，当然尽管夏日炎炎，汗衫短裤是断不可行的。

曾在电视中看过有这样的报道：中国歌剧院在北京演出，开幕前要专门拿出一段时间来普及观看知识。即便如此，也常常发生失仪之事，还气走了台上的艺术家。这似乎也能理解。因为歌剧本身就是西方艺术，观看也是要用"舶来"的那些规矩。总之，看这玩意儿要有耐心，要矜持些、绅士些，或许就当成一种在女孩子面前想努力表现的那样罢了。

反正，这就是人家的文化。

岩石区：有历史故事的地方

有历史记忆的东西有文化内涵，有历史故事。岩石区就是这样一个地方。

岩石区是悉尼的发祥地，也是澳大利亚的发祥地。从今天的位置来看，就在环形码头以西，沿海岸线到大桥下的道斯角，再到天文台的那一片区域，面积并没有多大，坐落在繁华的海港湾内。如果从环形码头步行出发，首先走过的是当代艺术馆，从艺术馆旁的小路过去，就进入岩石区。如果花上些时间，在岩石区的狭小街巷上慢慢走走，便能品味一个颇具历史文化信息的区域，感受澳大利亚的历史记忆。

岩石区的记忆追溯到第一批从英国流放到此的囚犯，这是澳洲历史上

左边那个三角形状的建筑，就是纪念最早移民此间的人们

一个重要的时刻。

一七八八年，英国的一位船长亚瑟·菲利浦，率领船队在经过二百五十天的航海之后，抵达了这块新大陆。他带来了未来的澳大利亚第一批移民——七百八十名流放囚犯和七百多名士兵。菲利普船长是个知恩图报的人，他不忘记提携过他的恩人——内务大臣悉尼，把他们落脚的港湾用内务大臣的名字来命名。随后，他带领军士与囚犯，在这块砂岩海角上安营扎寨，这里成了澳洲大陆第一块被开发的地方。随着时间推移，这里有了澳洲大陆的第一条街道、第一个邮局、第一个工棚、第一个酒吧，成了澳洲开拓史的鼻祖，成为澳大利亚起步的地方。

当然，岩石区的全部历史也就二百多年，相对于我们五千年的文明来说这根本就算不上历史，但是，他们精明细致的保护修复和利用，使这个地区成功地转变为澳人骄傲、游客向往的地方。

资料表明，十九世纪初期这里就是悉尼最时尚的地区，当时，岩石区成为兴盛一时的港口，兴建了许多房子，住着各色人等。在步入二十世纪后，特别是悉尼港湾大桥的兴建，东南引桥占据了岩石区大片的土地，也将岩石区劈为两半。此后许多年间，岩石区陷入了贫穷、拥挤的恶劣环境。进入二十世纪七十年代后，他们认识到了这个问题，成立了悉尼湾管理局，岩石区的修护和开发被重新提起，经一批批专业人员的精心规划和设计，古老的岩石区终于重新焕发了光彩。

今天的岩石区是每一个游客的必到之地，因为它有太多的经典所在，诸多的小型博物馆、艺术馆、纪念馆以及餐厅、酒吧等遍布其中，在古老的建筑中闪烁着光彩。还有著名的岩石区市场，只在周六周日开放，摊位上展示着五光十色的东西。人们从那些老旧的屋舍、磨得发亮的台阶，看到从无到有走过的路。从青年旅舍楼层下特别保存的历史的遗迹，可以遥想当年被流放到此的人们登上新大陆的情景。

苏珊娜博物馆是一栋建在山坡上的连排老屋，原本是悉尼开港初期普通劳工的房舍，厚厚的木板门，粗糙的石台阶，都显示了当年开拓者的艰辛。房舍充分利用了地势，靠东一面为二层结构的砖木房，靠西则是建在岩石上的一层。由于保存了完整的建筑结构与内部设置，让人可以清楚了解早期移民劳动阶层的生活。上面转角处的一个小屋现在仍然是一家杂货店，极像中国农村的那种带柜台的小杂货铺，卖一些日常杂品。它的陈旧沧桑，说明没有经过大规模的修缮，真实地再现了一百多年前的情形。

这里虽然陈旧破败，但还是为当代情侣拍摄户外婚纱照所喜爱，在晴朗的日子里，我两次碰到他们的拍摄团队，情侣们不断变换着身姿，在这些陈旧的建筑间定格他们的美好瞬间。

当代艺术博物馆，紧邻环形码头，是一座浅红色的建筑，这里收藏了澳大利亚最优秀的当代艺术家的作品，包括众多原住民艺术家的作品。这里还常年举办国际展览，展示着澳洲乃至世界顶级的当代艺术。只是大部分我们根本看不懂。

乔治街北端是岩石区的主轴，也是澳大利亚的第一条街，在船运、商业、建筑等方面留下重要的篇章。这条街的两侧都是有傲人历史的建筑，许多高档的餐馆和咖啡厅就在这条街上，只要有钱，谁都可以在此边观美景边慢慢享用。

天文台在岩石区上段的一个山坡上，是澳大利亚最古老的天文观测台，绿色草坪拥抱着，让它俯瞰悉尼湾和海港大桥，这里现在叫做天文台山公园。登上天文台山，悉尼海港景色一览无遗，在此观景，美到怀疑人生。此外，天文台还定时开展天文知识讲座，可以增长相关科学知识。

让人感兴趣的还有那个青年旅社，它占据了绝佳的位置，身材巨大的香格里拉都甩在身后，虎视眈眈地觊觎着它。按说这个地方绝对不是廉价的青年旅社应该承受的，但他们就能这么做。这座青年旅社建在当年的遗址上，为钢结构的六层楼，最底下的一层架空，很巧妙地保护了这片遗迹并开发利用，遗址发掘出土的文物、化石等全部放在一层展出，成为旅社的院落。网上的驴友说，这是全世界有最美景观的青旅，要提前很长时间才能订得到房间。

此外，悉尼的第一幢房子"卡德曼小屋"，在悉尼大桥下道斯角公园的一角，稍不留意就忽略而过；还有用古老的仓库改建的市场、阿盖尔隧道、数不清的餐饮酒店、艺术长廊以及古色古香的街道，都是独步好去处。

总之，今天的岩石区是一处很好玩的地区，历史与现代在这片区域完美地交融，呈现出一种独特的风情，随便找一处充满文艺气息的咖啡店或酒吧，不论是在悠闲的临水区，还是古老的仓房边，尽可以一面聆听穿越历史吹来的海风，一面享受超凡脱俗的阳光。

乔治街街口有一座用当地砂岩砌成的纪念碑，纪念碑以三个面的造型、凹雕的手法，纪念最早的移民。一个面是一个戴着脚镣的囚徒；另一个面是持步枪的军人；再一个面是一家三口的移民形象。囚徒尽管戴着脚镣，但也高大伟岸，屹立在此，他们已经得到澳洲人的认可，他们和军人、移民家庭共同成为澳大利亚的开拓者。现在，把这三组不同成分的人，都以正面的形象立碑于此，让今人纪念缅怀。在现在的澳大利亚人看来，他们都是这块土地的开埠功臣，都是这个国家的祖先。

在岩石区的一面墙上还见到这样一副铜铭牌，铜牌记载了这样一件事：一九七一年，当地政府计划改造岩石区，准备拆掉这片陈旧的老房子建高楼大厦。但当地居民不体会政府的美意，联合起来拼命反抗，并通过了一项保护岩石区的绿色禁令。最终，政府妥协了，岩石区得以完整地保护下来，此事成了城市保护的一个典范。一九九六年十二月，悉尼市政府在此设立铭牌，记载并颂扬了这一事件。这是挺稀罕的一件事，政府为一起用暴力抗争让他们丢脸的行为铭刻纪念。

岩石区虽然范围不大，但行走起来却颇费时间，因为它街巷纵横交织，每条街巷的风光都不相同，往往是一排房子的后面，就是另一幅画卷。而且小街巷中历史颇多，几乎每一座楼每一间房舍都显现出悠久且不衰的容颜，都有着流传久远的故事。那些错落有致的建筑，悠然起伏的路径，都会让人流连其间。如果深入其中，就如同穿越到悉尼的早期，历史的一切都反映在迷离与苍茫之间。那些流放囚徒的艰辛劳作，早期移民的坚韧毅力，闪烁着人性光明的一面和阴暗的一面，都会一一飘过你的眼帘，让你震颤，让你感叹。试想，在一块完全陌生的大陆，一片坚硬的海边岩石地带，从第一艘载着囚徒和士兵的船靠岸，到如今的模样，不过短短二百多年，这的确是人间的奇观。

我曾在夜晚时分走过此地，岩石区有几条街变得光怪陆离，热爱夜生活的年轻人开启了他们晚间的丰富生活，也赋予了这块有历史的区域新的涵义。

悉尼的闹市和"小城"

悉尼这座城市和我们认知中的城市不太一样，它不是一座城市，而是一群城市。在这一群城市中，包含了三十五个地方议会和行政区，虽然有的叫市、有的叫区，但都是一个个的实体，一个个小城市，都有一个相对独立的政府。这些小城如同一把瑰丽的珍珠，洒在一万两千多平方公里的碧色之中，在蓝色海洋的怀抱里，组成了悉尼这个大家庭。

历久弥新的马丁广场

悉尼的中心商务区并不算大，资料显示只有六平方公里，脚力好一点的一天就能走个大概。在这片闹市区中，马丁广场是中心，号称悉尼的"城市心脏"。

说它叫广场，实在有点委屈"广场"这个词，在我看来，充其量就是一条稍宽一点的步行街而已。不过人们都喜欢这里，我也喜欢，因为每次都能感到一种浓浓的历史文化韵味。

早年间，这里只是连接乔治街和皮特街之间的一个路段，直至一九七一年后，才逐渐变成为今天的样子。

现在的马丁广场大致有数百米长，从西到东，依次串联起乔治大街、麦考瑞大街、皮特大街、伊丽莎白大街和菲利普等街道。而这几条街就组成悉尼的 CBD，或因此，这里又被称作悉尼的心脏。

这条街是一八九二年开通的，以殖民地时代一位领导人物詹姆士·马丁爵士的名字命名。此人曾三次出任新南威尔士总理，还任过最高法院首席大法官。现在的广场，街道两旁原封不动地保留了当时的历史建筑，这些建筑让今天的人们看了都叹为观止。

在马丁广场和乔治街口的交汇处，邮政总局的那座宏大建筑非常吸睛，楼顶有高高的钟楼，楼面有精美的雕塑，楼下有长长的圆拱形走廊。走廊是巨大的石块砌成，金黄色的外墙富丽堂皇。当我在斜阳照耀下走在长廊时，身后留下长长的影子，似乎在踏着历史的足迹，穿越了遥远的烟云，这是它最为吸人眼球的地方。这座著名的建筑建于一百多年前，自从建成以后，一直承担着重要的角色。现在早已改为一座宾馆，但是，为了展现它的历史，外部结构完整保留了原样。

澳洲在保护和传承他们历史方面的确下了功夫，在维修改建方面，是不可以变动外形和结构的，致力保护有限又独一无二的历史，向世界各地的人们分享着自己的骄傲。只要进入大厅，立刻会感觉到不一般，非常高的大厅，用了许多彩绘玻璃装饰，阳光透过玻璃洒在大厅，楼梯的铜扶手闪闪发光，充满了温馨与蜜色。

这里的确能让人触摸到历史，这是过去文明留给现代文明的一件纪念物，是一串瑰丽的珠宝。澳洲人知道它的价值，他们满怀尊崇和敬意呵护着它，在今天寸土寸金的地方，固守着他们的理念。在这所大厦的前面，修建了喷泉音乐广场，还有供游人休息的场地。许多人买来汉堡、薯条，在此边用餐边观景，有一些穿着制服的职员也带着午餐来此消磨时光。在广场和市中心的一些地方，还常常能见到各种形式的街头表演，比如有人全身涂抹金色，摆出一个造型，一动不动，雕塑一般挺立街头，脚下放着一顶帽子，只要有人合影，他就会机械般地转动身躯配合合影，当然，合影之后你要付出一些钱的。说实在的，一个姿态，眼睛也不眨一下，也不容易。还有一些水平相当可以的艺术家，有作画的，有歌舞的，有弹奏的，也有吹拉的。可以感到，这些街头艺术家具有纯正的艺术血统，他们的存在也给城市增添了一抹绚丽的色彩。当然，广场上也常常有真正的音乐团体演出。

在广场中央，有一座建成于一九二七年的纪念碑，是纪念参加第一次世界大战澳纽军团的战争纪念碑，那是澳洲的荣耀。澳洲人对他们的这段

雨夜的马丁广场

历史非常自豪和尊崇，在各处都建有纪念碑。拐角处是"澳大利亚电视七频道"的新闻演播室，总有人们隔着玻璃往里观望，实况播出常常会出现观望者的身影。

马丁广场还是澳洲的金融中心区，也是商业中心，见证过许多重大事件的发生。二〇一四年底的那次劫持人质事件，就发生在附近。

节日的马丁广场总会呈现别样的景色，今天（二〇一六年十二月二十日）广场就成了一个热闹的集市，白日里搭起白色的帐篷，售卖的物品五彩缤纷。还有人做慈善发方便面，原以为是广告推销，只看了一眼，几包方便面便塞到手中。夜幕降临后张灯结彩，成了民众欢乐的海洋。人们在彩灯下拍照留念，认识的不认识的相互帮忙拍照，我亦帮着好几拨人按下了快门，浓浓的节日风情飞来眼底。

昨日的晚间，天空又不紧不慢地下起雨，湿漉漉的马丁广场泛着历久弥新的光彩，我把这节日的景致摄入了镜头，同时也镌刻在了我的记忆里。

QVB——最美的购物中心

有人把它誉为"全球最美的购物中心"，并且得到了广泛的认同。戴了这顶桂冠的就是维多利亚女王大厦，又简称为 QVB。

QVB 大楼地下两层，地上三层，如果把塔楼算上，应该是七层，全长两百米，四面临街，占据了整整一个街区。大厦内有超过一百八十家的商店、咖啡馆和餐厅。楼内的店铺都是高雅的风格，从顶级品牌服装到珠宝，从各种装饰艺术品到食品，应有尽有。这里既是悉尼人的骄傲所在，又是一个极具历史性的旅游景点。走进它，仿佛是走进了十九世纪的宫墙，与历史相会，而且不用花一毛钱就可以大饱眼福。

大厦的美首先在于它的建筑特色：罗马风格的结构，中央高高耸立着大圆形拱顶，圆顶的外层是紫铜架子，内层装饰着华丽的彩色雕花玻璃，大厦中心是长条的天井式，在长达两百米的天井上，悬挂有两座大挂钟。南侧的一座，据说是由专门为英国皇室设计钟表的工匠于一九八六年打造的，外形是模仿苏格兰的巴尔莫勒尔城堡，这座城堡是维多利亚女王最喜爱的度假地，每到正点都会播放音乐玩偶剧；另一座钟，则是悉尼本地工匠二〇〇〇年的精心制作，它是南半球最大的吊钟，每半小时报时一次。

这座华丽的大厦建于十九世纪九十年代，是当时悉尼市政厅为了庆祝维多利亚女王登基五十周年而建的，由当时苏格兰著名的设计师乔治·麦克雷设计，于一八九八年完工。最初的用途是作为市场以及办公场所，是悉尼十九世纪末期最伟大的建筑之一。

维多利亚女王曾是英国历史上在位时间最长的君主，在位时间长达六十四年。直到二〇一五年，伊丽莎白女王才超过她。她也是第一个以"大不列颠和爱尔兰联合王国女王和印度女皇"名号称呼的英国君主。在位期间，是英国最强盛的所谓"日不落帝国"时期。

维多利亚女王是当今伊丽莎白女王的高祖母。换句话说，伊丽莎白女王的爸爸是乔治六世、乔治六世的爸爸是乔治五世、乔治五世的爸爸是爱德华七世，而爱德华七世就是维多利亚女王的长子。维多利亚女王和阿尔伯特亲王共有九个子女，他们几乎都与显赫贵族联姻，这九个子女的孩子们几乎遍布整个欧洲的王室，因此维多利亚女王又被誉为"欧洲祖母"。

在维多利亚女王时期，英国称霸全世界的海洋，主宰全世界的贸易规则，殖民地遍布世界各个角落，因此也成为英国历史上经济最繁荣、文化最辉煌、影响最为久远的时代。

在 QVB 的正门外，就坐落着一尊维多利亚女王的坐像，坐像是中年时期的维多利亚女王，头戴皇冠、手持权杖、身着君主礼服、眼神孤傲、冷峻地看着前方，像是巡视着她的臣民。这座大厦虽然是以维多利亚女王的名字命名，但她从没有光顾过这里。倒是她孙子的孙女，当今的英国女王伊丽莎白二世，在一九八六年的时

佳宁、家远、灿然在 QVB

候来过一次，这是大厦一百多年以来唯一的一次，其荣耀可想而知。伊丽莎白女王还留下了一封关于这座大厦的神秘信函，不过她告诉悉尼市长，信要等到一百年后也就是二〇八五年才能拆阅公之于众。这封信现在就封存在 QVB 三层的墙上，一个玻璃密封的函匣之中。

今天的 QVB 已经是悉尼最珍贵的文物地标之一，它已经不单单是一个"最美的购物场所"，走进其中，感受过往，在金碧辉煌的穹顶之下，五彩斑斓的地砖之上，洒下的都是十九世纪欧洲的光影。

唐人街：一个享受美食的地方

唐人街又被叫做中国城，地理位置非常优越，周边毗邻中央火车站、达令港、市政厅及中心商业区，洋洋洒洒占据了好几条街，中心位置的德信街道两端还各竖立一座绿瓦红柱、高大雄伟的中国式牌坊和坐镇牌坊的狮子，这几乎是世界各地唐人街的标配。

唐人街是早期华人移居海外后，为求生存、共同打拼的聚居之地，因此，唐人街的历史都是一部早期华人移居海外的血泪史，是屈辱的见证。时光飞逝，斗转星移，随着中国国力的强盛和影响的加大，海外华人的地位也发生了变化，老一代的华人，经过努力和打拼，日渐得到主流社会的认可。唐人街也改变了以往脏乱差的形象，地域也扩展到周边的莎瑟街、汤姆士街等区域，并不断模糊了界限。而新一代的移民，则越来越愿意居住在唐人街以外的地方。现在的唐人街成了中华文化区的代名词，其功能和作用也发生了转变，成为市中心的繁华商业区和餐饮美食区。对今天的悉尼人来说，那里是给他们品尝全球各地流行的美食菜肴、把盏共饮的地方，至于各国游客，则是一个必去参观的景点。

可能是广东人最早移民的缘故，唐人街的装饰与广东非常相似，许多商铺里也多是操着粤语的国人，店铺上中文书写也都是繁体字。不过进得店里，店员马上就会判断出该用英语、粤语还是普通话和你过招。但是，几次以后也会发现，一些面向国人游客的礼品店、免税店，尽管商品琳琅满目，但若干畅销商品上，价格总比外面的超市和店铺高出不少。

唐人街的西北边还有著名的星光娱乐城，这是世界一流的赌场，外形宏大气派，门前立着彩色的龙的雕塑，内部更是金碧辉煌，各种博彩活动一应俱全，还有美食茶点供来客享用，人气旺盛，来这里行乐碰手气的几乎是清一色的华裔面孔。

离唐人街不及半公里有一处中国式花园"谊园"，是纪念澳大利亚二百周年大庆的工程之一，由江苏省人民政府赠送。该园如名所示，是彰显两国人们的友谊之园。占地一万平方米，是悉尼为数不多的几个要收费的景点。

只要去唐人街，在入口处就一定会看见一棵金灿灿的歪脖树，你可别以为这是一棵丑陋的树干，它可是保护唐人街世世代代繁荣的风水宝树——发财树。

这棵树是依据中国的风水理论制作安放的，选用澳洲传统的桉树树干，再用二十三克拉的金箔镶嵌在树枝上，并且让树干顶端不断向下滴水。据说，滴水处叫做"金口"，流下来的都是金银财宝，象征着财源滚滚，很有讲究的。据说自打一九九九年立起这棵神树后，唐人街的生意、人气真的很旺。不得不说，这还是一种原始的文化元素！

这些年来，澳大利亚华人的人数增长很快，已超过五十万人。而悉尼就占二分之一，所以，除城中心的唐人街外，四面开花。又有好几个新唐人聚居地也发展起来，帕尔玛塔也有了唐人街，周围商店林立，顾客如织。招牌上写中文下写英文。艾士菲市号称"小上海"，街头菜场中国商品一应俱全，上海话普通话通行无阻；号称"小台北"的北悉尼"车士活"地区，华人社区气氛浓厚，亚裔餐馆非常集中；肯姆希镇的唐人街也正在兴起，只要会说粤语和普通话就畅通无阻。悉尼南区的好市围外号叫"小香港"，来自内地和香港的居民人口占到该市总人口的百分之三十以上。走在街上和国内某个小城市的感觉无几。

总之，悉尼的唐人街已远远超出原来街道的范围，可谓四面开花，这也从一个方面反映出华人社区蓬勃发展的面貌和在澳大利亚多元文化社会中所处的地位。

动感的达令港

达令港又被译为情人港，听名称就是一个非常浪漫的地方，港湾不大，但却是地标般的一处存在。

围绕达令港周边的是著名的悉尼水族馆、国家海事博物馆、动力博物馆、赌场、中国花园、悉尼会议中心、唐人街等，有别具一格的酒店、独具特色的旅游购物中心、酒吧、餐馆、娱乐城等，整个区域霓虹闪烁，吸引各色人等来此消遣。这里还是庆典活动、集会的重要场所。

达令港有一座世界上建造最早的电动旋转桥，当大船要经过时，桥梁的中间部位，就会旋转断开，待大船通过后再合拢。这种功能现在还有，但已经不是为了大船通行，而是每天定时开合，纯粹成为一种观赏表演。

晚上的达令港更加漂亮，和白天的感觉完全不同，平静的水面、柔和的灯光，构成一种浪漫气氛，两边还有热闹的酒吧、购物中心，亲朋好友来这里散散步，真是不错的选择。或于此，除了悉尼港，达令港是我们来的次数最多的，因为这里活动多，热闹也多。

时尚的大街和小巷

皮特街是著名的购物大街，贯穿悉尼中央商业区，是公认的世界五大顶级名牌时尚中心，它的名气虽不及其他四个，但购物环境还是非常不错。在这条步行街上，设置了许多休息的座椅，每四个座椅一组，围绕着一株树木，供游人在阴凉下歇脚。步行街非常繁华，无论晴雨，日日人头攒动。由于地处南半球，季节相反，当一些时尚新品上市时，生活在这里的人们总要等几个月之后才能亲身尝试。倒是北半球的游客常常可以在这里买到一些过季的打折商品。

皮特街的特色在于它的历史遗存，两边都是老建筑，这些建筑用砂岩做基石，每一座都有精美的雕塑，虽经百年以上风雨，迄今风采依然。好多建筑上，还在最显著的位置上标注了建造时间。可以想到，当初的建筑师对自己的作品是多么信心满满、多么自负。虽然时光飞逝，但这条街还始终保持着一份典雅，这份难得的风格在现代化世界里，显示出它的不凡与高贵。同时，这些遗存也体现了后来的人们对这些老祖宗留下来杰作的热爱、倾心和眷恋。我在皮特街以及麦考瑞、牛津等几条大街上拍摄了许多老建筑照片，这些古色古香的历史遗迹和周边商务街区的现代化建筑交相辉映，在蓝天白云下泛着一抹历史的青光。

悉尼塔是从皮特街拔地而起的，高三百零五米，是悉尼最高的建筑，塔顶是一个观景平台，上去后，大悉尼美轮美奂景色尽收眼底。参观者国人居多，服务员也大都是年轻华人。我在市中心转悠，常常转着转着就找不着北了。因为这条街上各大商场之间一个连着一个，互相串通，不用出门就可以走入另一家，往往就不知出了哪个门了。我的经验是抬头仰望，找到悉尼塔，用它和另一个带梯形斜度的高楼来定位，就知道该怎么走了。

悉尼的主街还有乔治街，它是澳大利亚的第一街道，贯穿于岩石区，现在是一条充满活力的商业街。牛津街挺长的，从海德公园一直到帕丁顿，是悉尼最开放的街道，夜生活的焦点地区，每年三月都要举办盛大的同性恋嘉年华。

除了几条著名的街道，悉尼市中心还有众多的小巷子，这些七拐八拐的街巷同样历史悠久，同样有众多历史的故事。如环形码头南面麦觉理公园的小广场，绿树成荫，中间有个方碑，是悉尼道路测量的零起点；香格里拉酒店后面的一条小街，是爵士音乐爱好者的天地；皮特街旁边的一条巷子，会被头顶密密麻麻的鸟笼子震撼；许多文艺范的商铺氛围超好，最好吃的美食也大多隐匿在巷子里，还有著名的网红餐厅，历史悠久的咖啡店、商铺、酒店，也都隐藏在这些婉转的巷子里，它们的存在，如同人的神经一样，丰富了城市的脉络，成为城市的灵魂所在，也是喜欢摄影人的好去处。

多彩的纽堂

纽堂算是"郊区"，如果说每一个城市都会有一块最具浪漫色彩的区域的话，悉尼的这块奖牌应该挂在纽堂的身上。在一些中文书刊上这里被称为"新镇"，不过这个名字没有叫响，当地华人还是管它叫纽堂。

纽堂建于一八一二年，是一个古老的小镇了，位于内西区，距离市中心有四公里。现在，这里是个潮人汇聚、风格迥异的区域。来到纽堂，马上就能感觉到不一般的气息，街道两边基本上都是一些百年以上的低楼层老建筑，非常好地保留了十九世纪的风格。

纽堂只有一条主街，叫做国王街，大幅的彩绘和街头涂鸦是这个区的一大特色，有不少巨大的涂鸦让街道两边的小楼和街区融为一体，成为色彩的世界。涂鸦本来是说拙劣的胡写乱画，但在纽堂涂鸦就成为它的特色。其中一条小街专门陈设着艺术家的壁画，甚至院落的门窗、木椅都有雷人设计，可以这样说，整个纽堂满街都是现代艺术，这些露天的展示充满了文艺气息，引领着时髦与潮流。

在这里，常年飘着彩虹旗，满大街到处是穿着奇装异服的年轻人，是一个男男女女汇聚的地方。每到同性恋节的那段日子，这里更是欢乐非常，总之，这是个古老与现代、古怪与时髦的地方。

我比较感兴趣的是街道两边的那些文艺范的小店，出售着琳琅满目的时髦小物件、服装、艺术品，这些小店主题不同、风格各异，但每个小屋都可以让感兴趣者驻足，如果有耐心，真能淘到一些很好的东西。还有悉尼人爱淘二手货的商店，有艺术品、旧物件、书籍、衣物等各类收藏品、生活用品等。这地方，二手的东西太多，从钢琴、电器、相机，到衣服裤袜，想到的有，想不到的也有，甚至还有一溜擦得干干净净的破皮鞋，至于那婴儿车、自行车一类的物件，恐怕有 N 多手了。有需求便会有市场供给，这是经济学的原理。反正人家就是这样生活的。纽堂中心的公园里有一个纪念碑，纪念在两次世界大战中牺牲的从这里走出去的勇士们。这样的纪念碑在澳洲的许多城乡随处可见。纪念碑造型各异，但每一通碑上，都镌刻着从本地区走出的热血青年的英名，他们再也没能回到家乡，回到亲人的身边。但是，故乡的人们没有忘记他们。在每个城区的公园或广场，把最好的位置，留给了他们，让他们的英名永远和故土、亲人在一起。

这一次我独自行走，在淅淅沥沥的小雨中，打着雨伞，在这个时髦的区域消磨了四个小时，还有一些收获。然后又用了一个小时，步行到悉尼大学，浑身湿冷，疲惫极了。

帕尔玛塔城

帕尔玛塔河是一条大河，自西向东横贯悉尼。从环形码头乘坐渡轮去帕尔玛塔城，可以尽赏沿河风光。我很喜欢这条航线，一是它的航程长，二是一半的航程在海，一半的航程在河，景色各异。

　　轮渡从五号码头开出，这条航程是环形码头所有航程中最远的，船体比去其他地方的船都要小，沿途经过达令港、鹦鹉岛、奥林匹克公园等十个小港口，所经过的水域，景色旖旎，两边的公园、绿地、房舍，尽收眼底。越往前行，码头越小，有的只是在水边搭的几块木板而已。在河海交界之地，水面辽阔，帆船点点，两岸红白色彩的屋宇更增添了一些妩媚。进入帕尔玛塔河后，两岸茂密的林木像是屏障一般，水道愈来愈窄，但见芦苇苍苍，鸥鹭飞起，鸣叫之声不绝于耳。人尽可在幽静轻松的气氛中慢慢欣赏两岸风光。

　　快船行走一个小时又四十分钟就可到达帕尔玛塔城。

　　帕尔玛塔城是悉尼重点发展的卫星城，悉尼地区的第二大商务中心，还是澳洲第三大经济区。城市完全是新兴城市的规划，有城铁、公交还有码头，宽阔的街道，高大的楼宇，都在蓝天下闪闪发光。在现代化的高楼群中，还有许多老建筑，顽强地守护着过去的传说故事。其中澳洲第一个总督府也建在那里，至今还保留那个时期的总督府以及其他老建筑，这片地方后来改为公园，公园占地面积巨大，是一个宁静而美丽的绿色世界。

　　帕尔玛塔河孕育了帕尔玛塔城，几次到此都是那么安静，沿街走去，空旷的马路上行人和车辆都不多，沿街的餐馆、咖啡厅、食品店以及各种商铺，都散发出诱人的芬芳和迷人的色彩。在蓝天的映衬下，空气透明得让人晃眼。

博伍德有座凯旋门

　　博伍德是内西区一处较大的市政区，位于悉尼的中部地带，区域规划完整，街巷整齐，交通便捷，周边其他区域的居民也经常光顾，因为商务发达。

　　很多人一说博伍德，就说那是个华人区。的确，在这个区域说中文也能通行无阻，华人开设的大小美食餐馆遍布其中，是吃货的天堂，还有一个大型购物商城，光是大型连锁超市就有三个，还有形形色色的各种小店，集购物、娱乐、美食于一体。在商城的对面，就是博伍德公园，公园面积不大，

这是一种铭记历史的建筑，象征着胜利和荣耀

但高树入云，绿草如茵，是民众喜爱的休闲之地。这个公园的不同之处是，在入口处，矗立着一座凯旋门。

这座凯旋门的造型，几乎和巴黎的凯旋门一模一样，是按照古罗马康斯坦丁凯旋门建造的，有二十多米高。凯旋门上方书写着："THANKS BE UNTO GOD WHO GAVE US THE VICTORY"（感谢上帝赐予我们胜利）。

这座象征着和平与胜利的凯旋门，是为了纪念达达尼尔战役一百周年，纪念在这次战争中牺牲的澳新军团的军人们。他们的名字刻在凯旋门的墙壁上，旁边的铜牌上记述了那次胜利的战役。

两次世界大战，澳大利亚虽然在地理上远离战火，但他们义无反顾地走上战场，而且是同时走上欧洲和亚洲两个战场。达达尼尔战役又称加里波利战役，是第一次世界大战中在加里波利半岛的一场决定性的战役。

一九一五年二月，英法联军统帅部在英海军大臣丘吉尔（就是我们熟悉的那个后来当了首相的人）的积极倡议下，决定夺取具有战略意义的达达尼尔海峡和博斯普鲁斯海峡，占领土耳其当时的首都伊斯坦布尔。英法联合舰队出动了六十余艘舰艇，来到达达尼尔海峡，与土耳其、德国联军作战。战斗中，由于联合舰队轻敌深入，造成多艘战舰触水雷沉没或受重创。英法联军决定实施陆军登陆作战。在此次登陆战中，协约国方面先后有五十万士兵远渡重洋来到加里波利半岛，其中以新西兰和澳大利亚两国的军队被称为澳新军团，这两个英联邦国家的军队在这次大战中表现得非常骁勇。

这场战役是一战中最著名的战役，也是当时最大的一次海上登陆作战。澳大利亚与新西兰军团顽强的战斗精神和军人素质得到了协约国军队高层的赞赏。

战争期间，三十三万澳大利亚青年走上战场，以伤亡过半的代价赢得了广泛的赞誉。要知道，当时澳大利亚全国的人口还不到五百万！

地处南半球的澳大利亚由于和英国的密切关系，他们多次在英国参战的情况下，自愿出兵参战以协助英国，在他们许多人看来，英国就是他们的故乡，为自己的故乡而战，责无旁贷。

达达尼尔战役也成为澳新两国亲密协作、团结战斗的象征。每年的四月二十五日，也就是当年澳新军团在达达尼尔登陆作战的日子，被确定为澳新军团日。这个节日已经成为澳新两国最重要的节日之一。悉尼有许多关于战争的纪念雕塑，他们以此来缅怀那些逝去的战士，告诫今天的人们和平来之不易。

作为一个独立的国家，澳大利亚在第一次世界大战和第二次世界大战的硝烟战火中得到了锤炼，在这两次世界大战中，它都站在正义的一方，和我们是同一个阵营。

海湾：那一个个美丽迷人的地方

畅游澳洲，常常会围绕同一个主题，那就是海湾。悉尼是个太幸运的城市，上天赐予她独特的位置，让她拥有了辽阔的海岸线，数不胜数的海湾，而所有的自然美景都在那里。

一到夏季，澳大利亚人似乎都躺平了，他们总能找出很多的假期，然后跑到各个海湾，不是戏水就是沐浴阳光。这些地方，有的宁静、有的喧嚣，有的私密、有的奔放，虽然风格迥异，但蓝光在白云下闪烁是共同的特点。至于来自世界各地的游客，海边自然也是最好的去处。悉尼有多少海湾呢？说法不一，有的说七十多，有的说一百多，似乎总说不清楚。反正有些人居住了几十年，也没有都走完。

一　雍容大气的曼利

在悉尼的海湾中，我更为青睐曼利，来了多次。二月十一日，我和女儿、外甥女又一次来到她的身边。

曼利位于市区的东北方向，海上直线距离十七公里，从环形码头乘坐渡轮，大约行驶半个小时，是悉尼轮渡距离较远的一个地方。曼利的地理位置，就像一只长长的臂膀，从悉尼北部伸向大海，护卫着悉尼湾的平静。因此，它的内侧，是面向平静辽阔的悉尼湾，而外侧，则面对波涛汹涌的南太平洋。

开往曼利的渡轮是轮船公司最大的一艘，可容纳二百八十人，有上下两层。但人们更愿意走出船舱，来到平台，让海风拂过自己的额头，吹乱自己的头发，似乎这样才能尽情观赏海上的悉尼。渡轮出港，首先要从悉尼歌剧院前经过，这是一个全新的角度。从这个角度看，悉尼歌剧院独一无二的造型更像几只轻快的白帆，在碧海蓝天下闪光。人们欢快的赞叹声也随着海鸥飞翔。悉尼歌剧院已经被联合国教科文组织列为世界文化遗产，"每一次走近，心中都涌动着激情"（这是小女儿的语言）。她与天、与海交织得如此浪漫。在她的"风帆"下，每天有多少人为之欢呼，为之倾倒。

游轮经过海峡，能明显感受到大洋的风浪。在一阵角度很大的晃动之后，又趋于平稳，慢慢停靠在曼利码头。

澳大利亚人是这样形容他们美丽的曼利的：长长的沙滩、长着棕榈树的海湾、诺福克松树、比基尼、冰啤酒、冲浪、音乐、炸鱼和薯条、游艇、潜水、美女、救生员……人们对曼利的喜爱，由此可见一斑。

实际上，曼利并不单单是一个海滩，她是一个地域独特的市。她有东西两道长长的海岸线，每一边海岸线的长度都在十公里以上。我们一行先向左，沿内海一边的海岸线漫步，慢慢浏览。放眼望去，海岸线蜿蜒伸展，风光无限。有的地方是峭壁，需要走上一段很陡的坡，有的地方则可以下到沙滩，在细软的沙水中嬉戏。一条小路顺着海岸曲曲弯弯前行。在路的右侧，是住宅民居。悉尼的房舍，凡能看见海的，都叫海景房。近海则贵，在如此优美的海岸线，自然是高档区了，大部分是造型各异的"浩司"，也就是我们所说的别墅，家家户户房前屋后都有小院。其间也夹杂着几座公寓楼，但大都不高，因为观景原因，当地限制高度。不论独户的院落还是公寓的庭台，都花团锦簇，郁郁葱葱。澳人讲究生活情趣，尤其住在好地段的人们，总是精心打造自家的院落，希望让自家的小景观也融入外面的大景观去，就是对自家院落前的属于公共区域的地段，他们也精心呵护。因此，这些民居房舍，也成了游客眼中必不可少的一道风景线。

澳人喜欢户外运动，海边的运动是他们最为喜爱的一种。学校里从小就培育各种水上运动，得天独厚的自然环境提供了众多天然的场所。在海滩，有很多孩子在有组织地玩冲浪、划板，我和俩孩子久久地盯着一队孩子们的滑板练习。他们迎着波涛抱着滑板一次次冲向大海，并不是赛前的集训，而是他们日常的玩耍。他们就是在无数个这样寻常日子里的锻炼，在年复一年之中，既强壮了体格又锻炼了意志，以至在各类国际大赛中每每看到他们的身影。在海湾我们还看到有许多人家，全家人或浸泡在浅水中，或躺在阳光下，休闲地度着美好时光。

从面向内海的港湾转到外海的海滩，格调明显不同，绵延一点四公里长的沙滩，沙滩细软平缓、宽阔，更多的人在此间戏水。宽阔的沙滩后面，是高大挺拔的诺福克松树，这在诸多的沙滩上是极罕见的。这种高大的松树傲立在天蓝海阔的海湾，一副雍容大气，颇具文艺范的青春靓丽模样，是曼利重要的组成部分，让人为之赞叹，为之神往。从曼利海滩向东，沿海岸线再走上一个多小时，就可以到达"北头"，一个重要的军事要塞。那里至今留有战时遗踪，但一般游客是不会到那里去的。沙滩的美景就足以让人驻足。

在这里，不论你会不会游泳，都可以在水中走一走，岸边设有观察哨、救护员、淡水冲洗等设施，尽可在此放松身心。只要走下水中，就踏足了南太平洋。如果在岸边的咖啡店或冷饮店坐上片刻，或喝上一杯，就更能享受片刻的悠闲惬意，让人心旷神怡，流连忘返。

曼利，真是很雍容大气的一个地方！

迷人的邦戴

在众多海滩中，邦戴是最热闹的也是名气最大的一个，它以阳光、沙滩、冲浪和美女而闻名于世。邦戴位于悉尼的东海岸，面向大洋，这里天蓝海蓝，风高浪急，是澳洲最具历史的冲浪运动场所。每到夏季的周末，这里有各类冲浪活动，还有各种民俗活动、艺术表演。

邦戴是土著语，原意理解不太一样，有的说是"扔回旋镖的地方"，有的解释为海浪拍打礁石的意思。每年都有数以百万计的人来此冲浪戏水，其中很大一部分是外国游客。

邦戴还有一个闻名于世的名字叫"邦戴救援"，这原本是一部纪录片的名字，是说邦戴救生员守护生命的事迹。邦戴海滩救生员是一群穿着蓝色衣服的年轻人，他们属于邦戴政府，是专业的救生员，他们的名称是"生命保护者"；同时还有一群人，他们穿的是红黄相间的衣服，他们是冲浪俱乐部的志愿者，不拿工资的人，也是生命的保护者。他们每一天都尽职尽责地值守在岗位上，携手联防，负责海滩的一切救援事项，包括溺水、受伤、治安、警报等一切事宜。他们每年大约要从海中救出二千五百人到三千人，其中百分之八十是外国游客。这是外来者由于不熟悉当地海洋情况，忽视了大海的另一个面孔所至。

邦戴还是澳洲最大的救生员训练基地，今天我就见一美女躺在沙滩上，由两位救生员练习施救，周边围着几个学员。

在南端的岸边有一个小小的金石雕塑，记述许多年前的一场灾难。那是一九三八年八月的一天，一阵巨浪来袭，将在此冲浪戏水的人们尽数卷入大海。救生员施展浑身解数，救出了二百五十余人，只有五人遇难，谱写了一曲救援的神曲。岸边这个铜牌和金石结合的雕件，就是为了纪念那次壮举。

最具动感和韵律的地方

邦戴是一个海滨度假胜地，宽阔的弧形沙滩是人们休闲娱乐的场所，还有许多面向大海的餐馆和咖啡馆，高岗上是风光无限的高档住宅区。南端的海边有相连于大海的泳池，泳池边缘稍稍高出一点海平面，海水既可以源源不断地涌入池中，又可以保证泳池内人员的安全，称得上是世界上最美的游泳池。但是更多的人还是喜欢选择到大海的波涛中去。

外来游客面对如此美丽的海水和沙滩，都不免会有下水亲近的冲动，但是在这里下水一定要在红黄相间标志的范围之内，这是相对安全的区域，还一定要量力而行。如果遇到任何问题，就要高举手臂，生命守护者密切注视着海面的一切。还要做好相关的防护，比如带上防晒霜和墨镜，我在这里有了教训，一次就被阳光灼伤，疼了好几天，脱了一层皮。实际上，这里风高浪急，适合冲浪，并不适于游泳。

邦戴的风情更多的是在海滩上。不知从何时起，这里的海滩成了热辣风情的代称，四面八方的比基尼美女竞相展示，于是成了最迷人的海滩，许多人在此一待就是一天，吹海风、看美女，乐此不疲，尽享南半球的浪漫与惬意。

畅走华生湾

从环形码头的第四码头乘坐轮渡，不到半个小时就来到华生湾。华生湾是悉尼港南岸最外侧的一个湾，码头在湾内这一侧。码头的南侧是一大片草坪，草坪上许多大树亭亭如盖，遮天蔽日，穿过草坪后，再登上几个台阶，就到了面向大洋的一面。这是一左一右由两座平行的断崖组成的峭壁公园，也叫断崖公园，因为在这里寻短见的人特别多，因而又获得一个"自杀崖"悲情称号。风景如此美妙之地，却偏偏与死神有了联系，的确是一个极为遗憾的事情。有一位老人住在自杀崖附近的小楼里，半个世纪以来，他一直自觉自愿地守望着悬崖，用自己的方式，努力拯救那些企图自杀的人。他已经从死神手中至少救出一百六十余人，澳洲政府为此向他授奖。为了劝导想自杀的人们，当地政府还立起了一块牌子，为最后的拯救做着努力。

站在峭壁望去，一望无际的南太平洋尽收眼底，此时，人们就站在高矗的崖壁之上，看浪涛拍打脚下的崖石，如晴空霹雳，轰然作响。海浪狂野地冲击着崖底巨石，亿万年的惊涛拍打，使崖底平展展的石壁冲刷成直愣愣的豆腐块形状，绝壁山崖陡峭、高耸，任凭浪打风吹。极目远眺，大海无涯，蓝色的海与蓝色的天在地平线上相接，把整个世界铺成蓝色，在水天一色的远方，能看到航船的轨迹和帆板的白帆。这般美景总会给人带来无尽的遐想，产生一种莫名的冲动与激情。所有的旅行者都会在此间拍照留影，因为再高明的画家也调不出如此色调的图画。

峭壁公园两边都有沿海小径，从这里向南，行走约二十分钟，就来到邓巴角，这里矗立着澳洲最古老的一座灯塔——麦考瑞灯塔。灯塔是一八一八年建造的，设计者是一个囚犯，名叫弗朗西斯·格林韦。灯塔建成之后用当时总督的名字来命名，至今已经二百年。

灯塔是纯白色的，直到现在还在发挥作用，成为澳洲使用时间最长的导航灯塔。虽然仍在使用，但现代高科技的导航技术已经使它的作用大为降低，倒是作为一个旅游景点，吸引着更多的游客。它现在每日定时开放，

多年以前给佳宁和家远拍摄的，古老的大炮已经成为海边点缀

沿着台阶可以到达灯塔顶部，导游会讲述灯塔和悉尼早期的历史。我来时，灯塔的大门紧闭，只从外面瞻仰了它的丰姿。

告别了麦考瑞灯塔，我沿着小路往回走，欣赏海边的豪宅。这一带是悉尼有名的富豪区，每栋小楼都独一无二，每栋豪宅又都成海滨一景。一栋中国人的房子刚刚建成，房子造型别致，阳台全部用玻璃围挡，房主人正在指挥工人往里搬运家具。这些年，富裕起来的中国人越来越多的在澳洲置业，就在前几天，报载澳洲的人口突破了两千四百万，而学者们也预测今年悉尼的人口将要突破五百万，看来，富裕起来的华人在带动澳洲经济和人口增长方面功不可没。

深藏不露的双湾

双湾是一个极其容易被游人忽略的地方。从环形码头开往华生湾的渡轮，经停双湾，上下者寥寥，渡轮只停留一分钟左右，便匆匆离开。即便登岸，也不免失望，以为小港湾一个而已，缺少特色。但是如果对这里略有了解，只要往里走走，就会别有洞天，用"深藏不漏"来形容它或许更为贴切。

双湾，正如名字所示，是由两个海湾组成，一个是悉尼内海的海湾，一个是南太平洋的海湾。这两个海湾，一个面对着热烈的内海悉尼海，另一个则面对浩瀚的南太平洋，这两个湾之间构成一种雍容与大度、浪漫与自然的风光。如果有足够的时间，也可以从陆路游走双湾，这样能从另外一个角度来观看。

这里是悉尼最早殖民化的地方。当年远渡重洋的移民，是很有眼光的，他们购买了这块地理位置极佳、依山面向内海的地区，经过多年的精雕细琢，打造成今天的模样。现在，这里的整片区域遍布着历史悠久的房屋和奢华的别墅，建筑风格依旧充满英伦三岛厚重的气息。沿路走过，这些高尚无比的豪宅有序地散落在海湾，依傍着最美的海滩，如同明信片上一样。

双湾的居住片区树木葱郁，静谧安详而且低调，充满人文气息；颇有特色的时尚购物小街掩映在树荫密布的路边，这些由一个个独立小屋组成的购物店，从珠宝、玩具、时装、鞋子应有尽有，店面虽小，但陈设的都是国际性高档货。不过，我觉得一些开设在自家的屋子里的小店，他们开店纯粹是一种生活的乐趣，这帮人不缺钱。

走在僻静的街上，欣赏岸边豪宅，就很容易发现这里的与众不同。这里的富豪大都拥有自己的游艇，节假日，走出门庭，从自家的院落就可直接驾船出海，靠里面一些的豪宅，也有专门的码头停放游艇。一切都彰显着无与伦比的贵族气息。作为国际性的富人区，居住在这里的尽是世界级的大富豪和大名人，包括当今澳洲的总理。这些年来，还出现了中国的豪门，轰动一时的一位曾姓公子在此间购置房产，房价是三千七百万澳元；还有一位许姓豪门也在此购买。后因舆论哗然，转卖于一位华人女性名下。当然，到底怎么回事，平头百姓谁能弄得清楚。

今天来这里，一是观景，二来就是想看看传说中的那两栋豪宅。

总之，双湾福地确实妙哉，在此远观悉尼湾，白帆点点、海鸥追逐，海湾大桥和歌剧院映衬着远处的高楼闹市；近观座座豪宅，如同刘姥姥进了大观园，贫穷限制了想象力啊！

五彩的巴尔莫勒尔

巴尔莫勒尔海滩在莫斯曼地区，位于悉尼动物园的东北方向，与曼利隔海相望。

海滩不通游船，海阔湾深，水色澄明，应该算小众景点，岸上榕树高大，棕榈挺拔，一个白色的小亭子坐落在一个圆形的草坪广场，一对新人的婚礼仪式正在草坪上举行，气氛祥和。后面的建筑也以白色为主，安静雅致，一切都让人感觉到岁月静好。

在海滩的中间有个小岛，小岛与陆地架一座石桥相连，涨潮时节海水涌上，退潮时，形成一片沙滩。小岛大约四五亩地大小，高出水面十多米，四围峭壁危石，木叶葱茏，更有几株花繁叶茂、挺拔高俊。

小岛让整个海滩分割成南北两段，右边的一段沙滩平缓，沙白如玉，晶莹剔透，有许多家庭父母带着孩子在此享受午后的阳光；左边的一段则是一大片海滩礁石，礁石呈现出一圈圈美丽的花纹，形态各异，其色彩与

湛蓝的大海，能引发激情澎湃的呼唤

造型都令人惊叹。在海湾的外侧，海岸的石板则被海浪冲刷出一个个石窝、一条条沟壑。这些当属丹霞地貌吧，瑰丽的景致俱是大自然的伟力。

海滩后面的小路树荫遮蔽，有规划完整的餐馆、咖啡厅和一些小店，为享受海滩的人们提供服务。整个海滩被列入世界文化遗产名录。这片区域也是公认的富人区，豪宅遍布。

今天，我们都被这里的美景所陶醉，在五彩的礁石上留下身影。

历史的登陆地——植物学家湾

昨日（二〇一七年三月六日）我和利锋跟着导航走了一个多小时，来到植物学家湾。之所以要来这个偏僻的海湾，完全是受到了一本书中对库克——就是那个发现澳洲大陆传奇人物的影响，而这个海湾，就是他踏上澳洲大陆的地方。

植物学家湾在悉尼西南，其形状如悉尼湾一样，也伸开了左右两只强壮的臂膀，拥抱着一湾内海，面积略小于悉尼湾。毫无疑问，只要稍有常识，就会看出这是一个上天赐予的天然港湾。

一七七〇年四月，詹姆斯·库克率领英国皇家海军"奋进号"就驶进了这里。库克率领他的四十三名船员在此登上陆地。他们在此地停留了八天。勘探测绘了地图，采撷了植物标本后离开。离开之前，库克举行一个仪式：升起了英国国旗，以英王乔治三世的名义宣布，新发现的这块大陆为大英帝国所有。

由于他的这一登陆，改变了这块大陆的命运，有了今天的澳大利亚，有了今天的世界格局。

我们沿着海滩走进植物学家湾狭长的海岸线。远远就看见一座高高的纪念碑，纪念碑呈方形石柱状，高约二十米，默默地看着大海。"应该是这里了！"我们快步向前，果然如此，这正是库克登陆地的纪念碑。纪念碑朴实无华，水泥和砂岩的碑体，未加任何装饰，碑体三面刻着字，指出这里是詹姆斯·库克一七七〇年四月二十九日的登陆点。在这块纪念碑前，我们两人分别留影，我立正了身姿，以表示对这位航海家的尊重。

我们还有一个新的发现，一块突起礁磐上，有一块几十厘米高的方型石块，安放在褐色的礁石上，并不引人注意，也没有路径。涨潮时就会没入水中，非常幸运，此时正值退潮，我们得以走近了它。这是一个标志石，石上凿刻文字注明了这块礁石就是库克踏上新大陆第一步的落脚点。记得真清楚，不知是否在讲故事。

历史就是如此，有的永久地载入了史册，甚至第一脚落地的脚印，而更多的史实却永远地消失在历史的长河中。

在植物学家湾，我们一共看到四个纪念碑石，除了上述两个，还有一个是纪念跟随库克船队的植物学博士班克斯的。

库克的船队中有两位植物学家，一位叫班克斯，另一位是索兰德博士。班克斯是英国著名的植物学家，曾当过英国皇家学会会长，名气和影响力均不输于库克。这两位植物学家在这里发现了大量的植物，采集了许多植物标本（在这一次航海旅程中他们总共采集了超过三千件的植物标本），可谓功勋卓著。这些标本至今仍被保存在澳大利亚和英国的博物馆中，就在几天之前，澳大利亚电视台还播出了他们采撷的标本的一个专题片。

由于这两位植物学家对这次探险发现的功绩至伟，因此，库克将他们登陆的这个海湾命名为"植物学家湾"，而且海湾的两个岬口还分别以这两位植物学家的名字命名。

还有一块碑石是船员 Forby Sutherland 的，他在登陆后的第三天因疾去世，就埋在了这块刚登陆的土地上。后来还以他的名字命名了附近的一个街区。

留下这些历史遗迹的是一狭长地带，记录得详之又详，甚至哪只脚踏上了哪块石头，就如同历史本身一样，只记录了一条窄窄的经线，而更多的则被遗忘。现在的澳大利亚人也意识到了这一点，在海岸又设立了一条纪念碑廊，一条突兀于大海的钢铁与玻璃合成的平台，平台上用不锈钢板铭刻着土著人的历史和文化。

登陆点东北的小山下，有一口水井，这是当年库克登陆后派人挖掘的。他发现这里有充足的淡水，他用这口井里的水，为他的"奋进"号补充淡水。在这口井的前面，竖立有一根乳白色的旗杆，旗杆上飘扬着三面旗帜，中间是澳大利亚国旗，左边是新南威尔士的州旗，右边的一面旗帜，上部为黑色，下部是红色，中间是一轮金色的太阳，这是澳洲土著人的旗帜。它表明了在库克登陆之前，澳洲大陆已有了自己的主人，他们在此已经繁衍生息了近四万年。

高大的树木丛中有一条小径，沿小径步行而上，绿荫掩映中有一座建筑物，这是保护区的工作室暨服务区，内设展室，按时间顺序陈列着有关库克船长登陆的图片和资料以及他的生平事迹，还为游客提供免费的资料暨休息场所。服务区还有一个小放映厅，放映关于库克的数码资料，其中有根据库克登陆八天的日志所展示的描述，详尽记述了他登陆后在此度过的八天时间。看得出来，库克船长在登上这块大陆后的几天所写日志，是最为重要的东西。展板上的大字是这样写的："八天改变世界"。

如今，这里被辟为国家公园，与悉尼市区的几个海滩不同，植物学家湾地处偏僻，植被更为茂密，各种鸟类繁多，而且游人寥寥。在高大的树木丛中，小径蜿蜒林中，小径上铺满了粉碎成小块的木屑，山坡上高大的诺福克松树粗壮挺拔，草坪上摆放长椅，布设着野餐区，坐在这里，只闻林中鸟鸣。

阳光透过林木洒下斑驳的静谧，位于海湾旁边的大片地带已成为国家自然植物保护区，保护区内是禁入之地。但仍有近五百公顷土地被辟为公园，公园里植被良好，有大片的草地供游人们歇脚，各种烧烤设施齐全，还有供孩子们嬉戏的场地。但我们在此间盘桓数小时，没有见到其他游客，只看到几个潜水者在远处海中探出头来，然后又悠闲地扎入海中。

兼具人文历史和自然景观的植物学家湾

　　坐在海边，遥看远处，对岸是一个货运码头，隐约可见一艘大型货轮；天空不时传来飞机的轰鸣，更远的西北方向是悉尼国际机场。坐在历史的岸边眺望着远方，别有一番情调。

　　私家汽车进入植物学家湾公园要收费澳币八元，这个收费标准是很高的，由此猜度，或为保护植被，他们压根就不想让人来，更不想让汽车进入。我们就是把车停在毗邻的路边进来的，走不多远，也很方便。

　　当然，乘公共交通也可以来，但就不太方便了，要先坐火车到一个叫Cronulla的地方下车，然后换乘九八七路公共汽车，上前查看了一下车牌，周六每天发五班车，周日只发四班车，其他时间别来。

布满历史印记的"东头""中头"和"南头"

　　每个海湾都有指向海中伸出去的海岬，悉尼湾最著名的有三处，分别是"东头""中头"和"南头"。这三个"头"是重要的战略要地，联合扼守着悉尼湾。"北头"坐落在曼利的岬角，东临太平洋，"南头"坐落在华生湾的尽头，这两个"头"，一南一北犹如两条欲抱拢的双臂，把悉尼内海与浩瀚的大洋分隔开来。南头和北头之间的水道就是所有舰船进入悉尼港的唯一通道。"中头"是相对"南头"和"北头"而言的，在南头和北头的后方，正对着那个唯一的出海通道，像个卫士一样，紧盯着悉尼港的大门。这三个头，对悉尼港而言其军事位置是相当显著的，去军事化后，现在都属于悉尼港国家公园。

从"南头"说起。从华生湾码头徒步北行，先后要走过华生海滩、坎普湾海滩、小姐湾海滩。坎普湾是一个月牙状的海滩，宽大而漂亮，沙粒金黄细腻，向阳避风，海波静平，海滩边上有不少豪宅，后门开在沙滩上，尽享着地理优势。女儿把自拍杆遗落在此处，走出去好远才发现，我们都认为找不回来了，还按部就班前行。大约两个小时后返回时，自拍杆还好好地躺在沙滩上。

小姐湾海滩在悬崖之下，虽然很短，但名气颇大，因为有著名的天体浴场。此地茂林掩映，有一定私密性。如果想要下到海滩，就要入乡随俗，这是对人家的尊重。高地上还有古老炮台和过去的军营，再往前就到霍恩比灯塔，这里就是南头。行走这一段，是轻松愉快的漫步，充分享受着南大洋的阳光和乐趣。

南头的悬崖之下惊涛拍岸，极具震撼，海浪冲击着礁石泛起白色的浪花。一八五七年，南头先后发生了两次海难，共有一百四十二人丧生。有感于斯，一八五八年修建了霍恩比灯塔，邓巴号上唯一幸存的水手成了第一个守灯塔的人。塔身红白垂直相间，顶部环绕玻璃观察室，虽然不算高大，但地处高岸，在很远的地方就能看到它的灯光。灯塔现在还在发挥着作用，已经实现了无人值守。

在这里眺望，一边是美景如画的悉尼港内海，一面是浩瀚的太平洋波涛。南头有海军基地，以前是军事禁区，后来才开放，现在军营仍旧掩映在茂树丛中游人不得而入。但它的确有最美的景致。从南头返回时经过海军基地的大门向左行走，就到了面向大洋一边的悬崖步道，经过邓巴角，在那个著名的断壁公园的平台上，当年遇难的邓巴号客轮的锚就陈放于石壁下。再往前就到达了麦觉理灯塔，这是澳洲最古老的灯塔。这一圈路程走下来大致有十多公里，但风光好，并不觉得累。

再说"中头"，又叫做乔治斯头。乔治是英国一位国王，与乾隆同期，正是在他的时代，澳大利亚成为英国的殖民地，因此，悉尼有许多地方以

布拉德利岬

他的名字命名。中头正对着进入悉尼湾的咽喉要道，具有重要的军事价值，因此以前一直以来都是禁区。现在这里还可以看到昔日的炮台、军事要塞等遗迹。这一段的植被保护得非常好，步道架设其中，一路都有指示牌，坐在中头尽可瞭望南头和北头，观看大洋出海口、海中游弋的游艇和帆船，以及周边的风光。

北头位于北悉尼，沿曼利海滩向右行走，去往北头的路段有些起伏，被高大的树木和草丛覆盖，在地理位置上是个很隐蔽的地方，有点难行，我走了半天也没有走到头，有些遗憾。

总之，这三个头，都散布着历史的印记，有城堡要塞以及原住民遗迹，又都是风光旖旎之地，有极美的海岸线，游人都很少。

海滩拾余

行走悉尼，最爱的是那片蓝色的海，在风景秀丽的海岸步道上徒步，既锻炼身体，又能亲近大海，是不能错过的体验。除了前面提到的，以下几个也匆匆走过，聊记一笔。

库吉海滩

库吉有一条著名的海边健身步道，沿途串起了五个海滩，从这条小道走上六公里就到邦戴。我们以观景的方式漫步，走走停停，依次走过弗朗弗立、布伦特和塔玛拉玛到邦戴。

库吉海滩也是一流的海洋浴场，适宜冲浪、潜水，历史悠久，沙滩绵延千米。海滩的北端通往一个名为盖尔斯的浴场，这是一处被大海波浪拍击的露天岩石水潭，又恰到妙处地被岩石所包围，成为一处孩子们和家人戏水游乐的地方。

在库吉海滨宽阔的沙滩上，有大量可供烧烤的炉子和供人们野餐的绿地，每逢周末就会有不少人来到这里，在面朝大海的绿色草坪上，高大的树木遮挡着骄阳，人们席地而坐，吃着烧烤，喝着啤酒，倾听大海的涛声。应该说，这里集中展现了典型的澳大利亚海滩的生活。我们曾经在此有过一日的体验。那日有几个青年男女边吃边喝嬉戏打闹，许多垃圾扔在草坪上，冒出一个洋人大妈，劈头盖脸一顿指责，愤怒之情溢于言表。真替大妈捏一把汗。还好，几个小青年连嘴都没敢回，乖乖走出帐篷把地面垃圾捡拾起来。利锋说，洋人爱管闲事。我想，咱这以前爱管闲事的人也不少，现在是少了，怕挨打。

弗朗弗立海滩

弗朗弗立海滩是一个非常小而且隐蔽的海滩，夹在两山之间，海湾深入陆地一截。于是，湾外波涛汹涌，海鸥飞翔，但湾里面却风平浪静，在这里有一些体育运动的设施，好像是用来潜水培训的，上面还有一大块草坪，应该是开展户外球类活动的场所。

在弗朗弗立海滩的山坳里，有一大片建于十九世纪的墓地，叫韦弗利墓地。墓地很考究，完全不像人们想象的阴暗，更像是一个另类的公园，墓地各有特色，许多墓碑都是漂亮的艺术雕塑，留有岁月的遗痕，有不少名人安葬于此，这里也成为历史的一部分。走行步道的人们也会把它当成一片景点转悠，没有任何忌讳和讲究。

布伦特海滩

布伦特海岸线绵长，海浪波涌很宽，海水的颜色从浅蓝到深蓝，在岸边都能看出海水的深浅。靠近南面有大面积的五彩岩石裸露，海边还有一个非常漂亮的游泳池。布伦特沙滩宽阔，沙子细腻，沙滩上也不缺美女，就海滩来说，我觉得毫不逊色于邦戴，只是名气稍小一些，游客不多。

海滩后面是很大一片草坪，草坪后有餐厅和咖啡馆等一应设施。有两点印象深刻，一是海滩边的公共游泳池，和邦戴一样也是建在海边，但是比海平面高处一截，不怕大海的波浪，美极了；二是岸边的岩石，形状奇异、漂亮！

塔玛拉玛海滩

距离布伦特海滩不远，转过一段高处就能看到塔玛拉玛海滩。这里也是一处冲浪点，从高处下看，海湾五彩斑斓，瓦蓝的大海像宝石一样闪光，勇敢的冲浪者在蓝色的大海与洁白的浪花中矫健穿行。海滩小巧而精致，岸边植被如萃，高处豪宅漂亮。半圆形沙滩上有人在打沙滩排球，草地区域的烧烤台有不少在此野餐的家庭。

从塔玛拉玛海岸到邦戴的海岸，就是一年一度的悉尼海边雕塑展展出的地方。雕塑展是悉尼的一张文化名片，在海浪、沙滩、蓝天、白云的衬托下更能显示出人与自然、艺术与生活境界，如果遇上非常值得一看。

拉彼鲁兹海滩

拉彼鲁兹位于植物学家湾的北部伸出去的那个岬角，距离市区较远，有海滩还连接一个小岛。小岛又叫秃岛，原来是军事禁区，现在岛上还留

和利峰在拉彼鲁兹海滩吹吹海风

有碉堡、瞭望台、炮台等工事遗存。小岛有一座木制的栈桥与岬角相连，栈桥年头不短了，颇有沧桑感，配上湛蓝的海水、红色的砂岩，构成了一幅美丽的油画场面，坐在草坪上享受海风真令人陶醉。这里是大片《碟中谍》的主要拍摄地，也是婚纱拍照者喜爱的地方，网红打卡人也众多。

利锋在草坪上捡了一个钱包，鼓鼓囊囊塞了不少钱，还塞了一本驾照，是一位女士。本想着交到警亭，结果人家不在。于是利锋就站在原地等待，我们先去餐厅吃饭。我们饭都快吃完了他才进来，如释重负地说取走了。我问他失主说了什么？利锋说："说了一声谢谢"，就这么简单。

参观国家海事博物馆

达令港北端的国家海事博物馆是一处热门景点，不单单是游客，当地人也经常带孩子们来参观。用我们的话说，这应该算是一处爱国主义教育基地。博物馆在进门时挺有趣，交钱后得到的是一枚红色的印记——手背上盖个戳。然后，小心翼翼地抬着手凭印戳进馆。

博物馆的造型独特，从门面看并不雄伟，但里面还是很大的。博物馆包含室内和室外两个部分，室内部分展出许多航船实物及模型、图片和资料；室外的部分是在达令港的水面，停靠着不同历史时期的三艘战舰，号称三剑客。一艘是当年发现澳洲大陆的"奋进"号三桅帆船的复制品，一艘是"吸血鬼"号驱逐舰，还有一艘是"昂斯洛"号潜水艇。后面这两艘是实实在在的退役战舰。

"奋进"号三桅帆船在澳洲大名鼎鼎，它就是库克船长发现澳洲时乘坐的那艘船。一七六八年八月二十五日，库克带领"奋进"号从英国出发，历时三年，完成了史诗般的航行，这艘帆船对澳洲自然有着非同凡响的意义。

"吸血鬼"号名字叫得有些可怕，它的前身是第二次世界大战海上的猛将，在对日作战中被击毁后，新的军舰沿用了"吸血鬼"号的舰艇名称继续服役，这艘军舰在一九八六年退役后保存于海事博物馆。

我自幼有军旅情节，潜艇更是神秘之物。停泊在此的潜艇购票可进入内部参观。通过潜艇上部狭窄的竖梯进入潜艇，绝对是一次难忘的体验。这是一艘英国制造的奥伯龙级潜艇，艇长九十米，艇宽八点一米，一九六九年至一九九九年在海军服役，当时共有六艘同样的潜艇加入澳大利亚皇家海军。其隐蔽性能远超当时美国和苏联的潜艇。下潜深

达令港的军舰，有一种漂浮在闹市中的感觉

度可以达到二百米，续航能力达一万六千多公里。还装备了防空和反舰导弹系统。冷战时期是澳军水下防线最前沿的力量。"昂斯洛"号潜艇在退出现役后也移交海事博物馆展出。

进入舱内，左右两边各有一条狭窄的通道，内部空间非常复杂，有好几道竖隔断，把潜艇分成了好几个舱段，有武器系统、指挥系统、生活卫生系统和设备动力部分，每个部分都非常狭小，每一舱段之间是圆形的水密门，人是要钻过去的。在这样狭小的空间活动，太胖了肯定寸步难行。我们都坐过绿皮火车的硬卧吧，但比起潜艇兵士的铺位，那算是天上了。他们的铺位更低矮，实在太憋屈了。

进入这个巨兽内部，身临其境，也算开了眼界。

说到"二战"的同盟国，我们都会想到苏联、美国、英国、法国，而往往忽略了澳大利亚。实际上，澳大利亚也是和我们一起欢呼胜利的战胜国。在第二次世界大战中，他们先后有九十五万余人参军入伍、奔赴战场，而当时他们全国仅仅七百多万人口。根据博物馆的资料显示，当时，在全国所有十八岁至三十五岁的男人中，百分之八十曾在军中服役。

"二战"开始时，他们先是奔赴遥远的欧洲战场，协同英军同纳粹德国作战，那是他们的故乡；之后又在太平洋战场同日本作战。在整个"二战"中，澳军共有三万三千八百二十六人阵亡、十八万人受伤，仅仅看一下伤亡的比例，就可知道澳洲人在抗击德日法西斯方面的决绝和贡献。

在太平洋战场，澳军发挥了重大作用。最为著名的是新几内亚战役、瓜达尔卡纳尔岛战役。当时新几内亚和瓜岛都属澳大利亚代管，他们在一开始就展开了彪悍无比的行动，同日军展开殊死的战斗。

复制的"奋进"号三桅船

他们在新几内亚岛上单独作战，战绩比美军还要好。新几内亚气候温暖潮湿，由于无法进行给养补充，日军士兵饿死者众多，甚至出现吃同伴尸首的行为，因为打得实在太惨，几乎所有的东西都没能留下来，活到战后的日军军人也拒绝回忆这段可怕的经历，这是澳军在"二战"中打得最漂亮的一仗。

战争结束之后，澳大利亚在惩治战犯方面也是毫不留情的，他们处决了一百四十名日本乙丙级战犯，在所有同盟国中是最多的。他们还在全国许多地方建起了纪念碑、纪念馆，把历史资料放进去，把这段历史完整地记录下来，以此告慰为国牺牲的将士们，让后代永远记住他们。

博物馆记载的历史是岁月的胶片，那一帧帧、一件件都在告诉当下、告诉未来，热爱和平、热爱自己美好的家园，绝不能让法西斯的魔影重现。在展馆中央的位置，铭刻着八个主要同盟国和他们的领导人的名字，称颂各同盟国以坚韧不拔的毅力和巨大的牺牲赢得了这场决定人类命运的战争，也为他们赢得了不朽的业绩和旷世英名。

闹中取静的海德公园

悉尼海德公园位于中心商务区稍稍偏东一点，东是圣玛丽大教堂，西临悉尼电视塔，南靠利物浦街，北有军营博物馆、造币厂和州议会，是一处闹中取静的场所。由于位置绝佳且面积空阔，是当地人聚会和休闲娱乐的好去处，一些重大活动也在公园举办。

海德公园是澳洲真正意义上的最古老的公园，始建于一八一〇年，名字是借用英国伦敦那个海德公园的，占地面积十六点二公顷，呈一个长方形的布局，被一条街道分为东西两段。西面的大一些，中心有一处设计独特的喷水池，叫阿奇伯尔特喷泉。喷泉是为纪念"一战"中法、澳联盟而修建，一个法国人设计了这座喷泉并捐献了它，喷泉遂以他的名字命名。喷泉由一组青铜雕塑组成，借用了希腊神话故事，中央是生命的赐予者太阳神阿波罗，他是艺术、美与光的代表，手指正指向日出的东方，身后扇形的喷水表示太阳的光芒。太阳神阿波罗的下面，围绕有三组铜雕。这个喷泉是公园的核心，也是最漂亮的地方。在它的四周，有大片洁净的草坪和百年以上的参天大树，在炎炎夏日里，也能让人感到凉爽，是一个假日休闲的好去处。

公园南段的"澳新军团战争纪念馆"是一个看点，澳新军团是澳大利亚和新西兰军团的缩写，在两次大战中都组成共同的军队参战，故称澳新军团。纪念馆就是为纪念在"一战"期间牺牲的将士们而建立的，后来又加上在"二战"中牺牲的将士们的名字。整座纪念馆用岩石建造而成，地面部分是哥特式建筑，建筑并不大但庄严肃穆。进入纪念馆，映入眼帘的是一个圆形的下沉式造型，沉下去的正中央，是一个牺牲士兵的雕塑，人们通过扶栏向下看去，营造出一种低头致敬的神圣氛围。人们可以下去参

喷泉一直在喷射着它惯常稳定的水流

观，下面一层是地下展室，展出了澳大利亚和新西兰参与过的十次海外作战的历史记录。在穹顶上镶嵌着十二万颗星星，这就是历次战争中牺牲的将士们。

在公园的草坪上有库克船长的塑像和菲利普的一尊塑像，库克船长家喻户晓，菲利普是率领第一舰队最早到达澳洲新南威尔士的，后又成为第一任新南威尔士的总督。

澳洲的公园大多不太讲究，通常是一大块草坪，再弄上几个烧烤台，放一些儿童乐园里的东西即可。海德公园是最漂亮的一个。特别是它在寸土寸金的地段守护这么一大片地方，应该是很不容易的。百年大树的林荫道下有许多座椅，是闹市区的一处避风港，附近的打工者常常坐在草坪上午餐、晒太阳；游客逛街累了，也能躺在草坪上休息、午睡，反正我也是其中的一个，在此歇息会感到特别的惬意。

高颜值的悉尼大学

悉尼有许多所著名的大学，每个学校面貌不同，各有各的风格。如享誉世界的新南威尔士大学，主校区在肯辛顿，校内有足球、板球、曲棍球、游泳馆等众多场所，绿草如茵，现代化的校园符合理工精英的理念。悉尼科技大学充满活力和创新，虽然那座标有校名的主楼模样不讨澳洲人的喜爱，但学校的建筑符合绿色星级认证，有些楼内有先进的雨水收集装置和节水系统，符合绿色环保的要求。卧龙岗大学如同花园一般，园内湖泊树林环抱，各种野生鸟类栖息。应该说各校有各校的特色，但是，要说颜值最高的，非悉尼大学莫属。

悉尼大学建于一八五〇年，是澳洲历史最为悠久的大学，被称为"澳大利亚第一校"，也是全球广受尊崇的学府之一。

大学位于市中心偏南一点的位置，和其他大学一样都是开放式的，校园面积很大，校内绿草如茵，高大的树木掩映着一组组建筑，学校主楼是一处庞大的英国城堡般建筑，钟楼的钟每天定时都会敲响，这是标志性的建筑。我们虽然只走了主楼附近一带，但已经觉得，是我见过的最漂亮的大学了。

昨天（二〇一七年一月二十三日）是周末，我又踏进了这个校园。

从中央火车站下车，沿百老汇大街进入校园，一股历史的气息就迎面而来，让人立刻沉醉在精美的宫殿和芬芳花园的梦幻之中。正面高矗的大塔楼和四四方方的城堡式建筑，融入了欧洲古老的风格，每一面墙、每一块石都融入了那个时代建筑大师的心血，同时也反映出这所大学的学术和文化传承源远流长，其建筑本身也已经成为国家的珍贵文物。

周末的校园很宁静，走上恢宏大气的主楼，门廊过道，都是用砂岩雕琢的极美极壮观的托臂梁的结构，时代风格鲜明，有着城堡一般的神秘。

在主楼的二层，甬道的两端各有一座小礼堂，礼堂的圆顶和门窗、楼梯，拥有精美的花玻璃和雕塑装饰。这里如今还是拍摄婚纱照的好地方，常有来自国内外的婚礼摄影团队在此间拍摄，昨天我们又遇到了一班中东的土豪在此拍户外婚照，场景之大让人咋舌。许多中国的旅游团队也安排来此参观，大巴载着一车车游客，车水马龙走一圈，拍照留念。这里还是电影哈利·波特的取景地。

学位授予典礼后佳宁在楼前留影

我们还参观了学校的尼克尔森博物馆，博物馆建于一八六〇年，久负盛名。馆内最初的收藏是由悉尼大学校长查尔斯爵士尼克尔森的捐赠，都是他私人收藏，所以博物馆也以他的名字命名。后来又有八任校长不断丰富馆内的藏品，使博物馆规模不断扩大，到目前已收藏了近三万件来自古埃及、古希腊、意大利、塞浦路斯和亚洲的珍贵文物。博物馆面积虽然不算大，但是一个真正的博物馆，包括许多世界级的珍宝。博物馆常年对外开放，游人可以免费参观。学校还有自然博物馆和美术馆，也对公众开放。

历史文化是有传承的，一个城市如此，一个学校也是如此，缺少了传承文化，其厚重感就差得多，再高的楼，再气派的门，也无法弥补这方面的缺失。澳大利亚建国时间虽然不长，但他们传承了西方的现代教育体系，看看他们的悉尼大学，我们就会知道，从现代教育这个角度上看，他们的确是老资格。

童话般的乡村

一

　　驾车向西南行走两个多小时，便到达南部高地的 berrima，一个风光秀丽，颇有童话般怀古情节的小镇。

　　小镇坐落在一片狭长且开阔的山谷，道边的树木高大密集，一条弧形公路斜穿其间，一条溪流从村子另一边流过。小镇跨度长约两公里，住着六百余户居民，全都是带有院子的独立房屋。他们房前屋后养花种草，

清澈的溪流带着原始的野性之美

鲜花锦簇，彩蝶飞
舞其中，不知名的
鸟雀飞过枝头，鸣
叫声打破幽深的寂
静，还有高大树木
遮掩，使得整个小
镇充斥着一种人与
自然和谐交融的场
景。特别是，除了
道路，几乎所有裸
露的地面都覆盖着

拉风的老爷车还在路上驰骋

绿色的植被，一种世外桃源般的感觉扑面而来。

英国一位著名作家说过这样的话："在英国人的脑海里，英国的灵魂
在乡村。"这个观点代表了相当一部分英国人，他们坚持认为，真正的英
国人不属于近在咫尺的城市，而是属于乡村；真正的英国人是个乡下人。
特别是英国贵族对于乡村生活的热爱，对整个民族产生了重大的影响。南
部高地是早期英国移民定居之地，无疑是继承了他们英国老家的传统，在
此积淀出一股淡雅和从容的乡村之美。

行走在小镇上，随处可见早年英伦三岛的建筑风格，由于保护得当，
至今还显示出十八九世纪的模样。令人惊奇的是，一百来年的老爷车还作
为交通工具在行驶，我们遇到一辆，车身擦得铮明瓦亮，开车的是个头戴
礼帽的老爷子，他的旁边还坐着一位同样装束、一本正经的老人，他们挺
直腰板坐在车上，如同大文豪欧文笔下的那般描写。

小镇边上有一个堡垒形状的庄园，占地面积很大，大门紧闭，高墙
用大块条石砌成，看着就特别坚固。门前的铭牌记述了它的历史：始建于
一八三四年，花费一万零八百四十七英镑建成，在一八九九年装上了电灯，
在"一战"和"二战"时，曾作为关押战俘的场所，还曾作为监狱使用，等等。
看如今的样子已然空置许久，不知小镇的居民有什么打算。

镇子虽小，但法庭、邮局、学校、医院俱全，这是他们的标配。其中

一处邮局建于十九世纪，一处法庭建于二十世纪初，建筑都很醒目。邮局现在兼做一个小型展览馆，馆内有过去邮差邮路的介绍，出售明信片、邮票等纪念品；女儿买了一册邮集，他们端端正正盖上了纪念戳。法庭则只能看看外观了。

这些老建筑外都有标记历史的铭牌，在这一点上，我感觉他们做得非常好，我在澳行走，许多知识是靠这些铭牌加手机的翻译软件来获取的。

小镇的中心地带是一个挺大的公园。这里的公园千篇一律，就是一大片草坪、树木，再加上公共卫生设备、烧烤台和若干儿童活动场所。小镇沿路的一些房舍开辟有酒吧和小商店，商店里出售当地有特色的东西，诸如蜂蜜、庆典使用的文艺蜡烛和一些手工艺品。

我们走进路边的几家小店，这些店铺好像就是他们自家的客厅，摆设非常考究，店主人似乎很享受有人进来参观，不会主动推销他的东西，好像并不在意营业额。在这里，我第一次见到了羊驼这种动物，这种东西近年来在中国走红，也不知谁为它起了个粗俗名字"草泥马"。羊驼身形高大，萌萌的，羊驼毛制品的手感柔软，几处小店都有出售，但价格不菲。

每个地区都有它的特点，这是历史积淀出来的东西，这里的乡村不只是单纯的美丽和静宜，更有着一份淡雅和从容，而时间则将这种美陶冶得愈渐醇香。在当今功利拜金盛行的商业时代，真是太少见了。

二

今天（二〇一七年二月六日）上午，我们第二次到南部高地时，正遇当地居民在小镇中央的那个公园举行抗议集会。抗议主题是反对州政府准备批准韩国的一家公司在此间开采矿藏。环境优雅，气温凉爽，阳光正好，于是，我们从头到尾当了一次看客。

通过他们竖立在公园的广告牌了解到，当地政府和韩国某大型企业签订一项合作开发项目，小镇居民担心项目一旦开工，这里留存的自然古朴的景色就会荡然无存，而这是他们所不能接受的，于是就发起了抗议。他们衣着整齐面容红润地集合在小镇中央的公园，在公园那块鲜绿的"地毯"

充满文艺范的抗议集会

上，摆着几张铺设了白色桌布的台子，拉开标语牌，另一边则停靠着一台食品制作售卖的车辆。人们手持统一制作的标语牌，开始抗议。整个活动有条不紊进行，人群在会场围成一个松散的半圆，有主持人，按照议程一项一项往下进行。有人登台讲话，一个下去再一个上来，讲话的时候人群平静地听，讲话完毕大家呼喊口号。随后大家排好队伍，扯起横标，举着抗议牌，在公园的草坪上绕着圈、喊口号，好几圈以后，就到了合影照相环节，有专业摄影师，挺正规的一次合影，我也趁机把这场景摄入镜头。抗议活动圆满结束，众人心怀喜悦地切开一个巨大的蛋糕分享。随后，旁边那辆食品车拉开挡板，撑起摊子，开始制作分发三明治。这应该算抗议活动的精华部分了，吃完喝完，打扫干净，各回各家。

　　这就是抗议活动的整个过程，给人的感觉是缺乏了一种愤怒情绪的表达；喊口号时也明显缺乏一种怒不可遏的神情。莫不是想保留某种绅士的形象，不知他们怎么想的，不过这种文质彬彬的抗议方式更像是一个聚会。希望他们的诉求能够得到政府的充分重视。

没有猎人的猎人谷

三月十二日，一个阳光灿烂的日子，从悉尼向正北，通过几个跨河跨海大桥，走上了太平洋高速公路。随后又拐上一号国家高速公路，在行驶一百六十多公里后，在切斯诺出口下道，然后循着乡间公路，在交通标志的指引下，进入了猎人谷。

猎人谷这个名词似乎有某种神秘感，好像归于野猪林、威虎山那一档的，特具想象力。由此遥想当年，这里或也是万类霜天竞自由之地，后来，来了文明人，如秦王扫六合一般，跃马纵横，虎豹豺狼顿作灰飞烟灭，何等气派。当然，这些都是昨天的故事。

今天的猎人谷，是一个只有酒香而没有猎人的地方。在这块近两千平方公里的土地上，靠着得天独厚的条件，生长着多种低糖分的葡萄，这些葡萄能酿出好酒，因此，这里成为世界著名的葡萄酒产区。这种葡萄园加葡萄酒区的生产方式，吸引着世界各地的葡萄酒经营者，也引来许多普通的游客，我们主要参观了其中的泰瑞尔酒庄。

走近泰瑞尔酒庄接待室，像是走进了一个小型的博物馆，正面墙上陈列着各个年份不同类型的美酒，两边的壁橱中则陈列着各种荣誉，一个个精美的奖杯彰显着傲人的足迹。参观者尽可以在此品尝几种美酒，当然，这是一种商业行为，目的是多推销一些酒庄的酒。泰瑞尔家族年轻的后代告诉参观者，由于这几年经济不景气，酒庄的年产量下降了许多，过去最高时每年生产二百万箱酒，现在降到每年五十万箱。酒庄的酒有三分之一出口，其中包括中国。我们在他的带领下进入车间，观看了部分制作机器，一个巨大的压榨机，从摘下葡萄到压榨成汁，全部过程要在两个小时内完成，然后连续发酵十天，之后就装入橡木桶，慢慢成酒。在葡萄成熟的季节，酒庄每天要雇用六十多人工作，每小时的工资是二十五澳元。这样的小时工资，已大大超过了政府规定的最低工资。

进入酒窖，巨大的木桶排列整齐，每一只木桶都有编号，标注了装桶的时间、品种、类别，旁边的黑板上记录了温度、湿度，每一只木桶装二千六百升，可以灌三千七百瓶。

在参观的过程中，酒庄主人一再要求人们要非常小心，因为原来的建筑，就是今天酒庄的一部分，我们经过的地方，就有过去的遗存。由于年代久远，酒庄又要尽量保留它们的过去，避免任何损坏，就成为重要的工作。我们参观的酒窖就追溯到一八六〇年，我们看到一百多年前的手工器具，二十世纪的橡木木桶，好像是穿梭于酒庄的历史中。

在鲜花簇拥的酒窖门前，酒庄主人向参观者讲了酒庄的故事。

泰瑞尔酒庄的历史可以上溯到一百五十年前，一个十九岁的英国青年移民来到澳洲，这个青年的名字叫爱德华·泰瑞尔，他和哥哥远渡重洋来寻找出路。当时，这个新的国家正在鼓励移民来这里开发，于是他得到了一块三百多公顷有条件优惠的土地。他在其中的七十英亩土地上试着种植葡萄，在经历了种种挫折和失败后终于获得成功，他就是这个酒庄的创业者。现在，在广袤的葡萄园中，还有当年种植下的后代。随后他又成功酿造出"赛美蓉"和"设拉子"两种葡萄酒。今天他的肖像挂在酒庄陈列室最醒目的位置，他的故事成为今天参观者在品尝葡萄酒的同时听到的传奇故事。他建造的那个小木屋花锦环绕，矗立在酒庄的停车场边，成为他最好的纪念碑。

他的酒庄在第二代、第三代人的手中得到了更大的发展，引进了新的技术；第四代掌门人是这个家族第一个上大学的，今天，在第五代年轻人的管理之下。

这个家族酒庄的历史是猎人谷中诸多酒庄的一个缩影，现在的猎人谷有超过一百五十家这样的酒庄，他们在这片错落有致的山谷里，引入现代管理机制，依循企业规则，共存共荣。这些酒庄的规模有大有小，大多有百年以上的历史，泰瑞尔的规模在猎人谷排名第十。所有的酒庄都是凭着数代人的辛勤努力，一点一滴的积累发展至今的。

充满微醺气息的山谷

　　澳大利亚的红酒得到了全世界的认可，猎人谷也成为周边人们周末喜欢去的一处地方，一些旅行社也组团前往参观，人们在观赏周边自然风光的同时，品一杯红酒，听听他们的故事，也是满有裨益的。

　　这是一个家族崛起的故事。这个故事也告诉人们，一个人想要获得成功，要么生在一个好地方，要么搬到一个好地方。想起一个成语，"卜居定业"应该就是这个意思。

阳光灿烂的卧龙岗

　　"卧龙岗"这个地名对于我们来说似乎非常亲切，会让人联想到诸葛亮隐居的那个地方。实际上，这个地名并没有文化上的含义，只是单纯按照其发音翻译的，原意是"海之声"。不过，中文这个翻译也得到了澳洲人的认同。据说以前澳洲土著人生活在这边，他们觉得海浪轰拍海岸的声音特别的大，发出呜隆呜隆的咆哮声，于是就叫成了这个名字。

　　卧龙岗是澳洲东海岸一座阳光灿烂的海滨城市。多年以前的一个春节，我们就是在昱立的朋友、卧龙岗大学任教的张敏捷老师家度过的。

　　卧龙岗大学占地面积很大，毗邻风景如画的国家公园，且没有高楼大厦，整座学校掩映在花木丛中。大学是开放式的，在澳洲大学的综合排名中也比较靠前，有不少中国留学生在此学习，亦有中国教师在校任教。学校卧虎藏龙，从这个角度来讲，卧龙岗大学也是实至名归。

　　卧龙岗的自然风光很美，小城靠山面海，海岸辽阔，拥有众多的金色沙滩，且沙质细腻柔软，恬静的港湾、绿色的植被，加上点缀在海岸古老的灯塔、炮台，组成了一幅天地间美丽的风景画。特别是凯马小镇的海滩有一处奇特景观——喷水洞，它的形成是亿万年间海浪雕琢的结果，海水把坚硬的岩石侵蚀成岩洞并破穿岩石的顶部，这样，海潮上涌时，海水便从岩洞孔中呼啸而出，发出的声响的确是"呜隆呜隆"的，水柱直冲霄汉，达百尺之高，这真是大自然的鬼斧神工，令人惊叹。

　　我们在海浪喷涌而出的瞬间，定格了自己的身影。

　　卧龙岗的海滨有一座著名的灯塔。灯塔建在礁石的高点上，通体洁白，面向太平洋，在碧海蓝天的映衬下显得非常漂亮。这片地方被称为旗杆山公园，周边还有几门古老的海防大炮，也是一处著名的历史要塞。早期，

如同忠于职守的卫士，伫立在海岸之巅

在没有建立灯塔前，在这里竖立起一根高高的旗杆，通过旗杆上悬挂不同颜色的旗帜，来引导过往船只。后来随着航运的发展，修建起第一座灯塔，以取代旗杆；一九三七年，又在原址建起新的灯塔。灯塔建成后，每年都会拯救许多船只，于是灯塔就成为这座城市的标志。据说，卧龙岗是在灯塔建成以后才建市的。现在，这座灯塔已被列为国家遗产而受到保护。我们在傍晚时分来此，但见海鸥成群，绿草茵茵，海风习习，很是舒适。

卧龙岗是新南威尔士的第三大城市，市区应该还是不错的，不过我们没有去逛过，因为人们来这座城市，主要还是愿意沉醉于海滩的绵长美丽、海水的纯净、沙滩的绵软。除了海滩，南天寺也是游人喜欢去的一处地方。

南天寺在卧龙岗的郊外，是南半球最大的佛教寺院。寺院依山而建，建筑形式同中国寺院宫殿式的格局，大殿内外金碧辉煌，寺院是台湾星云大师主持筹建的，于一九九五年竣工，属台湾佛光山的分院。来此进香的基本上都是华人面孔，据说每年的考试季节，是寺院人最多的时候，人们期盼有个好的成绩，相信心诚则灵。

重生：历史遗存的利用

在历史的进程中，所有的城市都会遇到这样的问题，时间把一些东西带走了，而留下一些伤痕。而那些时代的痕迹，是每个城市都应该有的记忆。于是，采取措施，让这些历史的遗存重生，让今天的人们记得她昨日的风采。悉尼有几处变伤痕为瑰宝的实例。

帕丁顿水库花园

在悉尼的帕丁顿区，我们参观了一个城市水库花园。这次参观给我一种全新的感觉，这是一个伤痕变瑰宝的实例，记载了城市一段昨天的历史，并且把昨天的伤痕融入了今天的价值，这是一种保护与利用的共存和共荣。

水库花园位于帕丁顿区的牛津街和奥特利街之间，原来是帕丁顿区的自来水厂，水厂建有一个巨大的地下蓄水池，可以容纳两百万加仑的水。在这里我见到了一张当时的照片，整整齐齐稍高于地面的顶盖下，就是这个巨大的钢筋混凝土的水库。这个自来水厂始建于一八六六年，是当时悉尼最早的三个自来水厂之一。在那时，帕丁顿区共有约四万人口，这个水厂可以供应大部分居民的用水。水厂在使用了三十多年后，于一八九九年退役。退役后水厂先后作为仓库、停车场等使用，直到一九九〇年，水库的屋顶因年久失修而垮塌。

但是，该地区的人们念着它的过去，久久不愿意把这块地皮挪作他用，就这样一直荒废到二〇〇六年，该区做出决定，把这块遗址修建成一个公园，让人们记住它。经过努力，于二〇〇九年终于建成。

　　建成后的遗址公园充分保留了水库原有的建筑遗迹，把花园主体建在地平线以下，只有走近，才能见到她的芳容。从上俯瞰，一排长长的拱门映入眼帘，这就是早已经塌掉顶的蓄水库的残留，再把这片地面之下的水库区域进行改造，整修地面、铺上鹅卵石小径、养花种草，还配置了饮水机，放置若干躺椅，于是，这块伤痕累累的遗址华丽地转变了，成为一处供居民和游客歇息小憩的别致花园。我注意到一旁放置的两个物品，一个是很大的铁栅栏箱子，用来放置躺椅，另一个是书箱，里面有若干图书，供人阅读。人们在需要使用时自己从放置处取出，用毕再放回原处。这就是昔日水库的新身份：别致的水库花园。这个花园和周边一些富有特色的老建筑和谐共存、相得益彰，散发出光芒，是闹市中的一抹桃源景色。

　　树荫遮挡了炽热的阳光，我在昔日的水库底部，如今的花园舒适的躺椅上仰望蓝天，悠闲地记录下蓝光闪过时的瞬间，如同在读一部这座城市历史缩影的图书。

北角半岛的遗址公园

　　北角半岛在北悉尼，是当年运送煤和油的一个码头，如今辟为北角遗址公园。今晨，我和利锋踏着晨露来访此地。

　　早晨的阳光还算温柔，沿一条小路拐进这个静静的"角"，行不多远，绿荫之中眼前出现了几栋低矮建筑，一处稍小一些的是休息服务站，可以小憩喝杯水；另一处大些的是个小型陈列馆，向人们介绍了当年煤运码头的历史，篇幅不大，更多的内容是在宣传绿色环保的理念，做着环保产品的推荐，还有以废弃物为原料做出的的若干产品。一些宣传小册子整齐地放置在架子上，任人取阅。在一间大一些的屋子里，摆放着投影录像，只是时间尚早，还没有人来。

　　走出小陈列室，院子里是实用花木果蔬种植的展示，四方的大木头箱子，显然是过去所留的废弃物，在这里，种植的瓜菜，每个箱子上面还用铁丝网覆盖，防止海鸟的啄食。山崖下还养着一些鸡，旁边张贴着适宜养殖的几个种鸡的宣传画。这些都是作为一种科学普及知识来推广，宣扬了组织者的一种理念。

临海的山崖并列着四条坑道，这是当年装运煤炭的遗存，通道头顶是一排输送煤的槽口，一节节的铁轨运煤车停在坑道内，通过顶端的槽同时输送煤炭，很快就可以装满，效率很高。通道有一百五六十米长，四条并列，但只开放一条，我沿着洞口，走进了寂静的山洞。

寂静的山岩之中，坑道给人一种阴森森的感觉，看着四处岩壁，当年人工掘进的痕迹清晰可见。不知怎么，我突然想到当年的大东山，想到我们打的坑道。我的脚步越来越慢，潮湿的气息，熟悉的味道，斑驳的墙体，好像还挂着马灯，坑道的墙体上有着相同的钢钎凿打的印痕，还有残留的炮眼，与我们的如出一辙。只有在大山深处，用青春血肉之躯的经历，才能领悟这眼前坑道的苦难。

二百年前，或是那一个个苦役犯们，在刚刚发现的这片南方大陆上，同样用血肉之躯，同样的血汗浇灌，才筑成了这个坑道。今天，细细倾听，或许还能听到他们发出的呐喊。难怪革命导师痛斥资本主义的压榨，难怪有那么多不愿做奴隶的人们，呼啸而起，聚集在他的大旗下 。但是，历史终究写成了另一个版本。

鹦鹉岛上

穿过悉尼湾上彩虹般的大铁桥，快船劈开雨浪驶向前方，往日里湛蓝的天空布满烟云，雨珠儿装点了蓝色的海面，船舱的玻璃上一道道水帘飞扬，风声雨声涛声不绝于耳，映入眼中的是变化了的彩带。我们一行冒着风雨去鹦鹉岛，是因为第二十届悉尼当代艺术双年展今天（二〇一七年三月十九日）在此开幕，外甥女佳宁既是展会的工作人员又是参展作者，所以，特意邀我们上岛参观。

先要讲述一下我的这个外甥女，她生于斯、长于斯，生性开朗乐观、积极向上，属于那种人见人爱的孩子。小时候曾送回国内生活一段时间，还进入省里一处口碑很好的幼儿园，但幼儿园的管理让她感觉受压抑，情绪很差，于是，又将她送回澳洲。在这里，她得到了成长，得到释放，积极参加公益活动，当地媒体曾报道过她和另外两个女同学筹集公益活动的事迹，现在是悉尼当代艺术界的一颗后起之秀。

鹦鹉岛是个连接着历史的另类公园，距环形码头不足十公里。小岛颇有历史。在十九世纪初是用来关押流放犯人的，曾是英国最大的海外监狱；以后成为一个制造军舰的军工厂，最后一艘军舰在二十世纪八十年代末期下水后，这里也完成了历史使命。从此，小岛洗心革面，在经过艺术家的包装改变之后，成为一处令人着迷的工业遗存公园。现在，没有旅行团队上岛参观，它也因此得个闹中取静独风雅的寂寞。二〇一〇年，该岛上了联合国教科文组织国际文化遗产名录。

鹦鹉岛这个名称十分动听，但现在是没有鹦鹉的。岛上的地形是断崖绝壁，四处可见当年景象。高矗的塔吊，巨大的船坞，仍然待在原来的位置。偌大的车间，似可同时开展几场篮球赛，更有两条坑道在山中穿过。坑道的宽度有四米左右，就如同我们当年秋灵沟的大幅圆坑道。但这里的修建时期是二十世纪初。"二战"时，曾作为防空使用。山顶仍有昔日的监房和守卫看管居住的地方。岛上后来又增加了一些屋舍，连同改变了用途的昔日遗存，成为现在现代艺术品的展场，也成为闲逸的人们观海听涛的一个好去处。

当代艺术包括哪些？我查了一下词条，"就是今天的艺术"。这个概念还是没有说明白，充满了好奇，看看代表当代艺术的前沿部分，也是一个不小的收获。

这次双年展规模很大，遍布岛上许多区域。我们按着绿色的指示牌，依次走进一个个的"场馆"。

一块小高地上，放着三个黑布蒙着的音箱，一个废弃的没有房顶的石屋中央，也放一个，音箱每隔两秒钟发出震鼓般的一声响。

一个空空的大房间，用碎布条结成三张网，挂在三个方向，一男两女三个青年在投入地演出活报剧。

一间阴郁的屋子，黑色的丝线结成了天网，充斥了房顶和四周的墙壁，在黑网的下面是四张病床，一张平放，似有人在卧样，三张竖立，皆白布蒙罩；另一室，画板上铅笔画，十余个画版，画面曲线直线充斥；再一屋，

昔日的惩戒场所，如今已变身为时尚艺术的小岛，两个学艺术的人在此观赏学习

白色裸体雕塑，排排坐。

　　看了这样的展出，公正地说，他们是希望以一种自己认知的艺术风格，刻画自身的心灵世界，以此表达自己的思想。遗憾的是这样的艺术表现还是很难看懂。或许，凡人看不懂的才叫当代艺术？

　　悉尼类似的工业遗址公园还有一些，包括著名的达令港也是工业遗存的改造和利用，鹦鹉岛应该是最大的一处。我觉得他们的做法既适应了发展，开辟了更为广阔的天地，又记录了城市发展过程中的信息。从帕丁顿旧水库改建的花园，到奥运村废弃砖瓦厂的遗址公园，再到煤运石油码头的绿色环保转身，无不显示着一种对过去的扬弃和利用。

热浪滚滚的圣诞节

圣诞节就要来临了，与中国的春节一样，圣诞节是西方社会最重要的节日。从一个月前开始，各家各户就开启了家庭装饰，买圣诞树、吊彩灯、修剪自家的花园；商家更是展开节前的营销大戏，这几天，所到之处全都飘荡着"铃儿响叮当"的乐曲，

马丁广场也早在十一月二十五日，就立起一棵巨大的圣诞树，举行了点火仪式。据称那是澳洲最大的圣诞树！从步行街上身着夏装的圣诞老人，到商业街上五彩缤纷的门店，人流滚滚，都呈现一个共同主题——欢度节日。华彩的 QVB 在商场中央巨大的圣诞树上，还挂上一万八千颗施华洛世奇的珠宝首饰，西田、玛雅商厦、奥特莱斯等处，每日都有乐队演奏和歌唱，路边店家的汉堡都与平时有所不同，就连停车场的管理员也对离去的车辆说一句圣诞快乐！商家们都在努力营造一个令人流连忘返的场景，如同一场感官的盛宴。

每到这个时刻，澳洲全国都进入为期不等假日，政府、学校、社区、企业、团体，都要组织各种活动，就连许多家庭，都会在房前屋后进行圣诞装饰，每个家庭就像我们的春节一样，集中购物、休闲度假，阖家团聚在一起，走亲访友、互致问候。

圣玛丽教堂已经连续几天举办规模宏大的灯光秀活动。每到傍晚，教堂前的小广场就人潮涌动，小商小贩在推销着气球和发光的小玩具，像赶集一样。夜幕降临后，灯光秀就开始了，现代化的光影科技，将美轮美奂的影像，投射在教堂正面高大的建筑面上，画面内容是以宗教文化和自然景色为主，每段有十多分钟，循环往复上演。昨天平安夜是最后一场，我们专门赶场子观看，画面的确唯美，但我感觉规模似不如上海外滩的跨年

灯光秀。

高潮时刻总是在平安夜来临，市中心的人流量比平日里大了好多，特别是达令港人流如潮，彩灯璀璨，爱热闹的人们早早来到此地，占据一个好位置，等待观看焰火晚会。虽然天空突降一阵豪雨，但丝毫没有影响人们的心情和出行的脚步，狭小的港湾汇集了太多的看客。焰火腾空绽放时，整个达令港成为欢腾的海洋，直到午夜时分人们才渐渐散去。

与火树银花的平安夜不同的是，圣诞节这一天，全城是静悄悄的，整个城市仿佛按下了暂停键。这也和我们的大年初一非常相似。

这一天下午，我们踏着宁静，来到内西区的卜特尼和坎普瑞特两个公园。说它为公园，不如说是郊外更贴切一些。这俩公园都是第一次来，位于帕尔玛塔河畔，

装饰了一万八千颗施华洛世奇珠宝的圣诞树

高大得近乎原始的林木，使公园更贴近于自然，弯弯的小路、静谧的河流，近边草坪青青、远处炊烟袅袅，有好些来自中东的大家庭在此聚会烧烤，河畔传来孩子们的欢笑声。这个区域聚集了不少中东族裔，他们或许已在此地久居，或许刚刚脱离了战乱，无论如何，此刻他们享受和平的安宁与幸福。

圣诞节过了，这个节日虽然把白雪换成了蓝色大海，把寒冷化为热浪滚滚，但是"铃儿响叮当"的曲调一点没变。

悉尼湾跨年

　　众所周知，悉尼是东十时区，在每一个新年来临之际，是全球最早跨入新年的城市之一，辞旧迎新的烟花也总是率先在悉尼绽放。二〇一七年的跨年盛会，有一百五十万人（官方数据）参加，我要记下这一笔，因为我是这一百五十万分之一。

　　为了观看这场南半球最盛大的烟花庆典，几天前便开始搜集情报，找寻最佳观看点。为防封路禁街，还制定了几套路线方案。十二月三十一日上午，又强迫自己睡了一觉，以养精蓄锐。一切准备停当，当日下午三时，背起行囊，乘坐火车前往环形码头。

　　这时的火车呈现一种很有意思的景象，行向市区的列车，车车满员，而对向西去的列车，则空空如也。平日里寂寞的悉尼人总是不愿意放弃任何一个欢乐的场合。

　　我们所乘列车是一辆快车，只经停了三站就到环形码头。往日里，一下火车，就能看到一幅绝美的画图：左看悉尼大铁桥、右望悉尼歌剧院、环抱一湾瓦蓝的海水。但从二十六日起，原本玻璃的幕墙被高高的挡板覆盖了，下了火车再也看不到往日的美景。这是悉尼烟花晚会的前奏。

　　一出车站，就看见通向歌剧院的路被挡板封锁，人们排了两队长长的队伍，缓慢进入歌剧院的那片地方，无疑那就是最佳位置。悉尼人排队真没的说，尽管队伍排出数百米，但秩序井然，人与人之间保持着适当的间距，绝无后一个搂前一个，糖葫芦串一般的行径。

　　进入观看点并不要票。在临时搭起的入口处，人工安检工作正在进行。在我们看来，他们的安检实在是不敢恭维，只问一句带酒了吗？然后用手摸摸我的双肩包，就 ok 了，这也能叫安检？我不会带酒，但我的双肩包里装了四瓶水，他能摸出那是水吗？

　　为了夺人眼目的跨年庆典，悉尼的确作了精心安排和认真准备，感觉他们是动用了全部力量来编排打造了这一盛事。首先是将场地内划分成若干区域，区域之间完全隔离，相互阻断。观看的人员从里面开始，填满一个封闭一个，荷枪实弹的警察守卫在每一处隔离带和路口，骑警在街头来回巡查。还有人数众多的志愿者，佩戴标识，坚守在各个服务点，所有的人员服从于统一的调配和指挥，既相互配合，又各司其职；随着每一处观看人员的满员，迅速将备好的隔离墩、隔离板移位，封锁道路，装有灯光指示器的警车迅速占据路口，疏散人流。在各场地内，还设置有流动餐饮车，安置了流动厕所。这场晚会吸引了来自世界各地的众多游客。据当地媒体报道，有百分之四十六的人是专程从海外来到悉尼现场观看跨年庆典的，而来自中国的游客位列前茅。

　　从码头东侧起至歌剧院的近一公里的狭长地段是最佳观测点，为占一个好的位置，有人甚至提前两天就来占据位置。澳人观赏这类活动，不只为看，更注重于消遣，摆开各种花色的垫子、椅子，摆上美食，消磨时光。当我们好不容易进入场地时，场地内已成人海世界，随着更多人的涌进，不断蚕食着每一寸地面，直至连最狭窄的过道，也被插得严严实实。四点刚过，这里已呈饱和状态，于是关闭门户，不能再让人们进入了。我们还算幸运，成为最后一拨进入者。

　　挤坐在这块狭长的地带，放眼看去，全是密密麻麻的人，有的拖家带口，有的与爱人相拥，一起为跨年的烟花而耐心等待。

　　为了充分感受这一时刻，我在力所能及的范围走动观察，突然发现，里面的人是可以出去的，领上一个号码牌，在规定的时间回来，就可外出。这项规定，的确是很人性化的。也得以让我在剩下的七个小时内，不停地游走在各个观看点，从岩石区的小巷到大铁桥的下方，捕捉了许多有趣的画面。当然，由于外出超时，我再也回不到原来的位置了。

　　第一个小高潮是从下午六点开始的，两驾双引擎飞机，出现在海港的天空，飞机呼啸着划出优美的弧线，在海湾上空上下翻腾，展示着飞行技巧，人群开始了一阵欢呼，这也拉开跨年活动的预热，人们开始欢呼、呐喊，构成了一曲精彩晚会的序曲。

悉尼的跨年烟火不只在午夜绽放，从晚上九点开始，就有一场为时八分钟的焰火。这是为照顾年老体弱者和那些不到午夜就会犯困的小孩子准备的，这种为家庭而考虑设置的方案，的确用心良苦，同时，这几分钟的燃放，也给等待了数小时的人们点燃了激情，这是第二个高潮。

原以为九点过后，会有不少人离开，但恰恰相反。九点以后，又有大量的人群拥进，而且是清一色的年轻人，自然他们进不了已经封闭的区域，但是把大桥附近的许多街巷占领了，特别是在几家酒吧和咖啡店的门口，他们尽情地唱、跳、呐喊，发泄着旺盛的精力。就在附近，我目睹了两起打架、三起醉酒而起的纠纷，在九点之后的时段，警察们睁大眼睛，没有偷闲。这两起打架的双方，有人说他们都是中东人。醉酒的人里，有两位年轻女性，都被警察带走了，这算是小插曲。

终于等到午夜时分，在大铁桥的两侧高高的桥墩上，先后打出十几种语言的字幕，中文有简体和繁体两种，分别写着"悉尼欢迎你""欢迎来到雪梨"，雪梨是早期华人移民对悉尼约定俗成的称呼，现在是中国港澳台地区和东南亚一带华人的直译。在随后的倒计时时刻，震耳欲聋的声音随着字幕响彻云霄。

跨年的烟火准时在零点升起，悉尼以这样一场壮观的烟火表演来迎接新一年的到来。特色烟花共燃放了十二分钟，盛放的烟花将悉尼的夜空映射得分外璀璨妖娆，花火映照下的海港大桥、歌剧院美轮美奂。上百万人不分种族和肤色，共同倒数迎接新年的到来。这种满怀激情和美好憧憬的心情是一生至少要有一次的经历。

在烟花即将绽放天际的时刻，我和无数的人一起用力呐喊倒计时，既是辞旧迎新的欢呼，又是一种对时光流逝的宣泄。

澳洲国庆日

　　每年岁尾到岁初，是澳洲人最欢乐的季节。从圣诞节前开始，各种欢快的活动便一个接一个。跨入新年后，很快又迎来了澳大利亚的国庆日，随后还有中国的春节。这一阶段又恰逢学校的暑假，重视家庭生活的澳洲人于是就到处赶场找乐子，享受着上天的垂青。我也赶上了这一时节，加入他们的玩法，疯了一整天。

　　澳大利亚的国庆是每年的一月二十六日，又叫做澳洲日。说起澳洲日，就必须提到英国。

　　十八世纪的英国，正是工业革命的爆发和美国的独立，使得英国的殖民发展目标向东方拓展。探险家的航船不断在太平洋上寻找新的陆地。一七七〇年，一位叫库克·詹姆斯率领的探险船队发现了澳洲大陆，随即，他宣布新发现的这块大陆为英国领地。

　　当时，由于美国的独立，使得英国的罪犯不能再向北美流放，于是，新发现的澳洲大陆便成了英国罪犯的流放之地。一七八八年一月十八日，由菲利普船长率领的一支舰队抵达植物学家湾，舰队带来了一千五百余人，其中包括七百三十六名囚犯，八天后，也就是一七八八年的一月二十六日，他们转到更为适合的悉尼湾，建立起第一个殖民区。这个地方就是现在的悉尼，菲利普成为首任总督。此后为了纪念这个日子，就把这天定为澳大利亚的国庆日。

　　因此，也有人说，澳大利亚的国庆日的确有些"征服者"的味道，当地的土著人则把这一天定为"入侵日"。

　　澳洲人过国庆，更像是全国人民吃喝玩乐的一个日子。有人说，澳洲日就是个有主题的全国性聚会，倒也恰如其分。

国庆日主场地

　　从澳洲日的前几天开始，每个区域就开始做着精心的准备：许多建筑挂上了国旗、彩旗，海湾有各种水上竞赛活动，整个城市主题一致，只是官方色彩似乎并不浓烈。为领略今年的澳洲日，昱立、利锋给我买了不少华文报纸。澳洲有不少华文报刊，多元文化是澳洲的主要特色。报纸上登载了许多活动的内容及时间，比如：有一千多人参加的悉尼湾的游泳比赛；各种级别的帆船比赛和游艇比赛；十公里轮椅比赛等。澳洲日这天，我们选定大铁桥西面公园邻海的一处观看点，在这里可以纵览悉尼歌剧院和大铁桥间的蓝色港湾的一切活动。

　　我们来到桥下时，四周已经聚集了许多人。可以看出有些人来得很早，已经在草坪上铺开了摊子，摆放着各种吃食饮品，一家人悠闲地坐着，享受着阳光和海风。与往日显著不同的是，到处可见澳洲国旗。还有的直接把国旗国案印在脸上臂上。天空也作美，一改连续几日的阴霾，灿烂的阳光照耀下海水湛蓝，天空湛蓝，白云朵朵镶嵌。在环形码头前的海面上还停泊着一艘巨大的军舰，这是澳大利亚海军最大的战舰，二万五千吨级的堪培拉号。这艘舰船颇有航母的形态，低矮的舰桥缩在一边。艇首部分似战机滑跃式甲板。蓝天白云之下，直升机下面挂着巨大的国旗飞过悉尼港，战斗机呼啸着上下翻滚，在近处的海面，电视台的一艘直播船正在放歌，优美的旋律回荡在空中。

　　放眼望去，湛蓝的海面飘荡着无数的舰船，正前方的悉尼歌剧院似洁白的风帆融合其间，右侧的海港大桥则似一张弯弓指向天穹，这真是一幅用蓝天白云大海调绘的刚柔结合的完美画卷。

　　正午十二点，礼炮在大铁桥下鸣响，巨大的声响宣告庆祝活动到达最高潮。当二十一响礼炮过后，音乐响起，一个孩童在中间的彩船上高声领唱澳大利亚国歌，周围的人跟随着一起在歌唱。

　　国歌唱罢，天际响起巨大的轰鸣声，澳大利亚空军的三驾重型战斗机编队自东飞来，低空掠过海面，在大铁桥处拉起，笔直地冲上云霄，在蓝天白云上跳着芭蕾，时而翻滚着冲下，时而又直插云天，看得人目瞪口呆。

　　我的身边，一位父亲领着儿子、女儿，正在草地上席地而坐，吃着喝着。听到国歌奏响时，马上站立起来，神情在一瞬间凝重了，两个孩子和他并排站立，挺直了胸膛，昂着头颅。那一瞬间，我感悟到了他们的另一种情怀。

　　一个行政区的澳洲日活动现场

在短短的二百多年的历史中，他们创造了灿烂的今天，他们表现出来的积极、向上、阳光、奋发、包容的精神和他们的成就，得到了全世界的认同。

每逢国庆节，澳洲各地都会放假一天，并且组织不少庆典活动。这些庆典大多是围绕体育竞技、文化美食等进行，官方的色彩并不浓重。比如这次庆典，海军的那艘巨舰，也仅仅在环形码头停留了数小时，不到十二点半就缓缓驶离码头，空军也仅仅是三架战斗机表演。各个行政区的公园里也都有许多活动，人们走出屋外，在自备的折叠椅上晒太阳、看热闹，吃喝享乐。

国庆日还有一项新公民入籍宣誓活动。报纸登载，今年由总理亲自主持了一万九千人的入籍仪式。

老爷车协会仍旧举办了国庆日的老爷车观览，今年的展示地点从市中心的海德公园移至帕尔玛塔。帕尔玛塔距悉尼湾有三四十公里，观看了悉尼湾的活动后，我们马不停蹄按照既定方针转场参观。让人在炎炎夏日里激荡起异国怀古之凉爽情调。那些老爷车许多都在百年以上了，但车主保护得很好，擦得铮明瓦亮，车辆在行走时也没有发现有冒黑烟的情况。

此时，我忽然感到，与泱泱中华五千年的历史相比，只有二百多年的澳大利亚实在不值一提，但是，这并不妨碍澳大利亚人对自己国家的一种崇高深厚的情感，那是一种对生养自己的这片土地的热爱，对这片土地上的山川、河流的眷恋，对自由幸福的向往，愿他们在这片土地上，尽情地享受人类文明的成果，生活得更加美好。

在澳过大年

过年：浪漫的海阔天空

今年的除夕不同以往，是在炎热的夏季，另一片星空之下度过的。

没有了春晚的等待，没有了节前的忙碌，除夕变成了休闲的夏日，变成热烈的蓝天白云，演化为浪漫的海阔天空。除夕之夜也变得静悄悄。于是，在静谧之中，带着愉快的凉爽，整理了除夕日出游的拍摄。

先到海德公园，在公园里遇抗议集会。许多人还牵着狗，占据了一大片草坪。这次抗议集会就是为了拯救这种狗狗。这种狗体形硕大，皮毛光亮，善跑，经常被主人牵去参加多种田径比赛。跑得快的就衣锦荣归；淘汰了的，就被杀掉了。这为啥跑不快就要赴死？狗主人也不管？问半天也弄不清。反正这是人道主义。就为这个抗议，为了拯救，拯救狗狗的生命，也拯救罪恶的灵魂。

外国人搞抗议集会，规矩。有很愤怒的样子，牵着狗狗的汉子们叉着手，黑着脸；举着牌子的人也蛮严肃，牌子上写着："你若赌，它必死"之类的话。但黑脸归黑脸，抗议归抗议，绝没有打砸烧车行为。

电视台的来采访报道，扛着机子，在人群中找顺眼的人拍摄，说两句。突然，人群一阵骚动，一个身着婚纱的女人出现，凑在狗跟前照相。起初我以为日本或韩国人，但一听说话，嘿！地道的北方人。有人高喊，她是中国人！电视台的马上过来采访，一搭话，不对等，一边不懂汉语，一边不懂英语。立刻有志愿者充当翻译，这女子显然是个爱狗人士，倒也不含糊，

春节期间，悉尼歌剧院变成了中国红

侃侃而谈。

　　午餐在军港旁的一个小食摊点享用，摊点是街边孤立的一辆车，类似地摊，旁边放两张小桌子，只卖一种特制的馅饼，馅饼上堆放了两层东西，一层为土豆泥，另一层是某种水果制成的果酱泥。据说这种食物在此大受欢迎，这个小摊有好些年了，小摊车的四周张贴好多照片，都是光顾这个小摊的名人。这种无言的招牌使它名气更大。我在照片中认出有好几位中国的影星，还有澳洲的一位前任总理和现任总理，他们和其他食客一样，都是端着一次性的小纸盘子，站在路边享用馅饼。

　　小摊馅饼只有牛肉、鸡肉、猪肉、水果四个品种，我们要了牛肉的，坐在码头边的长椅上，眼前就是军港，两艘大型驱逐舰就在近旁，稍远一点就是那艘国庆日开到歌剧院那边展示、澳海军中最大的战舰。果然是和平的日子，我们傍着战舰用午餐，感觉味道不错。

　　吃完馅饼，在附近的一处大库房参观了一个现代艺术展。现代艺术展就是看半天不知所云的艺术。各种形状的塑料袋子里装着些土，种着花瓣；

街头访谈

堆上一堆乱乱的垃圾，就如同多年以前的贫困山庄；雪白的墙上打一个洞，像要窥探什么似的。总之，咱看不懂。只能说领教了。

最后还乘坐快艇去了一个小岛。闹中取静，坐在高处的树荫下，眺望阳光明媚的碧海蓝天，心绪豁然。头顶传来飞机的轰鸣，一架接着一架向远处的机场降落，媒体报道这几天有许多游客来此过年。

除夕就是这样度过的。

佳节怀念母亲

一夜雨水，让气温骤降，从昨日最高 38 度，降至今日的 22 度，透过窗户望去，小院花木繁茂，一种爬墙的植物，开着繁茂的红花，点缀在色泽浓艳的绿色之中。花木夹着水珠儿，一动不动。一幅大雅无音的画卷。

在澳洲过春节，我们兄妹又难得齐聚一堂，不约而同怀念母亲。

母亲生前多次来澳洲，和她最钟爱的女儿在一起，度过了几年时间，那是她最快乐的时光。

母亲出生于山西省五台县的一个大户人家。五台县是个文化之乡，历史悠久，名人辈出，统治山西三十多年的阎锡山就是五台人，所以，过去有"会说五台话，就把洋刀挎"之说，也是有一定依据的。

母亲从小饱经战乱，颠沛流离，由于外婆早故，自小便自食其力，抗战胜利后，她考上了国民师范，由于出身原因，每次运动时都不免受到冲击。母亲生性善良，但自幼的心路历程又让她形成一种小心翼翼的性格。她也有文化，但并没有发出应有的光辉。

母亲是个凡人，凡人是不能和命运抗衡的。她一生只做过一种工作：小学教师，普通得不能再普通。在刚刚度过了八十岁的生日后，就永远地离开了我们。她患的是冠心病，只住了四天医院。由于她的症状表现和医生所认为的不太一致，开始三天，都认为不是心肌梗死。但第三天傍晚时分，医生通过化验报告确认为"是"的时候，已经一切都晚了。

凡人，总是不愿意直面自己有终的生存的，总是爱发出太多的幻想。母亲也是这样，认为这一次和以往一样，住上几天，输输液，就又回家了。

二〇一三年七月二十九日，母亲八十岁生日，四个儿女和母亲合影

母亲在悉尼港留影

她自己收拾好住院用的东西，和女儿一块走到医院，她坚持要住普通病房，个人能少花点钱，她还计划着出院之后去海南，今年的冬天就住在那里，她甚至还有以后的计划安排，再到澳洲一趟，二女儿刚买了新房。但是，生命总是会在满怀希冀中便戛然而止。

　　人的一生实际上过得很快。时间不经意间就从指缝中倏然流逝，连一点痕迹也留不下。就如同鸟儿从天空飞过，谁又曾见它在天空飞过的踪迹。人们似乎总是会忘记了这一点，总是急吼吼地奔波在路上，不论时代变迁，日复一日，根深蒂固。

　　母亲喜欢阳光灿烂的日子，虽然一生坎坷，但相信生活中处处有阳光，这种相信就围绕在她的周围。她喜欢花草，陋室里也常有花香。她在澳洲女儿家中种下的石榴等花木至今仍在，但她已经离开了。

　　母亲于二〇一三年九月六日去世，享年八十岁。

　　门前的丁香花开满了枝头，这里的丁香开得都是五瓣的花。都说见到五瓣的丁香能让人幸福，这是一种寄托。带着这种寄托，祝愿母亲在天国安好。

达令港的正月十五

二月二十二日，是正月十五，悉尼市政府照例于前一天在达令港组织了一年一度的春节龙舟赛事。

为了观看赛事，一大早冒雨出门，八点半就赶到达令港。虽然小雨下个不停，但达令港已经是人山人海，参加活动的队伍很多，各赛队热情高涨，认真做着准备工作，观众也很有耐心地冒雨等待。海岸边，组委会搭起几个简易的棚子，各个代表队领队穿梭于其间，一片繁忙。组织者中有许多是华人面孔，中文是这里的通用语言，没有丝毫违和感。

比赛在九时许准时举行，每场比赛有五支队伍参赛，组委会采用中文和英文两种语言解说。达令港四周有许多外国人在观看比赛，他们的热情丝毫不亚于中国人。并且在每支参赛选手中，华人以外的选手占绝大多数。这已不单单是一场节日，而且更是一场重要的体育赛事。

除了龙舟赛，十五前后还有来自贵州省组织的商家，在达令港摆摊售卖民族手工艺品，助乐节日气氛。商家穿戴着少数民族服饰，各种工艺品琳琅满目，人们兴致颇高。但是，也总会有不和谐存在，有两个赖小子乘乱偷了东西。商家大姐看我们是中国人，就诉苦说了此事。刚刚说完，她突然指着前面两人说：就是他们。昱立厉声呵斥，让他们交出来，但这俩赖小子装傻充愣，还张开双臂让你搜，就在一愣神之际就让他钻进人流中跑掉了。最后佳宁在这个大姐的摊上买了个小玩意，聊加以安慰，孩子们心地善良。

看了龙舟赛事，今天又去了达令港节日展销会，吃了十五的元宵，这年也就算过完了。有朋友网上问：国外过年感觉怎么样？我说呀，这一样又不太一样。

据此间报道，今年的春节有二十多万中国人来澳度假！十四万中国学生澳洲留学！数十万生活工作在澳的华人，还有更多的有过春节习俗的亚州人，这个巨大的数字，使中国农历春节成了一个庞大的狂欢节，大大延长了自圣诞节开始的购物季。为此，澳洲政商界精心安排了一系列庆祝活动。

除夕之夜，悉尼市政府在最著名的标志性建筑——悉尼歌剧院和悉尼大铁桥点亮中国红，以此来贺岁中国春节。当晚，澳洲和中国驻澳官员数十人参加了启动仪式，悉尼大铁桥管理公司还邀请中国某地的锣鼓队登上悉尼大铁桥进行表演。

春节期间，不论中心商务区，还是各个行政区，大小商店都呈现节日的喜庆，主街道乔治街的两边和马丁广场早早挂满了庆祝中国农历新年的巨幅标语，给城市、街道增加了中国元素，披上了红装，商家大都聘用华人销售员以便于沟通，就连外国人见了中国游客，也用中文说恭贺新年，恭喜发财。在几个华人聚居区更是精心装绘，张灯结彩，有的还组织了戏剧演出和舞龙舞狮等活动。达令港搭起舞台组织各式的文艺表演，代表十二生肖的十二座巨型彩灯也早早亮相；唐人街开展了迎新春美食街活动，各类中式餐点吸引民众趋之若鹜，一尝为快。很多澳洲民众也在节日里走上街头，感受魅力独特的中华文化。所有这些会让人有一种直把异乡作故乡的感觉。

现在，年过完了，但商家店家的招贴还在，大街上的旗子还在。仔细一想，嗨，这些都是在做个幌子，是商家借过年的机会讨好迎合消费者的一种商业行为。对于大众来说，多一种休闲娱乐，尤其是对于地广人稀的澳洲人民来说，有一个热闹的集市般的场所，岂不快哉乐哉。

总之，这大夏天的年颇为独特，又年味醇醇。

庭院小景：幸福的花儿在开放

我喜欢雨天或者雪天，年轻的时候，总喜欢在这时刻出门走走，弄湿了衣裤，弄湿了鞋子，然后很满足地回家。记得很多年前，曾写过一篇雨中漫步这样的短文，那时有人说是小资情调。现在也偶有此举，但心绪已然不同。

昨日有雨，在家独赏花开，篱笆墙上，花儿悄无声息地开放，花儿挂着水珠、散着清香，花儿能静静地开放，那是花们的幸福，我们能看到花开，则是我们的幸福。天空降下的雨是极干净的，水珠儿给花草木叶装饰上一层晶莹，在房前的小路和屋后的园子里走了走，贪婪地呼吸着带着雨珠儿的空气，丁香花开满了枝头。

后院有一株高大的蓝花楹，树干长在邻家院，枝丫却尽数伸展过来。正是花季，那蓝中带紫的花瓣，密密匝匝开满枝头成为一景，每遇下雨，便会把花瓣撒落院中，成为满地的美丽。

蓝花楹树木高大，遍植于公园、行道和院落之中，每到盛花时节，满枝的紫蓝花朵密集绽放，雅丽清秀，花朵从树上掉落，如同给大地铺上紫色的地毯，据说有不少人为此写过赞美诗。晚餐时，雨过天晴，晚霞正红，蓝花楹艳，飞鸦掠过，遂推门而出，在院子里将此景定格。

澳洲人的动手能力很强，这是由于劳动力价格高的原因。家庭中各种劳作，上房揭瓦、室内装修，尽是自己来做，能不请人绝不请人，好多博士、硕士，都是全面手，家中备有各种工具，干起活来一点不差。甚至还会做家具，庭院打理更是不在话下。

在居住区，各家各户的小院落相互媲美，各是一景。我也喜欢观赏民居庭院里的景色，外出散步时总是选一些不同的小路。下午路经一段僻静

（左起）昱立、利锋、旻文、浩天、晨星

街区，正值雨后，家家户户庭前碧绿，花儿们开得灿烂，夺人眼目，遂随手拍得几张，发至朋友群中，立刻一片叫好。

澳人爱花，自家院子里大多种植花草树木，精心伺候着，人们也时常边行路边欣赏和学习别家的园艺。向往美丽是生活中一切善意的来源，故凡爱花草之人，都是热爱生活之人。因为花开得美丽，人们大都有爱花之心，会觉得花也是有思想感情的，在花的世界里，或许也是有思想感情的，能感受人对它们的爱意，当它感受人们对它付出得多时，就激发起了更多的光亮和色彩，就会更加烂漫，这是极其自然的。

人们的生活状态就是这样，每天的早晨或傍晚，浇浇水、整整园，然后感受着幸福。在一个因循既定的社会里，幸福是个人的隐私，人们安之若素时，就是最好的时光。

堪培拉：一个为了首都而建的城市

悉尼和墨尔本是澳大利亚两张最著名的名片，但澳大利亚的首都却是堪培拉——一个位于两座城市中间的内陆小城，是一个为了首都而建的城市。为什么这样？说起来是一段历史故事。先说这两个大城市，地理位置优越、人口众多、富裕发达、实力不相上下，且一直较劲，都想争当老大。

二十世纪初，澳大利亚获得自治权，组建了联邦。建国了，自然要选定一个首都的。在选择首都时，遇到难事了。此前，澳洲大陆一共有六个各自为政的殖民地，每个殖民地都有自己的议会、总理，有自己的法律法规，互不干涉、各管一摊。新南威尔士的首府是悉尼，维多利亚的首府是墨尔本，这两个城市都认为自己最有资格，首都应该在我。两个城市为此争夺激烈，互不相让。在此背景下，联邦政府于一九一一年通过决议，另选一块地方作为首都。于是在两地之间的一块荒原上划出一块地方，建设一个新的城市。

选定地址后，联邦政府组织了世界范围内的城市设计招标，最终选中了一个三十六岁的美国设计师伯利·格里芬和他妻子的方案。不久，一座在纸上规划出的新城出现在悉尼和墨尔本之间，这就是堪培拉。一九二七年，联邦政府从墨尔本迁至堪培拉。

现在堪培拉作为澳大利亚的政治中心，人口约四十万。虽然没有什么高楼大厦，首都的存在感不是太强，但是城市中遍布国字头的机构，如国会山、国会大厦、国家图书馆、国家战争纪念馆、国立美术馆、国家博物馆和国立大学、国家植物园等，以此显示着国家首都的存在。

由于城市是先在图纸上做的规划，所以城市建设十分新颖。放射状和环形的公路将城市的行政、商业、住宅加以区分。在市中心有一个人工湖

国会大厦的屋顶就是国会山的山顶，由草坪覆盖，人们可以沿着缓坡走上屋顶

泊——格里芬湖，湖中央建有一个喷泉，被称作"库克船长纪念喷泉"，喷泉喷出的水柱高达一百四十米，据说是世界上喷得最高的喷泉。堪培拉虽不靠海，但气候宜人，花繁叶茂，有"花园城市"之名，将首都的尊严和花园城市融为一体，是一个完全现代化的城市。

堪培拉标志性的奢华建筑是联邦国会大厦，建成于一九八八年，当年五月九日，英国女王伊丽莎白二世亲自主持了揭幕启用仪式。议会大厦坐落在国会山上，屋顶上是草地，房顶有一根八十一米高的旗杆，巨大的国旗飘扬在城市的最高处。站在国会山上，可以清晰地俯瞰城市周遭景观。

国会大厦向公众开放，不收门票。大厦门前是由九万块彩绘马赛克铺成的地面，大厦内部高大宏伟，庄严地悬挂着这个国家的历届总理、总督、议长画像，从第一届到现任的，一个不缺，同一种规格，同样的待遇，不论党派。这是一个国家的完整历史记忆。

国会大厦收藏的艺术品是其一大特色，我花了挺长时间在此欣赏。其中一幅巨型挂毯最为醒目，挂毯旁的资料显示，挂毯长二十米、高九米，由澳大利亚一位著名艺术家创作而成。挂毯色彩斑斓，以红、黄、褐色组成竖条状的花纹，通过光与色的穿透视觉，使得图案既像云山雾罩的森林，又像土地，显示了一种神秘文化。这或许就是澳洲大陆的特有气息。现在，这幅挂毯就挂在大厅的正面墙上——这个国家最为重要的礼仪场合。

在国会大厦，参议院里的色彩是粉嘟嘟的，包括地毯，应该是女士们喜欢的颜色；众议院的色彩是浅绿色的，可能是年轻人多。参众两院的座位摆放都非常有讲究，有严格秩序。他们宣称澳洲国会是世界上最开放的，即便是正在开会讨论国家大政方针，旁人也可以申请在旁听席旁听，不过我来三次都没有碰上。

墨尔本掠影

一

墨尔本是南半球最负盛名的文化名城，澳洲的第二大城市。资料显示其面积达八千多平方公里，但市中心区的面积感觉不大，纵横各有九条街道，方方正正、横竖整齐，随便走走也不至于迷路。乘坐免费的有轨电车加上步行，我和孩子用了一个下午的时间就基本逛完了。

维多利亚是澳洲开发最晚的一个州，一八四〇年的人口只有一万余人，后来墨尔本附近的巴拉瑞发现了金矿，吸引了来自世界各地的淘金客，其中有许多来自中国，到一八五四年，城市人口统计就已经达到十二万余人。这里淘金热的出现，使得美国旧金山黯然失色，故墨尔本又被华人称为"新金山"。

墨尔本曾经作为澳大利亚的首都有二十六年之久，城市的规划不错，建筑非常优雅，且历史建筑很多，如老的国会大厦、老的最高法院、老财政大厦、澳新银行、皇家展览馆，还有诸多的老商厦、教堂以及墨尔本大学等。唐人街在市中心位置，两边装饰着中国传统门楼，唐人街上最多的还是餐馆，中文牌匾、大红灯笼，餐馆中供奉着关公，餐饮永远是国人的强项。这些都已经成为游客的必到之地。

如同世界上的许多城市一样，墨尔本也有自己的一条母亲河，叫雅拉河，这条河流土著语原意是"流动的河流"，横贯城市南部。早期，这条河流因资源开发、港口及工业化污染严重，从二十世纪中期开始保

周日的早晨实在太过清静了

护治理，现在已经成为一条风景秀丽的河流。雅拉河是墨尔本城市的分界线，河的北面是老城区，有着古老而优雅的欧式建筑，南边则大部分是简约的现代建筑。

走在雅拉河边，两岸的环境还是老样子，公园的步道甚至座椅都没有改变，雅拉河上的观光游船也没有更新。坐上游船，慢悠悠地行驶，河水如同蓝色的锦缎泛着光亮，品尝着游船提供的咖啡，听着中文讲解，观看两岸高大的建筑，实在是一份繁华中的静谧。随着接近河流的入海口，河面越来越宽阔，河边能看到一些货柜码头，远处几艘大船上飘着中国国旗，显示两国贸易往来频繁。

登上雅拉河畔的电视塔，透过圆形玻璃幕墙，可以非常清晰地看到整个城市的布局以及远处的大海和港湾。我们没有时间去海湾和海滩，但从高处鸟瞰，感觉不像悉尼的港湾那样复杂。

公共有轨电车是城市的一景，自从一八四四年开通以后一直运营至今，现在有很多线路，其中一条是免费的观光线路，这条线路上行驶的车辆，是典型的老爷有轨车，穿戴制服的司机都是老先生，站在车头开车。驾驶室特别狭小，仅能容纳司机，操作也非常简单，途经市区主要观光景点。我们在福林德火车站乘上列车，一阵功夫就转了半个城区。

墨尔本的青年人似乎很喜欢泡酒吧，适逢周末，夜深时刻，酒吧外面等候进场的人还排出好几十米的队伍。导游说，后面的人，要等到后半夜才能进去了。他们可真有耐心！

墨尔本还是一座运动之城，著名的澳网就是在一月举行，我们来时正好赶上尾声，那两天整座城市似乎按下暂停键，安静极了。那一天外出返回，导游告知，右前方不远处，就是比赛场地，屏声细听，果然有滚滚而来的雷鸣。

在墨尔本的时间虽短，但在雅拉河边闲逛的时光印象极深：这里有一份难得的宁静与闲适，阳光洒在河畔的木板人行道上，海鸟悠闲地踱步，与人和平共处，偌大的城市安静极了。

二

周六的早晨，踏着墨尔本的宁静，来到位于市中心公园的库克船长小屋，这是我第二次来，距离上一次，时间已经过去了十三年。

小屋还静静地矗立在那里，矗立在澳洲人民精心修剪出来的花草丛中，一位身着长裙、头戴宽边草帽、打着遮阳伞的女士，迎着早晨的阳光，站在门前，迎候八方访客。她的衣着是典型的十八世纪英国女士的装束。

这是一座极普通的红砖红瓦的小屋，坐落在树木翠绿、鸟儿啼鸣的菲茨若伊花园，这座宁静的花园因为有了这间小屋而变得人流不断。小屋整体并不大，基座是沙石筑成，砖瓦也显得非常陈旧，样式在当今的澳大利亚都已经很少见到。进入小屋参观要另收几元钱，院里种有一些花草，内部很小且低矮，中间是二层小楼，尖尖的屋脊，屋顶上有个砖砌的烟囱，右面是一个偏房，左边是一间小平房，小屋的墙上还爬了许多绿色的藤蔓。小屋门前，树立着一尊库克的紫铜雕像，头戴三角军帽，身穿紧身衣裤，左手持航海图，右手握着一柄单筒望远镜，目光深邃地看着远方。

这座小屋的主人就是库克船长。

詹姆斯·库克，一七二八年~一七七九年，是英国皇家海军军官、航海家，是他发现了澳洲大陆，把"米"字旗插在了这片土地上，从此改写了这片南方大陆的历史，库克亦被称为澳洲的建国之父。

在墨尔本建市一百周年时，一位澳洲的富商买下了库克在英国的故居，把这个小屋的一砖一石小心翼翼地拆下，一一编号，全部装箱，海路运回了墨尔本。随后，在城市中心的公园里，按照原样又组装起来，成为对他的纪念之地。

今天，在世界各地，都有许多关于库克船长的纪念。其中夏威夷岛在库克遇害的地方立有一块白色方尖碑，以纪念库克在此遇害，附近的一个小镇，则被命名为库克船长镇；在一九二八年，美国发行了一款五十美分纪念币，纪念库克发现夏威夷一百五十周年，硬币表面刻有库克的形象；美国国家航空航天局在阿波罗十五号登月任务中，对指令服务舱使用的呼号是"奋进"，以及后来的航天飞机"发现"号和"奋进"号，都是以库克的航船"发现"号和"奋进"号来命名的，月球上的一处撞击坑也被命名为库克撞击坑。

在澳洲、新西兰和大洋洲其他地区，不少地方均以库克命名，其中包括库克群岛和库克海峡，而远至北美洲的阿拉斯加也有库克湾。可以这样说，在今天的澳洲文化历史中，库克船长是重要的一篇。

三

说到看企鹅，人们通常会想到寒冷的南极大陆，以为企鹅都是生活在那里的，但实际并非如此，在澳洲和新西兰的一些地方也有企鹅，是个头小的种类，菲利浦岛的企鹅就是一种小巧玲珑又十分罕见的仙企鹅。

菲利浦岛位于墨尔本西南二百余公里处。这个岛毗邻大陆，现在有一座桥梁和大陆连接，乘船或乘车都很方便。因为有仙企鹅在岛上筑巢，所以成了一处游览胜地。

傍晚时分，走过长长的木栈道来到海滩，观看企鹅上岸。海滩上搭建了众多观看席位，看露天演出一样。来这里的人很多，早些来的就会占到前面一些的位置。有人还带着望远镜。

管理部门每天会根据气候规律预报企鹅上岸的时间。人们在昏暗的海滩上要有足够的耐心等待。终于，第一只企鹅在远方隐隐约约出现了。据说这是一个侦察兵，只见它游到岸边，左顾右盼一番确认平安无事后，发出了上岸的指令；随后它的弟兄们才会登岸现身，摇摆着身躯缓缓走向巢穴。看企鹅拼的是眼力。

这种企鹅小巧玲珑，走路姿态饶有风趣，非常可爱。据说在企鹅大家族中属于少数民族，比较稀罕。看它们在汹涌的海涛中登岸是一种勇敢的启示，好不容易爬上礁石，一个海浪过来又轻易地被卷入大海。它那短小的身躯要经受惊涛骇浪的考验。

上岸以后，它们颇有规矩，摇摇摆摆走成一排，步伐一致，胸前洁白的颜色和黑色的身躯，就像穿着燕尾服的绅士一般。它们从观众席中间留出的过道通过，直奔海滩上的窝巢，往往在这个过程中，观看者们才会看得清楚一些。企鹅登陆的时间和地点会有不同，反正这一次，一个晚上也没见到几只。

在冷风瑟瑟的海边，大约数百人坐了两三个小时。看几只小企鹅从大海归巢，许多人在回去的路上直发牢骚。

四

墨尔本西部有一条举世闻名的大洋路，这条公路就是被赞誉为全球最美的滨海公路。乘车从这条公路驶过，扑面而来的是南太平洋凉爽的海风，湛蓝的海水在阳光的映衬下与天地融为一体，碧海蓝天、群鸥飞舞，绮丽无比。

这条公路建于二十世纪初，是由参加了第一次世界大战归来的士兵所修建，当时澳洲经济萧条，归来的士兵无法安置工作，出于无奈，只能安排许多士兵来修路。他们用了十三年时间，在海边悬崖峭壁上开辟出这条令世人震撼的海边公路。从二十世纪八十年代被定为国家自然公园，现在已经成为世界著名的观光景点。

沿大洋路西行二百四十多公里，就到了坎贝尔港国家公园，这里的海岸线非常宽广，海岸线上坐落着独立于海中的高耸的断壁岩石，形态各异，这是澳大利亚著名的景点。

这里正对着巴斯海峡，海峡那边是印度洋，这一边是南太平洋。亿万年以来，在大海与峭壁之间，两大洋的海风驱赶着充满爆破力海浪，一波一波壮烈地向崖壁冲锋，永不停息。于是，较为松软的岩石不断被侵蚀，在松软的岩层和坚硬的岩层之间，凿出了许多洞穴，洞穴不断增大，直到有一天，与海岸主体连接的部位坍塌，这些高达数十米的坚硬巨石就被从岸边分离出去，形成我们今天看到的这绝佳景致。

这些从岩壁上分裂出来的巨大岩体，突兀地浸泡在海水中，孤立地屹立于海床之上，经受着狂风暴雨的洗礼。因其数字和形状酷似耶稣的十二门徒，因此，澳人将此称之为"十二门徒石"。

这里有一处观景台，实际是一处伸向大海的岩壁，政府在岩壁铺设了

世间好物不坚牢，赶紧在此留个影吧

此照摄于 2001 年，现在最前面的这一个已经不见了

　　木板围栏，搭建了通道，顺着通道走去，就到位置最佳的观景台。在观景台上望去，亿万年间的历史就迎面扑来。前面，是浩瀚的大海，后面，是陡峻的峭壁，在大海与峭壁之间，是凛冽的海风。来到这里，你不得不感叹大自然的力量，只有大自然才独具这样的鬼斧神工，造就如此壮美的奇观。

　　早就听说十二门徒石已经坍塌了好几块，现在还剩下多少呢？许多人在数，右边可以看到的似乎是五块，靠近处有两堆坍塌后留下的痕迹。据说，十二门徒中的五块在近几十年间都坍塌了，最近的一次是在二○○五年七月三日。当时一块高达四十五米的鸡形大岩石突然发生崩塌，有一对父子看到了坍落的景象，在一秒钟内就倒在海中变成了一堆碎石，坍落下的碎石比海平面高出了好几米。正所谓彩云易散、琉璃易碎，大自然就是这样。而我是幸运的，因为在它坍落前的两年，有幸看到了它，并为它立存此照。

　　这趟和孩子到维多利亚去观景，几天时间行走了两千八百余公里，除了参观既定的景点，更多的是从车窗观景，那一幕幕车窗外的景致，有如夏花一般，转瞬即逝，有的则似一幅幅画卷，绚丽无比，挂在天边。目光掠过时，犹如惊鸿一瞥，成为永恒。

逛弗莱明顿的大市场

接地气的果蔬市场

跨上弗莱明顿铁路站的过街桥，再沿着步道走上一段距离，就走进了弗莱明顿大市场。

这是一个占地面积四十二公顷的巨大的市场，距奥运村不算远，在市场楼顶的停车场，就可以看见奥林匹克运动场的场馆。市场的销售对象好像主要是二级批发商，同时也开放零售。只在每个周六周日开市，每到这个时间，四面八方的人便会蜂拥采购。

走进熙熙攘攘的大厅，里面人头攒动，购物者或拉着自带的拉杆车，或租用市场的购物车，一派热闹景象，与我们国内的大市场并无两样。在此摆摊设点的，有一半是东方人面孔。

这里有两个大厅，每个大厅有三四千平方米，其中一个是专卖瓜果菜蔬的农副产品市场，总有好几百个摊位，地面上标注有摊位号码。一大早去的，肯定是小商贩们；日高三竿再去的，就是普通家庭了。

不论谁买，这里的菜蔬大都是论筐卖的，有几台装载菜蔬的车辆直接开进了市场中。据说在澳洲的蔬菜果农中，华裔占大多数，这或许是因为早年间，从中国大陆来的移民有许多在农场工作，这项传统一直延续至今，只不过如今他们许多人都已经发展成为农场主了。

都说菜农们很能挣钱，按照中国的传统观念，省吃俭用，攒下钱就置房买地，许多菜农都有好几处房舍，有些还是带着土地的庄园。后来的移民也有加入这个行列的，利峰他们相识的一位朋友，在获得农牧种植业博士学位后，改行菜农就颇为成功。如今想来他们也着实不易，为了生活、为了改变命运，付出了太多，是无法与今天的年轻人相比的。这是那一代人的情怀和精神。我注意到，在几个最大的批发摊前，都是用地道的粤语和广东普通话与人交流，让人听着就亲切，买东西的人也格外多些。

记录下几个价格：摆放整齐的苹果十二澳元一箱，橙子十澳元一箱，大芒果八澳元一盒，土豆七澳元一袋，还有一元一把的青椒、绿叶菜、水萝卜、花椰菜等。总的来说，这里的菜价低于市区，海鲜肉蛋类低得不算多，瓜果蔬菜则有百分之二三十的差价，当然，较之城里更加新鲜、物品也更多一些。如果换算成人民币，还是便宜一些。

人们热情地穿梭在一片叫卖声中，那种用乡音的叫卖很容易让人兴奋。我猜购物者中，许多人应该是忘乎所以地满足一下自己膨胀的购物欲望。

距离这个果蔬市场不远处，是著名的旧货市场，同样，也是一个巨大的大棚，据说这是澳洲最大的旧货市场。

走进这个旧货市场，里面乱哄哄的，随地堆放着大量的旧衣物、旧鞋子、旧工具、五金交电乃至旧皮包皮带。天知道他们是从哪搜罗到的。有市场就说明有消费群体，注意观察，似乎是来自中东等动乱地区和印度的人们比较多，常客中也有不少是当地的技术工人。东西自然很便宜，适宜于从事体力技能的劳动者，既能少花钱，也物尽其用。据说近年来，中国人已经不是向澳移民最多的了，第一名的交椅已让印度取代，印度同中国一样是人口大国，但是英语国家，在语言方面占先天优势，因此有大量澳洲所需要的技术工人移民来此。

悉尼人采买日常用品是做不到出门就有的，因此，他们往往是在休息日采买够一周的果粮。周末的日子，全家人出动，既采购了东西，又逛了市场，还放松了身心，这也是澳洲人的一种文化生活吧。

在市场遇一华人女士，一看就是有一定经验的淘宝者，我刚刚拿起一个物件，她也马上拿过去查看，并立马断定是做旧的。现在海外淘宝客不少，但是想淘点喜欢的东西，在哪都不易。

弗莱明顿火车站是全悉尼仅存的几个老式火车站之一，一座天桥横跨

铁路，现在这里正在围挡起来改造施工，估计不久的将来，就能享受到电梯带来的便捷了

有人说，弗莱明顿市场不但是澳大利亚最大的，还是世界最大批发市场之一，这话肯定是说大了，我去过山东寿光批发市场，这里的真比不上。

文化熏陶下的鲜花市场

澳人喜欢花草，用花的场合多，需求旺盛，悉尼就有好几个大的花卉市场。我今天说的这个，是弗莱明顿的花卉市场，那个巨大批发市场中的一部分。十二月十日我们来此专逛花市。

走进批发市场，就置身于花香四溢的海洋，仿佛全世界的花都集结到这里，人在其间，百花拥簇，如云一般飘荡，只觉花香芬芳迷人，灵动如幻。难怪能吸引诸多爱花之人前来观赏。

花市的主要顾客是商贩，从凌晨五点开启，这里便繁华熙攘，顾客盈门，八时以后，喧嚣渐退，花商们各自采买得自己所需，回去打理自家的生意了。在他们之后，便是留给散客们的时间，一波新的营生又要开始。

散客们以家庭主妇为多，几乎清一色的西洋人，许是骨子里自带的这些细胞，她们在花艺上都有一手，只见她们东一枝西一束买上一些花草，很巧妙地就搭配成一大捧漂亮的插花。有的摊主也会在闲时顺手捡拾零散花枝，随便弄弄便成精美的台花，颇为精致。花草的价格不低，有许多人转悠半日就买几支，心满意足地离去，我觉得他们更在于逛！

这里的鲜花给人一种新奇感。依稀认得的只有兰花、菊花、百合、玫瑰、康乃馨、天星草之类，有不少虽叫不出名字，但也似曾相识；而更多的是澳洲本地产的花卉，完全陌生的。花卉市场不单有花草，还有各种养护花草树木的物品。

澳洲大陆地理特殊，所生长植物亦特殊，有人称之为土著花，许多花朵个头很大，特别艳丽。诸如一种"锅刷子花"，其形状就与乡下的锅刷子相似，而长者竟有尺余；红红绿绿的"袋鼠爪子"花，甚是奇特；还有一种类似仙人球的花朵，只是个头要大了许多，香味别致；更为奇异的是

有些花的色彩，在一枝盛开的花朵上，竟然能生出好几种颜色。还有那些深蓝的花朵，墨绿的花朵，摆放一处犹如水墨点染一般。弄不明白是花蕊的本色还是用了什么高科技？反正，争奇斗艳千姿百态的鲜花在晨起的空气中散发芬芳，真是开了眼界。

在门口，一个穿市场工作服装的老头饶有兴致地和我们聊起，老员工知我来自中国后，马上改用中文问好打招呼，他自称会说中文、日文、韩文、越南语等二十多种语言（肯定只是招呼语），实际上一直是二妹在充当翻译，他自诩是这个批发市场唯一头脑清醒的人，在这里已经工作了三十二年，看来真是有些屈才了。看样子他早该退休了，但澳洲并没有实行强制退休制度，所以只要自己不提，就没人会让你走人。

在这个花草批发大棚中，有许多老华侨花农，据说他们很富有。华人最早是什么时候来澳已不可考，有规模地进入澳洲是清道光年间来此淘金的一批，那时生活所迫，饱受欺凌，没有社会地位。如今，在各行各业中都有华人的身影，经过了百多年的砥砺奋斗，他们终于站稳了脚跟，融入了主流社会。

花市从黎明时分就开始运作，中午过后结束，相信这里的每一天都带着花农的辛劳，带着一天的浪漫。对于悉尼人来说，鲜花市场是他们的一种文化，是生活中的情趣；对于我们看客来说，也是一种文化的熏陶，是让人享受的时光。

小饭店和大排档

　　澳大利亚拥有多元文化，多姿多彩的饮食满足了众多食客的胃口。如中国烹饪、日本料理、德国味道、印度风格、东南亚口味、意大利厨艺、墨西哥饭菜等等。所以，澳洲是名副其实的美食之都，吃在澳洲名不虚传。今天说的是 MAMAK，这是一家马来餐厅，坐落于唐人街区的边上。在几年前进行的一次悉尼地区餐饮店的评比中，这个小餐厅得过第一名。这里的评选都是公众投票，所以，来这儿的人就更多了，再加上现代媒体的传播，声名鹊起。每每来了要等位子，在周六、周日和节假日，往往要排上一两个小时。生意能做到这个份上，也绝了。为什么不思改呢？比如搞个

在社交便捷、信息传播快的当下，有口碑的店常常要排队等候

二十四小时营业，或是开个分店加盟，但人家就不这么做，也许这是人家的营销策略。不管怎样，反正我们两次排队，只吃到一次。

头一次是周末，佳宁还先我们一步来此排队，待我们到达后，前面还有长长的队伍，于是耐心方面受了挫折，改到另一家餐馆。由于不甘心，几日后再来此地，而且下午五点就会合在店门前。有志者事竟成，这天是周一，前面只排了五六位洋人，这回没问题了，外面候着吧。

五点半整，餐馆开门了，我们得以第一波进入。小店窄窄的，呈长条形状，餐桌的放置呈最大化，长方形的小桌，坐五个人，只能在边侧加一把椅子。桌与桌相邻甚密，用餐时，只能端坐，手臂不可靠上桌，菜都难以摆开。这间不足百平方米的餐厅，竟能容下这许多人。不过，味道的确是不错的。据说还有许多名人光顾此地，真不知他们是如何在这逼仄的环境下用餐的。

需要等位子吃饭的地方还不少，如著名的亚历山大广场，花园一般，类似于我们的生态园，但占地面积巨大，花草树木在自然环境中生长，来此用餐的人在取号以后会在花园里观赏。秀丽的庭院风格、满目的鲜花、优雅的餐桌布置、轻松的乐曲，在这样的环境中用餐真是一刻美妙的享受。还有位于博伍德的一家兰州拉面馆，生意做得风生水起，哪次都要排队。这家的兰州拉面每份十二三澳元，碗里的牛肉是我们认识的好几倍。当然还有更夸张的，据说悉尼港湾有一家由于地理位置佳，用餐时可以欣赏海港大桥和歌剧院的美景，晚餐往往要提前一个月预定。

在悉尼，几乎汇集了世界各地的美食，花样繁多，当然，最受欢迎的还是中国的烹饪，充当了文化使者，高低贵贱都有，菜品的差距也很大，但都有不同消费群体，似乎变了味的粤菜更受欢迎。有的报刊还经常让食客打分，对餐饮评比，人们也喜欢根据打分前往。

许多大型购物场所均有大排档摊位，呼啦啦整一大片，从饺子馄饨到米粉炒面，从西北小吃到粤港风味，几乎涵盖中国各地的特色美食。而且还根据当地要求和习惯，在环境卫生和质量方面做了若干改良。受到各色人等的钟爱，老外们使用筷子一点也不比我们差。

大排档里的风味小炒，大多十多元一盘菜，这里水产丰富，牛羊也多，我们认为贵的东西在这儿不一定贵，便宜的倒未必便宜。总之，点上一份菜，配米送汤，都有了。

国人是将午餐作为一天正餐的，外国人的午餐相对简单，因为他们一天的工作节奏快，比较忙碌，一般都是在单位附近的大排档用午餐，或自带简单午餐。只有晚上回到家中才准备一顿可口的饭菜。所以，他们的正餐放在了晚上。

当然，不论午餐还是晚餐，在外面吃饭总归如此：大饭店的价格要比大排档高出许多。像这家马来餐馆，名气大了，自然也贵点，人均消费总在四五十澳元以上，这个价格，也就是通常大饭店的消费水平了。

感受悉尼的公共交通

悉尼的面积很大，以中心商务区为核心辐射，习惯上又分别称之为东区、内西区、西北区、西区、南区、北区。居住的分散性决定了城市的格局，其地貌又河海纵横，特别复杂。在这样的条件下，不论是工作生活，还是游客行走，主要靠公共交通。在这种条件下，把各处的交通巧妙串联在一起，是很不容易的。通过城市火车（T）、公交车（L）、轮渡（F）和轻轨（L），这四种巧妙结合在一起，在悉尼这块海陆交织的地形上构成了实用的交通网。

悉尼火车相当于我们的地铁、城铁加铁路，系统庞大。就模样来说，小于我们的火车，又大于地铁。除了在市中心区域穿行于地下，大部分区域都是在地面行驶，长距离旅行也是在同一条铁路上。城市部分共有八条线路，是悉尼最主要的公共交通工具，在十九世纪就有了。火车站的设置如同我们的地铁站，没有候车室，一个天桥直接落地站台。火车车次很密集，站台安装了屏幕，滚动告知乘客各班次到站时间。有许多老车站仍然在使用，大多数都非常简陋。

悉尼火车是双层，座椅的靠背可以前后调节以改变坐向，列车行进速度不算快，一般情况都会有座位。乘坐火车前你要先看清乘坐的列车在哪个站台，习惯了以后就不用每次看屏幕了。乘车没有安检，带着自行车也能上车，不过这样做的人不多。车厢里，乘客习惯看书或看报纸，也有玩手机的，没有旁若无人的高声喧哗。只有一次，我在车上遇到乞讨者，一位中年女子大声地讲述自己的不幸，然后向乘客一个个地伸手要钱。也遇到过有逃票的，被车上的检票人员发现后有礼貌地带走了，反正林子大了，什么鸟都有。

中央火车站是悉尼最重要的交通枢纽，又是最古老的火车站，地上地下一共有二十多个月台，月台简单实用，有电子屏幕指示。城铁在这里交换，长途从这里发出，繁忙无比。不论上下班还是去哪，都要经过这个车站。对于大悉尼来说，乘坐火车出行是最好的选择。

悉尼的公交车网络也很发达，站点密集，通常和火车搭配组合。公交和地铁一样也都有时刻表，手机上就可以查到，通常在出门之前就要先查好。候车时见到车来，要将手高高举起示意，下车时，要提前按下红色按钮。另外，悉尼的公交有个好传统，乘客在上车时，总要对司机问声好，下车时都要说声谢谢，通常是前门上车，前后门都可以下车。即便是在后门下，也要大声说句"三克油"。

澳洲的公交车有液压系统，当车到站，车门一侧会压低一些便于上下。如果有人坐着轮椅，在压低车门后，司机还会来到车门边上，放上轮椅板，帮助残疾人上下车。轮椅上车后，中间一片区域的座椅可以折叠起来，有安全带固定轮椅的位置，挺人性化的。

这样的情形在火车上也是如此，站台工作人员会立刻在车厢门边放一块折叠的金属板，以便于残疾人上下。这时所有的人都会静静地等待。

轮渡既是悉尼的特色交通工具，又是让游客非常兴奋的游船，共有八条线路，可经停数十个码头。乘坐轮渡可以欣赏悉尼湾百看不厌的风光，还可以到达悉尼周边那些最著名的海湾，而且只需要付非常少的费用。

悉尼的轻轨，实际上就是有轨电车，几节车厢串在一起，从中央火车站发出，经过唐人街到达令港，距离很短，没有形成广泛布局，算是一种补充吧。现在市中心还正在修建另一条轻轨，已经动工好几年了，不知哪年才能通车，这速度真不敢恭维，地道的胡子工程。

在澳洲出行使用一种 Opal 卡，这是一个充值的卡，在各个超市都可以购买充值。使用这张卡非常方便，不论是火车、汽车、轻轨还是轮船，都可以乘坐，上去时刷一次，下来时再刷一次。起步价二点一澳元，分段加价，还是挺贵的。但是有一项政策，就是每一周，在使用了七次以后，就可以免费了。所以有许多人充分享用了这一利民政策，我最好的战绩是

一个轮渡小码头，正对着歌剧院，极好的拍摄点

在星期一一天就坐满了七次，在剩下的六天就可以免费了。还有一条政策，就是在周六和周日，每天收二点五澳元后，就可以无限次地乘坐所有的交通工具了。因此，周六周日前往各个海滩风景区的人特别多。

一段时间以来，我注意做了观察，公路上见不到交警执勤，就连市中心的路口也难觅他们的身影，在没有交警、没有探头的情况下，秩序井然、规则管用，这是人们普遍敬重规则的缘故。

　　不过悉尼的路政建设的确不敢恭维。整座城市没有见到一条宽阔笔直的公路，就连路边的电线杆子，还都是木头杆子，为啥不换个水泥杆子呢？这可是发达国家呀！要不就是对木头杆子情有独钟。著名的一号公路、三号公路，在进出城市的地方，也只有双向六个车道。至于市区的道路，大多为双向四车道。高峰时段也常常堵车。铁路几十年了也没改造，地面墙体都不带装饰的，有的车站都一百多岁了呀。虽然有若干不足，但悉尼的公共交通每天承担着一个国际大都市百万次以上的输送重任，还是深受人们欢迎的。

悉尼说房

悉尼的民居，真的没几座高楼，大部分住在独立的房子中，这样的房子在这里叫做豪斯（HOUSE），普通人家的，每户大约占地两三百平方米，房前屋后都有个小院，是一个完整的独立系统。澳洲人普遍喜欢这种住房，百分之八九十的家庭是这样的。他们对房的理解是：有基有顶才能叫房，而且还要有院。他们认为这样有自己的私密空间。他们把这叫房而不是别墅，喜欢在门前后院种植一些花草，稍微大一些的弄一块草坪，不论工作繁忙与否，都会抽空整理自家的院子，有些人的园艺水平相当高。

这里的民居大都是纯木头搭建的，就如同搭积木一样，外表光鲜明快，木头经过特殊处理，盖个房子也用不了几个人，房子的寿命也很长，不过要经常维修。

房地产市场交易活跃，手续也很成熟，大街小巷都有卖房的广告画册。准备出售的房舍中介机构就会在门前树立起一块牌子。

悉尼的房价是很高的，不但澳人知，国人知，举世皆知晓。一说起房价，澳人就有众多抱怨，骂政府，骂开发商。

房价高低首先在于地段，好的地理位置和不太好的地理位置，房价要差了许多。海滨的房屋风光无限，凡是看得到碧海蓝天、白帆点点、潮起潮落的为最好，但真正能见那般景致的也并不多，大部分只是在屋子的某一处看见一片海，也叫海景房，同样大小，价格就要高上许多。第二看占地面积，在他们看来，房子的建筑面积有多大并不是最重要的，重要的是占地面积，只要占地面积够大，屋子破旧些也没关系。因为那个地块是永久属于你的，旧了可以修建，没人敢收回去。第三是看区域，即便公认的好区、差区差别也很大，要根据交通便利、建设规划设计乃至居民状况等，这种观念就如同孟母三迁一样，择邻而居似乎特别重要。

从一份免费赠送的房产刊物上看，悉尼每套房的均价已过一百万澳元，我们习惯了用每平方米多少钱来计算，但这里基本上没有平方米的概念，而是以几间卧室、几个车库、几个卫生间以及有没有网球场、游泳池等来计。按照咱的经验看，但有三个卧室两个卫浴一个车库的，怎么也在二百平方米上下，他们的一套还包括了客厅、餐厅、储藏室等，独立的还包含有院子。以一套占地面积三四百平方米的、建有两层的房舍来说，取中间位，大约在二百万至三百万间。近日，有位中国人在一个好区域买了一块一千多平方米的地块，当然地上有房产，买到手后立即推平，要建一个更豪的。这条消息上了报纸和互联网，轰动全城。重建当然可以，但如果是老房子，重建就会有特别的要求。

不到一百年的民居就要受到保护，即便是破败不堪也只允许修缮，不允许改建。所以，十几年后再来悉尼，几乎没见有什么新建筑，那个黑不溜秋的悉尼科技大学主楼，还是那一带的地标性建筑；铁路十几年了也没改造和新增，地面墙体都不带装饰的；著名的 QVB 商场，电动扶梯倒是新装的，但绝没占一寸老建筑的地方，原来铁栅栏的老电梯还在老地方；他们的居住似乎也以老东西为自豪，对旧的东西愿意花大钱来保护、修缮和利用，不愿意拆了重建。在他们看来，房屋不在意新，反而以老为傲。政府也有具体措施，房屋改造都要经核准，要在保持外观原样的情况下改造，这样改建的费用当然会高许多。

悉尼街头有众多的房屋中介机构，从这些机构张贴的价格看，算下来大概一万澳元一平方米，折合人民币价格在五万元左右。不过，他们没有公摊，也不知道公摊这个概念。就是平方米也说不太准，如果你一定要问他建筑面积，他只能给你当下丈量。

据说澳洲政府的官员和开发商们特别羡慕中国的同行，羡慕他们只要在图纸上作业，划上几条红线，红线内的房屋就要丢魂了。可在他们这里想都不敢想。别说大动干戈建设新城，就连征用少得可怜的几处房舍，也都要反复论证，一再规划，遇到钉子户就一点办法没有，搞不好让人家告上法庭更加麻烦。

民众普遍喜欢这种带前庭后院的独立住宅

　　从价格上来看，东区跟北区是人们常说是富人区，尤其是东区，是大富之区，一般是企业大股东之类的富商巨贾的集中地，如果说东区是大富的区，那北区就是小富的区，尤其是下北，一般是金领人士像医生、律师、金融师之类的集中地了；上北很多房子像庄园，动辄几千平方米。至于南区跟西区，一般就是普通的区了，跻身于中产阶级的人居多。当然，对于挣工资的人来说，以他们的收入，买房也是要作一辈子房奴的。如果非要问悉尼的房价高还是北上广深的房价高，那就只好说，差不多吧。不过，似乎没有对比性，因为住宅条件、定价方法以及对房产的理念都不一样，我们的是一个空间，只有七十年，而他们是永久的产权。

花间短语

一个秘密花园

文迪这个澳洲大妈特别喜爱花草，又热爱劳动，经过多年的不懈努力，终于开辟了一个花园。花园位于海港大铁桥西北角，大约有二三十亩地大小，开放供人免费参观。

她的这个园子开始是偷偷摸摸干起来的，没有得到政府批准，所以人们也管它叫"秘密花园"，不过，后来还算不错，政府总算给它合法化了。现在，还有好几个人跟着她一起干，在他们的精心照料下，这块地方已经变成了一个花的王国，各种花卉陈列有序，以不同的组合形状出现，飞架于港湾的大铁桥和湛蓝的海水就是花园的背景墙。在蓝天白云的映衬下，花园更是婀娜多姿。我们日前专门去参观，看见她还在园子里忙活着，身体看来还不错。

隐蔽的北角

到北角保护区徒步，先乘船到了塔隆加，再沿海边的小径往前走，这一段是野路，许多时候要低头弯腰穿过茂密的灌木丛，其中有一段小道特别难行，一边是砂岩的峭壁，一边就是海水。沿着海岸走过中头，然后再转林中的小路，大约行上十多公里，就到达外海的悬崖边，这一路走走停停用了五个小时。

北角是个非常隐蔽的地方，悬崖绝壁之下，海浪冲击着礁石，颇有震撼感，放眼望去大洋浩瀚。在悬崖边看风景是需要一些勇气的，晕高的人千万不要靠近悬崖。我还好，尽量往前凑了凑，拍到了浪打礁盘的雄姿。

北角没见到其他游人，茫茫天地间只有我等几人。这或是一块自然宝藏之地，宁静的丛林环境，沿途挺长的一段距离，中间一个小卖部，只卖咖啡面包和香肠，从这一点也能看出游人的情况。中间有一处海军的营地，有公交车至此，但是一天只有几趟。营区规模还挺大，问大门站岗的，能不能到里面拍个照，人家不让。

不见笼子的动物园

塔隆加动物园在临海的山丘上，要乘船才能过去，这里是动物们的家园，生态化的住宅和活动区位置极好，与歌剧院隔水相望，能居高临下俯瞰碧海蓝天和市区景色。想来动物们每天的心情不错。

一些澳洲独有的动物如考拉、袋熊、鸭嘴兽等都可以在此见到。大部分动物们都老老实实待在自家，就是袋鼠捣乱，在大院里乱跑，不见踪影。正说怎么看不见这些家伙时，一头比人还要高出许多的袋鼠窜了过来，在我和孩子之间跨过栏杆跑进它的院子，把我两都吓了一跳，孩子当时还发了个朋友圈："这家伙出去跑步啦，差一点撞上我！"

大名鼎鼎渔人码头

渔人码头又称鱼市，既是卖海鲜的市场，又是海鲜美食之地，还是一处观光景点。海鲜琳琅满目，品牌加商业模式再加滨海休闲之地，让它每一天都热闹非常。从虾到鱼，从蟹到蚝，丰富的海洋生物应有尽有，来此买海鲜的尽是当地人，饱餐海鲜大餐的基本上都是游客。

遗忘的旋律

在 Angle Place 的巷子口，抬头就看见头顶悬着密密麻麻的一片鸟笼子，这是悉尼著名的一处永久性城市雕塑艺术，名为"遗忘的旋律"。鸟笼各式各样，有上百个之多，全部是空的。作品表现的意思是：大城市崛起之后，让这片土地上的小鸟们都消失了。作品伴随的音响是鸟儿们在大自然欢快的叫声，地面上还写着鸟儿们的名字。雕塑的名字很好，的确是被遗忘了。

为了纪念那些曾经生活 在这片土地上的小精灵们而建的城市艺术

"幸运小猪"

这是意大利哪个城市送给悉尼的一件礼物，位于麦考瑞大街的悉尼医院门前，一只铜雕塑小野猪形象。据说这只猪和佛罗伦萨广场的那只小猪是一家。在佛罗伦萨有这样一个传说，你要能把硬币从小猪张开的嘴巴里扔进去，然后再滑落在水池里，就表示会有好事情发生；如果你擦擦小猪的鼻子，就会得到佛罗伦萨的祝福。由于这个美好的传说，人们经过这里时，都会摸摸猪鼻子，于是小猪的鼻子就光亮无比了。

海关大楼——图书馆

环形码头后面，有一古老而庄重的高大建筑，开始以为是政府部门，后来才知道，这是原来的海关大楼，现在成了图书馆。于是逛街走累了就进去，馆内有中文的报纸、杂志，找个僻静的地方边歇边看报纸、杂志。

大厅地面有一幅巨大的悉尼全景图，我在那上面辨识了不少地方。

百年世纪公园

百年世纪公园是为纪念"发现澳洲一百周年"而建，占地面积很大，但算不上精致，由于建园时久，园中林木高大，中间还有一个挺大的人工湖，各种鸟类挺多。我们来时遇到暴雨，人们挤在一个狭小的亭子下面。但是还有人冒雨跑步。澳洲人锻炼颇有一种自虐精神。雨下了很长时间，最后也没等到雨停，淋成了落汤鸡。

奥林匹克公园

二〇〇〇年悉尼举办了奥运会。赛会结束后，他们把比赛场地改成了奥林匹克公园。在这里，见到了那个造型独特的点火装置、刻着全体志愿者名字的圆柱、当时的比赛场馆，以及增加的游乐设施。当时的奥运场馆也改变了用途，供民众锻炼以及各种活动使用。如那个著名的游泳馆，成为开放的游泳池。本人在那里游过一场，还闯进了 VIP 的蒸房。

还记得那个在水池当中点燃火炬的场景吧，这就是那个有创意的火炬塔

不屈的形象

在库吉社区的高处，老远就能看见一个艺术造型，耸立在天地之间。这是一尊钢铁的雕塑，形状是三只矗立的刚强臂膀，紧紧环绕在一起紧握着拳头。雕塑的含义不难理解，这是高傲不屈的意志和团结一致的体现。雕塑旁边的青铜铭牌，告诉人们这样一件往事。

二〇〇二年十月十二日，在风光优美的印尼旅游胜地巴厘岛，发生了一起爆炸案，恐怖分子用汽车炸弹袭击了巴厘岛上的两家俱乐部，造成了二百零二人死亡，其中包括八十八名澳大利亚人。巴厘岛惨案震惊了全球，世界各国领导人纷纷谴责这一无故伤害平民的恐怖行为。

为了纪念在这次恐怖袭击遇难的同胞，库吉区政府在这个风光优美的胜地，用铜牌镌刻下澳洲的全部遇难者的姓名，对其中居住在库吉区的公民，还另外印放有他们的照片。所有的遇难者都是普通平民，最小的年仅十三岁。现在他们长眠在故土的怀抱，在他们最为熟悉的高岗上，眺望蓝色的大海，让洒满阳光的土地永远地陪伴着他们。

这座雕塑体现了一个全世界共同的信念——不向恐怖主义低头

观看霍巴特帆船赛

正午时分，冒着三十四度的高温来到"南头"，观看一年一度的悉尼至霍巴特帆船赛。霍巴特是澳洲塔斯马尼亚岛的首府。帆船从悉尼湾出发，出"南头"驶向大洋。在此地观赛，向左可观赏湾内美景，向右又可远眺南太平洋。湾内五彩斑斓、景色秀丽；湾外浪花洁白、一望无边，是观看赛事的最佳地点。

这里的植被如同翡翠一般碧绿，瓦蓝的大海像蓝宝石一般闪光。阳光助力蓝色的大海与浪花交相辉映，美丽绝伦。岸边看热闹的大有人在，早早占据好位置，铺开篷布，摆上吃喝，把防晒油像水一般涂抹在身上。这是澳人有热闹就凑的一贯表现。

霍巴特帆船赛始于一九四五年，从悉尼港出发到霍巴特，一共六百三十海里航程，绝对是一项勇敢者的运动。这段海况变幻莫测，风疾浪高，可以在很短的时间内从风平浪静到巨浪滔天，难以驾驭。去年的比赛就遇到时速八十海里的风浪，结果造成六人死亡，五船沉没，只有不到一半的赛船抵达终点。正因为如此，这项活动又被称为世界上最具挑战的赛事。

中午一时，比赛正式起航，共有八十八艘船参加今年的赛事，其中包括中国香港的帆船队。经"南头"出海时，千船竞发、百舸争流，海面极其壮观。众多的私人小艇也伴随赛事帆船一起出海，送航海健儿一程。帆船进入大洋走远后，这些小艇又悉数返回，瓦蓝的海面上快艇耀眼，划出道道白练，蔚为壮观。我们在骄阳下见证了千帆竞发驶入大洋的壮观场景。

笑脸的月神公园

悉尼海港大铁桥的北侧，有一处孩子们喜爱的地方——月神公园。这个公园就是一个游乐场，面积不大，但里面是五彩缤纷的世界。特别是一座摩天轮，坐在上面，可以俯瞰整个悉尼湾。月神公园的标识是一张巨大而夸张的笑脸雕塑，制作这张笑脸雕塑的，是一位名叫亚瑟的著名艺术家。

亚瑟的作品充满了澳洲人喜爱的色彩，用夸张和简洁的笔法造型，在月神公园西通往温迪的秘密花园的木栈道边上，就有他的许多雕塑作品。他从一九三五年即游乐场建成的第一年在此工作，一直到一九七〇年为止，于一九七四年去世，但他那充满欢乐的"笑脸"作品，至今仍在此间迎接八方来客。

外甥女佳宁此前在这里打着一份工，国外的孩子大都如此，边上大学边工作，空闲时就排班打工。今天她休息，带领我们认识了月神公园还有亚瑟。

甜品的文案

小时候，没有甜品的概念，有块槽子糕就不错了。到后来，才知道了还有更好吃的东西，不过总觉得那是一种奢侈。等到甜品大行其道时，我们已经退出江湖了。倒是近些年来，得以逐渐品尝了若干，那的确是一种美味，不但味美，而且形色俱佳，让人难忘。这要感谢改革开放。

走行澳洲期间，昱立不但安排各处景点，还尽点各地美食，今天，就去了一家著名的甜品店 La Renaissance。这是一家有历史的老店，曾荣获澳大利亚最佳糕点店的称号。一进店里，就感到扑面而来的香甜之气，窗明几净的厅堂，开放式厨房，一目了然。柜台里的甜品制作就是一个个手工艺品，那鲜艳欲滴的色彩、玲珑小巧的造型，看看都那么可爱。至于价格，当然是不低。

先观赏拍照，再打包带走。回到家中慢慢品尝，松香软绵的口感，甜蜜的滋味，久久萦绕心头。

甜点，是在解决了温饱后生活的一种提升，不但孩子喜欢，大人也喜欢，谁会拒绝美味。有人把好的甜品看做是一个城市的闪光点，是一个大都市的精灵所在。澳洲的多元文化创造了多元饮食，据说这个店的甜点就出自法国，并享有美誉。

现在的悉尼，甜品已经成为一种风尚，这种据说来自浪漫之都巴黎的甜点，已经俘获了许多热爱美食的男女。总以为已经走过了大半时光，品味了酸甜苦辣，忽然感到，不管平日的生活如何无味，甜蜜总还是能够把甜蜜的笑容拥抱。

国食"BBQ"

澳洲有个全民喜爱的美食，称之为"BBQ"，就是户外烧烤。这称得上是澳洲的国食，也是澳洲全民文化的一种。澳洲的人家，几乎每家都要有个烧烤台，没有这个东西似乎就没有澳洲文化了。

或许是为了表示对民众的关心和爱护，澳洲各级政府在公众场所广建公共烧烤台，而且都建在风光秀丽的海滨、公园，这真是全民的一种幸福。烧烤台使用管道煤气或电，只需要自己带上食材即可。在休闲时间，或全家出动或相约亲友，选择一处风和景明之地的烧烤台，摆开阵势，边欣赏美景边吃着烧烤，享受轻松愉悦时光。二〇一四年 G20 峰会期间，澳洲国家领导人也是用 BBQ 来招待各国领导人的。

烧烤是一种肉食者的盛宴，牛肉、羊肉、猪肉、鸡肉、鱼虾及各种海鲜和肉食，都可以用来烧烤，当然在烧烤前，要做前期的准备工作，如采买、腌制、配菜、佐料以及水果等，大多烧烤台是免费使用，也有一些地区要象征性地收一点费用，有一个投币口，投一两个硬币而已。

烧烤台上是一个一尺多长的不锈钢板，设有不同的温度刻表，根据不同食材可以调整。在铁板上面放上烧烤锡箔纸，便可以开始操作了。遇到人多的时候，一个烧烤台可以两家共用，共度美好时光也是和谐你我他的体现。烧烤完毕，擦干净烧烤台，垃圾装袋带走，是必须的。

直饮的自来水

在悉尼的大街小巷，没有看到一个四处送桶装水的人，这里的自来水是可以直接饮用的。在家里也是如此，大人们习惯了开水，但孩子们不，家远在他的小房间学习，隔一会出来从水龙头里接上喝几口，长此以往肚子也没事。

户外游走时也不怕没水喝，所有的公共场合，都有饮水装置，一个立起的台子上，按下水龙头的一个钮，小小的水流就会向上喷出，尽可痛饮一番。人们出去通常带着杯子就行。另外，餐馆、咖啡厅等场所，始终会为你免费提供自来水，只要你开口。

洋人爱好摆地摊

洋人爱摆地摊，悉尼许多地方都有地摊集市。有的周六周日开放，有的每天都存在，各种物件应有尽有。

这种市场又称"跳蚤市场"，早年是为迎合西方汽车社会的特征而发展起来的，最初只是将自己不用的物品放在汽车上出售，待夕阳西下时便像跳蚤一样消失了。发展至今，大都有了固定的时间和地段。

岩石区的市场以自己创意的手工艺品出名，来此地的人多，物品也有艺术价值，生意很是兴隆。帕丁顿的市场名气很大，位于牛津街的小教堂旁边，除了二手物品，还有手工艺品和诸多美食，这些自己制作的东西也都摆放在摊位上。唐人街的地摊是夜市，占据了整个街道，每到周末，灯火闪烁，边吃美食边逛是它的特色。在纽堂，二手商店有一条街，许多区域，也都有二手店铺。当然，这些市场中，弗莱明顿的地摊是最大的。

除了市场，还有在自家门口摆的地摊，周六周日时，在生活区经常能看到这样的情形，把自家的车库打开，摆放自家不用的杂物出售。买卖这些二手商品，除了经济方面的原因，更主要的是个观念问题。西人觉得，

帕丁顿市场

他们用不着的东西，以低价出让给需要者，和捐赠出去一样，是一种俭朴不浪费的美德，是现代生活的流行元素。所以，摆地摊和逛地摊的年轻人也很多，这是他们的一种生活态度。有一点是肯定的，在地摊买卖旧货的未必是穷人。有些人经常光顾二手市场淘宝，时常会有意外的收获。

还有的人家，则干脆把不要的东西摆放在门前，任由需要者自取，完好的彩电、冰箱、烤箱以及旧的家具、书籍、杂志等应有尽有。捐赠活动也是一种普遍的风尚，较长时间不使用的东西，要么捐出，要么售出，要么就让人拿走，如果要当垃圾扔掉，是要花钱的。

我在弗莱明顿那个市场转了半天，也没有淘到什么东西，倒是在帕丁顿的周六市场上，小女淘了两个小物件。

傍晚走在帕尔玛塔河边

傍晚时分在帕尔玛塔河边走路，河水如一条蓝色的缎带，闪着悠悠的光芒。把车在岸边停放好，顺着河边的步道走路，观景锻炼两不误。

这一段的景色极美，河水涟漪、月光如水。河畔矗立一组硕大的城堡似的建筑。这组建筑建成于一八八三年，当时是政府建立的一所精神病医院，现在是悉尼大学的艺术学院。

岁月沧桑，斗转星移，城堡依然。学院正值暑假，大门紧闭，只能从外部一窥，夜幕中，站在雕琢精美的建筑外，依然可以感到它当年的威严和精妙。一座三层的红色小楼，第三层拐角的一间，是佳宁学习的工作室，她今年四月就要从这里毕业了，窗口还亮着灯，我们没去打扰。

沿河步道是用红色水泥做的路面；路径弯曲幽静，路面上标注着车、人、自行车共用的标识，但人极少，更无一辆车。岸边泊着许多漂亮的游艇。周边有若干楼房，但只有三四层的结构，每栋楼周边都有大片的草坪和木叶，远望对岸，住宅的星星灯火自下而上延伸，如小山城一般 。对岸有一组明亮的红色字母，那是远处大型商场奥特莱斯的霓虹招牌。

走行过一片硕大的草坪时，有三三两两的恋人在草坪幽会，远处，高大的桉树围拢着草坪，闪烁着迷人的幽光。前方不远处还有一片更大的草坪，草坪四周耸立着炫目的灯柱，把这块草坪照耀得如同白昼，那是一个足球俱乐部正在训练。

澳洲人崇尚体育锻炼，经常能看到运动锻炼的景象，不论是每一天的早晨或黄昏，都能见到锻炼的人们。他们有各种俱乐部，都属于自发组织，公园的草坪球场属于公共设施则定时开放，时间一到就灭灯了。果然，在我们回程又经过时，这里已经没有了灯光、没有了球员，恢复了幽暗的宁静。

主动求助：极为平常的做法

昨日搭乘火车，站台有老妪，拉一个小行李车，在跨上车厢的一刻，扭头让我帮她一把，把那个小行李车拿到车厢。悉尼的火车，月台与车厢并无台阶，只是稍稍高出一点，我几乎没有停顿脚步，只是稍稍放慢了一下节奏，一秒钟时间，一只手就完成了她的这个求助。

主动求助于他人，是人们一种极平常的做法。我在超市遇到从高处取个物品，在市场把高处的菜往下扒拉一下，都是在主动求助下做的。我觉得这种主动求助和帮助包含着一种人与人之间的基本信任，我更愿意相信，被人相信是幸福的。一个人遇事会主动求助于人的社会，是一个健康澄明的社会，而帮助了他人，快乐了自己，也能够让人在匆匆行进的路上完成一次心灵的升华。

哪都会有烂人

今日在情人港停车场停车，紧跟后面的一辆车就是个坏小子，稍让一下，大家都好，但这就是个烂人，就是耍赖，一副流氓嘴脸。大概就是为了在旁边的女朋友前显威风。这是个当地人。

那日在会员大卖场也遇一个烂人，硕大的电梯上，上来一个推着购物车的人，抱怨前一趟电梯没有把他拉上，一进来不管不顾地用购物车往前推人，并气呼呼地用江南普通话大声呵斥："你们这些人太自私，没看见还有人吗！"尖刻的声音使得身边一个怀抱中的女婴吓得大哭，女婴的父亲、一个健壮的白人汉子，愤怒地用手一指，对他大喝一声："嗨！"就这么一个词，管用了。小男人立刻蔫了，大气也不敢再吭。本以为是个王者，闹了半天是个纸老虎。不用说，这是个外来户。

无论过去还是现在，哪个国家都有烂人。但愿我们的生活不要中招、远离烂人。

尾声：

明日就要回国了，傍晚时分来到 ACU 的西校区。夜幕下的校园格外静谧，朗月清风，是一幅全素颜的写生。棕榈排列得很高，一幢幢暗红色的古老建筑泛着幽光，似在叙说它的历史。整个校园是宁静优雅的，只有图书馆的灯火点缀着夜空。让人感到闲适。徜徉其间，世俗的喧嚣、纷争，戛然而止。让我们珍惜每一时刻吧，这个世界非常美好，而我们每个人，又都不能停留得太久！

第五辑

寻美新西兰

你好，新西兰

　　我曾两次拿到新西兰的签证，但都因故未能成行。在二〇一八年元月十六日，我终于出发了。我从北半球的冬季，走进了南半球的夏季，在"世界上最后一片净土"的新西兰，留下了为期半个月的足迹。

　　飞机从悉尼转机，又飞行了三个小时，由于长途旅行的困倦，一直处于昏昏欲睡状态。当飞机开始下降的时候，舷窗外的景色让我陡然清醒了。

　　陆地在湛蓝色的大洋中浮现，那是一大片翠绿和一大片的山峦。戴着皑皑白雪帽子的山峰清晰可见，散开的云絮在空中点缀，像是大自然为这条航线开辟了一条观光通道。晚十一时许，飞机降落在南岛的基督城。

　　这次旅行是和我的妹妹昱立和妹夫利锋一块去的，按照事先的约定，我们分乘航班在基督城机场会合。他们比我早到一个小时，汇合后拖着行李箱，摸黑步行至机场附近的"贪睡的基督城旅店"住下，这是一家遍布新西兰的连锁旅行社。

　　可能是时差和旅途劳顿的缘故，晚间睡得并不踏实，翻来覆去只迷糊了三四个小时，还有些头疼。当窗外刚刚现出晨曦，我就悄悄溜出旅社，凉风吹来，顿觉头脑清醒了许多。

　　晨曦出现在东边天际偏北的方向，四野出奇地安静，踏过旅社前的一片荒野，是新西兰南岛的一号公路。我爬上路基，四下眺望，辽阔的原野一望无际，以一种近乎原始的状态伸向天边，公路上鲜有车辆走过，天地间安静极了。此时虽然是新西兰的夏季，但这里的早晨，还是感到了阵阵的凉意。

　　从一号公路下交会而过的，是一条通往机场的专线公路。我从立交上

你在这里亿万年了，而我才和你相遇

走下来，向机场方向走去。两边的路灯还亮着，但路上出现了早行的人们，从衣着上可以看出，那是机场的清洁人员在上班的路上。在距离候机楼不远的路边，耸立着一个实体飞机塑像。飞机是一架战斗机，机身涂着机徽，是英国皇家空军的标志，它被放置在一个简易的钢铁架子上。这应该是有寓意的，不知是不是附近有一个航空学校或者俱乐部。

基督城的机场很小，尚在沉睡之中。从候机楼前向右行去，没走多远就看到机坪上有多架美国军机，其中还有巨大的运输机。看来机场是军地合用的，军事设施和公路就隔着一道铁丝网，几个男女军人悠闲地出现在晨曦中，其中迎面走来的一位女军人还向我问了一声早。

转了一大圈回来，早晨才正式开启。昱立和利锋收拾完毕，我们去附近一家超市，购买若干食物又返回旅社。在旅社的厨房自做早餐，旅社的厨餐和休闲活动的空间很大，如同一个小礼堂，整齐地排列着煤气灶、电磁灶、烤箱、微波炉、冰箱，用于烹调的各种调味品比想象的还要丰富。早餐后，租车公司派来一辆车，接我们去车行提车。

新西兰旅行，最适合的方式就是自驾游。自驾可以便捷地享受驰骋的乐趣，还方便游览各个景点，因此租车行业很发达，在机场大厅，就会看到租车行的大幅广告。租车的费用根据车况车型，每日从几十元到几百元不等。由于在网上已经预定了车辆，在车行只用了两三分钟就办完手续，开出一辆丰田越野车。

基督城的正式名称叫克莱斯特彻奇，英文拼写是这样的：Christchurch，通常人们称呼它为基督城。但在正式出版物和官方 APP 中，是克莱斯特彻奇，这是音译。它是新西兰最早建立的城市，有着"花园之城"的美誉。

现在，这座花园之城还是显得有些破败，因为在二〇一一年二月二十二日，这里发生了六点三级地震，位于市中心的标志性建筑——基督城大教堂遭到了严重毁坏，教堂的尖塔和部分墙体倒塌，不知是因为重建难度大还是其他原因，直到现在，残损的教堂还用钢铁架子在支撑着，整个院子荒芜一片。

日本的一位建筑设计师坂茂，为基督城设计了一座临时教堂，他在设计中使用了九十八根硬纸管作为教堂支柱，所以被人们称为"纸板教堂"。教堂的内外与传统教堂完全不同，外部为纯白颜色，构架时尚简洁，教堂内也以白色为主，摆放着轻型靠背椅，屋顶采用了透光良好的材料。教堂虽然属于过渡性的，但据说保持五十年没有问题。由于构思巧妙，用材新颖，使它成为一个新的游览地。参观纸板教堂并不收费，但门内放着一个捐款箱，人们可以自愿捐款。

整座城市的重建工作似乎也非常缓慢，大地震造成的痕迹还非常明显，在大教堂后面，有一片在清理后平整出的地块，这个地方摆放着从废墟中挖出的各种椅子，有上百把各种样式的椅子被刷成纯白的颜色，整齐排列如雕塑一般。市区在建项目不少，有一些残破的建筑外墙被街头艺术家画

用材新颖的纸板教堂

上巨大的装饰画遮掩，还显得颇有艺术感。

市中心的商业区似乎完全得到恢复，艺术家在步行街上演奏乐曲，琳琅满目的橱窗显示了它的繁华，傍晚时分歌厅酒吧霓虹闪烁，灯红酒绿，那是年轻人乐于消费的场所。有轨电车响着悦耳的铃声在市中心穿梭，幽静的雅芳河穿城而过，有小船在河中悠然泛舟，人们在河边逍遥散步，温度适宜，感觉舒服，是一处能很好地体验当地人们休闲时光的地方。

在旅程的最后一天，我们还走访了坎特伯雷大学，去了美术馆，游览了城郊的哈格雷公园和植物园，两次加在一起不过一天的时间，所以都是走马观花，不过好在拍摄了一些照片，尚能留些记忆。

在蒂卡普湖畔

　　丰田越野车在起伏的原野上疾驶，就如同在绿色的大地上披荆斩棘破浪巡航。三百六十度眺望着四方，尽是一派田园风光。新西兰的公路状态是这样的，离开城市之后，基本上都是双行道，也就是同方向只有一个行车道，路面不算宽，但路况尚好，如果要超车，前面的车辆一定要避让，为了解决这个问题，每隔一段距离都会有一段较宽车道。公路上车辆很少，通常可以保持较快的车速，路边不时有限速标志，但来往的车辆似乎都不太在意，感觉大部分车辆都超速行驶，反正也没有监控。道路标志和我们大致相同，但也发现一些挺有意思的不同，如让路标识，一红一黑相对两个箭头，黑箭头大些，红箭头小，红色箭头一方就要让行黑色箭头一方，在确认对面没有车辆后，红色一方才可以通过。同样，十字路口，遇到前面路口画横线的一方，也要让行对方车辆。这就是他们的让路原则，是特别重要的一点，也是非常容易忽视的。还有一些具有地方特色的标识，如画着一头牛，那就是告诉你前面的路上会有牛群。

　　新西兰车是右舵左行，和我们正好相反。中国的驾照可以在新西兰合法驾驶，但是需要提供经过公证的英文翻译件。我在行前是做了驾照公证的，但为安全起见，一路上都是利锋驾车。

　　沿着一号公路行走百余公里后，转九十五号和九十三号公路，在行驶了三个多小时后，到达蒂卡波湖景区，进驻十七号湖畔别墅。

　　蒂卡波湖是一个冰川堰塞湖，湖水的颜色是那种类似绿松石的蓝，究其缘由，湖水的源头是冰川，冰川将岩石研磨成细粉流入湖中，这些悬浮的颗粒在阳光的照射下，形成了这种独特的颜色，非常惊艳动人。这是我们在新西兰见到的一个湖泊，真的是好美！

　　湖的东岸，沿着湖畔点缀了四十多座木板小别墅，第一个是管理处或服务站，办理完简单的手续，给了一张示意图，用红笔在图上一画，告诉你该怎么走，再写上一个数字，这个数字就是车辆进入驻地时抬起臂杆的编号。每次进入，输入这个四位数的号码，拦车臂杆就会升起。独立的木质结构的房舍，根据大小豪简程度，一晚的价格是二百新元以上不等。木屋虽小，但内中五脏俱全。我们的木屋在最南面的前排，正对瓦蓝的湖面。

　　除了这些小木屋，营区还有许多专供房车的泊车位，此时大约二三十辆房车泊此。驾驶房车游新西兰也是游人所喜爱的，车行也有出租业务，到了营地，只要交纳少一些费用，便可在营区停泊，每个车位都有充电充水装置，可以享受营区内的一切设施。营区的中间位置就是一个有各种设施的广场，十几台烧烤机摆放在那里，还有一排大些的屋子放置着电磁灶、冰箱、烧烤炉，锅碗瓢盆和洗衣机等一应用具，人们可以自助使用。开房车的往往一住就是好长时间。营区内还有几个单人或多人帐篷，这是背包客带来的。他们只要交每天几元钱的费用，就可以在营区内支开帐篷，并使用营区的一切公共设施。

　　在岸边，我第一次见到了五彩斑斓的鲁冰花——那首台湾歌曲赞美的花，那年，一部台湾电影才让我认识了它，它是母亲的代名词，在这里洋洋洒洒遍布湖畔。

　　蒂卡普湖最出名的是夜晚的星空和湖边的"好牧羊人教堂"。教堂很小但名气很大，门前有一只牧羊犬雕塑，在圣经中，"好牧羊人"正是耶稣基督。这里是全世界第一个"星空自然保护区"，世界上太多的知名摄影师都来此拍摄星空，下午来的时候就已经看到有摄影爱好者占据好位置，支起三脚架，于是我们也对这个夜晚有了极大的盼头。

　　当天色逐渐转黑后，我们又驾车来到这片区域，等待至暗时刻的到来。

　　夜深了，我们终于见识了"星空自然保护区"的真容，在漆黑的夜幕下，天空的星星格外繁多，密密匝匝遍布夜空。这的确是一个非常好的星空观赏地，周边没有建筑，没有工业，没有五光十色的光污染，教堂孤零零地成为地面独特的标识，漂亮极了。夜晚的星空，像是命运的天罗地网，没有人能达到它的高度，冲破它的樊篱。只是我没带三脚架，无法将这美

俯瞰蒂卡普湖的约翰山天文台

景记录下来，实在有些遗憾了。

不过，我看了这里的星空，突然联想起内蒙古高原上大东山的夜晚，我在数月前还去了一趟，那天夜晚，我也带着孩子进入暗夜深处，那里的星空也是银河横贯、繁星满天，似乎于此无二，只是无人知晓罢了。见识了"星空保护区"，明白了一点，以后再想看满天繁星，就知道该去哪里了。

湖的另一边是约翰山，第二天上午，汽车沿着山路爬到山顶，视线豁然开朗。从这里眺望，远处的南阿尔卑斯山头白雪皑皑，蓝天白云下面是极美丽的蓝色湖水。山上的天文台是新西兰太空研究的重要基地，据说是公认的观察银河系以及宇宙的最佳地点，参观天文台要提前预订，而且只有在夜晚参观。

天文台前有一个挺大的咖啡馆，咖啡馆前是一处最佳的观光平台，从这里眺望，湖光山色尽收眼底。观光台摆着两张硕大的木头桌椅，供人观景休息，毫无疑问，在此处观景神清气爽，非常愉悦，但是在此也遇到让人扫兴的一件事，一男一女两个韩国人，霸占着一个能坐八个人的大台子，还不让人坐在他们前面，嫌遮挡了他们视线。昱立和他理论了一番，旁边一位老外看不下去，走过来拍拍他的肩膀说"这是你的不对"，他才闭嘴。唉，有些地方的人，是不能打交道的。

库克山国家公园

　　南岛遍布森林、高山、湖泊、峡谷和海滩，优美的自然景观使其成为世界上最佳的徒步旅游地。出发前我们就商定了徒步路线，携带了登山杖等必需物品。新西兰最高的山是库克山，又称南阿尔卑斯山，海拔三千七百多米，是整个大洋洲的最高峰。虽然山峰的海拔不算高，但由于距离大海只有几十公里，山势非常陡峭，且气候变幻莫测。从一本《新西兰》

狭长的库克山国家公园云雾缭绕，一片"常白"之境

旅游图书上看到，山上共有九条步道，难度不一，人们可以根据自身情况来选择，我们选择了一条相对适中的步道。

徒步塔斯曼冰川湖步道

十九日一大早，出发前往库克山脚。车行一个半小时，来到库克山下的一个服务区，停车在此，徒步上山。

库克山山顶常年被冰雪覆盖，有新西兰最长的冰川——塔斯曼冰川。冰川全长二十九公里，一直是登山、滑雪热爱者的天堂。夏季，冰川融化的雪水，形成强大的奔流，注入周边的河流与湖泊。

沿着步道，走走停停沿途观景，随着不断向上，景色多变，但见近山草木葱茏，峡谷山涧交错、流水潺潺；远山白雪皑皑、山势陡峭、云遮雾罩。雪山冰水的常年冲刷，河道被侵蚀得很深，步道上共架设了三座吊桥，吊桥很古老，支撑吊桥的立柱还是圆木的，不知道是不是刻意为之，反正与周边景致尚能融为一体。在经过第二座吊桥后，雄伟的冰峰露出了真容。随着再走过弯曲的小径，

徒步能使人心旷神怡

在苍茫和寒冷的气息中，走过最后一座吊桥，到达步道的终点。

步道终点是一片巨大的堰塞湖，名为塔斯曼湖，由冰川融水后积聚而成。据介绍，从二十世纪九十年代至今，冰川已经向后退缩了一公里，湖面显著增大。现在，蓝色的湖面和山上的白雪冰川交相辉映，湖面上还漂浮着冰川崩裂下来的巨大冰块，寒气逼人。

我们在这条步道来回行走六个小时，步道上有卫生间和自来水，但没见一个小商小贩。途中见到了许多重装徒步者，背着巨大的行囊，看来他们是要在山上过夜的。据说在攀登山顶的路上有小木屋供登山者休息，但是要提前登记。对于我们，从堰塞湖折返，难度和强度正适合。

除此之外，还看见有直升机山中盘旋，游人可乘坐直升机到冰川上落地游览，当然那是要收钱的。

徜徉在普卡基湖和奥豪湖

从塔斯曼步道下来之后，沿八号公路行驶，不多远便可看到一个更大的湖——普卡基湖。再沿湖走上几公里，路边有一片空场地，算是一个天然观景台，停车在此，蓝天白云之下，蓝色的大湖尽收眼底。

普卡基湖和蒂卡普湖相距百余公里，是一对姐妹湖，不同之处在于湖水颜色，这是冰川溶水远近的缘故。普卡基湖的色彩不像蒂卡普湖那样蓝，呈现的是一种迷人的土耳其蓝，在靠近冰川的一侧，更是显示了一种奶白色，就像是在蓝色的水中加进了香浓的牛奶，形成这种奶蓝的光芒，远远望去如同牛奶一样嫩滑细腻，所以普卡基湖被人戴上一顶"蓝色牛奶湖"的帽子。普卡基湖畔是远望南阿尔卑斯山的最佳地点，在蓝天白云下，湖水的色彩与后面的雪山背景是一幅完美的大自然山水画，只一眼便难以忘记。

第二天一整天，我们游走在普卡基湖和奥豪湖边，这两个原始天成的湖泊，实在太美了。奥豪湖更是原初模样，枯木朽株遍地、杂草乱石横生，茫茫天地间，除了我们再没见到一个游客。湖水的色彩配合着蓝天、白云、雪山、草地格外漂亮。根据科学的解释，这是由于冰川水融化后，带来的岩石粉末，当阳光照射到水中，不同的岩石颗粒吸收光波的长短所致。见到这样的湖泊，真让人激情勃发，大声抒发自然的天性，忘记年龄，喷发出年轻的火花，如同赴一场久违的约会。

普卡基湖的三文鱼养殖场，颇有名气。在这里，人们既可以观赏和喂食三文鱼，也可以用三文鱼来填饱肚子。我们在第二天游湖之后专门到这里午餐，只需买三文鱼刺身就可以，米饭免费自己去盛。一份四百克的刺身片，三十新币，坐在湖畔的阳伞下慢慢享用。在最纯净的冰川雪水中养殖的鱼，其生长周期要长得多，肉质无疑更好，我虽然不谙此道，但感觉这是我吃过的最好的三文鱼。

小镇特泽威尔

特泽威尔在普卡基湖南岸十余公里处，依山傍水，是沉醉于雪山、湖泊后的最佳休息地。小镇建于一九六八年，属于坎特伯雷大区，当时是为服务于附近水电站而建的居民点，原本计划在水电站建设项目结束后就废弃，但是，小镇的居民喜爱上了这个地方，喜欢在这块山水之间悠闲的生活方式，同时，绝佳的地理位置也让游客所喜爱。于是，小镇保留下来并得到了一定的发展，现在还有了自己的小型机场。

我们从库克山下来以后，就住宿于特泽威尔的一家汽车旅店。旅店在特泽威尔树木葱茏的北缘，是一片独立的木结构尖顶小屋，一共三十多座，每个占地面积约有六十平方米。木屋内是两层结构，一层有小客厅，放置餐桌和沙发，配有全套厨房设备，以及彩电、冰箱、空调等，每个小木屋最多可住五人，可以得到家庭般的休整。

旅馆门前草坪非常空阔，面对着南阿尔卑斯山皑皑白雪的主峰，公路一侧的草坪上有一个绵羊的雕塑，是特泽威尔一个标识，非常醒目。由于地理位置优越、造型别致，旅馆非常抢手，常常需要半年以前就在网上预订。许多自由行的游客，喜欢把这里当成他们旅行中一处悠闲的休整地。

黄昏时分，我和利锋绕着小镇走了一圈。这里的村镇和我们理解的不大一样，居民都住着我们认为的别墅，每家每户都有一个很大的院落。虽是小镇，但面积不小，街道方方正正，整洁干净，并有商旅、医务、信息

特泽威尔的木格楞房

中心等。除了几家汽车旅馆，还有一个不错的宾馆，暮色中正遇到一辆大巴停在宾馆前，是一个中国旅行团下榻于此，在和他们的聊天中得知，这个时节每天都有中国团队来此，房间爆满。新西兰虽然遥远，但已经是国人喜爱的旅行地了。

傍晚的天空，出现了巨大的龙卷风云团，是尚未生成的那种，低悬在天上，离地面很近，黑压压如魔幻一般，似乎马上就要旋转起来，颇有横扫千军的感觉，煞是奇观。

品味瓦纳卡

一座精致的小城

在新西兰，有许多这样的现象：美丽的湖泊让城镇因湖而得名，一个湖泊就代表了一个城镇。瓦纳卡这个精致的小山城，就得名于瓦纳卡湖。

瓦纳卡兴起于十九世纪七十年代。当时，该地发现了金矿，随着世界各地的淘金客蜂拥而至，小镇随之在湖畔兴起，后来淘金热消失了，但小镇因湖而存活下来，旅游业和畜牧业成为当地的主业。

现在的瓦纳卡，常住居民只有五千余人，但一年四季都受旅行者追捧，特别是夏季，每天都有大量的游客来到这里。瓦纳卡是个小山城，临湖的那一边，有一条最主要也是最热闹的街道，街的一侧是餐饮酒吧、官方旅游接待中心等，一派喧嚣热闹的场景，另一侧就是瓦蓝的瓦纳卡湖。

这条热闹街道的后面是一座小山包，小城居民们大都住在山包的后面，依山而建的一个个院落，掩映在绿树花丛之中，保持着一份淡定与安宁。虽然说小镇常住人口不多，但房屋有很大一片，许多家庭都有多余的套房用来接待游客，我们就租住于一户民宿。民宿依山而建，高高在上，露台上摆放着木制桌椅，可以俯瞰小镇全境。房东是一位热情健谈的女士，她热情推荐了好几个游览景点。

在这个小城需要放慢脚步，慢慢品味，心情就会多了几分宁静。城中有各式餐厅酒吧可以驻足，湖滨的长椅上会让人非常惬意。白天，在湖边看万物朝阳，感受大自然的美景；入夜，在住宿的露台品一杯当地产的啤酒，仰望星空，感受大自然的永恒，如同梦幻一般。

瓦纳卡湖中有一颗著名的歪脖树，这棵树之所以出名，不在于身姿婀娜，而是在于它的生长环境。这棵树一年四季生长在湖水中，成为瓦纳卡湖著名的守望者，再经过媒体的传播，成为瓦纳卡城市的大明星。来自世界各地的人们，都要来看看它，还有艺术家愿意为它付出，一位钢琴家就每天傍晚为树弹琴。连续两个傍晚我们也坐在岸边听琴，这位琴师据说还算个大腕，有人给他起了个名号，叫做"湖畔钢琴师"。

瓦纳卡附近有多个湖畔步道，适合徒步运动，湖光山色宛如电影一般。

对树弹琴

还有诸多现代年轻人喜爱的娱乐方式，如攀岩、滑雪、游湖、跳伞等，但更多人来这里喜欢坐在湖畔的长凳上悠闲地晒太阳。

瓦纳卡湖是一万年前巨大的冰川造成的，它与另一个叫哈威亚的湖相邻而居，这两个湖最近的距离只有百米左右，但湖面高低明显不一样，被一块叫做"颈项"的地块分开。两个湖相距如此之近，总有一天会出问题，这个湖的水会跑到下面那个湖去。我们在此停车，不免替两湖担忧，后又想到大自然法则，遂静下心来，倾听一阵湖水拍岸之声，打开手机把天籁之声记录下来。

徒步罗布罗伊冰川步道

徒步是近距离体验美景的最佳方式。除了库克山步道，我们还行走了另外两条步道。罗布罗伊冰川步道是较长距离的一条。

阿斯派灵山国家公园位于南阿尔卑斯山脉中，由众多陡峭的山峰、冰川、河谷和湖泊组成，早在一九九〇年就被列入世界文化遗产目录，因其有多条长短不一的登山步道，成为户外爱好者的天堂。但是行走罗布罗伊步道

在水穷云起处品味

罗布罗依冰川曾经布满山谷，现在缩小了许多

的游客并不多，我们是在房东女士的推荐下来到这里的。

　　淅淅沥沥的雨水从夜半时分下起，旷野中雾霭飘动，青岚似带，空气清新极了。从青翠的山谷入口开始，有挺长一段的砂石小道，小道沿着罗布罗伊河流向前伸展，从冰川融水下来的河流发出轰鸣声，急速下泄，在经过一处吊桥后，拐进了冰川步道。

　　步道溯流而上，时而穿越茂密的林间，时而越过高岗，时而离开河畔，湍急的流水声始终回响耳边。途中所遇的吊桥，和库克山的吊桥一样，也是每一边用两根粗壮的圆木拉在桥头。这条步道没有经过特别的铺设，蒙蒙细雨让小径变得湿滑，小心翼翼地走在路上，沿着前人踏出的地方向上，有些地方还很窄，只能容得下一个人经过。步道沿急流蜿蜒而上，有一些地方非常陡峭。虽然还下着小雨，但景色美极了，沿途尽情观赏着绮丽的高山与峡谷，以及郁郁葱葱的植被，可以说，这是一条迄今为止我见到过的最美的山谷。

　　行至步道后段时，山雨渐渐停息，一条瀑布挂在前川，飞流直下；冰川和雪峰在远处渐渐明晰，再走过最后一大段上坡的路段，前面出现了一片相对平坦的绿地，这里就是冰川步道尽头。此时天气开始放晴，一缕阳光穿过云雾照射下来，蓝色的冰川发出晶莹的光亮。

　　我走近冰川下，但见山崖高耸，山崖上部覆盖着厚厚的冰层，在距离很远的下方位置，一阵寒气就扑面而来。冰层盖在山体上面，与山体泾渭分明，冰盖的厚度超出了想象，融水形成了无数个珠帘一般的流水，山崖下还有闪着蓝光的冰块，我拾起一块蓝冰放进嘴里，感受到亿万年前的纯净。

　　在完成休整和拍照后，我还特意灌了一瓶冰川融水，回程路上用它来解渴，果然清冽甘甜。这次行走步道，来回十几公里，天公照应，先雨后晴，风景视野和来时截然不同，等于看到两种景色。虽然挺累，但是很值。

南阿尔卑斯山一角

皇后镇的视角

卡德罗纳酒店：一个古老的驿站

这个酒店是在去皇后镇的途中走进的，我们在此喝了上午的咖啡，品尝着茶点，伴随着悠扬的钢琴曲，听了一个古老驿站的故事，享受一段在古老驿站的时光。

酒店建于一八六三年，当时是这条公路上一个非常重要的驿站，先后接待过无数南来北往的各种人物。一百多年过去了，现在，它还是一个纯粹的英式乡村酒店，是附近讲究生活的普通民众经常光顾的场所，也是游人喜欢停留的一处地方。

酒店的酒吧至今仍然营业，并且生意不错。许多人还专门到此喝上一杯，那是一种满满的怀旧情绪。厅堂的墙壁上挂着许多老照片，从这些照片中可以看到，酒店完全保留着初期的模样，就连厅堂的接待处、座椅、柜台都是古老的风格。驿站像一处很大的四合院落，只是中间的庭院大了许多，一个绿草如茵的大草坪，庭院中一个石砌的壁炉至今还在使用，据说每年要烧掉三百八十方杉木。院落一侧是十六间客房，客房经过修缮，现在还在接待客人。我进入一个空房间，里面的格局陈设还都是过去的样子，甚至连卧具座椅都是古老的过去式。英国哈里王子于二〇〇五年来过此地，成为酒店的荣耀。

我们来时正值上午时分，淡淡的太阳光穿过低低的云层照在这片草坪上，带着露珠儿的花叶和草坪闪耀着光亮，历经百年的酒店在晨光中庄严而又古朴，红色藤蔓爬满了墙壁，一切都展现着来自遥远的魅力。坐在庭院中，听着古老的英格兰乐曲，时光虽短暂，但是很舒心。

依山傍水的皇后镇

下午四时许到达皇后镇，住 Spinnakrr Bay，一座湖畔别墅。这座临湖别墅很有意思，从前门进入，一层是小院、入户门和车库；沿着楼梯向下的一层，是客厅餐厅，但不是地下室，一扇硕大的落地窗将湖光山色尽收眼底；再向下走一层才是两间卧室和小客厅，一扇门直接通向湖畔。也就是说，从湖畔一侧看去，这是一座三层的别墅，而从前门看，只是个一层的小院。湖畔的房舍好像尽是相同的布局。

皇后镇这个名字特别耐人寻味，总会以为与某位皇后或女王有关，后来才知道并非如此，而是当年的开拓者认为，这么美丽的地方应该属于女王陛下，所以才赋予了这个名字。

皇后镇四周被南阿尔卑斯山围绕，中间的峡湾就是瓦卡蒂普湖，得天独厚的条件，让它在夏天拥有叹为观止的蓝天艳阳。我们一行当天下午即乘坐缆车登上鲍勃峰的观景台，这里是俯瞰皇后镇与瓦卡蒂普湖最好的地方。在灿烂的阳光下，皇后镇与大湖景致交相辉映，再看后面的高山，那就是电影《指环王》的取景地，都说这里是上帝的视角。

自从一八六二年在箭河附近发现黄金后，这块地方很快声名大震，成为广为人知的一个淘金小镇。到了一八六五年，西部另外一个地区的淘金热出现，导致大批工人纷纷离开此地，整个皇后镇人去楼空。到十九世纪七十年代，随着采矿技术的发展，人们从附近的豆蔻镇、奥努姆山以及休特弗河的石英礁石内开掘出黄金。这座小镇又繁荣起来，被重新命名为"皇后镇"，如今的皇后镇是世界观光客眼中著名的旅游胜地。

皇后镇还被称为冒险小镇或冒险之都，这个头衔是皇后镇在官网上自诩的，之所以有这个名称，是因为在这里你可以找到很多冒险项目，例如高空跳伞、滑翔伞、蹦极、喷射快艇、高空滑索，而在冬季又成为闻名的滑雪天堂。在我们租住别墅的车库，整整齐齐码放着好几副滑雪板和成套装备，冬季来此的游人不比夏季少。总之，你能想到的世界上存在的冒险项目，这里基本能提供。

皇后镇东南二十公里处有卡瓦劳铁桥，桥下大河在河谷中奔腾，大桥架在河谷上方，距离水面四十三米的高度，风光秀丽，景色壮观。现在，这里已经成为一个重要游览胜地，因为在一九八八年，有两个年轻人在此开创了蹦极运动而名声大震。这里也成为高空运动的著名场所，打的就是世界第一的牌子。这项运动现在很受年轻人的喜爱，在现场围观蹦极，的确比电视上更有震撼力。蹦极的票价不低，二百一十五新元。此外还兴建有一种高空穿梭飞行项目，在一条有坡度的钢缆上快速跨越。这两项运动都能给参与者带来欢乐的尖叫，也给我等观看的人们带来欢乐，使得这里成为五光十色具有诱惑性的乐园。玩者中，中国青年男女不在少数。

在距离卡瓦劳铁桥不远的地方，我们参观了果香弥漫的两个葡萄酒庄园，一个庄园出售自制奶酪，它的徽标是一件旧且很厚实的工服；另一个葡萄酒庄园，则是出售自酿的葡萄酒。他们推销的方式与我们这里的旅游景点没什么不同，先让你慢慢品尝，服务态度蛮好的，最后让人感觉不买上一些都不好意思了。价格当然是比超市贵了许多。

皇后镇人口仅有一万多，经济发展就是依靠旅游，全镇人基本上都是从事与旅游相关的工作。政府也非常重视，所有旅游设施也非常

这里就是所谓上帝的视角

完善，旅游服务中心就设在沿着湖畔的那条路上，这条路两三华里长，是皇后镇的中心地带，为游客准备的各种商店也都集中于此，当然最不缺的就是餐厅了。其他几条街和湖畔广场周边也布满了各类风情餐厅和商店，除了西式餐厅以外，还有中餐厅。

皇后镇虽然不大，但是还有国际机场。二十七日中午家远返回悉尼。他正在读大学，只在新西兰待了几日。我们送行顺道参观了机场。候机楼就是一处平层建筑，不会比一座礼堂的面积更大，与基督城相比也要小得多，直飞城市也没几个，基本覆盖的就是新西兰国内的一些主要城市以及澳大利亚的少数城市。但这个小小的机场却承载着每年过百万游客的进出。

瓦卡蒂普湖

瓦卡蒂普湖是一个由冰川融水形成的湖泊，是新西兰第三大湖，湖岸线长达二百一十二公里，湖水最深处达三百七十九米，平均深度超过三百二十米。周边有五条江河汇入其中。

根据新西兰官方的介绍，这里的湖水纯净无比，是世界上第二纯净的湖水，其纯度被科学家定为九十九点九。可以直接饮用湖水，比买来的瓶装水还要好。

我们在皇后镇小住三天，更多的时间是沿湖畔游，还沿着瓦卡蒂普湖东侧北上，浩渺的湖水，宽阔的石滩，倒伏的树木，让人感觉进入混沌时期，顿生一种"天地玄黄、宇宙洪荒"之感叹！

在格林诺奇附近，有一段路是碎石铺成，不好行走。一段之后就豁然开朗，空旷的田野、草原、牛羊和远处的森林、雪山，映入眼帘，感到世外桃源一般。还意外地遇到一位只身穷游的吉林人，他从远处发现我们后疾步走来，边走边喊："是中国人吧？"随后一阵热烈的握手。在没有语言基础的条件下，其胆略着实让人佩服。或是只有在孤寂中旅行的遇见，人们才会欣喜，才会不在意人与人之间的差别。

夜幕降临，天空像一面巨大的镜子，将宝石般的深蓝洒向湖面，天空中寥寥地散布着几颗星星。皇后镇霓虹闪烁起来，散发出现代都市的气息。

有着"湖上公主"之称的厄恩斯劳号蒸汽船，游人必坐

晚逛皇后镇中心广场，但见一艘红蓝相间的古老游船停泊在港湾，这是一艘有一百多年船龄的蒸汽船，与泰坦尼克号同时建造，现在仍然每天带着游人悠游于雪峰之下、瓦卡帝普湖的清波之上，是南半球唯一还在使用的蒸汽船。广场上的酒吧、咖啡店五彩纷呈，响着轻柔的乐曲，伴随着波光粼粼的湖水，这一切，把皇后镇装扮得魅力妖娆。在此间闲庭信步，绚丽的景色让人如醉如痴。

瓦卡帝普湖晶莹湛蓝的高山湖泊，连绵起伏的绿色，皇后镇和格林诺奇就点缀在它的身边，宛如仙界一般。这个湖的湖水有奇特的潮汐现象，被誉为有生命的湖。在离开瓦卡帝普湖时我们在一处水边拍照留念，那湖水纯净得让人想要流泪！

一个网红汉堡店

皇后镇最不缺的应该数餐馆了，但是生意最好的是一家网红汉堡店。在皇后镇小住三日，我们来了三次，吃了两回，有一次人太多，实在是没有耐心排队了。

这家餐厅名叫弗格伯格，以其巨大和创新的汉堡而闻名。使它名扬四海的是来自各地的游客，依靠现代网络技术，产生了裂变效应。昱立也是从网上查到的。反正这一路走哪住哪吃在哪统统由她管着。所以，当天住下后，就依照网上提示赶紧去排队。在我随身携带的那本《新西兰》书中，也有这家店的介绍。这网络的力量实在强大！

说实话，一路上，我们大部分都是西餐，汉堡也经常吃，这里的汉堡分量足，到处都有，但是像这家的生意太火了，这是我见到的为了一种吃

小店外面总是排着一波耐心的食客

食最辛苦的排队。队伍密密匝匝排出有好几十米，基本上都是老外，真佩服他们的耐心。而这家被众多网友评分极高并冠以高级的餐厅，实际上出奇得小，店面宽不过五米，长大约十余米。一进门，左手边就是工作台，一人收款，两三人制作，靠后则是一窄条密闭的烤制房，一屉一屉烤好的面包，通过一个小窗口放在前头的操作台上，前面的人，则马上把各种肉，各种酱置放于面包之中，然后麻利地用一张纸包裹起来，送至等候的客人手中。

店里墙上挂满了照片，都是来吃汉堡的各界名人。顺墙摆放着三四张小桌子，满打满算也坐不下十个人，门外头还在人行道上占地"伸了舌头"，放了四张小桌子。或许店家也就没想着让人堂食，买到的人们也识趣，拿了就走，边走边吃。

餐厅每天的营业时间是从早上八点开始，一直开到第二天早晨的五点，剩下的三个小时，是他们清洁卫生的时间。人们经常要排一两个小时，甚至更长时间，就为吃个汉堡，真是不容易。

吃了两次他家的汉堡，实话说，的确不错。虽然只有四五个品种，但都是一个个肉、蛋、奶酪、菜蔬的大集合，硕大的面饼夹着足量的肉饼，难怪人们不辞辛苦排上那么长时间，应该都是为了它的个头大，一个相当于通常的两个，饭量小一点的，或许吃不了一个。反正，我吃了他家的汉堡，感到超级的满足，想起国内那么秀气的汉堡，真想骂人。

历史的箭镇

箭镇距皇后镇不远，是一处文化遗迹保存完整的小镇，它记述的是一段历史，一段华人淘金史。十九世纪，当地发现了金矿，大批来自广东的淘金者，怀揣着梦想，不远万里来到这里，参加了早期的淘金。他们建立了众多营地，箭镇是其中最大的一个。他们住在最简陋的茅舍中，用最原始的工具淘金，繁重的劳动损害了他们的健康。史料记载，每七个人中就有一人死在新西兰。

时间已经过去了一百多年，滚滚的淘金大潮早已风吹云散，那些远离

箭镇不收费，但是设立捐款箱

故土的劳工们也随着岁月而消逝了。二〇〇三年，新西兰保护署发掘并重建了此镇，作为旅游景点向公众开放。重建起来的那些低矮的小窝棚，还原了当时的情境，它是一段会说话的历史，正在讲述当年华人的苦难史。

　　现在，箭镇周边的环境相当不错，绿树掩映，河流经过；到了秋季更是五彩斑斓，是观赏红叶的最佳地点。因此有人说，这里的名气，一半来自历史，一半来自秋色，当是如此。我捡拾起一片绿叶夹在书中，把箭镇收藏在记忆中。

海因斯湖徒步

　　海因斯湖是一个比较小的冰川湖，位于皇后镇东南约二十公里处，与瓦卡蒂普湖为邻。环湖有沙石小道，西岸小道在高山之上，东部则与水面为邻。全长八公里。

一路走过的湖泊都映衬出一种远离凡尘的悠远和圣洁

　　海因斯湖虽小，但积水空明，远方冰川雪顶戴帽，前有高大松柳意趣盎然。海因斯步道可徒步、可跑步、可骑马，亦可骑山地自行车。在步道行走，可与空中飞鸟、湖中野鸭、草地上野兔为伴，相映成趣。夕阳西下时，天空染色，湖面澄明；夜晚，在没有光亮的地方，不用借助任何望远镜，就可以欣赏美丽的银河，找到那份有别于都市的宁静。在这里，四时之景不同，而其乐亦无穷。在一个傍晚，我们用时四小时，环湖行走一圈。

　　要离开皇后镇了，我起了个大早，从后门出去，沿着湖畔漫步了个把小时，再一次浏览美丽的大湖美色。的确，它的颜姿百变，又跟昨天不一样了，这里，是需要用一种很慢的方式来细细品味的。

在大陆的最南端

孤独的因弗卡吉尔

刚到因弗卡吉尔立刻就感觉天气变冷了，这里是新西兰最南端的城市，南大地区的首府。但全市才有五万余人，街道上太过冷清了，就连住宿的汽车旅馆都没几个人。我们开车游览了市容，城市里倒是有好几条街道，有红绿灯。十字路口中央有一个古老的小亭子有点特色，还有几座红色的苏格兰风格的建筑也是个亮点。城市的明星是一座红色的古老水塔，式样独特，形状上圆下方，耸立在一片草坪之上，是这座城市的制高点。或是阴霾的气候和空旷的街巷让心情受了一点点影响。不过说实话，如果不是因为有新西兰大陆最南端的召唤，感觉没有几人愿意来这里。这真是一个远在天涯的小城。

我们在因弗卡吉尔住了一晚，第二天一早满街找餐馆，终于见到一家名

在没有选择的情况下走进的这家小店，但感觉非常棒

为"动物管理员咖啡店"的小店，小店在晨霭中闪烁着霓虹，内外摆放着各种动物卡通玩具，店里没有其他顾客，一位美女给我们现做了早餐。晶莹剔透的酒杯，五彩的装饰形成温暖的情境，让我们一扫阴沉的感觉，感受到了这座城市美好的另一面。

斯特林角，我来了！

一早从因弗卡吉尔出发，贴着海岸线一路向南，旷野的景色由牧场田园风光变为雄浑和粗犷无人的沿海地貌，经过布拉夫小镇后，最终到达一号公路的尽头。这里就是斯特林角，新西兰大陆的最南端，换句话表述，是东半球大陆距离南极最近的地方。正是因为这顶桂冠，我们来到此地。

这天的天气不太稳定，彤云低垂，风号雨泣，疾风拂面，大洋显得狂野暴躁。在乌云低垂的海面，一排排的浪涌闪出一片片幽幽的光，粗野地拍打着原始的海滩，远处天与海连成一片，混沌不清。置身于此间，人实

这里似乎蕴含着大地上最充足的天然元气

在是太渺小了。有一种洗涤心灵，放空自己的感觉。

　　海岸的高岗上有一处观景平台，观景台上还竖立着一杆路标，上面标注了世界各大城市的方向和距离。在更靠前一些的位置，还立着一块很简易的标志牌，上面标注着距离南极点四千八百一十公里，也就是说，距离南极大陆只有两千余公里了。我在这块标识前拍照留念，这里很可能是我这辈子能够到达的地球最南端了。

　　海滩上有许多海浪冲上来的植物，最多的一种像我们常吃的海带，但要巨大得多，遍布海滩。长长的海岸上，生长着各种植被，常年的海风，使得树木尽向北方倾倒，生成一幅奇怪的模样，这是在恶劣环境下生命的顽强。岸边有一组巨大的链条状的雕塑，它像轮船的锚链一样伸向海中，这是抛锚于大海的意思，在茫茫的大洋之中，紧紧地锁定南岛，别让海浪狂风卷走，表现得极有想象力。

　　这里的冷水水域盛产鲍鱼，特意立着一个警示牌，用中文和英文告知大家不准抓。海滩两侧有一条沙石小径可以上到高处，那里的视角可能会

这里，可能是我今生能够到达的地球最南端

更宽广一些。不过我们没有再往上走，这里已经是天涯海角了。

　　站在大陆的终点，有一种前所未有的孤寂感，向南遥望，在看不到边的远方，就是南极大陆，那里是这个星球最为纯洁的地方，大洋阻断了陆路的行程，让普通的人们留下念想，至此折返，踏上回去的路，而把圣洁永远留给她。

奥塔哥半岛的风情

奥塔哥位于东南角，距离但尼丁很近，为一处半岛，深入浩瀚的南太平洋，仅有很窄的一块陆地与南岛连接，海浪把半岛海岸线冲刷成千奇百态。半岛上有丰富的野生动物，信天翁、海豹、海狮、企鹅以及众多鸟类是这里的主人。这里没有人工修缮的步道，有的只是崎岖不平的原生态的小径，保留了一种原始静谧的氛围。

白石镇——故去的辉煌

奥马鲁是奥塔哥半岛的一个主要城镇，白石镇是奥马鲁的老城区，也就是当年的奥马鲁，城区多是维多利亚时期的白色石灰石的建筑，故称之为白石镇。奥马鲁的历史，就是从白石镇开始。

当年，由于占据南岛的重要位置，既有深水码头又通铁路运输，这里成为十九世纪后半叶至二十世纪前叶新西兰南岛最重要的枢纽，也成为当时重要的工业城市。今天，我们在老街漫步，这两三条街道全部都是百余年前的建筑，这些建筑物经过岁月的冲刷，时光的打磨，昔日的辉煌早已经不在，剩下的只有印在寂寞街道上的沧桑年轮。

空旷的大街上鲜有行人，有近半的店门已关闭，其他虽然还开门，但大都已经转型。有的成为小商铺，有的成了面包坊，有的成为手工艺作品的大卖场。还有几家大一些的店面，成为现代艺术家施展才华的场所。而最靠东面的一幢大楼，现在是一座"蒸汽朋克博物馆"。博物馆中全是当年工业蓬勃发展时期遗弃的废旧机器，包括一个庞大的火车头。

我走进这个博物馆，看到的是这样一种情景：各种废弃的机器在展馆发生另外的用途，在光与影、音响的配合下，被打造成各种奇奇怪怪的组合，这是艺术家们用他们的奇思妙想，打造的另类博物馆，令人置身于一种怪异神奇的场景之中。我想，他们是在用一种现代艺术的表现形式，来纪念那段逝去的辉煌吧。大约半个小时的时间，我没有见到其他人，也不知是不是要买票。

白石镇的街上，至今还留着当年的铁轨，在铁轨中间加铺了木板供人行走。两三次在白石镇散步，只有一家羊毛商行还在延续着过去的业务，正在打包一包包的羊毛，但也只留下过去仓库的一角，整栋大楼业已加锁。两三家气派的银行大厦早已人去楼空。很明显，小镇现在正处于转型期，但路途尚远。

邮局是一个标志性的建筑，楼前的铭牌上讲得很清楚；建于一八六四年，花费了五千一百八十七英镑。一九〇三年有人捐钱又在大楼上加盖了塔楼。邮局旁有一家颇有名气的餐馆，餐馆是老建筑，内部装饰风格也充满了复古味道。餐馆里有一些上了年纪的老人在聚会，过去的岁月，似乎都留在笑谈之中。

白石镇的海湾生活着一种蓝企鹅，这里也被称为企鹅小镇。为了看特有的蓝企鹅，我们在此用过餐后，向餐馆一位老年服务人员打听，这位颇有侠义心肠的女士告诉我们一个既不花钱又可以近距离看企鹅的地方，她快人快语说："为什么要去那里买票！"她说的这个地方，是专为游客建造的企鹅观景台，价格不菲，中国游客居多。

按照这位女士的指点，七拐八拐来到一处海边，天色开始变暗，新西兰刚刚启用夏令时，由于这边的纬度比较高，天黑的时间是比较晚的，等到完全天黑，就已经九点多了。我们站在乱石堆砌的岸边，耐心等待着，终于看到了这些小巧的蓝企鹅。它实在太小巧了，大约只有二三十厘米高。由于光线太暗，无法拍照，这些小企鹅早出晚归，天色全暗以后才回巢，是易危级鸟类。我们遵守规矩，不打闪光灯，咱是文明人，不过一张也没有照成功。

老城之外，还有很大一片"新城"，马路很宽，但稀有人烟，还不到下午五点，几乎所有的店铺都已经关门，显得寂寥不堪。我们住在奥马鲁的一所民居，民居挨着寂静的教堂，一到傍晚，街上就没有人烟，皎洁的月亮如同一笔清淡的水墨挂在教堂尖尖的塔顶，周边的一切清冷极了。

应该说，白石镇的基础布局很好，很全面，有港口，有火车站，有博物馆、艺术馆、歌剧院、医院、学校、图书馆、公园，还有大教堂，以及布局齐全的商业餐饮体育设施等，但是缺少了人气。据该市二〇一四年统计，全城只有一万二千余人，偌大的面积，显然失衡。

在此住宿两宿，感觉不错，有一种穿越的感觉，只是城市有些太寂静了。不过，人们的生活还是非常自在，在酒吧和餐馆中，布置都花繁叶锦，能让人在寂静中感受着愉悦。

任何事物都是一样，辉煌总会成为过去。小镇如此，人生如此，社会如此，什么都一样，这世界永恒不变的就是变化，有辉煌时，就有风光不再时，如果不谋转变就会凋敝，细思极恐！

卡卡角

卡卡角是一处很小的居民点，横跨奥塔哥与南部地区边界，我们住在一座面朝大海的民居。从卡卡角的住宿环境来看，到此地的游客不多，是一处鲜为人知的地方。我们一到这里，就感受到了它的美妙。

卡卡角附近有原始的海岸和许多美妙的地方，有一座陡峭的山岬，山尖有一座建于一七八〇年的灯塔，用青石建成。守塔人在漫漫的长夜中一直为船舶导航，直到一九八九年，他们才结束了孤独的守塔生涯。现在灯塔仍在发挥着作用，只是改为自动化控制。我们来时正是大雾弥漫，在山下徘徊许久，天见诚意，瞬间露出真容，让我得以拍摄。在山岬的一边，灌木海滩上有一种黄眼企鹅，这是世界最稀有的企鹅之一，全世界大约只有四千只，其中有一千余只在这片荒野海滩上筑巢。由于严格的保护措施，只有在奥马鲁的灌木海滩才有机会见到它们。灌木海滩是一片凹形峭壁下的海滩，在峭壁的半山腰间，建有一个木屋观看点，木屋隐藏在半山腰的草丛中，人们要早早躲藏在木屋之中，在黄昏以后等待企鹅的出现，用高倍望远镜观看。这种企鹅作息规律，每日在天黑以后才慢慢上岸。而且这里没有任何照明设施，以免人类对它们打扰。看来想和它们来一场邂逅不是一件容易的事情。由于时间安排，我们也无法再次待到晚上，只是在这块区域做了停留，算是拜访了。

在山岬这一边的海湾，是海狮、海豹的栖息之地。我们在高处俯瞰，没有打扰它们。偌大的一片地区，它们在水中嬉戏，我们在崖上观景，天地之间这般光景真是奇妙的感觉。

离开一号公路向左拐进一条石子路，再顺着一个陡坡前行十几分钟，就到了一个海豹活动区。今天上午有雾霭，在高处望去，时浓时薄，海滩上的情形依稀可见。这个地方路不太好走，要从一个陡坡才能下去。

环顾四周，岸上布满了礁石，弯弯的海滩，形成一条条水道，在一块块礁石上，有诸多闪亮的光点晶莹透亮，在阳光照射下熠熠生辉，定睛看时，才发现，那是一个个的海狮，黑乎乎、圆滚滚、懒洋洋地在礁石上晒太阳，

从灌木海滩伸向大海的山岬，耸立着云遮雾罩的灯塔

摩拉基大圆石

一点不怕人。这也难怪，在这里，它们是主人，我们只是过客。

在奥马鲁以南四十公里的东海岸，还有著名神奇的摩拉基圆石，海滩上数十个神奇的球状大圆石，每当海水退潮时，就会完全露出海面。远看这些大圆石，如同随手抛落的一般，行至近处，才能看到它们的奇特之处。这些球状圆石每个直径都在一米以上，有的像是巨型石蛋，有的从中间自然裂开，形成内孔外圆的形状，结构之奇特，让人感到神秘，仿佛是经过雕琢专门摆放在海滩的雕塑。据说这些大圆石已经跨越了数千万年的时光，其形成过程与珍珠相似，先出现在海底，海浪的冲刷和地质的变化，蚀去了较软的成分，又逐渐把它们送上海边，它们是大自然花费了千百万年用神力雕琢的作品。我们赤脚踩在沙滩上，在此消磨了很长时间。

她真是一座最美的岛屿，是中土世界留在现世的遗产。

神奇的大教堂岩洞

沿着 SH93 号前行，一定要注意路边的指示标志，因为稍不注意就会错过。这里就是大教堂岩洞，一个国家级的保护区域，一处非常独特的小众景观。每年的十月下旬到第二年的五月向游客开放，而且每一天的开放时间只在海潮的低潮时段，满打满算两三个小时，具体到能不能开，还要看当天的天气。其他时间海潮汹涌游人是进不去的。虽然各类书籍都会标注这个奇特的景点，但有人员限制要求，来得晚就进不去了。

由于景区要穿过一段私人领地，所以要收费，每位游客是五新币，相当于二十元人民币。景区有一个不算大的停车场，车辆管理员还兼做售票员。由于还不到开门时间，我们先去看了附近另一处景点——瀑布，后又转回来才进去。进入景区后，先穿过长长的一段树蕨丛，密密匝匝的木叶密不透风，似热带雨林区域一般。从山的这一边走到另一边去，灌木丛豁然消失，出现了湛蓝的大海和宽阔的沙滩，沿着沙滩向左行走两千余米，就到传说中的洞穴。

据说这是世界上最深的海洋洞穴之一

有两个相隔不远的洞穴，

岩口非常高大，是尖尖的形状，可能因为外形似教堂大门故叫做大教堂岩洞。踏着湿漉漉的沙子进入，阴森森的感觉。入山洞内越深，洞顶越高，两边石壁黑黢黢泛着光亮，没有灯光照明。这几处洞穴，在涨潮时，海水就涌进洞穴，海洋里的生物也就跟着进入洞中，颇有探险之感觉，脚下湿乎乎，那是海带等海生物，黏糊糊的，令人难受。进洞后大约有百十米的距离，已然至黑至暗了，靠着洞口进来的一点点光亮，也在拐弯后完全消失，靠着手机电筒，终于进入山洞的最深处，在这里两条洞的底部相互连通，向上望去，空空荡荡，手机电筒微弱的光照根本见不到顶，充斥着一种空洞的恐怖。

　　在这两处洞穴的那一边似乎还有洞穴，正打算过去看看，喇叭已经在广播离开的告知了，我们意犹未尽不太情愿地走在最后，人还没有离开海滩，汹涌的海水已经漫了上来，最后的几步是趟着海水过来的。

　　能见识大教堂岩洞是件幸事，虽然好多游客都将此处设为必去之地，但因为它特殊的地理位置，没有耐心的等待是难以见到真容的。

特别的达尼丁

达尼丁是南岛的第二大城市，被称为"南半球的爱丁堡"，整座城市有太多苏格兰风情，因此人们称她是这个世界上苏格兰之外最具苏格兰风格的城市。我们到了达尼丁后，正是阳光明媚的上午，马不停蹄就开始按图索骥，感受这座城市的魅力。

从城市中心广场走起，广场叫做"八角广场"，顾名思义就知道是八角形状的。广场是这座城市的中心，也是最为繁华的地方，环布周边的建筑都颇有特色。有百年历史的市政厅大楼，古色古香的圣保罗教堂，餐饮商业服务等一应设施，这些建筑都是有历史遗痕的建筑。广场中央耸立着一尊铜像，是一位名叫罗比·伯恩斯的诗人，他肯定对这座城市产生过很大的影响。这些具有历史意义的古老建筑，让远来的访客一下就开阔了视野，看到了城市的历史和文化轨迹。

广场西北角的一家官网上推荐的餐厅，椅子已经摆到人行道上，外面座无虚客，但里边空位很多，这可能是当地气候偏低的原因，好天气时都喜欢在阳光下用餐。餐厅的装潢高雅，座椅和餐具都很考究，价格当然也不菲。我们中午在这里用餐，这样的环境下也是一种体验。

顺着骑楼式的老街往火车站方向走，沿途尽是咖啡店、酒吧和各种工艺品商店，老街不老，亮堂堂的，看着很舒坦，不远处就是艳丽的达尼丁火车站。火车站是这座城市的明星，经常出现在各种影视剧中，高高的钟楼，彩色的外墙，富丽堂皇的风格，左右两边的拱形柱廊气派非凡，真是一处宏伟的建筑。

走进候车大厅，更感到它的不一般，整体装饰雍容华贵，金碧辉煌，彩色玻璃的绘画窗、天花板美轮美奂，马赛克地面华丽无比，就连楼梯都精雕细琢尽显豪华，无不给人一种奢华、典雅又有历史的感觉！

　　据资料显示，车站于一九〇四至一九〇七年间设计建造，由建筑师乔治·楚普设计，属于弗兰德文艺复兴的风格。它使用了当地黑色的玄武岩石为建筑材料，表面以白色的奥玛鲁石灰岩为装饰面，主要色彩就是黑白两种岩石。在此后的一百年间，达尼丁火车站在南岛发挥了至关重要的作用，后由于城市的转型，失去了它作为铁路运输枢纽的作用而逐渐破败。达尼丁政府在二十世纪九十年代对它进行了全面整修，使其恢复了往日的风采。现在，车站内的设施一件不少，都在正常运转，就连卖票还沿用古老的人工窗口服务。只是已经改变为游客观光旅行服务了。

　　现在火车站每天发出两班观景火车，供游客乘坐它饱览当地风光。有许多人是慕名而来，沿着奥塔哥海岸，享受有魅力的火车观光旅行。售票处张贴着途经的景观照，显示出火车行走的地段，是嶙峋的山间与河水潺潺的峡谷之间，应该是非常精彩的旅程。我们来时，不是火车的发车时间，车站内外没有几个人，但是站台的门是开启的，还有一列火车停在第一站台。我们登上这列观光列车打量一番，车厢比我们通常见到的要短小了许多，数了一下，每节车厢只有十一排，每排左右各两个座椅。座位很宽大，活动空间也很大，车厢很干净，但并不奢华。

　　虽然火车站现在只为游客观光服务，但整个车站从卖票、检票、运行都还是按照铁路规范操作，车站员工仍然制服整齐，这些都保证了旧时的乘车韵味。另外还有一点，就是它的站台特别长，大约有一公里，很有韵味。

　　达尼丁有一条名气很大的街——鲍德温街，名气大是由于它的坡度太大，据说是全世界坡度最大并且有人居住的街，还载入《吉尼斯世界纪录》。午餐后开着导航找到这个地方，我觉得这实在应该算官僚主义脑残设计者的失误，恐怕是未到实地考察就在纸上划出的结果。这条街的坡度的确太大，每二点五米，就会上升一米。路边的人行道全部是台阶。两边的房屋挺有意思，两头的高度相差一层，没有院落。但"福兮祸所倚"，就是因为太陡，现在名声在外，引得像我等一样的人专程来看西洋景。

　　新西兰的第一所大学就在达尼丁，名称是奥塔哥大学。是一座建成于一九〇三年的大学，校内有几座一百多年前的高大建筑，和悉尼大学还有

火车站是这座城市的明星

些相似。现在应该是暑假期间，但还有学生在草坪上学习，一条河流穿校而过，阳光穿过树叶洒到草坪上，明媚的景色令人心情愉悦。学校正准备开学，教职员工已经上班，我们小心翼翼地穿过办公区，看了看他们的办公场所，一个个玻璃小隔断，人们正在忙碌着，这办公条件可是不咋地。

　　傍晚时分，驱车登上北部一山顶，这里有一处观景台，可以俯瞰城市全貌。夕阳的暮霭下，长长的都市如漂浮在云海一般，闪烁着银光，伸向远方。

法兰西风情的阿卡罗阿

　　阿卡罗阿是一个有历史故事的小镇，位于班克斯半岛。半岛是在远古时代火山剧烈爆发后形成的，其形状是从中心向四周放射的形态，阿卡罗阿就在中央。

　　进入半岛后的景色极美，但路很难走，路窄不说，还有太多的胳膊肘弯，车开得很累。

　　我们一月三十一日来到这里时，正是一个艳阳高照、清风微醺的中午。满大街飘扬着的都是法兰西国旗，街巷两边和窗前屋后，鲜花簇拥，空气中似乎都荡漾着笑语。我们住在 Akaroa Waterfront Motels，一个临水的汽车酒店。

　　历史悠久的小镇阿卡罗阿港是半岛的一颗明珠。它最早是由法国人开拓的，这个过程很有意思。一八三八年，法国人让·郎格鲁瓦率领船队来到了这里，他们比英国人先到，从当地毛利酋长手里购买了这一片地方，但是他们没有得到国王的授权宣布主权，于是领队匆匆返回法国，在得到法国国王的授权以后，返回这里时，英国人已经在两个月前升起了米字旗，宣示了主权。历史就是如此，如果法国人要是早上几天，那整个南岛或许就是法国的殖民地了。

　　但是法国人还是在此定居下来。现在，阿卡罗阿仍是新西兰唯一的法国移民聚集地。如今，只要走进这座繁荣的观光小镇，立刻就能感受到小镇浓厚的法兰西情结，如：法国国旗，法文街名，法式餐饮，法式的古建筑和博物馆、教堂，法兰西风情的街道建筑、艺术装饰等。这些都是今天游人的好去处，人们习惯称其为"法国小镇"。

　　"巨匠之家"是当地首推的景点，各类书刊网站均有介绍，第一天我们就参观了此处。这是一位女艺术家在自己庞大的院落精心构造的一个艺术花园。园中布满了各种雕塑，所有的雕塑全是用马赛克和碎瓷片装饰而成，夸张而有一种奇特韵味。园中的每一处空隙，蜿蜒的小道、座椅、各种设施，连同园中的屋宇，都成为她施展才艺的创作地，这才是让人惊叹不已的。这位艺术家就住在园中，我们还遇到了她。当然，现在园中的工作人员不少，是当地一处影响很大的景点，来这里参观是要收费的，每人二十新元。这是阿卡罗阿少数收费的景点之一。在此三天，我们还参观了博物馆、教堂和高山农场，当然最多的时间还是留在水边，自我感觉，所有的人工景点，都不及在岸边欣赏阿卡罗阿海湾的景色。

小镇常住人口不多，年纪似乎都偏大，他们的生活节奏很慢，似乎把时间都花在了园艺上，每个家庭房前屋后都花团锦簇。好像赚钱什么的都是世俗之事。

到阿卡罗阿的第二天下午，台风来了，我们在高山农场没膝的蒿草中领略了台风袭来时的力量，强劲的风嘶吼着从海上压来，湛蓝的大海变成了浑浊的惊涛骇浪，那阵势似万马千军奔腾。人在大自然的狂暴中实在太轻微了，身体仿佛要被腾空一般，没有任何可以遮蔽的地方，赶紧驾车往回赶。待回到住地后，隔窗而看，但见黑云密布，海水涌动，海燕低飞，大军压境一般，平常拴在水边的小游船也都被拽到岸上固定起来，真是一幅难得一见的实景画面。少顷，又有一缕阳光开始穿过浓云照射海面，将黑压压画面撕裂，那光焰与周边的暗色形成鲜明的对照。

第三天清晨，风力小了许多，但乌云低垂仍旧在天上翻滚，让人有些害怕。我们收拾行囊离开阿卡罗阿，走出半岛后，风平浪静了。

途中短语

喜欢旅游的人都知道，许多极美的景致就在行走途中。对于新西兰来说就更是如此，随处都是美景。在驾车行走的过程中，有些是歇脚的小镇，更多的是眼前一亮的停车，也正是这一个个蓦然一亮，我才留下了更多的美好记忆，才拍出了许多的"大片"。

胸罩围栏

卡德罗纳胸罩围栏是一处争议性旅游景点，在靠近卡德罗纳谷地区西南方的瓦纳卡附近的一处农场的道路旁，架设起一段围栏，来自世界各地的女游客到此纷纷摘下自己的胸罩，挂在上面，放飞自我，并最终成为一个奇特的旅游景点。应该说，这是一处脑洞大开的人们的杰作。

据介绍，胸罩围栏起源于一九九八年，当时只有四件胸罩被挂在道路旁的铁丝网上，原因不得而知。有人认为此举不妥，将其尽数撤去，但不久又现。数次以后，该地块的拥有者发布了为围栏增加胸罩的消息，传开以后，有更多胸罩挂上了围栏。这件事经媒体报道后，胸罩的数量激增。随后再次被人给摘掉，这样的摘掉让故事流传得更广，前往围栏挂胸罩的人数显著增加。至今，胸罩的数量估计有数万之众。

虽然有人对围栏作为一个旅游景点表示欢迎，但也有不少人认为有些古怪且无聊至极，令人尴尬且影响观瞻，对行走在该路段的司机是种障碍。我们的车辆在此未作停留，只是把速度放慢，目光轻轻扫过。

一个歇脚的小地方

一个歇脚的小地方，名不见经传，停车休息的工夫随意走走，发现小镇还有个跑马俱乐部。在俱乐部里，看到墙上的记载，这是一九〇五年，花二千一百五十英镑建起的房子。还有一个古老的饭店，菜单还是写在墙外的木板上。小镇有一个花园，花园中有"一战""二战"的纪念碑，纪念当地牺牲的参战人员。在两次世界大战中，新西兰都站在正义的一方，参与了对德、对日作战。途中所见的每一个城镇，都有这样的纪念碑，而且都置于风光秀丽之地，庄严肃穆，体现了对为国捐躯者的尊荣。

箭河吗？

沿着八号公路南行时，在一个名叫"林的森"的地区，见到了一条大河。这是一条真正意义上的大河，河水湍急且深，又清澈见底，上面有钢架桥连接着大河的两岸。在浓密的河畔林荫中，有人搭着帐篷惬意地休息，草坪上停放着小艇，充满了情调。在此稍作逗留，伸手试水，水冰凉。南岛的河流都是出自冰川，沿途没有污染，甚至可直接饮用。心情大好，口占小诗一首发了朋友圈。但这是箭河吗？至今没有确切认定。但不管是不是箭河，那湍急的河水，早已不见了当年狂热追逐黄金的人们，坐在河边逍遥自在的是会生活的人们，在清澈的河流边，享受着几分宁静，几分沉着。

最大的特色就是天然

蓝天、白云、牧场和遍野的牛羊是行车途中的过眼烟云。在这个满目蓝天白云、牧场和牛羊的国度，放眼望去，尽是一幅不加修饰的自然风光画卷。当车行其中，就能感受到生养了万物与生灵的大自然最充足的元气。人迹罕至的原野，充满洪荒之力的湖泊，苍翠高耸的巨杉，充满生命力的牧场，带给人无尽的行走力量和激情。在格拉纳达，目睹了机械化收割牧草，一台机车驶过，一捆捆的牧草就完成了收割和打捆的程序，圆滚滚地搁置在田间，收割完毕，另一辆机车开过，成捆的牧草就装载于车上了，只有一个人干活。类似的亮眼之处每天都不乏遇见。

民宿的感念

相比酒店和旅社，行走新西兰，感觉民宿才是这里最好的打开方式。因为民宿厨房客厅一应俱全，更像一个温馨的家，很多民宿不仅便宜实惠，而且非常舒适卫生，窗明几净，冰箱里通常会放上一两天的食物、酒水和各种调料，那是为住宿的客人免费提供的。许多好客的房东还会告诉你一些当地特色景点及相关事项，带你体验很多你自己找不到的乐趣。

在奥塔哥的一晚，夜宿卡卡角。卡卡角是位于半岛东南的海边小村镇。这个小村沿着海岸线，三面环海，村中的房舍带着鲜艳的色彩，连屋瓦都是鲜橘色的。奥塔哥的海滩绝对原始，但海边的乡村却典雅而有魅力，每日都有渔船和轮渡到此，还有一条公路从门前穿过。现在，这里成了观赏鲸鱼和海豹景点最近的一处停留地，也成为人们郊游的好去处。

租住在我们称之为别墅的房屋，房屋面对蓝色大海，坐在客厅便风光无限。宁静的乡间对着宁静海湾，远离喧嚣的城市，这样的地方非常适合全家一起游走、徒步。租一间度假屋，面朝大海，捧本书，如此生活方式岂不悠哉快哉！

但给我以瞬间美好感觉的，还不是环境，而是这家的女主人。我们到时，她遇事外出。怕我们等待，留下了房门，并留下一封信。信中除表示欢迎外，还详细介绍了附近几个可以去看的地方并注明最佳观赏时间。此外，还在每个床铺上摆放了一颗精致的巧克力，以示欢迎，让人在瞬间感受美好和温暖。

在白石镇，住在那所教堂东面的一套民宿，住宿来去，都没见过房东。当我们还在路上时，房东就电话告知，她要外出，钥匙就放在门口的哪个地方。她的冰箱里也放着食品、啤酒，厨房有各种调味品。我们在此住了两天离开时，把租金放在客厅的记事本中，钥匙仍归原处。这就完成了整个过程，颇有君子之风。

就事情本身，或对行走了众多国家的人来说也很普通，认为多会如此，但我还是有了一些感受的。因为我们只是一个过客，一晚之后或就永久消失了，但是，他们仍然能以对待亲人朋友的做法来认真对待游客，极为细致地收拾了房屋，除了通常人家的配置之外，还配备了食材、咖啡、牛奶、油盐等物。看来，这个世界，的确有太多美好我们还没有学会。

尾声：在环游南岛一圈之后，又回到克莱斯特彻奇。这是我们此行的最后一个城市。回看行走的印记，新西兰实在一个是非常适合深度游的国家，因为它的内容太精彩了，再多的文字也无法展示它的美丽，如果一定要找几个字来表述的话，那就是：天然和无声。在这里，几个朝夕是远远不够的。这一次只是行走了南岛的部分地区，还有北岛和其他区域。这也让我刚刚回来就开始琢磨下次的行程了。

后 记

由于疫情原因，停下了我远行的脚步，基本上一直在家闲置。但是，这也成全了这本集子，筛选整理了这十多年间的一些文字，否则，再过几年就怕没有现在的热情了。正所谓失之东隅、收之桑榆也。

回忆就像一面镜子，回头来看，颇能触发一些感慨：时间的确很贪婪，他会吞噬所有的细节，所幸一路走来有个信手涂抹的习惯，留下了若干文字和照片，也留住了人生路上的片段时光。

把这些文字集结起来，是给自己过往片段的一个小结。其每篇文字记写的初衷都是单纯的，只是想记下曾经的那个时刻，所行所走的情趣和感触。虽然在结集中做了许多修改，但底本毕竟是在每一个仓促之际写就的，没来得及细致的打磨。现在来看这些文字，许多还是青涩的，缺少了延伸，缺乏了深度和广度，但这就是自己的曾经。人不论在哪个年龄段，都是需要不断学习不断成长的。

在本书付梓之际，谨向关心支持本书出版、提供诸多有益建议的赵虹霞女士、赵源先生、李晨先生、孙琇先生，致以衷心谢忱；感谢责任编辑傅晓红主任，她对书稿做了认真细致的编辑加工，查出了文中的诸多差误，付出大量的劳动；感谢老社长、著名书法家宋富盛先生，他为本书题签。感谢谢成主任的装帧设计；感谢赵宏生主任、宋楠主任的大力支持。他们都是我多年的领导、同事和朋友，是他们的支持和帮助使得拙作增色。最后，我还要感谢所有默默关心我、支持我一路走来的家人和朋友，谢谢大家。

2023 年 8 月 5 日